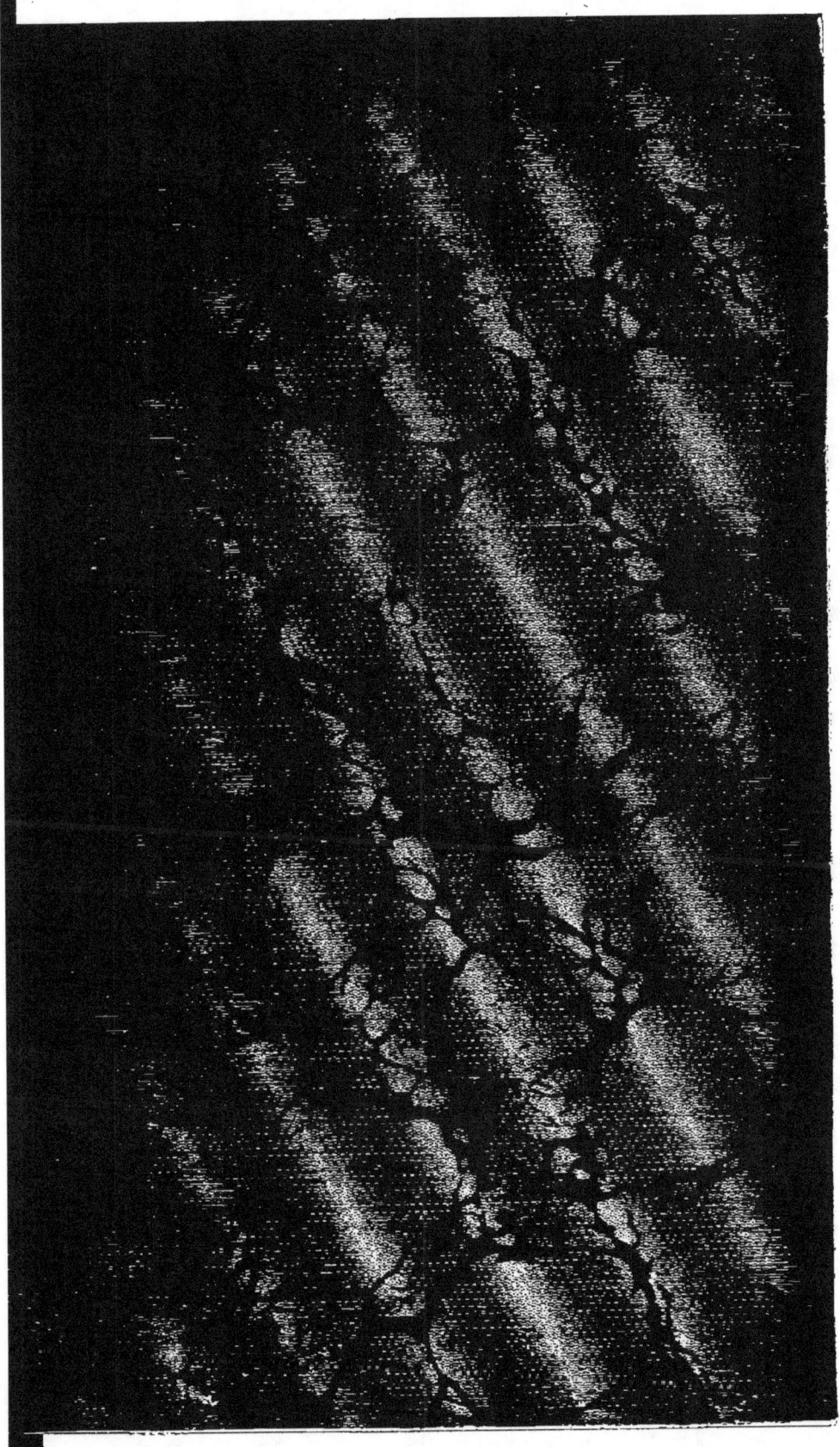

NINI

PAR

ALFRED ASSOLLANT

PARIS

E. DENTU, ÉDITEUR

LIBRAIRE DE LA SOCIÉTÉ DES GENS DE LETTRES

PALAIS-ROYAL, 15-17-19, GALERIE D'ORLÉANS

NINI

ALFRED ASSOLLANT

NINI

PARIS

E. DENTU, ÉDITEUR

LIBRAIRIE DE LA SOCIÉTÉ DES GENS DE LETTRES

PALAIS-ROYAL, 15-17-19, GALERIE D'ORLÉANS

1879

—

PARIS. — IMPRIMERIE P. MOUILLOT, 13, QUAI VOLTAIRE. — V. 1358

NINI

I

Quand on est maître boulanger, comme je suis; quand
on a sa boutique et son four au rez-de-chaussée de la
rue du Faubourg-Saint-Antoine, numéro... (je ne dirai
pas le numéro de peur qu'on ne croie que je veux
me faire une réclame de mon malheur); quand on a son
logement au cinquième étage de la même maison;
quand on a une belle famille composée de trois personnes : ma femme d'abord, qui n'est pas trop déchirée,
quoique un peu grognon; mon fils qui est un brave et
hardi garçon, ainsi qu'on verra bientôt, et ma fille Nini,
dont je n'ai rien à dire, excepté qu'elle est jolie comme
un amour, gaie comme un pinson, fine comme une be-
lette, douce comme un mouton, tendre comme un péli-
can blanc, et que je l'aime, ah! je l'aime mille fois plus
que mes yeux... quand par-dessus le marché l'on a plus
de cinquante mille francs d'économies placées sur l'État,

qu'est-ce qu'on doit faire si l'on reçoit d'un notaire de Périgueux une lettre ainsi conçue :

« Périgueux.

« Monsieur,

« Si vous êtes, comme je crois, Monsieur Joseph Mercier, boulanger, neveu de M. Antoine Chalusset, propriétaire-cultivateur de la commune de Saint-Abdon, j'ai l'honneur et le regret de vous annoncer que cet'homme respectable, votre oncle et mon client, vient de mourir d'apoplexie dans son domicile, qu'il a déposé chez moi son testament cacheté, dont j'ignore d'ailleurs le contenu, et qu'il m'a chargé de convoquer toute sa famille dans mon étude, l'ouverture dudit testament ne devant être faite, suivant la volonté du défunt, que trois semaines après sa mort, c'est-à-dire le 15 mai prochain, qui est après-demain.

« Dans l'espérance que vous ne refuserez pas d'obéir aux dernières volontés d'un oncle si tendrement aimé et si digne de l'être, je vous prie, Monsieur, d'agréer, s'il y a lieu, avec l'offre de mes services,

« Les salutations empressées de votre très-humble et très-obéissant serviteur.

« J. Tripelourde, notaire. »

Oui, répondez, qu'est-ce qu'on doit faire? Rester à Paris, où l'on est si bien entre sa femme et sa fille (car pour mon fils, il était alors sergent au 28ᵉ de ligne, en garnison à Strasbourg), ou bien partir pour Périgueux et recevoir des mains du notaire ma part de la succession de l'oncle Chalusset... c'est-à-dire en supposant que l'oncle Chalusset ait laissé quelque chose?

Franchement j'étais indécis.

L'oncle Chalusset (devant Dieu soit son âme !) ne passait pas pour riche. Quand j'étais enfant (il y a longtemps de cela) je l'ai toujours vu sale, à demi rasé, habillé d'une veste de bure, chaussé de sabots, bourrant son nez de tabac, vivant chichement et ne faisant qu'une seule dépense un peu forte, qui était de boire deux verres de vin blanc trois fois par jour, à six heures du matin, à midi et le soir.

Avec ça, une petite maison couverte de paille, — où la pluie, la neige et le vent entraient par mille trous, — un petit jardin planté de choux, et deux hectares de bonne terre mal cultivée, voilà tout ce que je connaissais de l'oncle Chalusset et de sa fortune.

Nous étions quatorze neveux ou nièces pour partager cet héritage, en supposant, bien entendu, que mon oncle n'eût fait d'avantage à personne.

En estimant la succession à six mille francs, ce qui est beaucoup, la part du gouvernement, qui est toujours la plus forte, à deux mille sept cents francs à peu près, la part du notaire et des autres gens de loi à deux mille cinq cents, — total cinq mille deux cents, — il devait rester à peu près huit cents francs à partager entre quatorze héritiers, ce qui faisait pour chacun environ cinquante-cinq francs, dont il fallait encore déduire mes frais de voyage de Paris à Saint-Abdon, par Périgueux.

Cinquante-cinq francs pour tout potage, et passer trois semaines au moins à Saint-Abdon!

Qu'auriez-vous fait à ma place, braves gens?

Vous auriez refusé l'héritage, n'est-ce pas? Et vous auriez eu bien raison!

Moi, j'ai fait tout le contraire. Mais il m'en a cuit et m'en cuira longtemps, comme vous verrez bientôt.

Voilà! Je pensais : il fait beau temps. Il y a vingt ans que je n'ai pas vu Périgueux ni Saint-Abdon. Vingt ans que je fais du pain pour les gens de mon quartier qui ne m'en savent aucun gré! Nous sommes au 12 mai, il fait beau temps, les aubépines et les hannetons sont en fleur; ma foi, c'est le moment de voyager.

Et alors j'ai pris mon sac de nuit, j'ai embrassé ma

femme et ma fille, et je suis parti aussi fier et aussi content que si j'avais été sûr de recevoir des millions.

Dieu du ciel! Lisez ce qui suit et vous verrez ce qui s'est passé chez moi en mon absence! Ça vous apprendra, mes amis, qu'un boulanger ne doit jamais quitter sa maison, sa femme et ses enfants, s'il ne veut pas les trouver à son retour dans le pétrin.

Voici d'abord le discours de ma femme :

II

Ce n'est pas ma faute, je le jure. Non, Joseph, ce n'est pas ma faute, et si tu avais voulu m'écouter, ça ne serait pas arrivé.

Je te le disais bien! Tu la gâtes, tu fais toutes ses volontés. Aussitôt qu'elle t'avait mis les bras autour du cou en t'embrassant et disant : « Papa, petit père, m'aimes-tu bien? veux-tu obéir à ta fille chérie, à ta petite Nini? » tu riais, tu chantais, tu la faisais sauter sur tes genoux. A te voir, à t'entendre, on aurait cru que tu perdais la raison.

Moi, pendant ce temps, j'étais maman Rabatjoie ; j'avais beau donner de sages conseils, Nini avait toujours raison. Combien de fois t'ai-je répété : « Joseph, tu ne veux pas me croire! Il t'arrivera malheur et à elle aussi. » Eh bien! maintenant le malheur est arrivé. Ma pauvre fille... Mais j'aime mieux qu'elle te raconte elle-même ce qui s'est passé.

Pour ce qui est de moi, je veux que tu saches bien que j'ai fait mon devoir de mère jusqu'au bout, comme je le ferai jusqu'à mon dernier jour, qui ne tardera pas beaucoup à venir, vu les chagrins que cette malheureuse enfant m'a donnés.

Ah! tu peux maintenant faire des projets pour elle et parler d'un notaire ou d'un fils de notaire pour mari! Elle n'en veut pas, elle! Et, comme tu sais, ce qu'elle a vissé dans sa petite tête n'est pas manché dans ses talons. C'est bien la digne fille de son père! Mais tu vas en juger toi-même, car elle a voulu te dire ses raisons.

III

D'abord, papa, ne t'effraie pas d'avance. Écoute-moi seulement, et tu verras qu'il n'y a pas de mal du tout. Au contraire! Je te dirai tout, comme en confession. Tu sais bien d'ailleurs que je n'ai pas de secrets pour toi.

C'était un lundi soir, je crois, vers six heures, au commencement du mois de juin dernier. Maman me dit:

— Nini, j'ai oublié mes clefs au cinquième. Va vite les chercher.

Je monte, je prends les clefs et je redescends en courant, suivant mon habitude. Tout à coup, dans l'escalier du troisième, voilà que je rencontre M. Raphaël qui montait, en courant comme moi, et qui tenait une rose à la main. Il s'arrête tout essoufflé et me dit:

— Mademoiselle Nini, n'est-ce pas aujourd'hui votre fête?

Mais d'abord, papa, pour que tu ne croies pas que je passe mon temps à causer avec le premier venu dans l'escalier du troisième, il faut que tu saches comment nous avions fait connaissance lui et moi.

Un matin, le lendemain de ton départ, j'étais au

comptoir en l'absence de maman, qui faisait le déjeuner dans l'arrière-boutique, et je pensais à toi au milieu de mes additions et de mes soustractions. Je disais : Où est papa maintenant ? Il doit être à Périgueux. C'est l'heure où le train entre en gare. Je le vois qui descend du wagon des secondes avec son sac de nuit à la main, et celui de quelque vieille dame ou demoiselle qui aura grogné toute la nuit. Papa qui est bon comme le bon pain, aura prêté son épaule à la dame pour dormir, aura mis son parapluie derrière lui et son petit chien sur ses genoux... Avoue que j'avais deviné et que tu avais pris pour toi les bagages, les parapluies, les chiens, les chats et tout ce qui pouvait gêner tes voisins ou tes voisines ?

Je pensais encore : Papa va courir de la gare chez le notaire. Il se fera montrer le testament de son oncle, il nous écrira ce soir ou demain, et il nous reviendra la semaine prochaine à Paris, où sa petite Nini, qui s'ennuie déjà beaucoup de ne plus le voir depuis vingt-quatre heures, l'attend pour lui sauter au cou et l'embrasser comme elle l'aime, c'est-à-dire de tout son cœur.

J'en étais là de mes réflexions, et j'additionnais si machinalement que mon addition avait l'air de se faire toute seule ; tout à coup, voilà qu'un jeune monsieur, de vingt-deux ans à peu près, avec des yeux noirs, de petites moustaches noires, des cheveux très-noirs, épais et presque bouclés, un air riant, une mine très-honnête, entre dans la boutique, se plante devant moi sans rien dire, et comme s'il avait voulu seulement vérifier si je faisais bien mes additions.

Je lève les yeux, je pose ma plume et je demande :

— Monsieur, qu'y a-t-il pour votre service ?

Il répond très-poliment :

— Mademoiselle, voulez-vous me donner un petit pain d'un sou ?

Là-dessus, j'étends la main vers le tas des pains d'un sou, j'en prends un au hasard et je le lui donne.

Lui, le regarde, le tourne, le retourne et me le rend :

— Mademoiselle, il n'est pas assez cuit.

Je le remets dans le tas, et j'en offre un autre.

— Non, Mademoiselle, celui-là est brûlé.

Au troisième, il allait sans doute dire quelque autre chose, mais maman entra, et à sa mine il vit bien qu'elle l'aurait, comme elle dit, « relevé du péché de paresse ; » alors il posa son sou sur le comptoir et s'en alla, emportant le pain.

Maman s'en alla aussi.

Mais c'était comme un fait exprès. Elle n'avait pas plus tôt tourné les talons que le monsieur aux moustaches noires revint et demanda un autre pain d'un sou, puis un troisième, un quatrième et un cinquième, mais toujours en ayant soin de venir quand maman était dans l'arrière-boutique.

A la fin, je lui dis en riant :

— Vous feriez mieux, au lieu de revenir ici toutes les cinq minutes, d'acheter tout d'un coup un pain de quatre livres. Ce serait plus économique.

Il me répondit, en riant aussi :

— Oui, Mademoiselle, mais je n'aurais pas le plaisir de vous voir.

Là-dessus, je baisse les yeux sur mon registre, je prends ma plume et je commence une soustraction... Je me sentais un peu rouge, un peu fâchée (mais pas trop), et enfin je ne voulais pas le renvoyer, car tu m'as toujours dit qu'il fallait être polie avec la pratique, mais j'étais bien aise de le voir partir.

Du reste, il le comprit bien et s'en alla.

Ça, c'est le premier jour.

Franchement, papa, pouvais-je faire autrement? Pouvais-je empêcher M. Raphaël d'acheter des pains d'un sou et de me faire un compliment?

Maman dit que j'aurais dû l'avertir, et qu'elle aurait bien su nous débarrasser de « ce monsieur », comme elle l'appelle.

Eh bien! tu vas en juger toi-même.

Trois jours se passent sans que je revoie le jeune homme affamé, et je n'y pensais plus du tout lorsque la concierge, en balayant le devant de sa porte, dit tout à coup à maman :

— Eh! mame Mercier, vous allez avoir un voisin au cinquième, en face de vos fenêtres.

— Quel voisin? demanda maman.

— Je crois que c'est un ouvrier ébéniste, mame Mercier.

— Vous croyez, mame Pindré, réplique maman... C'est peut-être un fumiste.

— Faut pas se moquer des fumistes, dit la concierge, j'en ai connu que je n'aurais pas changés pour des sous-préfets.

Et voilà qu'elle nous raconte l'histoire d'une vieille comtesse de son pays qui était amoureuse d'un fumiste et que maman lui coupe la parole en disant :

— Mame Pindré, tout ça, ce n'est pas des choses à répéter devant les demoiselles.

Je ne te dirai pas le reste de la conversation, mais tu sauras, papa, qu'avant la fin de la journée nous avions appris que notre nouveau voisin s'appelait Raphaël, qu'il était ouvrier ébéniste de son état, qu'il avait vingt-deux ans, qu'il avait déjà servi comme volontaire en Afrique, qu'il n'avait ni père, ni mère, ni frère, ni sœur, ni débiteurs, ni créanciers; qu'il gagnait beaucoup d'argent dans son métier, et qu'il était généreux comme les grands seigneurs devaient l'être : à preuve, ajouta Mme Pindré, qu'il m'a donné vingt francs de denier à Dieu pour un loyer de deux cents francs, que le propriétaire n'a jamais pu louer plus de cent cinquante.

Pour son mobilier, ajouta Mme Pindré, ça ne ressemble pas à celui d'un mylord anglais ou d'un prince russe, mais c'est gentil, joli, propre et tout neuf. On croirait qu'il l'a acheté ce matin pour se mettre ce soir dans ses meubles. Son cor de chasse surtout..... Ah! si le propriétaire savait que j'ai laissé entrer un cor de chasse dans la maison, dans son immeuble, comme il dit, c'est moi qui recevrais bientôt mes huit jours. Et cependant c'est bien beau, un cor de chasse. Si vous aviez entendu mon pauvre Pindré!... C'est lui qui en roucoulait dans les bois comme une tourterelle amoureuse, quand il était garde-chasse de M. le comte de Laforêt et que j'étais, moi, femme de chambre de Mme la comtesse. Il y a trente ans de cela, et je m'en souviens comme au premier jour.

Tu vois d'ici, papa, la mine de Mme Pindré en tourterelle amoureuse avec son gros nez rouge et barbouillé de tabac, son mouchoir à carreaux, ses cinquante-cinq ans et le reste.

Pour revenir à M. Raphaël, je ne le vis pas ce soir-là, ou plutôt il ne se montra pas, car je l'entendais ouvrir et fermer sa fenêtre. (Ce n'est pas difficile, la cour est si étroite à cet endroit-là!) Il m'a dit plus tard qu'il avait passé plus d'une heure à regarder ma fenêtre jusqu'au moment où je fermai les contrevents comme je fais tous les soirs.

Mais, tiens, papa, ce serait un peu long si je voulais te dire jour par jour ce qui arriva. Il vaut mieux, je crois, ne parler que des événements principaux, dont voici le premier.

D'abord M. Raphaël devint l'ami de Top.

Tu connais l'esprit, le bon sens et le bon cœur de Top. Quoique le bon Dieu l'ait fait chien et lui ait refusé la parole, tu sais que mon Top est plus beau que bien des chrétiens, qu'il m'aime par-dessus tout et qu'il sait distinguer mes amis de mes ennemis.

Quand Top caresse ceux qui entrent dans la boutique, c'est bon signe. Ce sont d'honnêtes gens. Top a un flair extraordinaire.

C'est lui qui a deviné que Schmidt, ton affreux mitron, ne serait jamais qu'un méchant homme, voleur et menteur, quoiqu'il fît le bon apôtre auprès de toi et de

maman, et qu'il ne parlât jamais que de ce « *pon monsir
Mercier* » et de cette « *ponne matame Mercier* » pour qui
il aurait voulu donner « *son sang, sa fie et son salit
édernel.* »

Top du premier coup l'avait deviné. Quand il entendit
cet horrible accent allemand il secoua les oreilles
comme pour dire qu'il fallait s'en défier.

Cependant, pour vous faire plaisir, à maman et à toi,
et aussi parce qu'il est doux, gracieux, docile et bien
élevé, il consentit à supporter Schmidt et même à se
laisser caresser, et l'Allemand de son côté ne lui donnait de coups de pieds (j'ai su cela plus tard de Mᵐᵉ Pindré) que pendant notre absence.

Mon Top devint donc l'ami intime de M. Raphaël.

Si tu demandes comment ça s'est fait, je n'en sais
rien ; mais je m'en aperçus un jour que Schmidt,
croyant que je ne le voyais pas, prit un bâton et tapa
sur le malheureux Top qui se sauva en hurlant dans
la rue.

Par bonheur, M. Raphaël, qui passait juste à ce moment devant la porte, reconnaît Top, aperçoit Schmidt,
lui arrache son bâton, et comme l'Allemand le menaçait, lui dit :

— Imbécile ! Si tu n'avais pas l'honneur d'être au service de Mᵐᵉ Mercier et employé dans une maison respectable, je te...

J'entrai à ce moment-là dans la boutique, et sans faire
semblant d'avoir rien vu ni entendu, j'ordonnai à Schmidt
de porter du pain chez les pratiques.

Quand il fut parti, je remerciai M. Raphaël d'avoir défendu Top, qui venait me caresser, me baiser les mains
comme une personne humaine, et qui me regardait avec
ses beaux yeux d'un jaune d'or.

Top, voyant que je remerciais M. Raphaël, voulut le
remercier à son tour, et alors je m'aperçus que depuis
une semaine que M. l'ébéniste était dans la maison, il
avait enseigné plusieurs belles choses à mon chien.

D'abord il abaissa la main à deux pieds de terre et lui commanda de sauter en l'honneur de la République.

Top sauta, et très-haut, je t'assure.

Après, il lui commanda de sauter en l'honneur de maman.

Top remua la queue et sauta encore plus haut.

Enfin il lui demanda s'il voulait bien avoir la bonté, l'extrême bonté de sauter pour « mademoiselle Nini ».

Mais alors Top fit un bond si prodigieux qu'on aurait cru qu'il allait se briser la tête contre le plafond.

Enfin il lui commanda de sauter pour « le sieur Schmidt », mais alors Top, irrité, demeura cloué sur ses quatre pattes et se mit à pousser de tels aboiements que maman me crut en danger et accourut pour me sauver la vie.

Mais ce n'était pas nécessaire, et M. Raphaël ne tarda pas à s'en aller après nous avoir saluées bien poliment l'une et l'autre.

IV

Le lendemain, le surlendemain et les jours suivants, je ne revis pas M. l'ébéniste.

Pendant le jour il était à son travail; le soir, vers huit heures, je voyais Top remuer joyeusement la queue, sortir de la boutique et courir au-devant de quelqu'un. Cela suffisait. Je savais que M. Raphaël allait rentrer.

Mais lui, toujours modeste, passait dans l'allée sans se faire voir, et même pour dire la vérité, papa, puisque nous sommes au confessionnal, c'en était presque impatientant, car enfin il y avait quelque chose de commun entre M. Raphaël et moi, c'était l'amitié de Top, il entrait peu à peu dans la famille sans nous demander la permission, et Top devenait son complice.

« Mame Pindré » était comme Top. Elle aimait « l'ébéniste. » Elle en faisait l'éloge toute la journée.

D'abord, c'était un si bon enfant; ensuite un si beau garçon! Après, il était si gai et il avait tant d'esprit! Ce n'était rien encore, mais il avait si bon cœur!

Quand c'était fini, « mame Pindré » recommençait.

Un dimanche elle finit par nous apprendre qu'il avait été sergent dans le 28e de ligne, juste le régiment de mon frère.

Maman l'écoutait jusque-là en dormant à moitié sur sa chaise.

Elle entend qu'il est question de mon frère (tu connais maman; elle serait aux portes de la mort qu'on la ressusciterait du coup en promettant de lui parler de mon frère); elle s'écrie :

— Comment, mame Pindré, ce jeune homme a servi dans le régiment de Sébastien et vous ne me le disiez pas!

— Mais, au contraire, mame Mercier, répond Madame Pindré, vous voyez bien que je vous le disais puisque je vous le dis maintenant et que, si je ne vous le disais pas, vous ne pourriez pas le savoir.

Maman lui réplique :

— Fallait le dire plus tôt, mame Pindré!

— Fallait le demander plus tôt, mame Mercier!

— Est-ce que je pouvais savoir, mame Pindré?

— Si vous ne saviez pas, mame Mercier, il fallait demander à ceux qui savent!

Moi, voyant que ça tournait mal, et pressée d'ailleurs comme maman d'avoir des nouvelles de Sébastien, je dis tout à coup :

— Maman Pindré, un petit verre de cassis, s'il vous plaît?

Elle se retourne et me réplique d'un air aimable :

— Avec plaisir, ma petite. Toi, l'on voit bien que tu as du bon sens comme ton père.

Là-dessus j'ouvre l'armoire, je remplis le verre et je réponds :

— Mame Pindré, vous disiez donc que M. Raphaël a servi dans le régiment de mon frère Sébastien.

— Si je le dis, c'est que j'en suis sûre, réplique mame Pindré.

Alors, voilà qu'elle raconte que M. Raphaël lui a dit qu'il avait connu mon frère dans le 28e de ligne, qu'ils avaient tenu garnison ensemble dans la province d'Oran, que Sébastien était alors caporal dans la 3e du 2e, qu'ils ont fait campagne sur la frontière du Maroc.....

Maman lui dit :

— Mais puisqu'il a connu Sébastien, pourquoi ne vient-il pas nous voir ?

Mame Pindré lui répond :

— Ces jeunesses, c'est si timide ! Il n'a pas osé, sans doute.

Juste comme elle disait ça, voilà que M. Raphaël vient à passer devant la porte.

Maman, pressée d'entendre parler de Sébastien, lui fait signe d'entrer et lui dit :

— Monsieur Raphaël, est-ce vrai que vous avez connu mon fils Sébastien.

— Au 28e de ligne, oui, Madame, répond l'ébéniste.

— Comme ça se trouve ! dit maman.

— Comme ça se trouve ! reprit Mme Pindré.

Top lui-même remua la tête et la queue comme pour indiquer qu'il était bien de l'avis de maman et de mame Pindré.

Moi toute seule je ne disais rien, mais je caressais Top, parce que je sentais que l'ébéniste me regardait.

V

Fais bien attention à ce qui va suivre, car c'est de ce jour-là que date ce que maman appelle mon malheur, et qui n'est vraiment malheureux que si tu n'aimes pas ta petite Nini comme elle t'aime, c'est-à-dire mille fois plus que la terre, la mer et le ciel.

Maman n'eut pas plus tôt dit : « Comme ça se trouve ! » que voilà monsieur l'ébéniste, celui que « mame Pindré » trouvait si timide, qui se met à prendre la parole, à faire des compliments à maman, à raconter que Sébastien lui ressemble (à elle) comme une goutte de lait à une autre... Un instant après il ajoute que c'était le plus joli garçon du 28e de ligne, et l'un des plus braves, et il en dit tant de bien que maman, transportée de joie, l'invite à passer le reste de la journée avec nous sur la Marne.

Nous étions invitées avec plusieurs personnes, les quatre Fritot, les trois Crépin et d'autres encore. C'est M. Balandrin, le marchand de vin, qui faisait les frais de la partie et qui conduisait le bateau.

Le rendez-vous était à Joinville, chez M. Balandrin. Nous avions la permission d'amener des amis avec nous.

M. l'ébéniste accepte l'invitation sans se faire prier. On aurait dit qu'il n'était venu chez nous que pour ça.

Je dis tout bas à maman :

— Es-tu bien sûre que M. Balandrin ne sera pas étonné de voir un monsieur qu'il ne connaît pas du tout, que tu ne connais pas du tout, et qui n'est venu chez nous que sur la recommandation de Mme Pindré, qui même ne le connaît que pour avoir reçu de lui, il y a dix jours, un denier à Dieu de vingt francs?

Tu vois, papa, comme j'étais prudente!

Là-dessus, maman me répliqua à demi-voix, mais d'un air fâché :

— Est-ce que tu crois que je ne sais pas me conduire à mon âge? Ceux que j'invite sont bien invités, je t'en réponds, et si M. Balandrin n'est pas content, eh bien! il n'a qu'à le dire. Nous n'avons pas besoin de lui pour payer notre dîner. Dieu merci!

Puis, en haussant les épaules, elle ajouta tout haut :

— Vas-tu me donner des leçons, à présent?

Je te raconte tout cela, papa, pour que tu voies bien que ce n'est pas moi qui ai fait entrer M. Raphaël dans la maison. Je ne dis pas que son entrée m'ait fait de la peine; mais enfin ce n'est pas moi qui ai ouvert la porte.

Ce n'est pas le grand Schmidt non plus. Le gros Bavarois fit une grimace terrible quand il vit que M. Raphaël allait venir avec nous. Il était d'autant plus vexé qu'on l'avait invité, lui aussi, à cause de la grande Suzanne Crépin, tu sais, celle qui est maigre comme un clou et qui a coiffé depuis longtemps sainte Catherine... Elle disait que Schmidt est bel homme (en effet il a cinq pieds huit pouces), qu'il est large et fort, qu'il a les joues rouges et fraîches, et que ces Allemands font souvent de bons maris.

M. Balandrin, voyant ça, avait dit pour faire plaisir à Suzanne :

— Eh bien, amenez-le, ma chère.

Et nous l'amenions en effet.

VI

Tu vois d'ici notre bande.

Les quatre Fritot, les trois Crépin. le gros Schmidt, maman, M. Raphaël et moi.

Le père Fritot tenait par la main ses deux petits Fritot; la mère Fritot marchait derrière. Le père et la mère Crépin les suivaient, Suzanne venait après, les yeux modestement baissés et donnant le bras au gros Schmidt, qui d'abord avait voulu se rapprocher de moi; mais, depuis qu'il a battu Top, je ne pouvais plus le souffrir. Enfin, et pour terminer, maman, et M. Raphaël, qui continuait sans relâche l'éloge de mon frère Sébastien et du 28e de ligne.

C'est dans cet ordre que nous partîmes pour Joinville, en quittant la gare de Saint-Mandé.

Ah! pardon. J'oubliais Top, mon bon et fidèle Top, qui allait et venait de M. Raphaël à moi, comme s'il n'avait connu que nous deux dans toute la société ou comme si....

Tu comprends; je ne peux pas deviner tout à fait les intentions de Top, parce que Dieu, qui lui a donné tant de choses, lui a refusé la parole; mais ses yeux jaune d'or, qui nous regardaient tendrement l'un et l'autre, parlaient pour lui.

Du reste, je ne faisais pas semblant de m'en apercevoir, et n'ayant personne à qui donner le bras, puisque Fritot était occupé de ses enfants, que Mme Crépin tenait M. Crépin, que Suzanne était avec l'énorme Schmidt et maman avec M. Raphaël, je m'amusais à courir dans l'herbe avec Top. Je lui donnais ma main à baiser, je jetais mon ombrelle à dix pas pour la lui faire rapporter, enfin je faisais tant de bruit (avec l'aide des petits Fritot qui lâchèrent leur père pour se mettre de la partie) que toutes les personnes raisonnables de la société...

Raisonnables... tu entends bien, papa, ce que je veux dire...

Les personnes raisonnables donc, ou si tu le préfères, celles qui avaient des rhumatismes, la goutte ou des catarrhes, se réunirent contre Top, contre les petits Fritot et contre moi pour nous imposer silence.

Maman elle-même me cria :

— Que fais-tu donc là-bas, Nini ? On n'entend que toi et Top. Viens avec nous.

Et comme je me faisais un peu prier, elle ajouta :

— Viens ici, je le veux !

Alors je marchai sagement et posément à côté d'elle avec Top, à qui j'avais fait signe d'être sage et posé comme moi, et j'eus le plaisir d'entendre la suite de l'histoire de mon frère Sébastien, que M. Raphaël, sans faire attention à moi ni à Top, continuait de l'air le plus animé.

Il avait tant d'esprit, Sébastien, au dire de M. Raphaël, qu'il savait tout faire, même des vers, à preuve qu'il avait fait un poëme sur la ville de Toulon et sur un de ses amis, musicien au 28e de ligne, qui avait été attaqué une nuit par trois scélérats et qui avait eu le bras cassé en se défendant vaillamment. Je ne me rappelle que les deux derniers vers du poëme, disait M. Raphaël. Les voici :

> Toulon, ville aux cent tours, tu fus trois fois infâme,
> Car tu tues mes amis, tu les tues jusqu'à l'âme !

Il paraît que ces vers étaient si beaux que tout le monde les savait par cœur dans le 28e de ligne et qu'on avait proposé à Sébastien de les mettre sous enveloppe et de les envoyer à l'Académie française.

Sébastien avait refusé par modestie.

Tu penses si maman buvait du lait pendant que M. Raphaël faisait l'éloge de mon frère. Que dis-je du lait ! C'était ma foi bien de la crème ! De temps en temps elle se tournait de mon côté comme pour me dire : « Ce n'est pas toi qui en ferais autant, Nini ! Ce n'est pas toi qui ferais des poésies pour honorer le 28ᵉ de ligne ! » Et véritablement, elle avait raison.

A la fin, cependant, M. Raphaël, qui jusque-là ne paraissait pas s'occuper beaucoup de moi, me regarda tout à coup comme s'il me voyait pour la première fois, et d'un air très-poli me demanda :

— Vous n'êtes pas fatiguée, mademoiselle?

Non, je n'étais pas fatiguée.

— Si le fichu que vous portez sur le bras vous embarrasse, je le porterai bien volontiers.

Non, mon fichu ne m'embarrassait pas.

— Il fait bien beau temps aujourd'hui?...

En effet. Il faisait beau temps.

Il me fit encore beaucoup de questions :

Si je connaissais beaucoup Joinville?

— Oui, assez.

Si j'avais passé souvent dans le bois de Vincennes avec maman?

J'avais passé souvent.

Si j'aimais mieux Vincennes que Saint-Mandé ou Saint-Mandé que Joinville?...

J'aimais mieux Joinville.

Si c'était à cause de la Marne?

C'était pour cela même.

Si j'aimais à monter en bateau?

J'aimais passionnément

Si je savais nager?

Pas du tout.

Si j'avais peur d'aller sur l'eau?

Encore moins, quand c'était mon frère Sébastien qui tenait les rames, parce qu'il savait très-bien marcher à la voile et à la rame.

Si je croyais que Sébastien fût le seul bon matelot de
France?

Je ne croyais pas. Je ne savais pas.

S'il était bon nageur?

Comme un poisson, ce qui fait que je n'avais jamais
peur, sachant qu'il me repêcherait si nous venions à
faire naufrage.

Si je pourrais avoir confiance dans un autre que mon
frère Sébastien?

C'est selon. Il faudrait connaître l'autre.

Si cet autre était lui-même très-bon nageur et très-bon
pilote?

Eh bien! je verrais... Je demanderais conseil à maman,
et si elle permettait...

Après toutes ces questions, M. Raphaël demanda encore si M. Balandrin avait un bateau.

— Il en a deux, répondit maman. Un grand et un
petit.

— Voudra-t-il les prêter?

— Tant qu'on voudra... Pourvu qu'on promette de ne
pas les couler à fond.

— Je le promets, et même je le jure, dit M. Raphaël
qui peu à peu avait lâché maman pour venir avec moi.

Du reste, maman ne s'en aperçut pas, à cause d'un accident qui arriva au petit Fritot l'aîné.

Ce malheureux garçon, en jouant avec Top, à qui ferait
les sauts les plus étonnants, alla tomber dans le petit
ruisseau qui coule au milieu du bois, et qui est à deux
pas du chemin.

— Tu entends d'ici les cris de Mme Fritot. C'était à
percer le cœur et les oreilles.

Elle se jeta d'abord au milieu du ruisseau qui a deux
pas de large et trois pouces de profondeur, comme si elle
avait voulu sauver la vie de son enfant au péril de la
sienne.

Là, au moment où elle voulait le saisir dans ses bras,
et remercier Dieu d'avoir conservé ce cher trésor, M. Fri-

tot père se pencha tout bonnement sans rien dire, prit
par la main l'enfant qui était plutôt assis que couché
dans le ruisseau, le remit « sur ses pattes, » comme il
disait, et commença à lui ôter sa veste blanche, qui était
toute couverte de boue, pour la laver et la faire sécher
au soleil.

Jusque-là tout allait bien, mais voilà que Mme Fritot
qui a vu jouer des drames à la Porte Saint-Martin et à
l'Ambigu, se jette sur le petit Fritot, l'embrasse, le serre
sur son cœur, se met à pleurer, et crie :

— Ah ! mon pauvre enfant, quand je pense que tu as
failli périr !

— Mais, maman, je ne péris pas, dit le petit Fritot.

— Tu n'as pas péri, mais tu pouvais périr, cher trésor !

En même temps elle ôtait sa cravate en tirant avec
tant de précipitation que l'enfant cria comme si on l'avait
étranglé.

— Fais donc attention, Aglaé, dit M. Fritot, tu vas lui
faire mal.

— Mêle-toi de ce qui te regarde, monsieur Fritot, répliqua la mère. Si tu t'occupais de tes enfants quelquefois
tout cela ne serait pas arrivé. Je t'avais bien dit de les
tenir par la main.

— C'est Gustave qui a voulu sauter avec Top, dit
M. Fritot pour se justifier.

Alors la colère de Mme Fritot se tourna contre Gustave.

— Je t'avais bien recommandé, petit polisson, de te
tenir tranquille, mais...

Gustave se voyant menacé rejeta la faute sur Top.

— Ce n'est pas moi, cria-t-il en parant avec le coude
une gifle que sa mère lui destinait, c'est lui.

Et il montra mon pauvre Top qui, tranquillement assis
sur son derrière, voyait tout ce tumulte et écoutait tout
ce vacarme sans y rien comprendre.

Mme Fritot allongea un terrible coup de pied à Top, qui
comprit alors et vint se réfugier dans les jambes de
M. Raphaël.

Voyant ça, maman qui n'aime pas qu'on touche à ce qui lui appartient, dit vivement à Mme Fritot :

— Je vous prie de ne pas taper mon chien, mame Fritot.

— Et pourquoi donc que je ne taperais pas votre chien si c'est ma fantaisie, mame Mercier ?

M. Fritot qui n'aime pas les querelles, tirait sa femme par la robe, et disait :

— Reste donc tranquille, Aglaé !

Mais Aglaé se retourna :

— Toi d'abord, Monsieur Fritot, fiche-moi la paix ! Je resterai tranquille si je veux et je ne resterai pas tranquille si je ne veux pas. Est-ce que quelqu'un va me faire la loi ici ?

M. Fritot s'écarta par prudence, comme s'il avait vu une pluie de giffles prête à tomber quelque part et comme s'il n'avait pas eu de parapluie pour s'en garantir. M. Crépin et Mme Crépin se mirent entre eux deux ; moi, je calmai maman, on fit sécher le petit Fritot et nous continuâmes notre chemin comme si nous avions tous été les meilleurs amis du monde.

Alors M. Raphaël reprit la parole pour répondre aux questions de maman, et cette fois il ne parla plus de mon frère Sébastien, mais de lui-même.

Écoute bien, papa, et tu verras si son histoire est intéressante.

VII

Il commença par nous dire qu'il n'avait plus ni père ni mère.

Sa mère était morte trois ans après sa naissance et son père quand il n'avait que quatorze ans.

Son père était charpentier et fut écrasé par une poutre qui lui tomba sur la tête.

Heureusement, M. Raphaël était entré en apprentissage six mois auparavant chez un ébéniste.

— Ah! le brave homme, nous disait-il. Ah! l'excellent homme! Quand il vit que j'étais seul sur la terre et que je n'avais pas un sou vaillant, il me garda dans sa maison comme si j'avais été son propre enfant. Il m'enseigna son métier, il a fait bien mieux, il a fait de moi un homme. Si je suis quelque chose, c'est à lui que je le dois.

A lui et à sa femme, la bonne vieille, car elle a eu autant de soins de moi que lui-même.

Là-dessus, M. Raphaël nous fit un tel éloge du vieil ébéniste et de sa femme que tu aurais eu envie de pleurer si tu l'avais entendu.

Puis il nous raconta qu'il s'était engagé à dix-huit ans dans le 28e de ligne, qu'il était resté deux ans au service, qu'il avait été sergent en Afrique, qu'il avait connu là mon frère Sébastien, qu'ils avaient fait campagne pendant trois mois au bord du désert chez les Beni... je ne sais qui, qu'il avait obtenu un congé pour venir voir le père Cerisier, son patron, et que le vieux, comme il l'appelle, lui avait dit :

— Mon garçon, tu as porté les armes pour la patrie et
tu as bien fait, c'est ce que tout le monde devrait faire,
chacun à son tour ; c'est ce que j'ai fait moi-même autrefois, du temps de l'ancien Bonaparte. Mais la paix est
établie pour longtemps et l'on n'a plus besoin de toi ; tu
as le droit de songer un peu à toi-même et à nous qui
t'avons élevé. Tu vas rentrer au logis, tu reprendras ton
métier où tu l'as laissé, tu te perfectionneras et quand je
serai content de toi, eh bien, je te laisserai pour vingt
mille francs ma boutique et ma clientèle, j'irai à Longjumeau dans une maison que j'ai achetée l'année dernière pour m'y retirer avec ma femme. Tu viendras nous
voir tous les dimanches et plus souvent si tu veux, ça
nous fera plaisir en tout temps.

Alors M. Raphaël nous dit qu'il avait répondu :

— Mais votre fonds vaut plus de quarante mille francs
et je n'ai pas le premier sou pour le payer !

Et que le vieux lui avait répliqué tout en colère :

— Qu'est-ce que ça te fait, méchant gamin, si je veux
te faire crédit et si ma femme veut te faire crédit ? Est-ce
que je ne suis plus maître chez moi par hasard ? Est-ce
que je vais me laisser faire la loi par un blanc-bec que
j'ai vu pas plus haut que ça ? Parce que j'ai quatre-vingts
ans et que ma femme en a soixante-seize, est-ce qu'on va
dire que nous radotons, à présent ? Est-ce qu'on va nous
mettre en tutelle ?...

Raphaël avait eu bien de la peine à le calmer. Le vieux
cerisier avait continué :

— Je ne te donne pas mon fonds. Je te le vendrai. Il
ne faut pas gâter les jeunes gens en leur faisant la partie trop belle. Je te le vendrai donc !

Entends-tu bien ! Je te le vendrai !

Mais tu me le payeras dans trente ans, sans intérêts ; et
le jour de l'échéance, si tu ne m'as payé, je le reprendrai.

Je le garde encore quelques mois pour voir si tu n'as pas
oublié le métier, et si le fonds ne périra pas dans tes
mains.

Alors maman qui est un peu curieuse demanda :

— Y a-t-il longtemps que vous avez fait ce marché-l
Monsieur Raphaël ?

— Trois ou quatre mois, à peu près, madame Mercie

Maman ne dit plus rien. Elle avait l'air de penser
quelque chose, mais je ne pouvais pas deviner à quoi.

Alors, pour ne pas laisser tomber la conversation,
qui n'aurait pas été poli, je fis des questions à M. Ra
phaël sur l'Algérie, sur le 28ᵉ de ligne, sur la mer, su
le désert, sur les montagnes de l'Atlas, sur les grand
bois, sur les palmiers, sur les lions, sur les chacals, su
les sangliers, sur les Kabyles, sur mon frère Sébastie
et même à propos de mon frère, je m'aperçus qu'il n
l'avait pas connu très-intimement. Il l'avait conn
approximativement comme le soldat du 101ᵉ de ligne
de M. Noriac, connaissait le champagne, parce qu'il ava
eu « pour camarade de lit le brosseur d'un capitaine qu
en buvait fréquemment. »

Au fond, il avait servi dans le même régiment qu
Sébastien, il avait entendu prononcer son nom, il lu
avait parlé deux ou trois fois, et maman, qui cro
qu'on ne peut pas regarder Sébastien sans l'aimer, ava
deviné le reste.

Malgré tout, M. Raphaël m'amusa beaucoup par se
réponses et sans doute je l'amusai aussi par mes ques
tions, car il ne me quitta presque pas de toute l
journée.

Top et lui avaient l'air d'être d'accord pour me garde
et tu vas voir bientôt que ce n'était pas sans nécessité.

Mais pour bien comprendre ce qui va suivre et com
ment je manquai périr pour la satisfaction de l'amour
propre de M. Schmidt, il faut d'abord que je te ra
conte certaines choses de ce grand et gros Alleman
que tu n'as jamais remarquées.

VIII

Te souviens-tu du jour où ce monsieur entra dans la maison?

Tu venais de renvoyer ton premier garçon parce qu'il t'avait manqué de respect après boire, et qu'il t'avait même proposé d'aller te promener. Alors toi, tu l'y envoyas en le prenant par les épaules, ce qui était bien fait, car il avait cent fois tort.

Un instant après l'Allemand entre d'un air humble, doucereux, poli comme un chien qu'on fouette, et te demande si tu veux le prendre à ton service.

Tu le regardes et tu dis :

— De quel pays êtes-vous ?

— *De Minich en Pafière, mon pon mossieu.*

Tu demandes ce qu'il sait faire, ce qu'il veut gagner. Il répond qu'il fera tout ce que tu voudras, qu'il gagnera ce que tu voudras, qu'il connaît ses devoirs envers ses maîtres, qu'il a été caporal dans l'infanterie bavaroise, qu'il a ses papiers en règle, qu'il est connu à l'ambassade, qu'il est honnête homme, qu'il ne tient pas à l'argent, qu'il n'est venu en France que pour se perfectionner dans son état, qu'ensuite il retournera à Munich où son père et sa mère l'attendent pour lui laisser leur fonds de boulangerie et plus tard soixante mille florins d'économie qu'ils gardent pour leurs vieux jours.

Tu le prends sur sa mine et aussi parce qu'il te coûtait moins cher qu'un ouvrier ordinaire. Maman dit que c'est un bel homme tout frais, jeune encore (vingt-six ans à peine), et elle te dit un jour à voix basse (je vous enten-

2

dis causer de mon cabinet qui est à côté de votre chambre à coucher), que si son père avait vraiment soixante
mille florins à Munich, le grand Schmidt, avec ses cinq
pieds huit pouces et son air bête, pourrait faire un
mari passable pour une fille de sa connaissance.

Toi, je ne sais pas ce que tu as répondu, ni si tu as répondu. Tu te mis à ronfler de manière que je ne pus pas
dormir de la nuit toute entière.

Tu vois, papa, je te rappelle comme les choses se sont
passées. Je ne t'accuse pas, ni maman non plus. Je vous
aime tous deux de tout mon cœur, mais tu vas voir le
reste.

Tant que tu as demeuré à la maison, tout a bien marché. Schmidt travaillait comme un bœuf, mangeait aussi
comme un bœuf, obéissait comme un chien, paraissait
doux comme un mouton, vantait toujours maman et toi
dans tout le voisinage et n'avait enfin qu'un seul défaut.

Je dis : un seul, car je ne compte pas celui de boire
comme une outre. C'est de sa race et de son pays, et
d'ailleurs ça ne l'empêchait pas de travailler.

Non. Son défaut véritable, celui qui me gênait matin
et soir, c'est que cet Allemand ne me perdait presque
jamais de vue, même en travaillant, même en mangeant,
même en buvant, et quand on ne le regardait pas, il
montrait le blanc de ses yeux comme une gazelle et
poussait des soupirs à fendre la muraille.

Ça m'ennuyait beaucoup, moi, et j'en ai parlé deux ou
trois fois à maman pour qu'elle l'avertît de se tenir tranquille.

Mais tu connais maman. Les yeux de gazelle, ça
l'amuse. Elle me dit :

— Qu'est-ce ça te fait, Nini?

Je répondis de mauvaise humeur :

— Ça me fait rire.

— Eh bien, de quoi te plains-tu? Est-ce qu'on a jamais trop d'occasions de rire dans la vie? D'ailleurs, les
Allemands sont tous faits comme ça, tous *Vergismin-*

nicht de la tête aux pieds. Tu ne l'as donc pas lu dans le roman de Monsieur... chose, — tu sais bien, — celui qui va sur l'eau dans un bateau, qui sauve les cuirassiers qui se noient et qui a été mordu par son chien ?

Je répliquai :

— Maman, si tous les *Vergisminnicht* sont faits comme celui-là, ils sont bien ennuyeux.

Alors elle me dit :

— Tais-toi, Nini. Je sais mieux que toi ce qui te convient. Le vrai mari, c'est celui qui est grand, fort et bien portant, qui n'a pas beaucoup d'esprit (moins il en a, mieux ça vaut), qui a beaucoup d'argent, qui connaît les affaires et qui a pris l'habitude d'obéir. Schmidt, vois-tu, est un bon garçon qui connaît le prix d'un sou, qui ne te contredira jamais, et s'il a soixante mille florins d'espérances, comme il le dit, et que son père et sa mère soient des gens honorables, enfin s'il veut venir habiter Paris avec nous, on verra...

Là-dessus, pour ne pas contrarier maman, je ne répliquai pas, mais je pensai à part moi : Papa aura bien sa voix au chapitre, et moi aussi, je suppose, et alors, comme dit maman, on verra.

En attendant, quand le grand Schmidt me regardait avec ces yeux blancs, je tournais le dos ou je cousais avec ardeur, j'ourlais mes mouchoirs, je marquais les chaussettes, je faisais des comptes, et je rageais, oh ! je rageais d'une façon terrible !

Quand tu fus parti, Schmidt redoubla. Ces Allemands sont entêtés comme des mules, et tout ce qu'on peut faire pour les dégoûter de leurs grimaces ne réussit à rien.

Celui-là continuait donc, et même de plus fort en plus fort, lorsque nous fîmes la connaissance de M. Raphaël.

Je t'ai déjà raconté ce qui s'était passé dans les premiers jours et que Schmidt n'aimait ni Raphaël ni Top; mais c'est le jour de notre promenade à Joinville que la bombe éclata.

Tu connais la maison de M. Balandrin. Il faisait beau temps, nous dînâmes dans le jardin. M. Balandrin avait invité plusieurs de ses voisins, et, comme il le dit lui-même, il nous offrit le meilleur vin de sa cave.

Maman se chargea de lui présenter M. Raphaël, en lui disant qu'il avait été sergent dans le 28e de ligne et camarade de Sébastien.

M. Balandrin répondit qu'il était sergent, lui, dans la garde nationale, et que de la garde nationale à l'armée il n'y avait que la main.

Il fut très-poli aussi pour Schmidt, et même il lui dit, pour lui faire un compliment, qu'à sa mise il l'aurait pris pour un Parisien. Ça, c'était flatteur, si l'on veut, car ça voulait dire qu'on est un peu pataud à Munich ; mais l'intention de faire un compliment y était, c'est l'essentiel.

Du reste, je ne sais pas si Schmidt y fit attention, car il avait plutôt l'air de s'informer si la soupe était prête, et comme disait le petit Fritot (Gustave), il flairait de loin l'odeur des sauces.

La première partie du dîner se passa bien. Tout le monde était de bonne humeur et avait bon appétit.

Par hasard ou autrement, mais ce n'était pas ma faute, j'étais placée entre M. Raphaël et maman. Je crois que maman voulait encore parler de Sébastien à quelqu'un et que Raphaël lui paraissait meilleur que personne pour cet emploi.

D'ailleurs chacun s'était placé à sa fantaisie, car la table était ronde, et comme disait joyeusement M. Balandrin, pourvu que chacun ait sa chacune à côté de soi, c'est l'essentiel. Pour preuve il s'était emparé de Mme Fritot, qui est grasse et ronde comme une boule de beurre. De son côté, M. Fritot, pour se venger, avait pris une autre dame qui était maigre comme un clou et qui faisait des mines. Ça me changera, disait-il. M. Crépin et Mme Crépin, n'ayant pu s'ajuster avec personne, étaient demeurés l'un près de l'autre et se querellaient tout le

temps. Suzanne, leur fille, s'était accrochée à Schmidt et
ne le lâchait pas. Schmidt, furieux, levait les yeux au
ciel, les abaissait tendrement sur moi, piquait un gros
morceau de viande avec sa fourchette, ouvrait une
bouche aussi grande qu'un four, soupirait profondément
et enfournait.

Moi, j'écoutais la conversation de maman et de M. Raphaël, je disais mon mot de temps en temps et je regardais avec inquiétude les petits Fritot, qu'on avait mis à
une table à part, qui s'ennuyaient de n'être pas servis les
premiers, qui pariaient à qui ferait le plus de bruit, l'un
avec son verre et son couteau, l'autre avec sa fourchette
et son assiette, et tous deux en criant de toutes leurs
forces.

Pour comble, ils se levaient toutes les trois minutes,
faisaient le tour de la table, allaient embrasser leurs
amis et connaissances, demandaient des gâteaux et des
confitures avant le rôti, trempaient leurs doigts dans la
sauce, les essuyaient aux robes des dames et aux panta-
lons blancs des messieurs, disaient à tout moment : « Je
veux de ça !... Je veux de ça !... Tiens, M. Crépin, pourquoi donc n'as-tu pas plus de cheveux qu'une tête de
veau ? pourquoi donc n'achètes-tu pas des cheveux chez le
coiffeur, comme maman ? »

Tout le monde faisait semblant de rire; mais je t'assure que M. Crépin ne riait pas, ni Mme Fritot.

Cependant, comme je te l'ai dit, tout allait bien, ou à
peu près bien, malgré ces deux petits serpents, lorsqu'on
servit le dessert, et M. Balandrin déboucha lui-même le
vin de Champagne.

Il remplit tous les verres et M. Raphaël, qui, jusque-là,
ne s'était occupé que de maman et de moi, s'écria :

« Je bois à la santé de M. Balandrin ! »

Tout le monde cria et but.

M. Balandrin fit sauter un autre bouchon, et dit :

« Je bois à la santé des dames ! »

Je ne sais pas si c'est pour faire honneur aux dames

ou parce qu'on avait déjà beaucoup bu, mais on cria si fort et si longtemps que M. Balandrin ne pouvait plus se faire entendre.

Enfin il y eut un moment de calme et il en profita pour dire :

« Que les dames étaient ce qu'il y avait de mieux sur la terre ;

« Que les dames étaient belles ;

« Que les dames étaient bonnes ;

« Que les dames avaient plus d'esprit que les anges du ciel ou plutôt qu'elles étaient des anges. »

Alors Mme Crépin s'écria :

— Eh bien! Crépin, tu l'entends! Voilà un homme qui parle bien, et qui nous connaît bien, et qui nous appelle des anges... Prends modèle sur lui, mon Crépin, prends modèle!

A quoi M. Crépin, irrité, répliqua :

— Si M. Balandrin est si charmé des dames, pourquoi donc ne s'est-il jamais marié?

M. Balandrin répondit modestement qu'il ne s'en était pas cru digne, puis il ajouta plus bas et en baissant les yeux :

— Ou peut-être parce que celle à qui j'aurais voulu offrir mes vœux n'était pas libre.

Maman dit qu'il regardait du coin de l'œil sa voisine Mme Fritot ; je crois, moi, qu'il regardait toutes les dames. Enfin, qu'il ait dit ça pour une seule ou pour toutes, nous avons bien ri.

Après ça, M. Crépin but à la santé de la garde nationale dans laquelle M. Balandrin occupait un grade si distingué.

M. Balandrin répliqua en proposant la santé de l'armée française qui était si dignement représentée dans cette petite fête de famille.

Raphaël, au nom de l'armée française en général et du 28e de ligne en particulier, remercia la garde nationale et proposa de faire chanter les dames.

Alors les deux petits Fritot crièrent :

— C'est ça. Faites chanter Suzanne Crépin !

Tous les autres répétèrent :

— Allons, Suzanne, ne vous faites pas prier. Chantez-nous quelqu'une de ces romances que vous chantez si bien.

Alors, quand elle se fut fait prier assez longtemps pour que personne n'eût plus envie de l'entendre, elle se décida, ouvrit la bouche et dit :

> La mer m'attend. Je vais partir demain.
> Sœur, laisse-moi. J'ai vingt ans, je suis homme.
> Je suis Breton et je suis gentilhomme,
> Sur l'Océan je ferai mon chemin.

Tout le monde applaudit. On me proposa de chanter à mon tour. Je dis que j'étais enrhumée. Alors Suzanne, animée par son premier succès, commença sans en être priée une autre romance :

> Quand vous verrez tomber, tomber les feuilles mortes,
> Si vous m'avez aimé, vous prierez Dieu pour moi.

— Ça, dit mon voisin, c'est d'une gaieté à porter le diable en terre.

Alors M. Balandrin lui cria de sa place :

— Et vous, Monsieur Raphaël, chantez-nous quelque chose un peu, pour voir.

Il répondit :

— Je ne sais pas chanter, mais si vous avez un cor de chasse, je vous jouerai un air sur la rivière.

— Oh ! oui, oui, ce sera charmant, disaient les dames. Les petits Fritot battaient des mains et poussaient des cris de joie. M. Balandrin envoya chercher un cor dans le voisinage et tout le monde se leva de table pour monter en bateau.

Mais c'est là que le gros Schmidt voulut se signaler.

Jaloux sans doute de ce qu'on n'avait pas fait attention
à lui pendant tout le dîner, excepté pour lui offrir à boir
et à manger, il voulut montrer qu'il était, lui aussi, un
artiste, et tirant de sa poche une clarinette qu'il y tenai
cachée, il commença à jouer un air de valse.

Malheureusement tout le monde était pressé de s'em
barquer. Cinq heures du soir venaient de sonner. On n'a
vait plus que trois heures de jour pour se promener su
la Marne, on écouta donc à peine. Suzanne Crépin avai
beau nous faire signe d'attendre et de prendre pa
tience, elle avait beau donner des marques d'admiratio
à Schmidt et menacer les petits Fritot qui voulaient
toute force s'en aller. Voilà que l'aîné (Gustave) se mit
dire tout à coup :

— Ah ! zut ! ça m'ennuie. Viens, Henri.

Il partit en courant et son frère le suivit en criant:

— Il joue de la clarinette comme l'aveugle du pon
des Arts.

Par malheur, Top, qui était de l'avis des petits Frito
ou qui peut-être voulait se venger de Schmidt, se mit
hurler comme les loups dans les bois.

Schmidt, qui avait pris un air inspiré et qui jouait auss
fort que s'il avait voulu se faire entendre à six lieues d
là, essaya d'abord de couvrir la voix de Top, mais To
qui se croyait peut-être au Conservatoire et qui tenait
remporter le prix, se mit à hurler encore plus fort. Le
veines de Schmidt s'enflaient, les yeux se gonflaient
ses joues rougissaient, son front se couvrait de sueur
plus il soufflait dans sa clarinette, plus Top aboyait
Tout le monde riait.

A la fin M. Balandrin leur fit signe à l'un et à l'autr
de se taire et qu'il était temps de s'embarquer. Alor
nous prîmes le chemin de la Marne qui n'est qu'à ving
pas de là, comme tu sais, au fond du jardin de M. Ba
landrin.

C'est là, papa, que nous avons eu une terrible aventure

IX

Il faut que tu saches d'abord que nous étions dix-huit personnes à embarquer y compris mon ami Top, et que M. Balandrin n'avait pu trouver que deux barques, — une grande et un youyou qui suivait la grande.

C'était assez, mais ce n'était pas trop. Surtout quand on pense à M. et Mme Crépin qui pèsent bien chacun cent dix kilos pour le moins. M. Crépin pèse un peu plus, mais sa femme pèse un peu moins, c'est elle qui nous l'a dit à la dernière foire de Saint-Cloud. Elle ajouta même, et elle en était assez fière, qu'elle avait diminué de près de deux kilos depuis l'année précédente.

Comme la grande barque était la plus sûre des deux (M. Balandrin, son propriétaire, en répondait autant que de lui-même) tout le monde s'y entassa — les dames d'abord, puis les messieurs. — M. Fritot, qui est allé au Havre, il y a trente ans, pour voir un de ses oncles qui était timonier à bord du *Lamothe-Piquet,* étant pour cette raison le marin le plus consommé de toute la société, prit le gouvernail, les autres prirent les rames et la grande barque s'avança en pleine Marne avec la majesté d'un vaisseau à trois ponts.

Du moins, c'est M. Fritot qui nous le dit, et nous le crûmes volontiers parce que ça flattait notre amour-propre.

Un peu en avant de nous, M. Raphaël était seul dans son youyou avec mon ami Top qui n'avait pas voulu le quitter, de peur sans doute de recevoir les coups de pied de Schmidt, ou peut-être de peur de l'entendre jouer de la clarinette. Mais tu vas voir l'instinct de ce brave animal.

Comme le youyou marchait beaucoup plus vite que notre barque et pouvait se laisser dépasser et ensuite nous rattraper aisément, M. Raphaël prit son cor de chasse et commença par où tout le monde commence, c'est-à-dire par jouer l'air du bon roi Dagobert, qui

> Mettait sa culotte à l'envers.

Mais si tu avais entendu comme c'était différent de tout ce qu'on joue ordinairement, quoique ce fût le même air ! Ça ne ressemblait à rien de ce que tu connais ; ça vous conduisait dans la forêt des Ardennes, à la suite des loups et des sangliers ; ça vous ramenait au palais ; ça vous faisait penser au bon vieux roi si mal culotté et ensuite à saint Eloi, le grand évêque, le sage conseiller qui veillait à la sûreté de son prince.

> Votre Majesté
> Pourrait bien s'blesser.

Ça faisait rire, ça faisait rêver, ça faisait même dormir un peu ; car Mme Crépin laissa tomber son menton sur sa poitrine et faillit tomber dans la rivière. M. Crépin dit qu'elle avait trop bien dîné, ce qui fit rire tout le monde et la mit dans une colère terrible.

Enfin le succès de M. Raphaël fut complet. Tout le monde, excepté Schmidt, lui cria de recommencer ; mais alors il se fit prier en disant qu'il s'ennuyait tout seul dans son youyou ; que si l'on voulait l'entendre, il fallait que deux ou trois dames au moins vinssent lui tenir compagnie, et qu'alors il jouerait tout ce qu'on voudrait et en particulier des airs arabes qu'il avait appris quand il était au régiment avec Sébastien.

En même temps il regardait maman et moi du coin de l'œil, maman surtout qui ne se sentait pas d'aise d'entendre des airs que mon frère avait chantés ou entendu chanter dans le désert.

Je ne disais rien, moi; mais j'avais une envie folle de m'embarquer dans le joli youyou qui courait sur la rivière comme un lièvre dans la plaine.

Qu'aurais-tu fait à ma place?

Si maman avait voulu monter dans le youyou, et si tu avais été ta fille, l'aurais-tu retenue par le bras, afin de l'empêcher d'être heureuse pendant un quart d'heure?... Non, n'est-ce pas?

Et si tu avais été moi, est-ce que tu aurais laissé maman monter seule dans un youyou, au risque de se noyer, et n'aurais-tu pas voulu la suivre afin de te noyer avec elle ou de lui sauver la vie en cas de danger, ou, ce qui est plus facile encore, de te promener tranquillement sur la Marne?

Je te fais cette question, papa, qui d'abord ne paraît pas bien nécessaire; mais ce n'est pas comme tu pourrais croire pour l'unique plaisir de bavarder; c'est parce que tout ce qui suivit est venu du profond désir que maman avait de monter dans le youyou, et de ce que je ne pouvais pas m'empêcher de la suivre (car une fille doit toujours suivre sa mère partout).

D'un autre côté, il n'aurait pas été convenable de faire des observations à maman; et maman qui est très-bonne, mais qui tient comme tu sais à ses opinions, ne les aurait peut-être pas bien reçues.

Aussi quand elle me demanda :

— Nini, qu'est-ce que tu dis de la proposition de M. Raphaël?

Je répondis vivement, parce que je voyais au fond qu'elle le désirait :

— Oh! oui, maman! Oh! oui!

Tu comprends, papa. Ce n'était pas tant pour mon plaisir que pour le sien, ce que j'en faisais, et pour ne pas laisser croire aux autres personnes qui étaient là que je pouvais n'être pas du même avis que maman. D'ailleurs, comme je t'ai dit, au fond ça ne m'ennuyait pas. Au contraire.

Alors, maman qui comprit bien mon idée s'empressa de dire :

— Puisque Nini le veut, nous allons monter dans le youyou de M. Raphaël.

Tout le monde se mit à crier :

— Mais vous êtes folle, mame Mercier ; vous allez vous noyer avec Nini. Vous voyez bien que M. Raphaël ne peut pas conduire la barque, jouer du cor et se jeter à l'eau pour vous repêcher si vous tombez dans la Marne. Ce ne serait pas trop de trois hommes pour faire ces trois choses à la fois.

Au fond, les dames en parlaient par jalousie contre maman et contre moi, parce que le youyou était bien plus élégant et marchait bien plus vite que la grande barque où tout le monde était entassé comme des pruneaux.

Alors je sautai dans le youyou en donnant la main à M. Raphaël, qui me dit tout bas (ça je l'avoue) : — Mademoiselle, je vous remercie d'avoir eu confiance en moi.

Je ne savais pas trop pourquoi il me parlait tout bas. A tout hasard je me mis à rire, ce qui me dispensait de répondre. J'ai entendu dire à une dame très-savante que c'était très-avantageux, parce qu'on pouvait montrer ses dents quand elles étaient blanches, parce que ça donnait un air de bonne humeur qui fait plaisir à tous les hommes, et aussi parce que ça ne signifiait rien et que ça ne vous engageait à rien.

Pardonne-moi, papa, de te raconter toutes ces choses en détail. D'abord, je n'ai rien de caché pour toi. Ensuite il faut bien que tu connaisses tous les détails de mes aventures pour que tu puisses en juger.

Pour revenir à notre embarquement, j'étais assise déjà dans le youyou en face de M. Raphaël et j'attendais maman lorsque tout à coup le grand Schmidt se met à dire :

— *Bâdrone, bâdrone, ne fous embarguez bas tans le youyou. Fus allez fus noyer.*

Alors M. Raphaël leva les épaules comme s'il avait voulu répondre :

— Imbécile !

Mais il n'ouvrit pas la bouche et donna seulement la main à maman pour passer dans le youyou.

Elle était occupée à ranger sa robe pour ne pas l'accrocher en passant au bord de la grande barque. Voilà que Schmidt reprend :

— *Bâdrone, matame Mercier, bâdrone, fus allez fus noyer. C'est tangereux au brindemps...*

— Et en été aussi, cria M. Fritot.

En même temps ce gros Allemand la retenait par le pan de sa robe. Maman criait : Lâchez-moi donc ! Mme Crépin et Mme Fritot voulaient la garder. Les petits Fritot voulaient la suivre et monter avec nous sur le youyou. Top, mon bon chien, Top qui me léchait les mains, tourne la tête, voit que maman n'ose pas sauter parce que Schmidt la retient, et se met à aboyer contre Schmidt qui lâche prise, et saisit un bâton pour frapper Top. Maman profite de ce moment et entre dans le youyou.

M. Raphaël allait démarrer lorsque Schmidt toujours entêté dans son idée, lui crie :

— *Attention tonc, Ch'ai quelque chose à tire à la bâdrone !*

Puis se tournant vers maman :

— *Gu'est-ce gue che tirai au bâdron si fus fus noyez, matame avec mam'selle ?... Che tirai que ch'ai fulu fus saufer la fie et gue.....*

Alors je lui répondis vivement :

— Vous lui direz, monsieur Schmidt, que nous n'avons pas voulu.

A ce mot, M. Raphaël se met à rire et pousse le youyou dans le courant. Mais vois l'entêtement de l'Allemand ! Il crie :

— *Eh pien, dant bis, che fais afec fus tut de même.*

Et comme il était debout sur le bord de la grande barque, il prend son élan et vient tomber dans le youyou.

Tout le monde se mit à crier; du moins on me l'a dit après, car je n'ai pas eu le temps de l'entendre ou de le voir. Ce grand nigaud d'Allemand avait mal pris son élan et tomba sur le bord du youyou, qui chavira en un clin d'œil avec maman, Top, M. Raphaël et moi.

Bien entendu, Schmidt alla plus au fond que tous les autres, étant plus lourd; mais des gens comme ça ne comptent pas ou ne devraient pas compter dans la nature, tant ils sont nés pour ennuyer les autres et leur être désagréables.

Il faut te dire, papa, que la Marne était très-grosse ce jour-là. Il avait plu quelques jours auparavant, et quand j'arrivai au fond de l'eau, j'en avais au moins quinze pieds par-dessus la tête. Pour comble, maman et moi, au moment où le malheur arriva, nous avions toutes deux la bouche ouverte pour crier à Schmidt de rester dans la grande barque, de sorte que nous n'eûmes pas le temps de la refermer à propos et que nous bûmes plus d'eau en vingt secondes qu'on n'en pourrait mettre dans deux carafes de grandeur ordinaire.

Maman surtout, parce qu'elle resta plus longtemps sous l'eau avant d'être repêchée.

Car tu t'imagines bien que nous ne sommes pas sorties de là sans être aidées.

Au moment où je venais de boire plus que ma soif ou, comme disait M. Crépin, plus que ma suffisance, voilà que je remonte à la surface de l'eau et que je m'accroche au hasard à quelque chose ou à quelqu'un qui flottait à côté de moi.

Le quelqu'un, c'était M. Raphaël. Le quelque chose, papa, je suis un peu honteuse de le dire, mais ce n'est pas ma faute, puisque l'eau m'aveuglait, et que, d'ailleurs, au moment de se noyer, on s'accroche à ce qu'on trouve, quand ce serait la pointe d'une baïonnette, le quelque chose, c'était le cou du même Raphaël, autour duquel j'avais passé mes deux bras comme si ç'avait été toi ou mon frère Sébastien.

Du reste, comme tu penses bien, je n'eus pas le temps de faire des réflexions, car M. Raphaël nageait d'une main en me poussant doucement vers le bord avec l'autre, et comme il me voyait effrayée, il disait :

— N'ayez pas peur, Mademoiselle, tenez-moi bien par le cou, serrez-moi de toutes vos forces avec vos bras. Ça ne me gênera pas. Au contraire !

Et en effet on aurait cru que ça l'aidait à nager, tant il nageait bien.

Malgré tout, je fus bien aise d'arriver au bord, de m'accrocher à un peuplier et de me sentir enfin sur terre, en sûreté. M. Raphaël sortit de l'eau à son tour, ruisselant comme tu peux croire, se secouant comme un chien mouillé, et recevant mes remerciements d'un air aussi tranquille que si c'était son métier de repêcher les gens dans la Marne.

Mais en regardant partout je vis que maman avait disparu. Pauvre maman ! Elle était restée sous l'eau. Un moment je la crus noyée. Je criai comme si elle avait pu m'entendre :

— Oh ! maman ! maman ! où es-tu ?

La grande barque était restée à peu près à l'endroit où nous avions chaviré, et M. Balandrin me répondit :

— Restez où vous êtes, Nini. Nous la cherchons.

En effet, il sondait la rivière avec des perches. Les voisins arrivaient de tous côtés. On disait : Pauvre mame Mercier, c'est bien malheureux à son âge ! Est-ce qu'il n'y a pas moyen de la sauver ? Où est-ce qu'elle est tombée ? D'autres disaient : Elle se sera embarrassée dans les herbes ; ou bien le courant l'aura entraînée.

A présent que maman est vivante et bien portante à côté de moi, je puis te dire, papa, qu'il y aurait eu de quoi rire en entendant tout cela, si je n'avais pas eu peur de perdre maman pour toujours.

Au reste, ça ne dura pas plus d'une minute. M. Raphaël qui regardait, comme moi, dans la rivière, s'écrie tout à coup :

— Mademoiselle, je vois Top qui tient un pan de robe à la gueule et qui essaie de nager vers nous. Je suis sûr que c'est votre mère. Attendez-moi là, je vais les chercher.

Et avant que j'aie eu le temps de répondre, il saute dans la Marne et se met à faire des brasses, oh ! papa, des brasses magnifiques, des brasses de trois pas de long. En même temps il appelait : Top ! Top ! Et la pauvre bête faisait tous ses efforts pour le rejoindre, mais n'avançait pas, et allait se noyer quand il arriva.

Oh ! papa, c'était elle ; c'était maman.

Quand le youyou eut chaviré, elle tomba naturellement au fond de l'eau et fut entraînée par le courant sous la grande barque, de sorte que M. Balandrin et les autres ne la virent pas d'abord, et que sans Top... non, je ne veux pas y penser !

Heureusement Top la chercha, saisit un pan de sa robe avec les dents et la maintint à la surface, à moitié évanouie, jusqu'à ce que Raphaël l'eût ramenée vers le bord, comme il avait fait pour moi, mais avec le secours de M. Balandrin et de sa barque.

En même temps, Top, qui n'en pouvait plus et qui déjà ne remuait presque plus les pattes de devant, fut recueilli par M. Raphaël, qui reçut à cette occasion les compliments de tout le monde et les miens en particulier, comme tu peux croire.

X

Maman commençait à rouvrir les yeux et à m'embrasser, lorsque Suzanne Crépin, qui avait, comme je t'ai dit, des vues particulières sur le grand Schmidt, demanda tout à coup :

— Et M. Schmidt? Qu'est-ce qu'il est devenu? Est-ce que vous allez le laisser noyer?

Maman, qui était en colère — et il y avait de quoi — à cause du bain qu'elle venait de prendre, répondit :

— Ma foi, Suzanne, si celui-là s'est noyé, il ne s'en est pas perdu pour beaucoup d'argent !

Suzanne allait se fâcher, car elle comptait sur l'Allemand pour décoiffer sainte Catherine qu'elle a coiffée depuis quatre ou cinq ans au moins, mais M. Fritot lui dit :

— Hé ! le voilà ! le voilà !

Il montrait du doigt la tête du gros Schmidt qui était engagée dans les roseaux et qui appelait au secours de toutes ses forces.

On alla le dégager avec la barque et nous rentrâmes tous chez M. Balandrin, qui chercha dans le fond de ses armoires tout ce qu'il avait de linge et d'habits d'homme ou de femme pour nous les donner, pendant que sa servante lavait notre linge et nos habits et les faisait sécher au coin d'un grand feu.

Les voisins aussi nous prêtèrent des robes, des jupons, des fichus, et montrèrent tant d'empressement que M. Balandrin, pour les remercier, les invita à danser

avec nous et commanda le souper chez un restaurateur
de Joinville.

A cette nouvelle, la joie fut générale, comme tu peux
penser. Les voisins, qui avaient déjà ri en nous voyant
tomber à l'eau, mais qui étaient venus à notre secours,
bénissaient le bon Dieu qui leur avait envoyé des noyés
si bien portants. M. Balandrin ne faisait que descendre
dans la cave et remonter les bras chargés de bouteilles.
M. Fritot alla chercher un violon et se mit à l'accorder,
en l'appuyant sous son menton d'un air de connaisseur.
Les petits Fritot se bouchèrent les oreilles en poussant
des cris dès qu'ils entendirent les grincements de l'ar-
chet. De là ils coururent au jardin pour monter dans les
cerisiers et manger les cerises en cassant toutes les
branches. M. Crépin nous expliqua je ne sais quoi que
personne n'entendit; je crois qu'il voulait dire que nous
étions bien heureuses, maman et moi, d'être tombées
dans la Marne ce jour-là plutôt que la veille ou le lendemain, et à cet endroit plutôt qu'au dessus ou au-dessous, et que c'était une grande marque de la protection
de Dieu...

Il nous en aurait dit plus long, mais sa femme l'arrêta:

— Toi, Crépin, laisse-nous tranquilles avec tes sermons. Nous aimons mieux danser. N'est-ce pas, Suzanne?

En effet, Suzanne aimait mieux, j'aimais mieux, tout
le monde aimait mieux.

Alors M. Fritot cria :

— Mesdames et messieurs, en place pour la contredanse !

Et tout le monde se mit en place, comme il en avait
donné l'ordre.

Naturellement, le premier qui m'invita fut M. Raphaël, ou s'il n'arriva pas le premier, je fis comme s'il
était arrivé ; je lui devais bien ça pour m'avoir retirée
de l'eau. Qu'en penses-tu, papa ? Si tu étais en train de
te noyer et si une jeune et jolie demoiselle te sauvait la

vie, tu ne refuserais pas de danser une contredanse avec elle, n'est-ce pas ?

Eh bien, pour moi, c'était la même chose, ou plutôt c'était tout le contraire. Enfin, je me comprends et tu me comprends bien aussi, sans que je m'explique davantage.

M. Raphaël, donc, me prit par la main et me conduisit à un bout de la salle pour faire face à Suzanne Crépin et au malheureux Schmidt, qui, pour se venger de n'avoir pas pu nous noyer, maman, Top et moi, arrondissait les bras et faisait le gracieux avec Suzanne, en regardant si quelqu'un le voyait, et croyant me rendre un peu jalouse.

(Tu sais... maman lui avait peut-être donné des espérances, à cause des thalers qu'il disait toujours que son père possédait en Bavière ; mais moi, jamais ! je le trouvais bête et laid.)

Enfin nous commençons la chaîne anglaise. Le grand Schmidt roulait des yeux à faire rire une carpe frite, comme tu dis quelquefois. Il faisait de grands pas, comme s'il avait voulu arpenter la salle ; il allongeait comme les branches d'un compas ses jambes déjà si longues ; il frappait le plancher de ses talons ferrés : c'était un tapage à ne pas s'entendre. A la fin, M. Balandrin, ennuyé, lui dit, mais en faisant semblant de rire :

— Ah ça ! Schmidt, est-ce que vous voulez défoncer toute ma maison ?

Un autre aurait compris et se serait tenu tranquille. Pas du tout. L'Allemand lui répondit avec arrogance :

— *Eh pien ! bère Palandrin, si l'on téfonce fotre maison on la baiera !*

Tu vois comme c'était poli.

M. Balandrin, qui est bon enfant, mais qui n'aime pas trop qu'on se moque de lui, demanda, faisant toujours semblant de rire :

— Et avec quoi payerez-vous, Schmidt ?

L'autre, toujours plus grossier, lui répliqua que ça ne

regardait pas M. Balandrin ; qu'il était bon pour répondre de vingt mille, de cent mille thalers ; qu'il était venu
pour danser, et qu'il danserait si ça lui faisait plaisir, et
avec qui lui ferait plaisir ; qu'il danserait à la mode de
son pays, qu'il n'avait d'ordre à recevoir de personne...

Comme il avait beaucoup bu avant de tomber à l'eau,
le vin, la bière et l'eau-de-vie lui montaient à la tête à
mesure qu'il parlait ; à la fin il se mit à crier si fort en
montrant le poing à tout le monde, que je commençai à
avoir peur de quelque accident.

Tout à coup, comme M. Balandrin s'approchait de lui
pour le mettre à la porte de la salle, Schmidt saisit un
grand couteau à découper qui se trouvait sur la table et
se jeta sur lui pour le poignarder. Si tu l'avais vu, papa,
c'était effrayant !

Maman et les autres dames poussèrent des cris. Les
petits Fritot se cachèrent dans les jambes de leur père,
qui se mit devant sa femme pour la protéger. Suzanne
Crépin criait : « Monsieur Schmidt ! Monsieur Schmidt ! »
M. Balandrin cherchait une chaise pour parer le coup
de couteau, et j'avais, moi, une telle frayeur, que je me
pendais, sans le savoir, au bras de M. Raphaël.

Lui regardait tout ce tapage en riant d'abord, car il
aime à rire de tout, mais quand il vit le couteau dans la
main de Schmidt furieux, il me dit tout bas :

— N'ayez pas peur, Mademoiselle. Je vais le mettre à
la raison. Regardez seulement.

En même temps, il prit une baguette d'osier qu'il
avait coupée avant dîner dans le jardin, et d'un coup qui
siffla dans l'air comme le claquement d'un fouet il cin-
gla la main de Schmidt, qui tenait le couteau et qui allait
frapper M. Balandrin.

Tout cela ne dura pas deux secondes.

Schmidt poussa un cri de douleur, ouvrit la main et
lâcha le couteau. Le sang jaillissait de ses gros doigts
épais comme des boudins et durs comme du bois. Il se
mit à jurer dans sa langue et à blasphémer le bon Dieu,

Notre-Seigneur Jésus-Christ, la Sainte Vierge et tous les saints. Il montrait le poing à M. Raphaël et criait :

— *Queux! Scélérat! Pricand! Che te saignerai comme un boulet!*

— En attendant, répondit M. Raphaël, va te faire panser, mon garçon !

Et comme l'autre continuait toujours ses cris et ses menaces, il le prit par les épaules et le mit dehors, ce qui fit plaisir à tout le monde.

Tu peux deviner comment on remercia M. Raphaël, particulièrement M. Balandrin qui lui devait peut-être la vie. Il répondit en riant :

— Ce n'est rien. S'il avait continué à faire le méchant, j'avais quelque chose de mieux à son service... Allons, la main aux dames, et en avant deux !

On recommença la contredanse, et après on dansa des valses, des polkas, des redowas, des mazurkas jusqu'à minuit.

Mais alors M. Balandrin annonça que le souper était servi. Maman fit semblant de vouloir s'en aller, et n'en avait pas plus envie que moi. On eut du poulet froid, du jambon, du punch, du vin chaud, du vin ordinaire, de la bière, et l'on soupa si gaiement qu'on devait nous entendre rire depuis Nogent-sur-Marne jusqu'à Charenton, tout le long de la rivière.

A la fin il fallut se lever de table, danser encore un peu et partir.

A ce moment Suzanne Crépin demanda :

— Qu'est devenu M. Schmidt ?

M. Balandrin répondit qu'il avait dû se jeter à l'eau et qu'il avait bien fait, car on ne pouvait plus le recevoir dans une société honnête.

Suzanne se mit à soupirer.

Maman dit :

— Qu'est-ce qui va faire le pain cette nuit ? Demain il faudra fermer ma boutique. Les pratiques ne seront pas contentes.

3.

Alors une voix lamentable s'éleva du fossé de la route, tout près du bois de Vincennes et cria :

— *N'ayez grainde, matame Mercier. Che verai votre bain gomme à l'ortinaire, guoigue ch'aie la main pien enflée...*

— C'était la voix de Schmidt.

Maman, qui est bonne, nous dit :

— Le pauvre garçon est un peu ivrogne et querelleur comme tous les Allemands; mais il est bon enfant au fond; il n'a pas de rancune. Nous pouvons bien l'emmener avec nous. Qu'en pensez-vous, Monsieur Raphaël?

Alors, M. Raphaël, qui est toujours de l'avis de maman, répondit :

— Ce sera comme vous voudrez, Madame Mercier !

— Mais n'est-ce pas que j'ai raison de l'emmener avec nous?

— Madame Mercier, vous avez toujours raison !

Et maman, contente d'être approuvée, dit à Schmidt :

— Vous voyez, mon garçon, je vous pardonne pour cette fois, mais n'y revenez pas !

Alors Schmidt nous fit mille excuses, dit qu'il avait eu bien tort, qu'il en demandait pardon à toute la société, et pour preuve il tendit la main à M. Raphaël et promit d'être toujours son ami.

M. Raphaël se fit un peu prier, leva les épaules et enfin, sur l'ordre de maman, lui donna la main à son tour, mais il me dit tout bas :

— Je n'ai pas confiance dans les excuses de ce plat gueux. Il en dit trop pour être cru. Tous ces Allemands sont faux et menteurs.

Mais comme Schmidt ne l'intéressait guère ni moi non plus, et comme il avait d'autres histoires à me raconter, il pressa le pas avec moi.

Nous étions alors dans le bois de Vincennes, au clair de lune, et nous eûmes ensemble, à cinquante pas de maman qui donnait le bras à M. Fritot et la main aux petits Fritot, la conversation que tu vas entendre.

Rappelle-toi bien, papa, que j'ai promis de dire la vérité,
toute la vérité, rien que la vérité comme si j'étais en présence de Dieu même, et ne te fâche pas trop si quelque
chose ne te convient pas dans mon histoire.

XI

Nous marchions l'un à côté de l'autre, Raphaël et moi,
dans l'allée que nous avions suivie le matin. J'avais à la
main mon ombrelle et lui portait sur le bras gauche une
partie des bagages de maman, le gros châle de laine de
Mme Fritot, le parapluie de Mme Crépin qu'elle emporte
toujours à la campagne, qu'il fasse pluie ou beau temps;
le ballon du petit Fritot, les volants et les raquettes de
Suzanne Crépin, et quelques autres objets que je ne me
rappelle pas. On aurait dit un marchand de jouets d'enfants.

Comme je riais un peu de le voir si chargé, pour me
montrer qu'il ne l'était pas trop, il m'offrit de prendre
mon ombrelle par-dessus le marché, et même il ajouta
que l'ombrelle l'aiderait à porter le reste.

Naturellement je me mis à rire encore plus fort, mais
je n'acceptai pas, et nous marchâmes quelques moments
à côté l'un de l'autre sans parler, je ne sais pourquoi,
car il avait eu l'air d'abord d'avoir mille choses à me
dire, et j'attendais, comme tu peux croire, qu'il parlât le
premier. Maman m'a toujours dit que c'est aux jeunes
gens de commencer et non aux jeunes filles.

Encore s'il avait été timide! Mais je l'avais vu et entendu toute la journée, et je t'assure qu'il n'avait pas
l'air d'un homme qu'on embarrasse facilement. On a-

rait cru plutôt qu'il était partout chez lui et de la famille, tant il était aimable, poli et à son aise avec tout le monde.

A la fin, comme je commençais à m'impatienter de son silence et à demeurer moi-même interdite, il ouvrit la bouche pour dire :

— La belle soirée que nous avons eue, Mademoiselle !

Il lâcha cette pensée en soupirant comme s'il venait de faire un grand effort, et il attendit ma réponse d'un air inquiet.

Moi, pour l'encourager et aussi pour relever la conversation, je dis quelque chose sur le clair de lune, — je ne me rappelle pas bien quoi, mais quelque chose qui devait être plein de bon sens, car il répliqua que j'avais bien raison, et aussitôt après il ajouta qu'une soirée ou plutôt une nuit si belle devrait toujours durer.

Ensuite, comme je ne disais ni oui ni non, il reprit :

— N'êtes-vous pas de mon avis, Mademoiselle ?

Pour ne pas être moins polie que lui qui venait de me trouver si raisonnable, je reconnus qu'il avait bien raison, lui aussi ; mais tout cela ne l'avançait pas beaucoup. On aurait cru qu'il parlait d'une chose et qu'il pensait à une autre, tant il était distrait.

Il revint au clair de lune, puis à la lune, aux étoiles et enfin à la peur que j'avais dû avoir en tombant dans la Marne quand le youyou avait chaviré. Là, j'étais sur mon terrain et j'avais de quoi parler. Je le remerciai de tout mon cœur de m'avoir repêchée dans l'eau et d'avoir repêché maman. Je lui dis que toi, papa, dès ton retour à Paris, tu serais bien heureux de faire sa connaissance et, qu'étant déjà le camarade de mon frère Sébastien, il pouvait être sûr de l'amitié de toute la famille. Tu ne me démentiras pas, je pense ?

Il me remercia à son tour comme si je lui avais sauvé la vie, et il ajouta modestement que Top avait fait autant que lui ; que d'ailleurs il n'avait pas de mérite à bien nager, s'étant exercé dès l'enfance comme les ca-

nards, et, pour preuve, il me raconta qu'étant un jour
en garnison à Saint-Cloud, il avait traversé la Seine
cinq fois de suite, à cent pas du pont, sans mettre le
pied par terre.

Tout en causant, nous étions arrivés à peu près à
moitié chemin, entre Joinville et Saint-Mandé, lorsque
maman nous appela, aidée de Mme Crépin, de Mme Fritot
et des autres, pour redemander les bagages. Tout le
monde avait froid, excepté nous. M. Raphaël, toujours
complaisant, rendit à chacun ce qu'il appelait en riant
« son butin, » et, se trouvant libre avec moi, m'offrit le
bras. Comme nous n'étions fatigués ni l'un ni l'autre, et
que la fraîcheur de la nuit nous donnait des forces,
nous courûmes un peu en avant.

C'est là, papa, que mon histoire, que tu trouves peut-
être un peu longue, devient tout à fait intéressante. Je
tâcherai de te dire aussi exactement que possible ce qui
s'est passé.

Raphaël me dit d'abord que je dansais comme un ange.

Je me mis à rire, très-contente, mais ne sachant que
répondre à ce compliment, et réellement je ne répondis
rien, excepté que je dansais comme tout le monde et que
Suzanne Crépin en particulier...

A quoi il répliqua d'un air indigné que Suzanne Crépin était à cent piques au-dessous de moi et qu'elle dan-
sait comme un plomb. (Ça, c'est vrai.)

Il ajouta, — tu vois que je ne te cache rien, — que je
lui avais fait l'effet d'un soleil la première fois qu'il
m'avait aperçue au comptoir, et que pour cette raison il
était entré tout de suite dans notre boutique.

Alors je répondis en riant :

— Voilà donc pourquoi vous étiez si difficile dans le
choix des pains d'un sou ? Rien ne vous paraissait ni
cuit à point, ni frais, ni bon.

— Oui, c'est pour cela, Mademoiselle.

Et il me raconta qu'à dater de cet heureux jour, excepté
les heures de travail, il avait passé tout son temps à rôder

autour de la maison, qu'il avait acheté quatre ou cinq
fois plus de pain qu'il n'en pouvait manger, même en se
faisant aider d'un camarade, qu'il s'était informé dans le
voisinage, qu'il avait entendu dire beaucoup de bien de
toi, de ma mère, de moi, mais qu'on lui avait parlé aussi
d'un projet de mariage et du gros Schmidt, qu'il en avait
été désespéré, qu'il avait pris alors la résolution de venir s'établir près de nous, dans la maison même, pour
surveiller de plus près les intrigues de ce Bavarois, qu'il
avait fait la cour à Top pour avoir un ami chez nous, qu'il
avait mis Mme Pindré, la portière, dans ses intérêts, qu'il
passait la moitié de ses nuits derrière sa fenêtre à regarder la mienne qui est en face, au cinquième ; enfin, et ce
fut son dernier mot, qu'il m'aimait de toutes ses forces, de tout son cœur, qu'il donnerait sa vie pour
moi...

Et il avait l'air de me demander ce que j'en pensais.

Veux-tu savoir, papa, où j'en étais?

D'abord, j'étais contente au-delà de tout ce que tu peux
croire.

Maman me traite toujours comme une petite fille et
paraît croire que je n'ai pas plus de quatorze ans, quoique j'en aie déjà près de dix-huit. Ensuite, vous m'appe-
lez toujours Nini comme à l'âge de trois mois, et quoique ce nom me fasse plaisir, venant de vous, au fond
il est un peu trop jeune pour une jeune fille qui sera
majeure dans trois ans. Enfin, c'est la première fois
qu'un jeune homme me disait à moi, en face, que je suis
jolie, et ça fait toujours plaisir.

Schmidt a essayé quelquefois de le dire, lui aussi,
mais Schmidt est une grande et grosse bête qui ne sait que
parler des cinquante mille thalers de son père et de son
oncle, et de l'héritage qu'il attend. Je sais bien qu'il convenait assez à maman; c'est qu'elle ne voyait là-dedans
que les cinquante mille thalers, qui sont jolis, et qu'elle
fermait les yeux pour ne pas voir Schmidt, qui est laid et
ivrogne.

Enfin Schmidt ne comptait pas, excepté pour maman, et encore !

Je te disais donc que la déclaration de M. Raphaël (c'est bien une déclaration, je crois, mais je ne m'y connais pas encore) m'avait fait un vrai plaisir... J'en étais contente d'abord, peut-être sans savoir pourquoi, mais surtout j'en étais fière.

J'en étais là pendant que Raphaël me parlait. Je le trouvais gentil, je le trouvais aimable, je lui savais gré d'avoir fait tant d'efforts pour se rapprocher de moi, je lui savais gré de m'aimer, et enfin le son de sa voix me faisait un plaisir extraordinaire et me chatouillait jusqu'au fond de l'âme.

Tu vois, papa, que je ne te cache rien. Qu'aurais-tu répondu à ma place ?

Moi je répondis tout simplement :

— Monsieur Raphaël, je crois que maman m'appelle.

Et comme il essayait de me retenir, je fis quelques pas en arrière et je dis très-haut :

— Maman, est-ce que tu ne m'appelles pas ?

— Mais non, Nini, mais non ! répliqua maman.

— Ah ! c'est singulier ! Je croyais...

Alors M. Raphaël me prit la main et me dit tout bas en la serrant doucement (oh ! bien doucement, je t'assure !) :

— Ne m'aimerez-vous jamais ?

— Je ne sais pas. Demandez à mon père, à ma mère.

— Je leur demanderai. Mais vous... Ne pourrai-je pas vous voir, vous parler ?

— Moi, non ! Mais maman qui vous doit tant, à qui vous avez sauvé la vie en même temps qu'à moi, sera bien heureuse de vous voir et de vous parler...

— De vous ?

— Non, mais de mon frère Sébastien.

— Et la fille de votre mère ?

— Eh bien, la fille de ma mère fera comme ma mère. Elle sera bien contente d'entendre parler de Sébastien et de revoir l'ami de Top.

Je disais cela en riant; il voyait bien que ce n'était pas
pour le décourager. Aussi, comme maman et les autres
s'approchaient de nous, car nous étions arrêtés au milieu
du chemin, il me baisa vivement la main sans que je
pusse m'en défendre, mais aussi sans être vu, à cause de
l'obscurité. Alors je le quittai sans rien dire.

Voilà tout ce qui se passa le premier jour, car il était
déjà cinq heures du matin, et le soleil était levé quand
nous rentrâmes chez nous. Les voisins commençaient
déjà à s'inquiéter. Mame Pindré, la portière, racontait
que nous avions disparu, que nous étions tombées dans
la Marne avec tous les autres invités de M. Balandrin, ou
que nous avions été enlevées par des brigands venus de
la forêt de Bondy. Elle parlait même d'aller avertir le
commissaire et d'envoyer les gendarmes et la police à la
poursuite de ces scélérats.

Heureusement la porte du commissariat était fermée
et le commissaire dormait, ce qui fit qu'on n'eut pas la
peine de le déranger et nous allâmes nous coucher, maman et moi, bien fatiguées toutes deux, mais bien contentes, moi surtout qui me voyais pour la première fois
de ma vie, à la tête d'un amoureux jeune, gentil, plein
d'esprit, bon nageur, ancien sergent de l'armée française
et qui, je t'assure, ne ressemblait pas à tout le monde.

XII

Ce jour-là, notre boutique resta fermée toute la matinée.
Maman dormait comme un loir et moi comme un cent
de marmottes. Schmidt qui ne dormait pas, parce qu'il
avait le poignet enflé, ne travaillait pas plus que nous.

A midi, pourtant, il fallut se remettre à l'ouvrage, et d'abord raconter à tous les voisins nos aventures de la veille. Nous n'avions pas fini cette première besogne à neuf heures du soir.

Mame Pindré surtout n'était jamais fatiguée de parler, de faire des questions, de demander à quel endroit de la Marne nous étions tombées, si c'était au-dessus ou au-dessous de Joinville, si la rivière était profonde, si nous avions eu bien peur, et enfin si Schmidt nous avait aidées à en sortir.

Je répondis assez vivement :

— Schmidt! Schmidt! C'est nous qui l'avons retiré des herbes, où il appelait au secours.

Et maman qui lui gardait rancune, ajouta :

— Jamais, non jamais plus je ne monterai dans un bateau avec cet imbécile !

Si tu avais vu à ce moment la figure de Schmidt! Il était à peindre. Il voulait répondre à maman et il n'osait pas. Il grinçait des dents, il grognait, il rageait, il voulait mordre, et enfin, rencontrant la figure de mon bon Top qui le regardait en riant (car tu sais que Top a de l'esprit comme un homme), il lui lança un coup de pied si violent que si Top n'avait pas fait un saut de côté, il aurait eu la mâchoire brisée.

Pour moi, j'étais si indignée, que j'allais me fâcher tout rouge, mais maman me coupa la parole et dit à ce Bavarois :

— Schmidt, si vous touchez Top une seule fois, je vais vous mettre à la porte !

Et alors il descendit pour pétrir son pain en jurant dans sa langue; mais comme nous ne comprenions pas ce qu'il disait, nous ne fîmes pas semblant de l'entendre.

Alors Fritot vint avec Mme Fritot pour demander de nos nouvelles, et l'on commença l'éloge de M. Raphaël. On dit qu'il était joli garçon, qu'il avait de l'esprit, qu'il avait du courage, qu'il était adroit de ses mains, qu'il ne s'embarrassait de rien, qu'il était bon enfant, enfin tout ce qu'on peut imaginer de flatteur pour un ébéniste.

— A propos, demanda M. Fritot, est-ce qu'il n'est pas rentré ce matin ?

Mais mame Pindré déclara qu'il était rentré avec ces dames (c'est-à-dire maman et moi) et que deux heures plus tard il était allé à son ouvrage comme à l'ordinaire.

Elle le savait mieux que personne puisqu'elle faisait son ménage tous les matins.

— Et si vous saviez ce que j'ai trouvé sur la cheminée !

En même temps elle avait l'air mystérieux d'une personne qui pourrait dire un secret très-important, mais qui ne veut pas, qui se retient, ou qui, peut-être, veut se faire prier.

Naturellement, maman et Mme Fritot demandèrent ce que c'était.

— Non, non, répondit mame Pindré. S'il savait que je vous l'ai montré il ne me le pardonnerait pas !

— Montré quoi ?

— Rien ! rien !

— Est-ce une lettre ? demandait maman.

— Non, non.

— Est-ce un mouchoir ?

— Non, non.

— Est-ce une fourchette ? Un couteau ? Un éléphant ?

Mais mame Pindré secouait toujours la tête.

A la fin M. Fritot lui dit :

— C'est peut-être un fricandeau à l'oseille ?

— Vous ne le saurez pas ! Vous ne le saurez pas ! Vous ne le saurez pas ! répétait toujours mame Pindré.

— Alors gardez votre secret, dit maman qui s'impatientait.

— Eh bien, je vais vous le montrer, mais vous n'en parlerez pas.

Maman faisait semblant de ne plus être curieuse, mais c'était par amour-propre comme tu penses bien. Quant à Mme Fritot et à moi, comme nous n'avions pas d'amour-propre ou comme nous en avions moins que maman, nous promîmes de ne rien dire, et alors, papa, tu vas voir...

Mame Pindré tira de sa grande poche qui est placée sous son tablier et où l'on pourrait fourrer, si l'on voulait, un grand sac de pommes de terre, — elle tira un superbe morceau de bois d'ébène sculpté que je pris d'abord pour un crucifix, mais ce n'était pas ça.

Ce n'était pas non plus une sainte Vierge ou un saint Joseph. C'était... devine un peu pour voir...

C'était la propre figure de ta fille chérie, de ta petite Nini, que ce M. Raphaël avait pris la liberté de sculpter, sans demander la permission, et qui était si naturelle, si ressemblante et si vivante, que je croyais me voir moi-même, non pas en chair et en os comme dans la glace, mais en beau bois d'ébène.

Je criai de joie en frappant des mains, comme pour applaudir :

— Oh! maman, c'est moi!

Et maman ajouta :

— C'est bien toi, en effet. Dieu! comme c'est joli!

M. Fritot, qui est toujours poli, dit que c'était presque aussi joli que moi. Mme Fritot dit qu'elle voulait commander son buste à M. Raphaël, et moi, j'étais contente, oh! contente!

Je pensais :

— Ce n'est pas ce matin qu'il a eu le temps de faire mon portrait, puisqu'il n'est resté que deux heures dans sa chambre, et d'ailleurs il a dû employer plusieurs jours. Il y a donc longtemps qu'il me regarde et qu'il m'aime... Il disait donc la vérité cette nuit dans le bois de Vincennes. Et alors j'étais si folle de joie, que j'avais envie de crier et d'embrasser quelqu'un.

Pour me soulager, j'embrassai maman en la serrant si fort, qu'elle me dit :

— Qu'as-tu donc, Nini! Lâche-moi, ma petite. tu m'étouffes.

Tout à coup, Mme Fritot, un peu ennuyée peut-être de voir que M. Raphaël avait pensé à faire mon portrait avant de faire le sien, à elle, qui ne se croit pas laide ni mal tournée, ni hors d'âge, quoiqu'elle ait trente-cinq ans passés, — Mme Fritot demanda d'un air innocent (tu sais, une innocente de trente-cinq ans!) :

— Est-ce que Nini a posé pour son portrait?

— Mais non, répondit maman. Nini n'a pas posé, je vous assure. Pourquoi donc aurait-elle posé, je vous prie, elle qui ne connaît M. Raphaël que depuis hier matin?

Alors Mme Fritot quitta son air innocent pour prendre un air étonné comme on quitte son fichu pour prendre une camisole, et dit :

— Ah! ah! je ne savais pas! Je ne pouvais pas savoir.

On aurait cru qu'elle pensait à un tas de choses qu'elle ne voulait pas ou qu'elle n'osait pas dire, par égard pour nous.

Mais maman, qui n'a pas sa langue dans sa poche et qui commençait à soupçonner je ne sais quoi, lui demanda :

— Enfin, Madame Fritot, que voulez-vous dire avec vos airs de sainte-n'y-touche.

A ce mot, Mme Fritot lui répliqua en sifflant de colère comme une vipère dans un buisson :

— Madame Mercier, les saintes-n'y-'ouche sont faites comme vous!... A-t-on jamais vu!...

J'allais venir au secours de maman; mais elle n'avait pas besoin de moi, Dieu merci! Elle lui dit :

— Madame Fritot, il n'y a que les personnes qui ont l'habitude de poser qui puissent dire que les autres ont posé! Entendez-vous, Madame Fritot?

— J'entends bien, Madame Mercier, et l'on ne me prendra plus à poser chez vous, je vous assure. Les poules auront des dents quand je remettrai les pieds ici. Entendez-vous, Madame Mercier?

— J'entends bien, Madame Fritot, et c'est ce que vous

pourrez faire de mieux. Je ne suis pas allée vous chercher, moi !

Alors, Mme Fritot, furieuse, saisit le bras de son mari, le pinça fortement, et lui dit :

— Viens-tu, Anatole !

Et le pauvre M. Fritot, qui n'avait rien dit ni rien fait, ni rien pensé peut-être, la suivit ou plutôt marcha devant de l'air d'un chien fouetté.

— As-tu vu cette impertinente? me dit maman.

Et pendant quelques minutes, elle dit de Mme Fritot tout ce qu'elle avait sur le cœur, que c'était une coquette, une intrigante, une femme sans ordre, sans conduite, qui ne faisait rien, excepté ruiner son mari et le rendre ridicule...

Mais voilà qu'au bout d'un instant, comme maman ne parlait plus de Mme Fritot, et comme je croyais qu'elle allait s'occuper d'autre chose, elle s'écria tout à coup :

— Quand j'y pense, pourtant, c'est bien singulier !

— Quoi donc, maman ?

— Que Raphaël ait fait ton portrait si ressemblant, presque avant de te connaître.

Tu me croiras, si tu veux, papa. Tu vois comme j'étais innocente de tout. Eh bien, je me suis sentie devenir plus rouge qu'une fraise. Le sang me montait aux joues sans que je pusse l'en empêcher.

Je dis :

— Mais, maman, c'est bien naturel. Il m'a vue si souvent au comptoir quand il venait acheter ses petits pains d'un sou !

Plus je parlais, plus je rougissais. C'est drôle, car enfin je ne mentais pas et je n'avais rien à me reprocher.

— Tout ça n'est pas clair, dit maman. A la première occasion il faudra que je m'en explique avec Raphaël.

Tout à coup, et sans que nous eussions vu personne, car nous étions debout et nous avions le dos tourné à la porte, une voix pleine et sonore demanda derrière nous :

— Raphaël, Madame Mercier? Voilà ! Présent ! Tout à

votre service et à celui de Mlle Nini, jusqu'à la fin des siècles !

C'est lui qui venait d'entrer et qui avait entendu les derniers mots de maman.

Comme elle était encore un peu troublée par les discours et les airs malins de Mme Fritot, elle répondit assez sèchement :

— Ah ! vous voilà, M. Raphaël ! Vous arrivez à propos ! Nous parlions de vous tout à l'heure !... Mais d'abord, comment êtes-vous entré si tard ?...

(En effet, il était déjà neuf heures du soir.)

Raphaël me regarda comme pour savoir ce qu'il devait répondre, car on aurait dit vraiment que nous nous entendions déjà ; mais je détournai les yeux et je me mis à caresser Top.

Alors il dit :

— Madame Mercier, je venais pour acheter un petit pain...

(Elle le lui donna.)

... Et aussi, excusez-moi, pour avoir de vos nouvelles et savoir si vous êtes bien remise du bain que nous avons pris tous ensemble hier au soir.

Quand maman vit qu'il était si modeste (et ses yeux l'étaient encore plus que ses paroles), elle le remercia de sa politesse, et du service qu'il nous avait rendu la veille. Alors on se mit à causer gaiement, et Raphaël finit par s'asseoir sans que maman eût l'air de s'en être aperçue.

Mme Pindré qui avait affaire dans sa loge pour moucher et coucher ses quatre petits morveux (c'est elle qui le dit), nous quitta un instant. On se mit à parler de Sébastien. Tu sais, ça n'ennuie jamais maman ; et enfin, — car je voyais bien que la langue lui démangeait un peu, et qu'elle agitait dans le tiroir quelque chose qu'elle avait voulu cacher d'abord, — elle dit en riant :

— Monsieur Raphaël, vous ne m'aviez pas dit que vous étiez sculpteur ?

— Moi, Madame! Je ne suis pas sculpteur de mon état, mais ébéniste, je vous assure.

— Alors, reprit maman en tirant de son tiroir mon portrait sculpté, ce n'est donc pas à vous ce bois d'ébène que je voulais vous rendre? Dans ce cas, je le garde!

Raphaël me regarda la première, puis maman; il avait l'air heureux et troublé comme quelqu'un qui voudrait bien être surpris à faire un beau tour, mais qui a peur que l'affaire ne tourne mal.

A la fin, il dit:

— Mais, Madame Mercier, c'est une trahison, quelqu'un a pris cela dans ma chambre. C'est Mme Pindré, sans doute!

— Alors, dit maman, vous en convenez, c'est le portrait de Nini?

Mais comme elle ne paraissait pas trop fâchée, il se rassura un peu; il dit qu'en effet, à ses moments perdus, il essayait de faire un peu de sculpture, qu'il avait cherché un modèle dans tout le quartier, mais qu'il n'en avait jamais trouvé avant de m'avoir vue, qu'à dater de ce jour-là il était venu soir et matin, qu'il n'avait jamais osé me parler de rien, qu'il avait eu le projet de faire une petite statuette de moi pour l'offrir à maman, une femme si respectable, si aimable, si pleine de vertus et de qualités, qu'il avait réservé cette surprise pour le jour de sa fête, qu'il était désespéré de la trahison de « mame Pindré, » qu'il lui en ferait des reproches sanglants, qu'il ne la laisserait plus entrer chez lui, — ni elle ni personne; — il demanda pardon à maman, à moi, à toi, papa, à Sébastien, à toute la nature; et enfin il avança la main pour reprendre mon portrait.

Ici maman l'arrêta et lui dit:

— Monsieur Raphaël, je vous pardonne, mais n'y revenez plus! J'ai le portrait de ma chère Nini, je le garde.

A ces mots: «Je le garde », il s'écria qu'il ne le céderait à qui que ce soit.

— Mais vous vouliez me l'offrir, répliqua maman.

— Oui, Madame Mercier, pour votre fête, mais à condition que vous me permettriez de venir voir tous les jours le modèle.

Je crois même qu'il dit : « le charmant modèle » avec quelques autres jolies choses pour moi.

Alors maman réfléchit un peu et répondit qu'il pouvait venir tous les jours me voir, mais qu'elle fermerait la porte s'il venait en son absence, à elle.

Et enfin beaucoup d'autres choses furent dites que je ne me rappelle pas, car il ne nous quitta qu'à onze heures du soir et encore parce que maman le mit à la porte ou à peu près.

Voilà, papa, comme nous avons fait la connaissance de M. Raphaël, qui depuis ce jour-là ne manqua pas de passer toutes ses soirées dans la boutique, au retour de son travail, ou quand la boutique était fermée, dans notre appartement du cinquième.

XIII

C'était une vie très-douce, je t'assure. Quand la journée est finie, on aime à causer un peu en famille, M. Raphaël surtout, qui n'a presque pas connu son père et sa mère et qui nous disait qu'il était trop heureux de se voir admis chez nous comme un fils.

C'est à maman qu'il parlait presque toujours. C'est moi qu'il regardait. Il y en avait comme tu vois pour tout le monde. Maman voyait bien que tout n'était pas pour elle, mais au fond elle le trouvait « gentil » comme elle dit; d'ailleurs, maman aime les aventures militaires

et le bruit des tambours; elle faisait raconter à Raphaël
ses campagnes. Il nous disait les nuits qu'il avait passées
à la belle étoile, dans le désert tout près des lions et des
panthères.

Et pour parler franchement, ça m'amusait aussi beaucoup. Je tremblais parce qu'il avait été en danger, mais
je riais parce qu'il s'en était bien tiré et parce qu'il était
là, devant nous, bien portant et gai comme un pinson.

Il avait des histoires terribles et qui faisaient frémir. Il
en avait qui nous faisaient rire jusqu'aux larmes. Une
surtout. Tu vas voir.

C'était dans la province de Constantine, au pied de
l'Atlas.

Il était alors caporal dans un bataillon du 28ᵉ de ligne
qui surveillait les Kabyles. On s'attendait à une révolte
de ces braves gens, mais la révolte ne vint pas et le bataillon s'ennuyait, l'arme au pied, au coin d'un bois de
palmiers mêlés de chênes-nains.

Pour se distraire on n'avait que le cri rauque des panthères et le rugissement d'une famille de lions qui
avaient leur logement dans le bois. Du moins les Arabes
le disaient et deux ou trois vaches qui suivaient le bataillon avaient disparu pendant la nuit. Voyant cela, un
sergent qu'on appelait Pradel lui dit :

— Caporal...

(C'était le grade de Raphaël.)

....Caporal, si nous faisions une battue dans le bois?
J'ai idée que nous rencontrerons du gibier.

— Quel gibier? demanda Raphaël. Il n'y a que des lions
par ici.

— Eh bien! c'est un lion que je cherche. Est-ce que tu
as peur, Parisien?

Au mot de peur, Raphaël lui dit :

— J'ai peur pour toi, mais non pour moi.

— Oh! moi, reprit Pradel, je suis sûr de mon coup. A
cent pas je parie de lui envoyer une balle au milieu du
front.

4

Raphaël, étant Parisien, ne voulut pas faire moins que Pradel qui n'était qu'un simple Gascon. Ils partent tous deux le soir, chacun avec sa carabine Minié, mais sans avertir personne de peur qu'on leur refusât la permission de quitter le camp. D'ailleurs ils se promettaient bien de tuer le lion ou la lionne pendant la nuit, et de l'apporter au camp afin d'étonner les camarades. Une pareille joie valait bien quelques jours de salle de police.

La lune se lève sur la montagne.

Neuf heures du soir sonnent. Dix heures. Onze heures. Minuit. La lune était dans son plein et le ciel sans nuages.

Le caporal et le sergent attendaient en soufflant dans leurs doigts car la nuit était fraîche. Pradel était monté sur un chêne et à cheval sur une branche un peu mince. Il avait envie de dormir et dit à Raphaël :

— Parisien, j'ai sommeil; si tu entends quelque chose tu m'éveilleras!

Raphaël le promit. Heureusement, il avait froid aux pieds et marchait pour se réchauffer, mais en faisant le moins de bruit possible. Il était à vingt pas de son camarade, sur le bord d'un sentier par où l'on avait remarqué la veille des traces de sang. C'est par là sans doute que le lion ou la lionne avait enlevé les vaches du bataillon. Il était donc comme il dit aux premières loges pour voir le spectacle et pour jouer la pièce.

Tout à coup il entend un grand bruit comme d'un troupeau de moutons qui se sauvent dans la plaine; mais, à la manière de courir et à l'odeur, il reconnut des chacals.

Après les chacals, il entendit un autre galop précipité. Ceux-là, c'étaient des sangliers. Ils fuyaient en grognant et renversant tout devant eux. Heureusement ils passèrent tout près de Raphaël, mais sans le toucher; ils ne le voyaient ni le sentaient même pas, tant ils étaient effrayés.

— Bon, dit Raphaël. C'est signe que le lion n'est

pas loin ; car c'est lui seul qui peut mettre tout ce
monde en fuite.

En même temps, il crie à son camarade :

— Sergent Pradel ! Eh ! sergent Pradel !

L'autre s'éveille à demi, se frotte les yeux et demande
en bâillant :

— Quoi ? Qu'y a-t-il, Parisien ! On ne peut donc pas
s'étendre un instant pour dormir dans ce pays ?

— Il y a, dit Raphaël, que voici le lion.

Au même instant, un rugissement terrible se fait entendre, remplit tout le bois, retentit sur la montagne et
dans la plaine.

Le sergent, s'il dormait encore, fut bien vite éveillé.

Il regarde. Le lion, qui était presque aussi gros qu'un
âne, s'était arrêté précisément au-dessous de lui, mais
sans le voir et flairait de tous côtés en réfléchissant. Il
regardait du côté de Raphaël qui demeurait dans l'ombre, à demi caché par le buisson. Raphaël le regardait
aussi, mais, comme il dit lui-même, il était un peu
ennuyé, parce qu'il ne voyait que le train de derrière de
son ennemi et que la grosse tête du lion restait dans
l'ombre.

Il crie à son camarade :

— Tire le premier. Si tu le blesses, je l'achèverai.

Pradel veut prendre sa carabine. Mais, par malheur,
la branche du chêne sur laquelle il était assis se casse,
et il glisse en une seconde sur le lion.

Il tombe à cheval en laissant échapper sa carabine.

Qu'aurais-tu fait à sa place ? dis, papa, qu'aurais-tu
fait ? Remarque bien qu'il n'avait plus ni carabine, ni
rien, excepté un sabre-baïonnette qui était dans le fourreau et qu'il n'avait pas le temps de tirer.

Sauter à bas du lion et se sauver, c'est ce que le premier venu aurait fait, n'est-ce pas ? Mais d'un bond le
lion l'aurait rattrapé, et d'un coup de griffe ou de dent
il l'aurait abattu.

Eh bien, voici ce que fit le sergent Pradel, de la 1re du

2e du 28e de ligne, né à Bergerac, département de la Dordogne. De sa main droite il saisit la crinière du lion et s'y cramponna comme à un cheval emporté, et de la main gauche, il saisit par dessous la mâchoire inférieure de manière à la tenir immobile et à empêcher le lion de se retourner.

Tu vois bien la situation, n'est-ce pas?

En même temps, Pradel criait à Raphaël :

— Ne tire pas, Parisien. Je le tiens !

— Ah! tu le tiens! dit Raphaël en riant. Eh bien, amène-le.

— Je ne peux pas, répliqua le sergent ; il ne veut pas me lâcher.

A force de regarder, Raphaël aperçut alors ce qui se passait.

Son camarade avait raison. S'il avait tiré dans l'ombre, c'est Pradel probablement qui aurait reçu la balle.

Que faire alors ?

Le lion, furieux, poussait des rugissements horribles et faisait des bonds de quinze pieds en l'air pour se débarrasser de son cavalier; mais Pradel ne lâchait pas prise. Comme dit Raphaël, on aurait cru qu'il avait été élevé à l'école de Saumur des lions : il serrait la crinière et la mâchoire avec une force épouvantable.

Raphaël le voyait enlevé en l'air comme un volant par une raquette. Il retombait à terre en relevant ses jambes comme un cavalier qui mène son cheval à l'abreuvoir. Il se croyait perdu, mais il ne lâchait pas prise.

A la fin, le lion, qui était parti au galop du côté de la plaine et qui avait bien fait au moins deux cents pas, revint tout à coup du même train, en bondissant par-dessus les palmiers nains, et passa devant Raphaël avec la rapidité d'une balle de fusil.

Pradel qui se sentait épuisé, lui cria :

— Je n'en puis plus... Tire !

Au même instant, d'un dernier bond le lion sauta jusqu'à la hauteur d'une grosse branche du même chêne d'où Pradel était tombé. Le sergent eut la présence d'esprit et l'adresse de lâcher le lion, de s'accrocher à la branche et de se rasseoir pendant que son ennemi retombait à terre sur ses quatre pattes et se retournait étonné pour le regarder.

Ce fut l'espace de deux secondes, à ce que dit Raphaël. La lune éclairait à ce moment la tête du lion. Il tira presque sans viser, tant il était pressé; mais il eut le bonheur de le toucher à l'épaule. Le coup n'était pas mortel, mais une des pattes de devant était cassée, et, pendant qu'il se débattait et voulait s'élancer sur Raphaël, le sergent qui avait fini par décrocher sa carabine, l'acheva d'un second coup.

— En voilà assez pour cette fois, dit le sergent. Retournons au camp, Parisien. J'en ai assez de l'équitation des lions. Nous reviendrons chercher notre gibier demain matin.

Ce qui fut dit fut fait, et le seigneur lion fut enterré le lendemain par tout le bataillon avec les honneurs de la guerre.

Voilà, papa, une histoire parmi cent autres. Tu comprends que maman ne se fatiguait jamais de l'entendre; ni moi non plus, je l'avoue.

Enfin toute la famille, y compris Top, avait de l'amitié pour M. Raphaël et la lui montrait à sa manière. Maman l'interrogeait, moi, je l'écoutais; Top le caressait et le léchait. Un seul était hargneux pour lui et en disait tous les jours du mal. C'était Schmidt. Mais personne n'y faisait attention.

Du reste, M. Raphaël nous rendait mille petits services, et non pas tant à moi, comme tu pourrais croire, qu'à maman. Il lui clouait ses rayons pour supporter le pain, il recousait le soufflet, il rajustait la porte, il cherchait les objets perdus, enfin il terminait mon buste, car maman l'avait rendu, et il ajoutait ou changeait tous les jours quelque chose.

Quand mon buste fut fini, il commença celui de ma-

4.

man, disant qu'il voulait te l'offrir à ton retour, car nous parlions souvent de toi, et il faisait toujours ton éloge ; c'est sans doute mon frère Sébastien qui lui a raconté tout ce qu'il savait de nous.

De temps en temps aussi il disait quelque chose de ses projets d'avenir ; mais maman, qui tenait à son Schmidt, ne l'encourageait guère. Elle me disait quelquefois :

— Il est bien gentil, Raphaël, oui, bien bon garçon, et je l'aime beaucoup ; mais ce n'est pas un parti sérieux pour toi. Qu'est-ce qu'il a pour tout bien ? ses mains dont il se sert adroitement, et un métier honnête — l'ébénisterie, — mais tout ça ne fait pas bouillir la marmite.

Et comme je disais :

— Mais, maman, vous n'étiez pas plus riches, papa et toi, quand vous vous êtes mis en ménage, et cependant vous avez fait une bonne maison et élevé vos enfants.

Elle répondait :

— Oh, moi ! c'est bien différent.

(Car il paraît que ce qui était bon pour les mères ne peut jamais être bon pour les filles ; on me l'a dit du moins.)

— Oui, c'est bien différent. D'ailleurs, si nous avons fait la sottise, ton père et moi, de nous marier sans argent, ce n'est pas une raison pour que nous t'en laissions faire une pareille. Au contraire ! Vois-tu, Nini, il n'y a rien de si commun au monde que les jolis garçons. Il y en a dans toutes les maisons, au coin de toutes les rues et de tous les ponts ; mais un jeune homme sage, rangé, réglé, qui sait compter 2 et 2 font 4, et qui est habitué déjà à son beau-père et à sa belle-mère (chose si rare chez les gendres à présent !), un jeune homme qui a de l'argent de ses parents, et qui sait en gagner, un jeune homme qui n'est pas brillant, si tu veux, mais qui a des thalers...

— Ah ! je vois. Ton bon Schmidt ? Je le déteste, lui et ses thalers...

Maman me répondit :

— Déteste Schmidt si tu veux, mais ne déteste pas les

thalers, ni les florins, ni les ducats, ni les marcs, ni même les simples swanzigs, car tu peux en avoir besoin quelque jour.

Et comme elle vit que cette conversation me faisait beaucoup de peine et que j'étais honteuse qu'on pût croire que je m'appellerais un jour madame Schmidt, elle m'embrassa tendrement, car elle m'aime beaucoup au fond, — pas autant que Sébastien, mais beaucoup, — elle m'embrassa donc et me dit:

— Du reste, ne t'effraie pas de Schmidt. Sa demande n'est pas encore faite, mais je sais qu'il la fera bientôt et qu'il attend ses papiers de l'ambassade. Quand il les aura reçus, il parlera ; je lui dirai d'attendre ton père, et c'est lui qui sera chargé de lui répondre et, si c'est nécessaire, de le renvoyer dans son pays.

Voilà, papa, où en étaient nos affaires quand arriva l'aventure que tu vas voir. Remarque bien surtout qu'il n'y a aucun reproche à me faire, et que je n'avais rien dit ni rien fait que de très-sage.

XIV

J'étais donc, un soir, comme je te l'ai dit, montée dans notre appartement du cinquième pour faire une commission de maman, — fermer les fenêtres ou les ouvrir, ou chercher des mouchoirs que nous ourlions pour toi, ou quelque autre chose d'utile dans le ménage, — lorsqu'en redescendant je rencontrai Raphaël vers le milieu de l'escalier.

Il montait si vite et je descendais si vite aussi qu'il ne s'en fallut pas beaucoup que (sans le faire exprès) nos

deux têtes se rencontrassent à moitié chemin. Heureu
sement, je me reculai à temps, bien étonnée, d'ailleur
de le rencontrer là dans l'après-midi, car il ne rentra
jamais à la maison qu'à huit heures du soir après so
travail terminé.

Il m'offrit donc une rose, ce qu'il faisait souvent san
que maman le trouvât mauvais, et me dit à demi-voi
qu'il avait quelque chose de très-intéressant à m'an
noncer.

En même temps, sans en avoir l'air, il me fermait l
passage pour m'obliger à m'arrêter.

Je répondis :

— Eh bien! descendez avec moi et vous nous racon
terez cette chose si intéressante. Maman sera bien ais
de l'entendre.

C'était sagement répondu, n'est-ce pas? Mais cela n
faisait pas son compte.

— Non, mademoiselle Nini, il faut que vous m'écoutie
d'abord ; ensuite vous me donnerez un conseil.

Et comme j'allais descendre, il me retint et ajouta :

— J'ai vu M. Cerisier ce matin.

(M. Cerisier, je te l'ai déjà dit, c'était son patron, celu
qui l'avait élevé et qui lui destinait sa clientèle.)

A cette nouvelle et surtout à sa mine joyeuse et in
quiète en même temps je vis bien qu'il y avait du nouveau.

— Eh bien, Monsieur Raphaël, M. Cerisier se port
bien, je suppose?

— Oh! très-bien !

— Et Mme Cerisier n'est pas malade non plus?

— Oh! Tous deux se portent bien, Dieu merci! Mais
voici... J'ai parlé de vous à M. Cerisier et à sa femme.

(Je sentais mon cœur battre un peu plus fort qu'à l'ordinaire, tant les yeux de Raphaël étaient brillants de joie.)

— Que lui avez-vous dit?

— Vous le savez bien, Nini...

(Papa, c'est la première fois qu'il ne mettait pas le mo

« mademoiselle » devant mon nom, mais j'étais si émue, ou si tu veux, si curieuse de savoir ce qu'il avait à dire que je n'en fis pas d'abord la remarque. Sans cela j'aurais été fâchée, comme tu peux croire.)

... Vous le savez bien. Je leur ai dit que je vous aimais plus que tout, que vous étiez belle comme un ange, que vous étiez douce et bonne comme un petit enfant Jésus, que je serais éternellement malheureux si vous étiez mariée à un autre que moi...

— Qu'est-ce qu'ils ont répondu ?

— Le père Cerisier, qui est le meilleur homme du monde, m'a dit : Ah! ah!

— Et Mme Cerisier ?

— Elle s'est mise à rire, parce qu'elle s'attendait chaque matin à m'entendre dire des choses pareilles. Alors le père Cerisier a repris :

— Encore un qui veut se mettre dans la poêle à frire du mariage !

Et il a bourré son nez d'une prise de tabac, comme il fait quand il est content. J'ai vu alors que mon affaire marchait bien.

Mme Cerisier a demandé ;

— Quel âge as-tu, Raphaël?

— Vingt-deux ans, mère.

(Je l'appelle « mère » parce qu'elle m'a recueilli tout enfant et qu'elle m'a toujours traité comme si j'étais le sien.)

— Et Mlle Nini?

— Dix-huit ans, ou à peu près.

— Vous êtes bien pressés.

Alors j'ai répliqué, et j'en étais assez honteux :

— Ce n'est pas elle qui est pressée, c'est moi.

Ce qui a fait rire le père Cerisier, qui a dit :

— Absolument comme moi à son âge, Adélaïde. C'est moi qui étais pressé. C'est toi qui faisais semblant de ne pas l'être. A quoi elle a répondu : Monsieur Cerisier, taisez-vous. Vous êtes un vieil avantageux !

— Mais enfin, qu'est-ce qui te presse, Raphaël? Si tu attendais deux ou trois ans de plus, elle aurait vingt et un ans, Mlle Nini, et toi vingt-cinq. C'est la belle majorité des hommes et des femmes.

Alors j'ai dit : Monsieur Cerisier, il y a un mauvais gueux, un scélérat, un Bavarois nommé Schmidt, qui demeure dans la maison, qui se vante d'être tout cousu de thalers, qui guette ma Nini, qui va la demander en mariage, et qui l'aura si je ne prends pas les devants.

Alors le père Cerisier à répondu : Nous penserons à cela, ma femme et moi. Va travailler, je te répondrai dans une heure.

Et, en effet, au bout d'une heure, pendant que j'étais dans l'atelier, il est venu et m'a dit :

— J'ai causé avec ma femme. Si mademoiselle Nini te convient, si tu lui conviens, si vous vous convenez, si elle est jolie, si elle est bonne enfant, comme le père et la mère sont de très-honnêtes gens (je le sais, j'ai pris des informations sur eux depuis que je t'ai vu aller dans la maison), eh bien, le mariage se fera. J'irai la demander pour toi avec ma femme ; mais comme on ne peut pas se marier sans avoir ni sou, ni maille, je te céderai, à dater d'aujourd'hui, mon fonds d'ébénisterie. Tu le payeras 30,000 fr., dans trente ans, à mes neveux, qui sont mes héritiers naturels; mais tu le payeras sans intérêts, et moi je vais aller à Longjumeau avec ma femme... C'est entendu?... c'est convenu?...

Je l'ai embrassé de toutes mes forces pour le remercier. Il m'a dit :

— Mais avant tout, il faut t'assurer que Mlle Nini veut bien de toi.

— Mais comment ?

— Ah! ça, ce n'est pas mon affaire. Je sais bien comment j'aurais fait à ta place quand j'étais jeune; mais les modes ont peut-être changé depuis ce temps-là. Informe-toi. Prends conseil des gens de ton âge. Je ne veux pas

me mêler de ça. C'est bien assez que je m'occupe des cérémonies publiques.

Il a pris son chapeau, ouvert la porte, et il est sorti.

— Tu devines, papa, avec quelle attention j'écoutais le
discours de Raphaël. Je n'en ai pas perdu un mot, je t'assure. Là, il a fait une pause et m'a dit :

— Ce n'est pas tout. Une heure après le vieux est rentré.
Il a tiré de sa poche une loge à six places pour le théâtre
de la Porte-Saint-Martin, et m'a mis le billet dans la
main en disant :

— Tu vas prendre ce billet. Tu diras qu'un de tes amis
qui est régisseur du théâtre, ou contrôleur, ou directeur,
ou pompier te l'a donné, mais que tu te réserves deux
places pour ma femme et pour moi, et que tu offres les
deux autres à Mᵐᵉ Mercier et à Mˡˡᵉ Nini. La sixième
place restera vide afin que ton Schmidt ne puisse pas
vous suivre. Comme ça nous ferons connaissance, et si
Mˡˡᵉ Nini est aussi jolie, aussi douce et aussi aimable que
tu dis, nous la demanderons en mariage pour toi, dimanche prochain... Mais entends-tu bien, il faut d'abord
savoir si tu conviens à la demoiselle. Le billet est pour
demain. Tu as vingt-quatre heures pour t'en assurer.

Voilà, mademoiselle Nini, voilà ce que j'avais à vous
lire. Je vous aime de toutes mes forces ! M'aimez-vous ?

Alors je baissai les yeux un peu interdite. Je ne savais
que répondre. Je sentais bien que je l'aimais, mais pouvais-je savoir si tu le trouverais bon ; et si tu ne le trouvais pas bon qu'est-ce qui arriverait ?

Il se mit à genoux, au milieu de l'escalier, et je ne sais
pas ce qu'il allait dire ; heureusement, quelqu'un commença à ouvrir la porte de l'appartement du second, où
demeure la bonne qui est si curieuse. Je m'écriai :

— Levez-vous donc. On va vous voir.

Il se leva, et je descendis très-vite l'escalier en ajoutant :

— Offrez toujours votre loge à maman.

C'est ce qu'il fit le soir même. Maman, qui aime beau-

coup les drames et la Porte-Saint-Martin, fut encore plu
pressée que moi d'accepter, et le lendemain soir, aprè
avoir dîné à cinq heures, en moins de dix minutes, tan
nous avions peur de manquer la levée du rideau, ma
man mit son beau châle, moi mon chapeau rose qu
tu trouves si joli, et nous allâmes sous le bras de Ra
phaël dans la loge qu'il nous avait donnée.

XV

Lui, de son côté, était habillé comme pour une noce. Il
me serrait doucement le bras en marchant et me regar
dait de temps en temps quand il croyait n'être pas vu de
maman; mais c'est à elle qu'il faisait mille et mille compliments sur sa robe, sur son châle, sur son chapeau, sur
le goût de sa toilette. Je crois bien qu'elle savait pourquoi
mais elle n'en faisait pas semblant, parce qu'avant
tout maman voulait voir le drame, qui est un des plus
beaux qu'on ait joué à la Porte-Saint-Martin, — à ce
qu'on dit du moins, car je ne l'ai pas trop bien vu
étant occupée d'autre chose. J'en ai même oublié le titre.
Environ dix minutes après notre entrée, la salle se
trouva aux trois quarts pleine, et nous entendîmes l'ou-
vreuse qui fourrait son passe-partout dans la serrure et
qui ouvrait la loge.
M. et Mᵐᵉ Cerisier entrèrent à leur tour, et Raphaël
nous fit faire connaissance les uns avec les autres.
Mᵐᵉ Cerisier d'abord, une bonne et brave femme dont
le visage riant donnait tout de suite envie de l'embrasser. Elle a soixante-douze ans, mais elle est propre, bien
habillée, soignée comme une bourgeoise, quoiqu'elle

ait commencé, à ce que m'a dit Raphaël, par être une petite blanchisseuse dans le faubourg Saint-Antoine.

Maintenant elle ne blanchit plus le linge de personne, excepté le sien et celui de son mari. Elle est riche. Ils ont à eux deux, outre leur fonds de boutique, à peu près 5.000 francs de rente et leur maison de Longjumeau.

Je dis ça tout de suite, papa, afin que tu saches bien à qui nous avions affaire et que la patronne de Raphaël (ou sa mère, comme il l'appelle) n'était pas la première personne venue.

Quant à M. Cerisier, c'est un homme grand et fort, un peu rouge encore, malgré son âge (il a quatre ans de plus que sa femme), et bon enfant à faire plaisir. Il rit presque toujours, et, quand il vous a parlé cinq minutes, on croit le connaître et l'aimer depuis cent ans.

Quand nous fûmes placés à peu près, c'est-à-dire maman et Mme Cerisier sur le devant de la loge, M. Cerisier derrière sa femme et moi derrière maman, et Raphaël cinquième derrière moi au troisième rang, la conversation commença, car d'abord nous étions arrivés trop tôt, et, de plus, les acteurs étaient en retard, je ne sais pas pourquoi.

Mme Cerisier dit à maman :

— Madame Mercier, je suis bien contente de faire votre connaissance. Raphaël m'a dit tant de bien de vous...

— Et de toute la famille, ajouta M. Cerisier en riant et me regardant de côté.

Moi, je commençai à rougir; mais sans être trop fâchée, comme tu penses bien.

Maman répondit qu'elle était bien contente aussi et que M. Raphaël lui avait souvent parlé de Mme Cerisier.

Alors il y eut des compliments des deux côtés et l'on parla de Sébastien. Là, je vis bien que M. Raphaël avait fait la leçon comme il fallait pour endoctriner maman; car il ne fut question pendant cinq minutes que de lui, de ses campagnes, de son prochain retour.

Mais là, pendant un moment, on ne fut pas tout à fait

d'accord. M. Cerisier disait qu'il fallait que Sébastien
restât au régiment, puisqu'il était déjà sergent-major,
quoiqu'il n'eût que vingt-cinq ans ; qu'il serait sous-
lieutenant avant six mois, capitaine à trente ans, colonel
à quarante ans... Après, on verrait.

Maman voulait bien qu'il fût sous-lieutenant, capitaine,
colonel et le reste ; mais elle aurait voulu aussi le garder, et qu'il avançât sur place dans le faubourg Saint-
Antoine.

Alors M. Cerisier expliqua que ça vaudrait mieux, en
effet, mais que ça n'était pas possible.

Et maman poussa un profond soupir.

Pour la consoler, le bon M. Cerisier ajouta qu'on s'ins-
truisait en courant le monde.

— Oh! cria maman, il est bien assez savant comme ça.

— Oui, mais, outre la science, on accroche toujours
quelque chose. Tenez, Madame Mercier, quand je suis
entré au régiment, c'était en 1810, à seize ans. Comme
j'étais déjà grand et fort on me mit dans la cavalerie, et
c'est comme ça que j'ai eu l'honneur, moi qui vous
parle, de faire la campagne de Russie, en 1812. Eh bien,
vous me croirez si vous voulez, Madame Mercier, mais
j'ai galopé dans le rang avec un vieux qui avait fait
toutes les campagnes de la République et de l'Empire et
qui, pendant vingt ans, avait fait deux ou trois fois, sabre
en main, le tour de l'Europe. Eh bien, ce vieux-là me
disait en me montrant le roi Murat qui galopait en tête
de nos escadrons : « Tu vois bien ce gaillard-là qui monte
à cheval comme Franconi avec des panaches, des aigrettes,
des galons d'or et d'argent sur toutes les coutures et qui
fait aujourd'hui le seigneur et le roi de Naples ; eh bien,
il y a vingt ans, c'était un pauvre diable comme toi et
moi, qui pansait les chevaux dans la petite auberge de
son père. Je l'ai vu, je l'ai connu, j'ai trinqué avec lui, et
même, quoique je n'aie jamais été riche, je lui ai payé à
boire quelquefois. Eh bien, regarde maintenant! c'est lui
qui paie à boire aux autres, non pas à moi, certes, il m'a

oublié, mais aux autres rois et princes de son espèce. Il a décroché une couronne à la pointe de son sabre et il se goberge, le bon garçon. Il a des palais là-bas, en Italie, sur le bord de la mer; il a des parcs, il a des montagnes de napoléons d'or, et les princesses, les duchesses, les comtesses, les banquières lui disent qu'il est beau, et le lui prouvent.... Tout ça, mon garçon, c'est une preuve qu'il faut savoir lire et savoir sabrer; car il n'en sait pas davantage, lui. Si l'on sait lire sans savoir sabrer, on n'est bon qu'à faire un vieux savant jauni, quelque chose qu'on empaille et qu'on met dans les musées; mais si l'on sait sabrer sans savoir lire, alors on trotte toute sa vie à la suite des rois, des empereurs et des altesses. C'est ce que j'ai fait, moi, et je m'en mords bien les doigts à présent. Mais toi, si tu veux avancer, tâche d'apprendre à lire, et alors tu seras colonel et roi comme celui-là. » Il me dit cela si souvent, le pauvre vieux, que j'ai essayé d'étudier afin d'avancer, et je devins maréchal-des-logis-chef. Mais je n'eus pas le temps d'aller plus loin. Après Waterloo, quand les Bourbons revinrent, je vis bien que les pauvres diables n'avanceraient plus jamais et je quittai la cavalerie pour me mettre dans l'ébénisterie où vous me voyez maintenant.

Et comme Mᵐᵉ Cerisier souriait d'un air malin, il ajouta :

— Il y a aussi un peu de la faute de ma femme, n'est-ce pas, Adélaïde? Si je ne t'avais jamais vue, est-ce que je ne serais pas retourné dans la cavalerie? mais les femmes, voyez-vous, les femmes c'est fait, créé et mis au monde pour détourner les braves gens du bon chemin et les pousser dans l'ébénisterie. N'est-ce pas, Raphaël?

Naturellement, Raphaël dit que M. Cerisier avait bien raison au fond.

Alors je le regardai sévèrement comme pour lui reprocher qu'il n'était pas poli.

Il en fut si troublé, qu'il se reprit et dit tout de suite tout le contraire et que les femmes étaient tout ce qu'il

y avait de meilleur au monde... surtout les bonnes femmes.

— Il y en a donc d'autres ? demanda maman.

Il craignit de l'avoir fâchée à son tour et il allait encore s'excuser lorsque M. Cerisier lui dit en riant et lui
frappant le genou :

— Va, va, mon garçon, il y en a de bonnes et de mauvaises ; mais il faut faire comme moi, il faut en choisir
une bonne et s'y tenir. Comme ça, l'on n'est pas attrapé.

Le discours de M. Cerisier fut approuvé de tout le
monde.

Au même instant un grand murmure, sourd d'abord,
puis éclatant, commença à monter du parterre aux loges
et aux galeries, souffla au paradis comme un grand vent
dans la cime des arbres et éclata tout à coup avec le bruit
des cannes et les cris :

— La toile ! la toile !

Le public s'ennuyait d'attendre.

Pour le calmer, l'orchestre essaya de jouer une ou
deux valses, mais ce n'est pas pour entendre jouer des
valses qu'on était venu. On voulait voir le drame.

Enfin, on entendit les trois coups. Toute la salle fit
« Ah ! » et la pièce commença.

Papa, tu ne me sauras pas mauvais gré de ne pas pouvoir tout à fait t'en rendre compte. On fait ce qu'on peut.
On écoute quand on peut et comme on peut.

Je crois que c'était l'histoire d'un comte et d'une comtesse.

Le comte était général et il avait séduit autrefois une
pauvre fille qui se trouvait plus tard duchesse de je ne
sais quoi, par le moyen de je ne sais qui.

Le duc à son tour avait enlevé la marquise dans un
bois vingt-cinq ans auparavant, et pour la reconnaître
plus tard il lui avait donné une bague en diamant, qui
contenait un morceau de la croix de sa mère.

Ça, c'est clair, n'est-ce pas ? mais c'est alors que le
traître vicomte qui ne s'était pas encore montré, déroba

la bague au doigt de la marquise infortunée, et par un hasard criminel ou plutôt calculé mais qui préparait un crime pour le quatrième acte, ainsi que nous l'avons vu plus tard, il mettait cette bague au doigt de la duchesse endormie, qui ressemblait d'ailleurs d'une manière frappante à la comtesse que nous n'avions pas encore vue, mais qui n'a pas tardé à venir pour nous expliquer cet événement ; mais, comme elle finissait de l'expliquer Tommaso, l'intendant du marquis, est arrivé tout à coup suivi de quatorze scélérats armés de tromblons, et il l'a enfermée dans un cachot qui fait partie d'une tour qui surplombe la mer.

Car tu te doutes bien que nous étions à Naples, et que tous ces gens-là venaient du fond de la Calabre. De fait, ils avaient des mines à faire frémir, des ceintures rouges remplies de poignards et de pistolets, et des moustaches si terribles qu'on avait peur rien qu'à les voir.

Au moment où l'on enfermait la duchesse dans le cachot de la tour, la toile tomba sur ce mot du farouche Tommaso :

« Je viens de sauver l'honneur des Manfredonia. »

A parler franchement, je n'avais pas très-bien compris. Maman et Mme Cerisier étaient tout yeux et tout oreilles. M. Cerisier regardait aussi avec beaucoup d'attention ; mais le voisin qui s'était placé derrière moi, — Raphaël, — m'empêcha de voir et d'entendre.

Ce n'est pas qu'il se fût placé de manière à me gêner, au contraire ! Il s'effaçait, avait peur de me marcher sur ma robe, mais je sentais que j'étais regardée par lui et ce regard me troublait involontairement. Pourtant, il n'avait pas l'air de vouloir me chercher querelle ; ah ! Dieu non ! au contraire !

Aussi je fus contente et presque soulagée, lorsque pendant le premier entr'acte, M. Cerisier lui proposa de sortir et d'aller chercher des oranges pour les dames.

Ils sortirent en effet tous les deux et revinrent cinq minutes après, les mains pleines.

Maman fut chargée de peler les oranges et Mme Cerisier de les partager. Chacun en eut sa part, et Raphaël
aussi, bien entendu, qui profita du moment où je lui
offrais un quartier pour me serrer doucement les doigts,
comme par maladresse.

Dans l'intervalle, en absence des messieurs, les dames
avaient fait connaissance.

Maman faisait d'abord un peu la réservée, à cause de
Raphaël, je crois; mais Mme Cerisier est si bonne, si
gaie et si contente de tout que maman finit par rire
franchement et s'amuser comme les autres.

Jusqu'ici, papa, tout va bien; mais voilà qu'au moment où personne ne l'attendait et surtout ne le regret-
tait, parut le sieur Schmidt, qui vint frapper à la vitre,
pour nous saluer, à ce qu'il disait.

Il avait l'air trois fois plus grognon et plus désagréable
qu'à l'ordinaire.

Maman lui dit:

— Que faites-vous ici, Schmidt? Est-ce que le feu est
à la maison?

— *Non, ma bâdrone,* répondit l'Allemand, *mais
gomme chai fu que fus fus en alliez, chai gru que che
pufais pien m'en aller aussi.*

Alors, maman, très-mécontente, lui commanda de
rentrer à la maison et de faire son pain.

Et comme il grognait encore, elle lui dit:

— Allez vite, si vous ne voulez pas que je vous renvoie
demain matin.

— *C'est pon, bâdrone, c'est pon, l'on y fa!* répliqua
Schmidt furieux, mais qui n'osait pas désobéir.

Et, en effet, il sortit du théâtre tout de suite.

Alors M. Cerisier demanda:

— Qu'est-ce que c'est que cet Allemand?

Maman l'expliqua.

— Il a une vilaine figure, moitié plate, moitié inso-
lente, dit M. Cerisier, et fausse par-dessus tout. Si j'avais
un ouvrier comme celui-là dans mon atelier, je le ren-

verrais. Mais, voilà !... on prend ces Allemands parce
qu'ils sont à bon marché, et qu'habitués aux coups de
bâton dans leur pays, ils sont plus souples que les nôtres.
Mauvaise, mauvaise affaire ! J'aime mieux l'ouvrier
français, moi ! Il est un peu fier, c'est vrai; il n'aime pas
à être maltraité, même en paroles, c'est encore vrai ; et
il veut être payé cher; mais il travaille bien mieux, il
comprend mieux, il a l'orgueil de son travail ; c'est un
artiste enfin qui travaille pour l'honneur autant que
pour l'argent. L'autre, même quand il est bon ouvrier,
n'est qu'un bœuf de labour qu'on pousse avec l'aiguillon
et qu'on nourrit. L'ouvrier français est un homme. Mieux
que ça, c'est un citoyen. Son grand-père a fait la Révo-
lution et pris la Bastille. Son père était à Iéna, il était
aux barricades de juillet 1830, et lui, si c'était nécessaire,
il reprendrait le fusil rouillé de son père et de son
grand-père. N'est-ce pas, Raphaël?

— Ah ! certes !

M. Cerisier en aurait dit plus long; mais la toile se
leva pour le second acte.

Cette fois, nous vîmes l'intérieur du cachot.

La duchesse ou la comtesse, ou la marquise, ou je ne
sais plus qui, — une bien belle personne dans tous les
cas, — était couchée sur la paille.

Tommaso, le farouche Tommaso, entrait le poignard
dans une main et la lanterne sourde dans l'autre; la
mer grondait au pied de la tour. Tommaso, toujours
pour sauver l'honneur des Manfredonia, voulait poignarder la duchesse, qui lui disait toutes sortes d'injures. Il
était pressé, car le marquis pouvait arriver d'un instant
à l'autre et lui arracher sa proie; mais quoiqu'il fût
pressé, il écoutait tout ce qu'elle avait à lui dire, et je
t'assure, papa, qu'il n'y avait rien de flatteur pour lui
dans cette histoire.

Enfin il leva son poignard pour frapper; mais précisément à ce moment-là la muraille du cachot s'entr'ouvrit
et nous vîmes la mer et une barque dans laquelle était

le marquis accompagné du comte, tous deux l'épée à la main, comme dans l'affaire de Barbe-Bleue. Maman a crié :

— Ah ! tant mieux. Le gueux va être puni comme il le mérite !

Mme Cerisier qui pleurait de chagrin a continué de pleurer, mais de joie.

Ensuite le comte et le marquis ont tué à moitié Tommaso et enlevé la dame dans leur barque ; mais Tommaso n'était pas assez mort ; il a crié, appelé la police et l'a envoyée à leur poursuite. Alors le jeune Orlando est venu en demandant sa mère. C'était un beau garçon, cet Orlando, mais par un accident que personne n'a pu expliquer, il était né dans la forêt, et le chef des brigands calabrais lui avait servi de père pour remplacer celui que le moine Bertuccio avait empoisonné au moyen d'un sorbet au citron qui fut versé dans le palais même du roi et par ordre de la reine.

Et, regarde la destinée ! Cet Orlando s'est trouvé plus tard, au dernier acte, le fils de la dame d'honneur qui avait été victime de la scélératesse du vicomte et qu'il était chargé de poursuivre pour la livrer au bourreau qui l'attendait, la tête voilée et vêtu de rouge... Or, ce bourreau, c'était son propre père.

On n'a pas d'idée, papa, d'une pareille famille. Les ducs, les comtes, les vicomtes, les marquis et leurs femmes, — sans compter les brigands et les brigandes qu'on voyait de temps en temps paraître, chanter des chansons, danser, tirer des coups de fusil et disparaître dans les roches, dans les souterrains ou sur la mer, tout ça faisait un spectacle dont j'avais l'esprit brouillé au point que, même à présent comme tu vois, je ne peux plus m'y reconnaître.

Heureusement l'entr'acte vint et nous eûmes un moment de repos.

Cette fois comme il était long à cause des changements de décor, M. Cerisier proposa aux dames de venir faire un tour de promenade au foyer.

Sa femme qui est un peu lourde à cause de son âge, resta assise à sa place. Maman donna le bras à M. Cerisier et moi à M. Raphaël. Mais nous eûmes soin de nous tenir à une certaine distance les uns des autres, afin de causer plus librement.

Raphaël parla le premier et dit :

— Nini, ma chère Nini (excusez-moi si je ne vous appelle pas Mademoiselle comme toutes les autres; il me semble que ce serait vous confondre avec elles), Nini, écoutez-moi. J'ai parlé à M. Cerisier tout à l'heure.

— Que vous a-t-il dit ?

— Il m'a dit qu'il vous trouvait charmante, qu'il n'avait rien vu de plus joli que vous....

(Tu vois, papa, que je te répète tout, mot par mot)... que votre mère aussi lui convenait beaucoup, et que si vous vouliez, il ferait la demande en mariage dimanche prochain.

— Mais mon père ?...

— Quand reviendra-t-il ?

— Je ne sais pas. Il est en Périgord pour des affaires de succession très-embrouillées.

— Eh bien ! il sera toujours temps de lui en parler. Commençons toujours par votre mère, puisqu'elle est là sous la main. Si vous saviez, ma belle Nini, combien j'ai peur de quelque accident !

— Quel accident ? que pouvez-vous craindre ?

— Hé ! l'on craint tout quand on aime. Votre père peut mourir, ou votre mère, ou votre frère, ou moi, ou vous-même; une tuile peut tomber sur ma tête; une échelle peut se rompre... Encore si j'étais sûr que vous m'aimez je prendrais patience; mais en suis-je sûr? me l'avez-vous jamais dit ?

Il parla encore pendant plus de cinq minutes. Papa, je t'assure qu'il parlait bien. Il avait des yeux si vifs, si brillants, si tendres, si je ne sais quoi, il avait l'air si sincère, et enfin il était si joli garçon (car il faut tout avouer) et tout le monde, excepté Schmidt, en disait tant

5.

de bien qu'à la fin je répondis tout bas que, si tu voulais, que si maman voulait, je voulais bien aussi.

— Alors vous m'aimez !

Je répondis plus bas encore :

— Oui !

Et il eut l'air si joyeux, que maman qui nous regardait tout en causant avec M. Cerisier, se douta peut-être de ce que nous avions dit et me fit signe de rentrer avec elle dans la loge.

Puis la pièce recommença. C'est-à-dire que le comte, le duc, le vicomte et le marquis, tous plus traîtres les uns que les autres, se mirent à jouer aux quatre coins, entrant dans les palais pour sortir par des souterrains et rentrer par les cuisines, ou se promener le poignard et le poison à la main dans les corridors.

Mais je n'y comprenais plus rien, et je ne suivais plus le drame,

Je pensais :

— Il m'aime, je l'aime, nous nous aimons ; mais quand papa le saura, qu'est-ce qu'il en dira ? Car tu me rendras cette justice, papa, que je pense toujours à toi avant toute chose et avant tout le monde, et que je n'ai jamais rien fait sans te consulter.

Rien, excepté ça. Mais tu étais si loin ! Et d'ailleurs, je savais bien que tu m'aimais trop pour vouloir faire mon malheur.

XVI

Enfin la toile se baissa pour la dernière fois et nous pûmes sortir pendant que les ouvreuses demandaient le prix de leurs petits bancs qu'elles nous avaient mis malgré nous sous les pieds, et qu'elles nous rendaient nos châles et nos chapeaux qu'elles nous avaient arrachés au commencement du spectacle.

Maman et moi nous saluâmes le bon M. Cerisier, qui s'en allait gaiement avec sa femme bras dessus bras dessous en chantant un air de sa jeunesse. Ils promirent de venir nous voir prochainement, sans dire à quelle occasion, mais je le devinais bien, et ils nous firent promettre d'aller passer la journée chez eux, à Longjumeau, le dimanche suivant.

— Je veux vous montrer ma maison et mon jardin, disait M. Cerisier.

— Et moi, ma vache et mes poules, disait sa femme.

Maman se fit un peu prier d'abord. Je crois qu'elle craignait de s'engager à quelque chose qui ne te conviendrait peut-être pas ; mais on insista tellement qu'il fallut en passer par là.

— Raphaël vous montrera le chemin, dit le père Cerisier.

En effet, Raphaël ne demandait pas mieux. En attendant, il nous donna le bras pour rentrer à la maison. Pendant qu'il sonnait à la porte, je vis en me retournant qu'un individu nous suivait et s'arrêtait presque en même temps que nous.

C'était l'insupportable Schmidt qui nous espionnait.

Je le fis voir à Raphaël sans parler. Il comprit mon geste et me dit ;

— Ne craignez rien, chère Nini. J'ai de quoi lui répondre. · .   .

Heureusement Schmidt ne pouvait pas nous suivre dans la maison, car il demeurait à cent pas de là. Mais je fus bien fâchée qu'il n'y eût pas quelqu'un avec nous, — mon frère Sébastien ou toi, — pour me garder, car ce Schmidt me faisait peur.

Le lendemain, cependant, il se remit à l'ouvrage comme à l'ordinaire; mais vers deux heures après midi, comme maman m'avait envoyée faire une commission chez Mme Crépin, il saisit le moment et lui fit sa demande en mariage, disant qu'il n'avait pas encore tous ses papiers, mais qu'il était pressé de savoir son sort et surtout qu'il avait peur d'être prévenu par quelqu'un.

Bien entendu ce quelqu'un ne pouvait être que Raphaël.

Il ajouta un inventaire de toutes les propriétés que possédaient en Bavière ses frères, son père, ses oncles, ses cousins, ses cousines. Son frère aîné était herr doctor. Son frère cadet était herr capitaine. Son oncle était herr curé, et avait de grandes économies.

Quand il eut fini de parler, maman, bien embarrassée, car elle commençait à se dégoûter un peu de lui, mais toujours éblouie par les thalers, lui répondit que rien ne pressait, qu'on ne pouvait rien décider en ton absence, que d'ailleurs j'étais jeune encore... et le reste.

Voyant ça, il sortit en grondant comme un ours et dit qu'il allait chercher ses papiers à l'ambassade. Mais tu vas voir ce qu'il méditait, ce scélérat!

Jusqu'au dimanche il fut assez tranquille. Je voyais bien qu'il regardait toujours vers la porte ou le corridor comme pour surveiller les entrées et les sorties de Raphaël, mais il était si naturellement surnois qu'on n'y faisait presque pas attention.

Enfin le dimanche matin vers huit heures nous allions

à la messe, maman et moi. Nous étions habillées, toutes
prêtes à partir par la voiture de Longjumeau après la
messe. M. Raphaël devait nous attendre au bureau et
partir avec nous.

Dix heures sonnent. Pas de Raphaël. Nous étions là
depuis cinq minutes. La voiture était presque pleine.
D'autres voyageurs arrivaient à tout moment et demandaient des places.

— Allons, Mesdames, on n'attend plus que vous,
criait le conducteur.

Mais maman ne voulait point partir sans Raphaël.
Nous ne connaissions pas assez M. et Mme Cerisier qui
nous avaient invitées.

Enfin le conducteur perd patience, prend trois autres
voyageurs, sonne de la trompe et part.

Je dis à maman :

— Il est arrivé quelque malheur à M. Raphaël, sans
cela il serait ici depuis longtemps. Allons voir à la
maison.

Nous retournons au faubourg Saint-Antoine. De loin,
je voyais beaucoup de gens assemblés devant la porte.
Maman dit :

— Le feu s'est mis chez nous. Cet imbécile de Schmidt
aura trop chauffé le four : il n'en fait jamais d'autres.

Et elle se met à courir de toutes ses forces. Je la suivais comme tu peux croire; mais je ne croyais pas au
feu.

Je ne voyais pas de fumée ni de pompiers.

C'est égal. Je n'étais pas rassurée. Tout ce monde avait
l'air étonné, chagriné comme si quelque grand malheur
venait d'arriver.

Devant la porte de l'allée qui était gardée par un sergent de ville, j'entendis que Mme Pindré, la portière,
disait en levant les bras au ciel :

— Ah! le pauvre jeune homme! Ah! le mauvais
gueux! Comme il s'est bien défendu! Comme il l'a pris
en traître! Qui est-ce qui pouvait croire qu'une chose

pareille arriverait jamais dans une maison si bien tenue, à un locataire si tranquille ! Pauvre M. Raphaël !

Et elle levait les bras vers le ciel.

A ce mot, j'entrai la première, pendant que maman cherchait à me retenir en disant :

— Où vas-tu donc, Nini ? Attends-moi ! ça n'est pas convenable !

En même temps elle me suivit et j'arrivai vers « mame Pindré » qui s'écria en me voyant :

— Ah ! mon Dieu ! pauvre demoiselle Nini, vous ne savez pas ce qui vient d'arriver. M. Raphaël est peut-être mort à l'heure qu'il est !

A la nouvelle que Raphaël était presque mort, je m'élance, je m'écrie :

— Où est-il, « mame Pindré ? » Où est-il ?

Oh ! vois-tu, papa, j'ai cru en mourir moi-même !

Alors, qu'est-ce que je vois ! M. Raphaël lui-même qui s'avance vers moi le bras en écharpe, mais toujours riant comme d'habitude et qui me dit :

Ce n'est rien, Mademoiselle Nini, ce n'est rien. N'ayez pas peur. Schmidt est un gredin, mais c'est un maladroit...

Je réponds :

— Vous vous êtes battu avec Schmidt ?

— Pas tout à fait. C'est moi qui l'ai battu parce qu'il avait voulu m'assassiner. Mais nous causerons de cela plus tard. Laissez-moi monter dans mon logement et chercher quelque chose que M. Cerisier m'a chargé de lui porter à Longjumeau.

En même temps il s'élança dans l'escalier et nous restâmes, maman et moi, dans la loge de Mme Pindré, qui nous raconta toute l'affaire.

— Imaginez-vous, Mesdames, dit-elle, que j'étais là, vers neuf heures, à savonner mon linge dans la cour.

Tenez, mon baquet était ici et j'avais posé mon linge et mon savon sur le bord de ma fenêtre comme vous voyez.

Voilà que M. Raphaël descend de sa chambre rasé de frais avec une belle chemise blanche, un paletot neuf,

n joli pantalon gris clair, un gilet blanc; il avait l'air
un jeune marié.

Il s'arrêta devant mon baquet et me dit :

— Madame Pindré, que faites-vous là ?

— Comme vous voyez, Monsieur Raphaël, je savonne
s chemises de mes enfants, celles du dernier surtout,
plus petit dont le pan...

Il me coupe la parole et demande :

— Quelle heure est-il, mame Pindré ?

— Neuf heures et quart, Monsieur Raphaël.

Alors il regarde sa montre et dit :

— Le bureau de la voiture de Longjumeau n'est qu'à
x minutes d'ici; je vais remonter chez moi. Si Madame
ercier rentre avec sa fille et demande où je suis, dites-
ur que je les rejoindrai bientôt.

En même temps il remonte.

Il n'était pas plutôt vers le haut de l'escalier que je vois
araître votre grand coquin de Schmidt, votre Allemand,
ui me regarde d'un air sournois et qui va se cacher
us la cage de l'escalier en tenant à la main quelque
ose de long et de large, que je ne distinguais pas bien.
a pouvait être un couteau, mais ça pouvait être aussi un
upillon.

Je ne dis rien, d'ailleurs (il faut être juste), je ne pensais
en non plus. Qui est-ce qui pouvait s'attendre à ça ?

Quand que je dis que ce coquin se cachait, ce n'est
l'après coup que je l'ai vu, car d'abord il avait l'air d'un
abécile qui cherche je ne sais pas quoi dans les ba-
yures. Il se courbait, il baissait la tête, il se faisait tout
tit.

Voyant ça, j'ai pensé à autre chose, et j'ai savonné tout
qui est là.

Ici Mme Pindré nous montra une demi-douzaine de
emises, une douzaine de bas, un tricot de laine appar-
nant à M. Pindré, et quatre de ses propres camisoles,
elle.

— Comme j'allais chercher le reste de mon linge dans

la loge, voilà que j'entends M. Raphaël qui descendai
l'escalier, léger comme un écureuil qui glisse le lon
d'un arbre et chantait à pleine voix :

Reine des flots, sur ta barque rapide...

Arrivé aux six dernières marches, il a sauté d'un seu
coup et m'a demandé :

— Ces dames ne sont pas revenues, mame Pindré ?

Au même moment ce traître de Schmidt est sorti d
dessous son escalier, tenant dans la main un grand cou
teau à couper la pâte, et s'est jeté sur lui sans rien dire

J'ai eu une frayeur, vous pouvez penser !

J'ai poussé un cri épouvantable en levant les bras :

—Monsieur Raphaël, monsieur Raphaël, prenez garde

Mme Ternaux, la femme du bijoutier d'en face, qu
donnait le sein à son petit dernier, a été si épouvanté
de mon cri (à ce qu'elle a dit), que son lait en a tourné
et qu'elle en fera pour sûr une maladie.

Mais c'est une faiseuse d'embarras. Si son lait tourne
c'est qu'elle aura cherché querelle à son mari, — un
bonne bête du bon Dieu, — avec qui elle se bat quatr
fois par jour dans la semaine et six fois le dimanche
parce qu'ils ont moins d'ouvrage ce jour-là, et plus d
temps pour s'expliquer en famille.

J'ai donc crié pour avertir M. Raphaël. Et ç'a été bie
heureux, car il avait le dos tourné, et sans mon cri l
traître Schmidt l'aurait saigné du premier coup.

Mais c'est là, Madame Mercier, qu'on a vu comme
fait bon d'avoir appris de bonne heure à se servir d
ses pieds et de ses mains, et à ne pas perdre de temps
regarder cuire le rôti... A mon cri M. Raphaël s'est re
tourné, juste comme l'autre allait le frapper à la gorge
il a paré le coup avec son bras gauche, a reculé d'u
pas pour se donner de l'élan, et d'un coup de pied qu
est parti comme un éclair, il a marqué la figure d
Schmidt de manière à le reconnaître pour toujours.

Par bonheur le soulier de M. Raphaël étant tout neuf avait douze clous en l'honneur des douze apôtres et chaque clou a laissé son trou dans le front, les joues, le nez et le menton de l'Allemand.

Ma foi, c'était si bien exécuté que j'ai crié : Bravo!

Vous n'avez pas d'idée, Madame Mercier, de ce que peut faire un artiste qui connaît la savate comme M. Raphaël. C'est une merveille.

C'est à donner envie de le voir travailler pendant un quart d'heure de suite.

Malheureusement pour ceux qui regardaient, la bataille n'a pas duré aussi longtemps. Schmidt a essayé une seconde fois de frapper M. Raphaël avec son couteau à pâte et lui a déchiré une seconde fois son paletot, mais alors M. Raphaël a saisi mon battoir et lui en a donné un tel coup sur la tête que l'Allemand s'est sauvé en poussant des hurlements comme un chien battu, et qu'il a jeté son couteau à pâte dans la rigole pour n'être pas reconnu.

M. Raphaël l'a marqué d'un autre coup de pied, et cette fois dans le derrière; il voulait même le poursuivre, mais je l'ai retenu. Du premier coup il avait eu son paletot déchiré et son bras gauche blessé. Le sang coulait abondamment. J'ai dit :

— Laissez faire, Monsieur Raphaël, les sergents de ville le rattraperont bien. Commençons par le plus pressé.

En effet, les sergents de ville, avertis par les voisins, ont couru à la poursuite de Schmidt, mais jusqu'à présent ils ne l'ont pas rattrapé. Alors j'ai pansé M. Raphaël comme je pouvais, avec l'aide du pharmacien.

— Et me voilà, Mademoiselle Nini, ajouta M. Raphaël, qui descendait au même instant de sa chambre. Oui, me voilà

Bien portant
Et constant,

comme dit la chanson, ce n'est rien, ce n'est qu'une égratignure.

Alors maman a dit :

— C'est bien malheureux : mais notre voyage à Longjumeau est fini. Va quitter ton chapeau, Nini.

J'allais obéir, mais pas contente du tout, lorsque M. Raphaël a repris :

—Au contraire, Madame Mercier, au contraire ! Nous allons partir par la plus prochaine voiture, à midi ! Songez donc, si Mᵐᵉ Cerisier venait à savoir que j'ai reçu un coup de couteau ce matin, ça pourrait la rendre malade de frayeur, il faut absolument qu'elle me voie, ça la rassurera. D'ailleurs, je sais de bonne part qu'elle a fait de ses mains, pour vous recevoir, un pâté chaud avec du veau dedans et de la fricassée de poulet, et si vous connaissiez les pâtés de Mᵐᵉ Cerisier, vous n'en voudriez plus goûter d'autres.

Alors, pour ne pas manquer le pâté de Mᵐᵉ Cerisier, nous montâmes en voiture à midi, maman, M. Raphël et moi, après qu'il eut fait sa déclaration avec « mame Pindré » chez le commissaire de police.

Sur la route, maman disait :

— Quel mauvais gueux que ce Schmidt ? Qui est-ce qui aurait cru ça de lui ?... Il avait des parents si bien placés à Munich et propriétaires de tant de thalers.

Moi, je ne disais rien, mais je pensais que ce ne serait pas trop de prendre ce Schmidt par les oreilles, de le pendre par les pieds la tête en bas, et de le laisser là pendant trois jours pour lui donner le temps de se repentir de son crime et d'en demander pardon à Dieu.

—Mais, dit encore maman, pourquoi vous êtes-vous battu avec Schmidt, Monsieur Raphaël ?

Il répondit simplement :

— Est-ce qu'on peut savoir, Madame Mercier. Les gens de son pays n'ont pas besoin de motif pour donner des coups de couteau. Ils vous cherchent tout naturellement des querelles d'Allemand.

Mais des yeux il m'expliquait qu'il en savait plus long, et que j'étais intéressée dans l'affaire.

Après ça, nous passâmes le temps sur la route à causer de tout ce que nous voyions à droite et à gauche, et enfin nous arrivâmes à Longjumeau, où l'on nous attendait impatiemment.

M. Cerisier était au bureau de la voiture. En nous voyant il prit la main de maman et l'embrassa comme s'il l'avait connue depuis vingt ans. Après, ce fut mon tour et je fus embrassée sur les deux joues. Enfin ce fut le tour de Raphaël.

M. Cerisier qui était propre, frais, rasé avec soin et qui avait un magnifique faux-col, donna le bras à maman et marcha le premier. Raphaël et moi nous les suivions de près.

Il s'excusa d'abord de n'avoir pas amené sa femme. Elle voulait venir, tant elle était impatiente de nous voir, mais il aurait fallu lâcher son pâté, qui était la pièce principale du dîner, et si le pâté avait été desséché, trop cuit ou pas assez, elle ne s'en serait pas consolée.

— Ni moi non plus, ajoutait M. Cerisier.

Sa maison était sur le bord de la route de Longjumeau à Montlhéry, vers le haut de la ville et séparée de la rue par un petit jardin anglais. Derrière était le grand jardin, le vrai, le jardin potager, qui est aussi grand que la place du Carrousel et qui est fermé d'un mur de huit pieds de haut.

Mme Cerisier était dans sa cuisine quand elle nous vit entrer. Elle était en train de trousser deux magnifiques canards qui ressemblaient à deux pelotes de graisse. Elle était habillée d'une belle robe de drap noir. Elle était coiffée d'un large bonnet blanc, à la mode de 1830, et comme elle vit que nous regardions ce bonnet avec étonnement elle nous dit :

— Ma foi, Madame Mercier, en ce temps-là mon mari trouva qu'il m'allait bien : alors je n'ai pas voulu chercher d'autre modèle de peur de ne pas rencontrer mieux.

— Quand on est bien quelque part, il faut s'y tenir, ajouta son mari en prenant Raphaël par le bras.

Mais alors Raphaël pâlit; M. Cerisier venait de le toucher juste à l'endroit où il avait été blessé par Schmidt. Maman et moi nous racontâmes ce qui s'était passé.

— Ah ! le gredin ! Ah ! le gueux ! Ah ! le mauvais coquin de Schwob ! disait le père Cerisier. Au moins l'as-tu bien marqué de ton soulier ?

— Si bien marqué, dit Raphaël en riant, que j'ai écrasé son nez sur ses joues, et qu'il ne pourra plus, j'en ai peur, se moucher jusqu'à la fin de ses jours. Ce n'est pas tout ; pendant qu'il se sauvait, j'ai imprimé de l'autre côté, — vous savez, le côté sur lequel on a l'habitude de s'asseoir, — j'ai imprimé là ce qu'on appelle dans la bonne société le cachet de l'administration.

— Allons, allons, tant mieux, mon garçon !

— D'ailleurs, ajouta Raphaël, la police est à ses trousses. Ah! Monsieur Cerisier, c'est ce matin que j'ai vu l'utilité de la savate et des leçons que vous m'avez données quand j'étais enfant. Ah! les bonnes leçons! Je m'en souviendrai toujours.

— Et tu auras bien raison, mon garçon, disait le père Cerisier. La savate, vois-tu, c'est tout ce qu'il y a de meilleur au monde. Quand tu lèves le pied en l'air, ton cœur s'élève en même temps. Pour bien jouer de cet instrument il faut être leste, nerveux, courageux; il ne faut pas être chargé de graisse; il faut se lever de bonne heure, se coucher tard, travailler beaucoup, dormir quatre heures par nuit, pas davantage. Il ne faut pas boire, de peur de perdre la raison et l'équilibre; il ne faut pas manger trop, ce qui est l'usage des goinfres; il faut avoir l'œil vif, le regard sûr, deviner du premier coup l'ennemi, parer, riposter, filer droit, être d'aplomb sur ses pieds et quelquefois sur ses mains. Mon garçon, pour bien connaître la savate, il faut, vois-tu, avoir presque autant de vertus que de talents.

Il fit une pause. Mme Cerisier, qui était avec maman,

nous offrit un morceau de jambon, du vin blanc, un privilége sur le dîner, comme elle disait.

Le père Cerisier trinqua avec nous et avec Raphaël et continua :

— La savate, vois-tu, Raphaël, c'est l'arme du vrai Parisien. Les Bretons et les Auvergnats ont le coup de tête ; je ne veux pas en dire du mal ; c'est bon, quand ça touche le but ; mais si, par malheur, l'autre se détourne, vous avez la tête cassée.

Les Anglais ont la boxe et s'en servent bien. Mon Dieu ! Je ne blâme pas les Anglais. Quand on est mylord, comme ils le sont tous, on a le droit de cogner avec ses poings au lieu de cogner avec ses pieds. Il ne faut pas avoir de préjugés. Moi, d'abord, je déteste les préjugés ; mais je préfère la savate.

XVII

Comme nous avions fini la bouteille de vin blanc et le jambon, Mme Cerisier nous dit :

— Je veux vous montrer ma maison, ma vache et mes poules. Ça vous amusera peut-être plus que la savate et la boxe de mon mari.

. Alors nous nous levâmes tous les cinq, et elle nous conduisit d'abord dans une grande chambre à deux lits. C'était la sienne et celle de son mari. Après cela venaient deux autres chambres pleines de linge, de provisions, d'armoires et de placards.

Ça, c'était le premier étage.

Au dessus était la chambre de M. Raphaël, propre, bien meublée d'un lit de bois de noyer, d'une belle commode, d'une glace assez grande, de trois chaises et d'une toilette.

Sur la cheminée une pendule pas trop belle ni trop neuve (nous l'avons achetée quarante-cinq francs, dit Mme Cerisier) ; à droite, un portrait de Napoléon Ier.

— Celui-là, c'est mon ancien général, dit le père Cerisier. L'autre, à côté, c'est l'enfant Jésus avec sa mère. C'est pour faire plaisir à Adélaïde. Celle-ci, en face, sur le mur, avec un bonnet phrygien, c'est la République française, une et indivisible. Ça fait plaisir à Raphaël.

— Alors, demanda maman, vous en avez pour tous les goûts.

— Mon Dieu ! madame Mercier, dit le vieux, vous savez, j'ai pour tous les goûts, et j'ai aussi pour mon goût particulier. L'enfant Jésus et sa mère, vous sentez bien que ça ne fait de mal à personne. D'ailleurs, Adélaïde aime ça... Toutes les femmes aiment ça... Le petit est gentil, la mère est bonne femme ; ça leur rappelle leur jeunesse. Voilà pour l'enfant Jésus.

— Et Napoléon Ier ?

— Ah ! voyez-vous, celui-là a eu bien des torts, il nous a fait bien du mal, et si le bon Dieu nous offrait de le ressusciter et de nous le rendre, je le craindrais et le détesterais comme la peste ou le choléra. Mais que voulez-vous faire ? j'avais besoin d'un pendant à l'enfant Jésus ; j'ai pris ce que j'ai trouvé... Quant à la République, c'est autre chose. Raphaël et moi, nous l'aimons parce qu'elle nous a donné la liberté deux fois et parce qu'elle nous la rendra un jour ou l'autre.

— Maintenant, dit Mme Cerisier, allons voir mes poules.

Et elle nous mena dans son poulailler, qui était fait comme une volière et grand comme un hangar.

Après le poulailler, nous visitâmes l'étable, le pigeonnier, la cage aux lapins, et enfin elle nous quitta pour mettre ses deux canards à la broche.

Et alors son mari nous prit à son tour et nous fit faire le tour de son jardin. Au milieu était un puits. Le long

des murs, des pommiers et des poiriers en forme d'es-
palier. Dans les carreaux du jardin tous les légumes
connus et inconnus ; enfin, papa, tu ne peux pas avoir
l'idée de ce jardin, tant il était grand et bien cultivé.

— Et si vous saviez comme il rapporte! disait M. Cerisier. J'envoie à la Halle de Paris des fruits ou des
légumes suivant la saison pour plus de cent francs par
semaine. C'est vrai que l'engrais me coûte cher et qu'il
faut piocher, sarcler, greffer, semer et récolter, mais
comme on est payé de sa peine! D'ailleurs, on est chez
soi, au lieu qu'à Paris on est toujours chez un propriétaire et Dieu sait comme c'est un animal commode, le
propriétaire !

Après que nous eûmes fait cinq ou six fois le tour du
jardin, nous entendîmes que Mme Cerisier nous appelait
pour dîner, et malgré le jambon que nous avions mangé
deux heures auparavant, on ne se fit pas trop prier.

Ecoute bien ce qui suivit, papa; c'est très-important.
C'est ce jour-là que nos malheurs ont commencé, comme
tu vas voir; mais nous ne pouvions pas nous en douter.
C'était le 7 juillet; rappelle-toi bien la date.

Nous étions douze à table, — en l'honneur des douze
apôtres, comme dit M. Cerisier; — c'est-à-dire lui, sa
femme, Raphaël, maman et moi, ce qui fait cinq. Plus,
sept de ses voisins et voisines qu'il avait invités pour
nous faire honneur.

Le pâté fut très-bon. La fricassée de poulet était délicieuse. Maman y revint pour faire plaisir à Mme Cerisier
et lui demanda sa recette. Le père Cerisier nous offrit
une bouteille d'un petit vin d'Arbois qui datait de 1834.
Raphaël, qui était à côté de moi, me disait, comme tu
peux croire, toutes sortes de choses aimables ; enfin,
nous étions tous contents comme des dieux.

Tout à coup un pépiniériste qui se trouvait placé à
côté de Mme Cerisier et en face de son mari, demanda :
— Eh bien ! vous autres, avez-vous lu le journal ? Il y
a de fameuses nouvelles aujourd'hui.

On demanda de tous côtés :

— Quelles nouvelles?

Car les gens de Longjumeau n'étaient pas ferrés sur la politique.

— Des nouvelles, mes amis, comme on n'en a pas eu depuis Waterloo.

(Fais bien attention, papa, que je vais te raconter la conversation tout entière, quoiqu'on ait parlé beaucoup politique et que ça ne soit pas mon fort; mais j'ai eu trop de raisons de me souvenir de ce qui fut dit ce jour-là pour l'oublier jamais.)

Il reprit donc, ce pépiniériste :

— Il paraît que nous allons avoir la guerre !

Tout le monde fut étonné.

— Avec qui? demanda M. Cerisier.

— Est-ce que je sais, moi? Mon journal dit que nous aurons la guerre avec la Prusse.

— Pas possible!... A propos de quoi?

— A propos de l'Espagne!

— Les Prussiens, d'abord, c'est de la canaille, dit un autre.

— Ça c'est vrai, répliqua le père Cerisier ; mais ça ne fait rien. S'il fallait se battre avec toutes les canailles qu'on rencontre sur son passage, on n'aurait jamais fini.

— Oh! il y a autre chose, continua le pépiniériste. Il y a l'Espagne. On dit qu'il se passe là-bas des choses!... Je ne sais pas bien quoi, mais des choses que la France ne peut pas supporter; c'est comme qui dirait un soufflet que nous aurions reçu sur la joue !

— Un soufflet! dit le père Cerisier. Un soufflet à la France! Je voudrais bien voir ça!

Un ancien gendarme, qui est aubergiste dans la grand'rue de Longjumeau, se leva et dit :

— Tonnerre de Dieu! Excusez, pardon, Mesdames et Mesdemoiselles, si quelqu'un se permettait de donner un soufflet à la France, ça serait pour moi cent fois pire que si j'en recevais un pour mon compte. Un soufflet! un

soufflet! mesurez un peu vos expressions, pépiniériste!

L'autre répondit :

— Je dis ce qu'on m'a dit ou plutôt ce que j'ai lu dans
le journal.

— Et quel est le clampin dont auquel...

— Le clampin, dit le pépiniériste, parbleu! C'est facile
à deviner, c'est le roi de Prusse.

— Voyons, demanda M. Cerisier, ce n'est pas tout ça.
Avant de dire qu'il y a soufflet et que le roi de Prusse
est un clampin, il faut d'abord voir ce qui s'est passé.
Qu'est-ce que raconte ton journal ?

— Voici... Paraît qu'il y a deux ans la reine d'Espagne,
— cette grosse dame qui se promène à présent dans le
bois de Boulogne comme une bourgeoise, — eut des
mots avec son peuple à Madrid, capitale de toutes les
Espagnes... Paraît aussi que c'était son habitude et
qu'elle se battait avec son peuple ou avec ses généraux,
maréchaux et colonels, à peu près tous les six mois, c'est
une coutume d'Espagne qu'ils ont établie depuis que
Napoléon a passé chez eux.

Ici, l'ancien gendarme interrompit le pépiniériste et
dit :

— Napoléon! Un grand homme, celui-là ! Il a eu tort
de se fier aux Anglais. C'est pour ça qu'ils l'ont fait mourir
à Sainte-Hélène!

— Puisqu'il est mort n'en parlons plus, dit Raphaël.

— Et je veux en parler, moi! Vive le grand Napoléon,
le héros de Sainte-Hélène !

— Voyons, dit le père Cerisier qui est républicain
comme Raphaël, laisse raconter les nouvelles.

— Pour lors, reprit le pépiniériste, voilà près de trente
ans que ces Espagnols se battaient entre eux comme je
me suis fait l'honneur de vous le dire, et ils criaient toujours : Vive la reine! à la fin de chaque bataille; mais
voilà qu'il y a deux ans, Prim qui était le plus fort a
crié : A bas la reine! à bas les jésuites!

Le peuple a répliqué : Bravo ! ça nous va ! Et l'on a mis la reine et les jésuites à la porte, ce qui fait qu'ils sont venus tous ensemble à Paris, comme si nous n'avions pas assez de cette mauvaise graine !

— Assez ! cria l'ancien gendarme... nous en avons trop ! C'est ce qui fait notre malheur ! Si l'empereur faisait son devoir... il vous mettrait tout ce monde sur un bateau, il mettrait ce bateau sur la mer, avec des provisions pour soixante ans, et il leur commanderait de ne pas revenir avant que les vivres fussent consommés, sous peine d'être fusillés et de payer ensuite l'amende avec les frais du procès.

— Oui, dit le pépiniériste, mais il ne fera jamais ça.

— Et pourquoi ne le ferait-il pas ? demanda l'ancien gendarme.

— Parce que sa femme ne veut pas.

— Sa femme ne veut pas, tonnerre de Dieu ! mais si j'avais une femme comme ça....

— Tu te tiendrais tranquille ! et tu ferais bien, répliqua le pépiniériste. Vois-tu, quand une femme a mis dans sa tête de mener son mari à la messe, elle l'y mène, et à vêpres aussi, et au salut, et à confesse, et partout. Ton empereur est comme les autres. Il obéit à sa femme pour avoir la paix dans son ménage. D'ailleurs, tu ne la connais pas, celle-là : c'est une Guzman !

— Ça serait quelque chose de pire encore, cria l'ancien gendarme, que je la mettrais au pas, et plus vite que ça !

— Voyons, dit le père Cerisier, nous parlerons plus tard de la fille des Guzman ; dis-nous tout d'abord pourquoi nous aurons la guerre et avec qui ?

Le pépiniériste reprit :

— Quand la reine d'Espagne est venue à Paris, elle a laissé son fauteuil vide. On aurait pu l'enlever, le jeter par la fenêtre et proclamer la République ; Mais Prim n'a pas voulu...

— Qui ça, Prim ?

— Un de ceux qui gagnaient leur vie depuis trente ans à se battre tantôt pour, tantôt contre la grosse reine. Il a voulu asseoir là un roi de sa façon qu'il aurait tenu par la main et présenté au peuple et qui aurait fait toutes ses volontés, à lui, Prim. Il disait : « Toi, tu auras la liste civile; moi, j'aurai le reste. Tu parleras tout haut, et moi je te soufflerai par derrière, et si tu récites mal ta leçon, ou si tu y changes quelque chose, je te renverrai d'un coup de pied où je t'ai pris. » C'est là ce que mon journal expliquait.

— Eh bien, mais, c'est très-naturel tout ça !

— Moi ! je me contenterais bien de la liste civile, dit l'ancien gendarme. Combien vaut-elle, cette liste civile ?

— Oh ! pas plus de vingt mille francs par jour !

— Et les tours de bâton !

— Ça va sans dire !

— Ah ! diable ! dit l'ancien gendarme en se grattant la tête. Vingt mille francs par jour ! mais en invitant tous mes amis à fricoter soir et matin avec moi, je n'en viendrais jamais à bout... Et tu dis, pépiniériste, que Prim n'a pas trouvé preneur à ce prix ?

— Il a bien trouvé, mais on voulait des garanties. L'un voulait qu'on lui assurât le capital de cette rente. Un autre disait : Mais si l'on vous met à la porte comme vous y mettez les autres, qui est-ce qui me paiera mes appointements ? Un autre avait peur d'être fusillé comme Maximilien au Mexique. Enfin il faisait le tour de l'Europe, portant sa couronne sur un plat comme un quêteur dans les églises, et on l'invitait à repasser un peu plus tard, lorsque Bismarck est venu, qui a dit : Le roi mon maître a un petit cousin qui s'appelle comme lui, Hohenzollern; ce cousin a les coudes percés; nous n'en pouvons rien faire; il vient de temps en temps manger à l'office; il est colonel chez nous, veux-tu le faire roi d'Espagne? Ça lui donnera de l'avancement et il pourra dîner chez lui tous les jours. Prim a dit oui et l'affaire est conclue.

— Et c'est pour ça qu'on va se battre? demanda le père Cerisier.

— Parbleu! c'est bien simple, dit le pépiniériste. Suivez bien mon raisonnement. Les Espagnols n'ont ni roi ni reine. Bon! Alors ils en cherchent partout. Bon! on leur offre un Allemand. Bon! ils se jettent dessus comme la faim sur le pauvre monde. Bon! Alors Sa Majesté Napoléon III, empereur des Français, vexé de n'avoir pas été consulté, dit : « C'est un affront qu'on nous fait, à moi et à la France! » Il tire son sabre, et voilà!

— Tout ça n'est pas clair, dit le père Cerisier.

XVIII

Pendant que le pépiniériste racontait son histoire, Raphaël qui ne l'écoutait que d'une oreille me disait tout bas :

— Nini!

— Monsieur!

(Je faisais la sévère avec lui de peur que les voisins ne vissent que je ne m'occupais pas assez de politique.)

— Nini, notre affaire est faite. Mme Cerisier a parlé à votre mère...

— Et ma mère a dit : oui!

— A peu près. Elle ne s'y oppose pas; au contraire! Mais elle attend le retour de votre père.

Alors j'ai répondu sans réfléchir, tant j'étais contente :

— Oh! papa et moi, nous faisons tout ce que je veux!

Je t'en prie, papa ne te fâche pas de ça; ce n'est pas ma faute: ça m'a échappé. Je voulais dire au contraire que je faisais toutes tes volontés soir et matin; mais la langue m'a fourché.

Alors Raphaël était si joyeux lui aussi, que comme par hasard ma main pendait sous la table, il l'a prise et serrée de façon que j'aurais rougi de toutes mes forces si l'on nous avait vus : heureusement tout le monde écoutait et regardait le pépiniériste.

— Enfin, a demandé M. Cerisier, où avez-vous pris tout ça, et surtout que nous sommes insultés?

Le pépiniériste a répondu :

— Dans mon journal, Monsieur Cerisier, dans mon journal! Un bon journal qui dit toujours du bien de l'empereur, de l'impératrice, et qui donne des nouvelles de leur gamin. Il paraît qu'il donne déjà de grandes espérances, ce polisson-là, et qu'il a de l'esprit tout plein. Il monte à vélocipède comme un homme et il est plus adroit que le petit Conneau. Il a plus d'esprit que le petit Conneau. Et quand il se bat avec le petit Conneau c'est toujours lui qui rosse Conneau. C'est un luron, je vous le garantis!

— Voyez-vous ça! dit l'ancien gendarme. Il sera comme son oncle!

— Oh! comme je voudrais le voir! dit la femme du gendarme.

— Si tu es sage, Eudoxie, je t'y mènerai! répondit le mari.

— Et, ajouta le pépiniériste d'un air malin, paraît qu'il a déjà fumé sa première cigarette.

Tous les hommes se mirent à rire comme s'il avait dit quelque chose de très-extraordinaire. Maman et madame Cerisier prirent un air sérieux ; enfin je n'y compris rien du tout.

— Avec tout ça, reprit M. Cerisier qui s'entêtait, je ne vois pas encore comment la France est insultée par les Prussiens.

— Ah! parbleu! reprit le pépiniériste en dépliant son journal, si vous ne me croyez pas, vous croirez peut-être bien le ministre qui a parlé hier au nom de l'empereur. Napoléon III sait mieux que nous, je pense, s'il est insulté ou non. Ecoutez un peu.

Et alors il mit ses lunettes sur son nez et commença sa lecture :

— *Il est vrai que le maréchal Prim a offert au prince Léopold de Hohenzollern la couronne d'Espagne et que ce dernier l'a acceptée...*

— Parbleu! dit le gendarme en riant, je l'aurais bien acceptée aussi... Pas trop bête pour un Allemand, celui-là! Vingt mille francs par jour et les tours de bâton! C'est Eudoxie qui serait contente! Qu'en pensez-vous, Madame Cerisier? Ne seriez-vous pas contente aussi, vous?

— Oh! moi, répondit-elle, j'ai assez de ce que j'ai.

— Bien parlé, ma femme, dit le père Cerisier.

Et maintenant un peu de silence, s'il vous plaît!

Le pépiniériste continua :

— *...Mais le peuple espagnol ne s'est pas encore prononcé, et nous ne connaissons point encore les détails vrais d'une négociation qui nous a été cachée.*

— Pourquoi donc qu'on l'a cachée! demanda l'ancien gendarme en colère. C'est donc qu'il y avait du mal!... Quand un individu se cache, il faut lui mettre la main au collet d'abord ; on s'expliquera ensuite.

— Voyons, voyons, dit le père Cerisier, une négociation n'est pas comme un individu. On peut bien la cacher sans faire de mal... Une supposition : vous seriez encore à marier, marchef, et vous auriez envie de vous mettre en ménage ; vous n'iriez pas crier dans la rue comme les petits enfants en carnaval : « J'ai tant envie de me marier, que ma chemise me brûle! » Eh bien! l'Espagne voulait se marier...

— Mais pourquoi? Est-ce qu'elle ne pouvait pas rester en République comme elle est?

— Sans doute, marchef, et c'est ce qu'elle ferait si elle avait le sens commun ; mais puisqu'elle ne l'a pas, qu'est-

e que ça vous fait, qu'est-ce que ça me fait, qu'est-ce
que ça fait à tous les Français?

Le pépiniériste reprit :

— *Nous n'avons cessé de témoigner nos sympathies à la
nation espagnole et d'éviter tout ce qui aurait pu avoir
les apparences d'une immixtion quelconque dans les
affaires intérieures d'une noble et grande nation en plein
exercice de sa souveraineté.*

— Qu'est-ce que ça veut dire, ça? demanda l'ancien
marchef. Les avocats ont des manières de tourner leurs
plumes sur le papier et leurs langues dans leurs bouches
de façon qu'on n'y comprend rien.

— Ça veut dire, répliqua le pépiniériste, que Napoléon III est l'ami des Espagnols et qu'il ne veut pas les
gêner.

— Bon, cela! interrompit le père Cerisier. Mais qu'est-
ce qui l'oblige à le dire? Quand on est l'ami d'un
homme, on ne va pas lui crier devant tout le monde :
fais bien attention, je n'ai pas envie de te donner un
coup de poing!

— Attention! dit le pépiniériste, vous allez comprendre la finesse!... *Nous ne sommes pas sortis à l'égard
des prétendants au trône de la plus stricte neutralité, et
nous n'avons jamais témoigné pour aucun d'eux ni pré-
férence, ni éloignement. Nous persisterons dans cette conduite.*

— Très-bien! reprit le père Cerisier. C'est ce qu'il y a
de mieux à faire... Voulez-vous un petit verre de cassis?

— Avec plaisir, Monsieur Cerisier.

— Et vous, Madame Mercier?

La bouteille fit le tour de la table.

— Attendez donc, dit le pépiniériste, je n'ai pas fini de
lire. Voici le meilleur :

*... Mais nous ne croyons pas que le respect des droits
d'un peuple voisin nous oblige à souffrir qu'une puis-
sance étrangère en plaçant un de ses princes sur le trône*

*de Charles-Quint puisse déranger à notre détriment l'équi-
libre actuel des forces en Europe...* Entendez-vous, Napoléon III ne peut pas souffrir ça...

— Mais quoi, ça?

— Ça, c'est ça, dit le pépiniériste. Tout le monde sait
bien ce que ça veut dire. Qu'en pensez-vous, marchef?

L'ancien gendarme leva les yeux au plafond et dit :

— Moi d'abord, je pense que mon empereur a raison...
(Il vida un second verre de cassis et cria :)

... Oui, il a raison! ventre de rhinocéros! Il a toujours
raison! Et s'il ne peut pas souffrir ça, c'est que ça n'est
pas souffrable.

Il fit une pause et reprit :

— Sans vous commander, mon pépiniériste, voudriez-
vous me répéter la phrase?... Elle est si longue que la
queue n'est pas encore entrée dans le tunnel quand la
tête sort déjà de l'autre côté.

Le pépiniériste relut la phrase.

— C'est bien ça, dit le marchef; j'avais bien compris.
Une supposition. Charles-Quint ou un autre particulier
est en équilibre sur un pied comme le Génie de la place
de la Bastille. Si vous le poussez à droite ou à gauche,
ça le fait tomber et il se casse le nez. C'est à son détriment, nonobstant!... Eh bien, si vous êtes l'ami de
Charles-Quint ou de l'autre particulier, ça vous vexe, ça
vous chicane, ça vous offense, ça vous met du poil à
gratter dans vos draps, et naturellement vous ne pouvez
pas souffrir ça... C'est clair et consubstantiel, je suppose?

— D'autant plus, ajouta le pépiniériste, que la phrase
n'est pas finie, marchef, et que vous aviez bien raison de
dire que la queue du train n'était pas encore entrée dans
le tunnel.

— Voyons la fin, dit le père Cerisier.

— *Et mettre en péril les intérêts et l'honneur de la
France.*

— Qu'est-ce que je vous disais ! s'écria l'ancien marchef en frappant du poing sur la table.

— Oui, qu'est-ce qu'il nous disait? demanda Raphaël
en riant.

— Je vous disais qu'il fallait défendre les intérêts,
l'honneur, l'équilibre... Et Napoléon III est bon pour ça...

C'est son fort de soutenir l'équilibre. Il soutient toujours quelqu'un contre quelqu'un, le pape contre les
Romains, les Turcs contre les Russes, les Anglais contre
les Chinois, Maximilien contre les Mexicains, et ça, *gra-
tis pro Deo,* pour faire plaisir à ses amis. Un fameux
homme, celui-là, et qui nous couvre de gloire tous les
matins, et dont on ne trouverait pas le pareil au milieu
de trente mille autres! Vive l'empereur! Vive l'empereur!
Vive l'empereur! Vive l'empereur!

Le père Cerisier ne répondit pas. Il fit semblant de ne
pas entendre. Il se mordait les lèvres. Raphaël voulait
parler; mais je lui fis signe de ne rien dire. On pouvait
nous entendre de la rue s'il y avait eu querelle dans la
maison et, d'ailleurs, M. Cerisier est un homme d'âge
qui ne veut plus que la paix et la tranquillité autour de
lui.

Cependant il ne put pas s'empêcher, après que sa
femme eut servi le café, de dire à l'ancien gendarme :

— Si ton empereur se couvre de gloire à faire les
affaires de tout le monde, excepté les nôtres, marchef,
je n'en sais rien; mais qui est-ce qui paie les pots cassés?
Qui est-ce qui donne son sang, le sang de l'armée française qui est faite de nos fils et de nos frères? Qu'en
pensez-vous, Madame Mercier?

Maman qui pensait à Sébastien, dit qu'en effet les
pères et les mères aimeraient bien mieux avoir leurs
fils dans leurs maisons que d'apprendre qu'ils servent
de gendarmes en Italie, en Chine ou au Mexique pour
la gloire de Napoléon III.

Le marchef dit qu'il n'y comprenait rien et le pépiniériste acheva sa lecture.

— ... *Cette éventualité, nous en avons le ferme espoir,
ne se réalisera pas...*

— Qu'est-ce que c'est que ça, une éventualité? demanda
l'une des dames à son mari.

Il répondit :

— Ma foi, je n'en sais rien. C'est sans doute quelque
bête dangereuse :

— Oh!

— N'aie donc pas peur, Eulalie. Elle ne peut pas te
mordre ni te griffer, puisqu'elle ne se réalisera pas.

— ... *Pour l'empêcher nous comptons à la fois sur la
sagesse du peuple allemand et sur l'amitié du peuple
espagnol.*

— C'est ça, c'est bien ça, mon camarade, dit l'ancien
marchef, la sagesse de l'un vaut l'amitié de l'autre.

— Mais, continua le pépiniériste, mais!...

Et il se mit à lire lentement en appuyant sur tous les
mots :

... *S'il en était autrement...*

Vous entendez bien! Si l'Espagnol n'était pas ami et si
l'Allemand n'était pas sage...

... *Forts de votre appui, Messieurs, et de celui de la
nation, nous saurions remplir notre devoir sans hésita-
tion et sans faiblesse...*

C'est-à-dire, car je me suis fait expliquer ce charabia
par des gens de Paris, ce matin, pendant que j'étais à la
halle, — c'est-à-dire qu'il administrerait une volée de
coups de baïonnette aux Prussiens.

— C'est ça, dit l'ancien marchef, c'est une bonne occasion.

Le père Cerisier secoua la tête et reprit :

— Bonne occasion de quoi faire? Quel intérêt avons-
nous à nous battre?

— Ah! répondit le marchef, quand l'honneur et les
intérêts de la France...

— Et vous croyez ça, marchef!

— Oui, je le crois, papa Cerisier, puisque mon empereur le dit ou quelqu'un pour lui, c'est tout comme.
A propos, comment s'appelle-t-il, celui-là?

— Gramont, prince de Bidache, répondit le pépiniériste.

— Eh bien, tu lui diras de ma part, si tu le rencontres,
que c'est un fameux gaillard.

— Ou un rude imbécile, dit le père Cerisier entre ses
dents :

Puis il demanda plus haut :

— Puisque vous avez vu les Parisiens, ce matin, qu'est-
ce qu'ils vous ont dit de ça? qu'est-ce qu'ils en pensent?

— Bah! répondit le pépiniériste, les Parisiens ne sont
pas contents...

— Ils ne sont jamais contents, ces gueux-là! cria le marchef. L'empereur leur donnerait à chacun 12.000 fr. de
rente qu'ils se plaindraient au Père éternel et voudraient
faire des barricades! Tenez, l'autre jour, vous savez bien
le maréchal Chose disait : « Je voudrais bien voir remuer ce tas de pierrots; j'en abattrais plus de quarante
mille en une heure... rrran!... Je les ai déjà mouchés au
deux décembre; je les moucherai bien encore! » Et il
avait raison, tonnerre de Dieu! ventre de rhinocéros!
C'est comme ça qu'il faut leur parler!

Tout à coup Raphaël, qui n'avait rien dit, rougit de
colère et répliqua :

— Marchef, votre maréchal qui fait rrran! et qui ne
demande qu'à tirer sur les Parisiens, est un misérable!
Et vous qui l'applaudissez, vous êtes...

Le marchef, à son tour, se leva furieux. Nous crûmes
qu'on allait se battre; mais le père Cerisier coupa la
parole à Raphaël et lui dit :

— Toi, d'abord, je te défends de parler! Quant à vous,
marchef, pas un mot de plus là-dessus. Vous êtes chez
moi !

L'autre se rassit en grognant; mais le père Cerisier,
tout vieux qu'il était, savait se faire respecter. Il ajouta :

— Et maintenant, pépiniériste, raconte-nous ce que
disent les Parisiens, ça nous distraira.

— Voilà!... Ils disent que ça ne les regarde pas. Ils

disent que, si les Espagnols veulent avoir un Allemand,
c'est leur affaire. Ils disent que Napoléon III n'ayant pas
voulu laisser Prim chercher un roi dans la famille des
Bourbons qui en tient un assortiment varié,— vingt-cinq
ou trente pour le moins, de tout âge et de tout sexe, —
l'a forcé de chercher ailleurs, et de demander conseil à
Bismarck, qui naturellement, comme un bon Allemand
qu'il est, qui a besoin d'une querelle, s'est trouvé heureux de celle-là. Ils disent que Napoléon III est un imbécile...

— Ménagez vos expressions, pépiniériste ! s'écria l'ancien marchef.

— Ah ! parbleu ! Je les ménage assez, puisque je
n'ai pas dit comme eux qu'il est par-dessus le marché une
franche canaille...

Et comme le marchef allait s'emporter encore, le pépiniériste ajouta finement :

— Non, je ne l'ai pas dit et même je leur ai répondu
qu'ils n'y connaissaient rien du tout, et que notre empereur n'est pas une franche canaille ! Au contraire !

— A la bonne heure ! dit le marchef apaisé.

— Oui, oui, continua le pépiniériste en riant, je leur
ai dit : C'est une canaille qui n'est pas franche ! C'est bien
différent.

Je ne sais pas ce qu'aurait répondu l'ancien marchef.
Mme Cerisier se leva. M. Cerisier proposa de conduire les
dames au jardin et alla chercher des biscuits pour les
dames, des pipes pour les messieurs, et de la bière pour
tout le monde. Ça fait qu'il n'y eut pas moyen de continuer la querelle.

Cependant, une demi-heure après, comme l'ancien
marchef était sorti, on reparla de la guerre.

— C'est bien malheureux, dit M. Cerisier. Car qui sait
pourquoi l'on va se battre et pour qui, et combien de
temps ça durera !

— Bah ! nous serons vainqueurs ! dit le pépiniériste.

— Vainqueurs?... ou vaincus peut-être! Qui peut savoir? répliqua le père Cerisier.

— Comment! c'est vous — un vieux soldat — qui avez peur de la guerre!

— Je n'ai pas peur pour moi, mais pour les autres, pour ces jeunes gens (il montrait Raphaël des yeux) qu'on va faire tuer sans qu'ils sachent pourquoi.

— Est-ce qu'on ne s'est pas battu sous la vieille République dont vous parlez si souvent? demanda le pépiniériste.

— On s'est battu, mais on savait pourquoi. C'était pour être libres chez nous; aussi l'on allait de bon cœur à la bataille; mais à présent faire tuer deux ou trois cent mille Français parce que Bismarck et Prim se sont moqués de Bonaparte, franchement, c'est abominable!

— Nous y gagnerons peut-être le Rhin, dit le pépiniériste.

— Le Rhin! Le Rhin! répliqua M. Cerisier en levant les épaules, et qu'est-ce que tu gagneras en gagnant le Rhin? Trois ou quatre millions d'Allemands de plus, qu'il faudra garder avec des fusils et des canons, qui nous détesteront, qui rempliront nos rues et nos places, qui viendront baragouiner chez nous, qui nous apporteront leurs sales chopes, leurs sales pipes, leurs sales saucisses crues, qui feront concurrence à nos ouvriers, qui feront réduire les salaires de moitié, qui nous amèneront leurs filles, tu sais, ces grandes filles blondes et hommasses, toujours prêtes à tout faire pourvu qu'elles boivent et mangent toute la journée!... Le voilà, le Rhin que nous gagnerons si nous sommes vainqueurs!

— Mais, si c'est le contraire? dit le pépiniériste.

— Si c'est le contraire, si ce Napoléon de carton se fait battre, nous verrons toute la tourbe allemande rentrer chez nous comme en 1814 et 1815, manger et boire comme des loups, s'en fourrer jusque-là, comme dit la chanson, emporter tout l'argent, les montres, les pen-

dules ; bâtonner, fusiller, pendre partout où ils seront
les plus forts ; commettre de plus grands crimes encore
contre les femmes sans défense... et brûler tout ce qu'ils
ne pourront pas emporter. C'est ce que nous avons vu
faire à ce vieux Blücher, ivrogne, brutal, stupide et
puant, qui faisait sa main partout, qui brûlait les maisons faute de pouvoir les emballer, qui fusillait les paysans, qui volait en plein Paris (ça s'appelle, en termes
nobles, lever des contributions de guerre). Tiens, veux-
tu savoir, pépiniériste, comme les Prussiens traiteraient
nos villes de France s'ils étaient les plus forts ? Regarde
comme ils ont traité la ville de Francfort, qui était la
plus jolie de toute l'Allemagne, où ils sont entrés sans
tirer un coup de fusil !... Ils ont pris tout l'argent comptant, la viande, le pain, le vin, l'eau-de-vie, les cigares,
et, pour consoler les Francfortois de la perte de leur
argent, ils ont mis quatre fois plus d'impôts qu'auparavant, et, par-dessus le marché, garnison. Le maire, un
brave homme, s'est tué de désespoir, et maintenant, sous
peine de bastonnade, il faut qu'ils obéissent au roi Guillaume... Remarque bien ! en pleine paix !... sans qu'ils
eussent rien dit ni rien fait contre la Prusse ! Juge un peu,
comme dit le Marseillais, s'ils avaient fait quelque chose !

— C'est une fichue race ! dit le pépiniériste ; mais j'espère qu'ils seront rossés comme il faut.

— Je l'espère aussi, répliqua M. Cerisier, mais en ce
monde, vois-tu, pépiniériste, si l'on ne veut pas être
attrapé, il faut toujours caver au pire.

XIX

Alors, Mme Cerisier se leva et me fit signe de la main que son mari expliquait à maman la meilleure manière de planter des asperges, et que Raphaël remplissait le verre du pépiniériste.

Quand nous fûmes au fond du jardin, Mme Cerisier me passa le bras autour de la taille, m'embrassa comme une grand'mère ou comme une vieille amie et me dit :

— Nini (vous permettez bien que je vous appelle ainsi?)

Je répondis vivement :

— Très-volontiers, Madame Cerisier, c'est le nom que me donnent tous mes amis.

— Eh bien, mon enfant, on m'a beaucoup parlé de vous depuis quelque temps. Devinez-vous qui c'est ?

Elle me regardait en souriant. Elle a une bonne vieille figure, agréable encore, malgré l'âge, parce qu'elle a toujours été douce (c'est M. Cerisier et Raphaël qui me l'ont dit).

J'ai répondu en baissant les yeux que je m'en doutais bien...

— Alors vous savez qu'il vous aime ?

— Il me l'a dit.

— Et c'est vrai, car il ne ment jamais, mon Raphaël, et il me l'a dit aussi. Franchement, mon enfant, j'en suis contente pour vous et pour lui Pour vous, parce que vous aurez un bon mari ; pour lui, parce qu'il aura une gentille petite femme, pleine de douceur et d'esprit, je lis ça dans vos yeux... Et vous l'aimez, vous aussi, je pense?... C'est bon... c'est bon.,. ne répondez pas. Ça répond pour vous.

Alors je me souvins (pardonne-moi, papa, de ne pas m'en être souvenue plus tôt), je me souvins que je n'avais pas ton consentement, et je le dis à Mme Cerisier qui se mit à rire et répondit :

— Ma chère Nini, ton père ne peut pas refuser Raphaël. La reine d'Angleterre elle-même le voudrait pour gendre si elle pouvait le connaître... Mais rassure-toi, il ne la voudrait pas pour belle-mère !

Et alors elle me fit le récit de toutes les vertus de Raphaël et de toutes ses belles actions.

D'abord, c'était un excellent ébéniste, plus fait pour être patron que pour être ouvrier, tant il était habile de ses doigts et savait diriger les autres dans un atelier. Ensuite il avait été soldat volontaire — et un fier soldat encore — il était sergent-major quand il quitta le service et ses chefs le regrettaient beaucoup. Ils voulaient le retenir et lui donner l'épaulette.

— Quant à être joli garçon, et amiteux, il n'y a qu'à le voir avec nous pour le savoir, et tu as vu toi-même ce matin, ma petite Nini, dans sa bataille avec ce misérable Schmidt, si c'est un brave et s'il est en état de te défendre et de se défendre lui-même.

Enfin si jamais vous avez besoin, Raphaël et toi, de quelque chose, venez chez nous ; il y aura bien du malheur si nous ne pouvons pas vous le fournir.

A ces mots elle appela du fond du jardin :

— Raphaël !

Il quitta le pépiniériste et vint vers nous en courant.

— Allons, mon enfant, il faut partir. Il est huit heures du soir. La voiture va partir dans cinq minutes. Allez chercher vos châles et vos parapluies.

— Madame Mercier ! Madame Mercier ! Entendez-vous le premier coup de trompette. C'est l'appel du conducteur.

Maman vint à son tour. Elle ne s'ennuyait pas, de son

côté, avec le père Cerisier, comme il en fit la remarque d'un air gaillard. Elle m'expliqua plus tard qu'il lui avait parlé de ses projets pour l'avenir de Raphaël et pour le mien, mais qu'il lui avait demandé le secret.

Enfin, M. Cerisier et sa femme nous conduisirent au bureau de la voiture où nous montâmes avec Raphaël, accompagnés de leurs bénédictions, et après les avoir remerciés de toutes leurs bontés comme ils le méritaient.

Pendant le voyage qui est assez long, je fus aussi heureuse qu'on peut l'être. Raphaël était en face de moi, au fond de la voiture, tout à fait au fond. Maman était à côté. Il faisait beau temps. Le ciel était plein d'étoiles. Les grenouilles coassaient sur le bord de la route. Les grillons chantaient leur cri-cri ordinaire. Maman dormait un peu, et moi j'étais en paradis, car, pour dire la vérité, papa, il ne manquait plus que ton consentement, et j'étais bien sûre que tu me le donnerais.

Ah ! si j'avais pu prévoir !

Enfin nous arrivâmes à la maison et nous nous couchâmes tranquillement. En vérité j'en avais besoin pour fermer les yeux, ne parler à personne et penser à mon bonheur.

Comme je me glissais dans mes draps, maman, qui n'était pas aussi pressée que moi, me dit tout à coup :

— Nini, je parie que tu ne devinerais pas le secret dont M. Cerisier me parlait ce soir, après dîner, en me montrant ses asperges.

J'avouai que je ne devinais pas.

— Eh bien ! continua maman, si tu me promets de ne le dire à personne, et surtout de ne pas le dire à Raphaël, je te le dirai, moi !

Je promis.

— M. Cerisier et sa femme veulent faire de Raphaël leur héritier. Ils n'ont que des neveux éloignés qu'ils ne connaissent pas. Et sais-tu ce qu'ils possèdent, outre leur fonds d'ébénisterie qu'ils lui donnent tout de suite, leur maison et leur jardin de Longjumeau ?

— Je ne sais pas, maman.

— Quatre-vingt mille francs, Nini, en belles actions au porteur du chemin de fer d'Orléans, que j'ai vues et touchées... Des actions au porteur, Nini! Le père Cerisier m'a dit : Raphaël sait bien que nous sommes riches, mais il ne sait pas qu'il héritera. Nous n'avons jamais voulu le lui dire, de peur de le détourner du travail parce qu'en ce monde on ne peut compter sur rien... Voilà, mon enfant, ce fameux secret. Et maintenant je n'ai pas perdu ma journée. Je peux le dire et je ne regrette pas cet animal de Schmidt et ses thalers... A propos « mame Pindré » m'a remis une lettre quand nous sommes rentrées; voyons ce que c'est... Tiens, c'est de Schmidt !

Et elle lut tout haut ce que tu vas voir :

« Ma bonne Madame Mercier, ma patronne, je vous demande bien pardon, si je suis forcé de vous quitter, vous et mam'selle Nini sans faire le pain, ni enfourner. Ce n'est pas ma faute, je vous le jure; au contraire, mes intentions sont pures, quoiqu'on ait voulu les noircir.

« Oui, patronne, mes intentions sont pures, au regard de mam'selle Nini comme au vôtre. Je peux dire que je n'ai jamais voulu que votre bien, et que, sans les calomnies des pervers, j'y serais arrivé un jour ou l'autre. Mais l'homme juste est toujours persécuté sur la terre.

« Je suis un bon Allemand, Madame Mercier, un bon et sincère Allemand, Johann Schmidt, de Karlveningen, près de Munich, en Bavière, et je me vante que de père en fils nous sommes tous d'honnêtes Allemands, pieux et dévoués à la patrie et au roi, et qui ont le cœur sur la main, et la main franche, et la bonhomie allemande, et la cordialité allemande, et la chasteté allemande, et le courage allemand, et toutes les vertus qui vivent à l'aise dans notre pays, et s'y promènent de tous côtés comme les poissons dans la rivière.

« Je vous dis cette chose, bonne Madame Mercier que

je respecte et chéris comme une vertueuse et propre créature du Dieu tout-puissant, pour vous faire savoir que si jamais quelqu'un osait dire que j'ai frappé, d'un coup de couteau à couper la pâte, M. Raphaël, cette personne (homme ou femme, ou fille ou garçon, ou n'importe qui) aurait menti comme un chien, et rendrait compte un jour de ce mensonge au Dieu tout-puissant.

« Ce qui s'est passé, le voici :

« Ce Raphaël qui a pris le nom d'un ange, mais qui n'est au fond de l'âme qu'un scélérat vomi par l'enfer et qui sera tôt ou tard consumé par les flammes éternelles, — ce Raphaël, Madame Mercier, a essayé de m'assassiner. C'est lui qui a saisi le couteau à couper la pâte, c'est lui qui a voulu me poignarder par derrière ; heureusement je me suis retourné à temps, je l'ai désarmé avec l'aide de Dieu, et dans les efforts qu'il a faits pour reprendre le couteau, il s'est blessé lui-même comme vous aurez pu le voir sans doute ; alors « mame Pindré » que vous connaissez, et qui me déteste parce qu'elle déteste, étant portière, tout ce qui est honnête et vertueux dans la nature, — Mme Pindré a crié pour me faire du tort que c'était moi qui... alors, Madame Mercier, j'ai pris le parti de revenir dans mon pays jusqu'à ce que mon innocence soit reconnue, et que ce Raphaël ait reçu son châtiment.

« Ce qui ne peut pas tarder, car le bon Dieu veille sur ses serviteurs, et il vient au secours de celui qui l'implore.

« C'est alors seulement, Madame Mercier, que je reviendrai dans votre maison hospitalière, et que je pourrai vous redemander la main de mam'selle Nini.

« Quant à ce Raphaël qui ose m'accuser, je le confondrai alors devant la justice des hommes, ainsi qu'il est déjà confondu devant la justice de Dieu.

« Toujours respectueusement à vous, madame et chère patronne ; à vous et mam'selle Nini.

« JOHANN SCHMIDT. »

— Que dis-tu de ça, Nini? demanda maman en mettant
ses papillotes.

— Je dis que c'est un coquin, un hypocrite et que nous
sommes bien heureuses d'en être débarrassées.

Et je me tournai du côté du mur pour dormir plus à
l'aise.

Jamais je n'avais été aussi heureuse. Je peux dire, papa,
que je m'endormis dans le bonheur et dans la joie.

Je fis d'abord des rêves magnifiques. Je me promenais
dans les plus beaux jardins de la terre avec Raphaël, tu
venais par derrière avec Mᵐᵉ Cerisier. Je ne sais pas ce
que nous disions, mais je riais comme une folle, et lui
aussi, et toi aussi, et maman aussi.

Tout à coup, je ne sais pas si je m'étais retournée de
l'autre côté dans mon lit, et si la respiration m'avait
manqué, la scène changea et j'entendis qu'on battait le
tambour, qu'on tirait des coups de fusil et que maman
criait :

— Sébastien! Sébastien!

En même temps, on apportait mon frère sur un brancard. Maman disait en pleurant :

— Il est mort! Il est mort!

Et je voyais les Prussiens avec leurs casques à pointe,
à l'autre extrémité de la rue, qui venaient fusiller
Raphaël!...

Il paraît qu'alors je poussai des cris étouffés qui réveil-
lèrent maman. A son tour elle me réveilla en disant :

— Qu'as-tu donc, Nini? Es-tu malade?

J'ouvris les yeux, et je fus bien heureuse de voir que
je n'avais fait qu'un mauvais rêve, ce qui arrive souvent
quand on dort sur le côté gauche.

C'est égal. J'avais eu une belle frayeur. Mais, le jour
venu, je retrouvai toute ma joie et tout mon bonheur.

C'est-à-dire que je les retrouvai jusqu'à neuf heures
du matin.

A ce moment-là, nous reçûmes ta lettre, maman et

moi, et tu peux juger comme elle fut surprise et moi aussi. Je n'ose pas dire que nous fûmes fâchées. Non, papa, je n'ai jamais été fâchée contre toi. Tu as toujours été si bon pour moi! Mais enfin, tu nous donnais de telles nouvelles que maman, après avoir lu ta lettre, dit :

— Les bras m'en tombent! Et toi, Nini ?

Moi, je n'osais rien dire. Elle continua :

— Parle donc! Après tout, c'est toi que ça regarde plutôt que moi. C'est à toi de crier si l'on t'écorche.

Enfin, papa, nous relûmes ta lettre. La voici :

XX

« Périgueux, 8 juillet 1870.

« Ma chère femme,

« Ma bonne petite Nini,

« J'ai le plaisir de vous annoncer une bonne nouvelle. Je viens de conclure une affaire qui vous fera plaisir à l'une et à l'autre, du moins je le suppose.

« Ce n'est pas sans peine. Le gaillard y a mis de l'acharnement. Le Périgourdin voulait rouler le Parisien, comme on dit; mais le Parisien lui a montré qu'on se connaît en affaires. Enfin celle-là est faite, conclue, bâclée, signée. Il n'y a plus à y revenir ni à dire: Mon bel ami! Ma petite Nini, je viens de te marier et de faire ta fortune du même coup.

« Le mari, tu le verras et tu en seras contente, je suis sûr. Un grand bel homme, un peu gros, fort, avec des

7.

cheveux roux, une barbe rousse, un air riant, un peu
naïf si tu veux, mais gai comme un enfant qui vient de
naître, une charge de notaire qui vaut quarante mille
francs (il ne l'a pas encore, mais il l'aura bientôt, son
père m'a promis de la lui céder le plus tôt possible et
en attendant il est seul clerc dans l'étude), un beau-père
qui ne demande qu'à boire et manger en paix, huit
heures par jour; une belle-mère (ah! ça, c'est le *hic*, la
belle-mère sera un peu coriace; mais bah! un peu plus,
un peu moins, toutes les belles-mères le sont!), pas de
belle-sœur, pas de beau-frère, rien qui encombre et qui
ennuie, voilà ma petite, la famille que je t'offre!

« Quant aux espérances, il y a trois tantes à succession; plus de trente mille francs chacune, elles ne mangent pas leurs revenus; la plus jeune a soixante-douze,
la plus vieille quatre-vingt-trois ans. C'est le bel âge
pour donner des espérances à ses neveux.

« Ce n'est pas tout. Ton beau-père et ta belle-mère,
car je les compte déjà pour tels puisque l'affaire est
conclue entre nous, te laisseront, quand tu auras la douleur de les perdre, plus de deux cent mille francs dont
quarante mille en argent et le reste en vignoble que ton
futur beau-père fait valoir et qui lui rapporte, bon an,
mal an, plus de dix mille francs nets, sans compter les
profits de l'étude. Il m'a montré ses inventaires.

« Du pays, ma chère petite Nini, je n'ai rien à dire,
excepté que je voudrais y passer ma vie entière. Il
y a de tout : des montagnes, mais pas trop hautes; des
vallées, mais pas trop basses; des bois, mais pas trop
touffus; du gibier en abondance, du blé, du vin, de
l'herbe, pour élever des bestiaux. C'est toi qui seras contente, petite friande; tu auras de la crème tous les jours
à tes quatre repas, car on en fait quatre ici, jamais
moins, excepté les jours de jeûne du carême où l'on
n'en fait plus que trois.

« Enfin, toutes les délices de la terre et du ciel.

« Par-dessus le marché, tu seras à quatre lieues de

Périgueux, ville très-magnifique où l'on trouve de tout et même la statue du maréchal Bugeaud, car il n'est pas précisément de Périgueux ; mais les bourgeois de la ville l'ont adopté, de sorte qu'on finira bientôt par croire qu'il est à eux ; et ça les couvrira de gloire.

« D'ailleurs, sans parler de Périgueux, qui est une jolie ville, capitale d'une province très-renommée, tu n'habiteras pas la campagne, tu seras dans un chef-lieu de canton. Ta maison (je veux dire celle de ton beau-père) est au milieu de la place, avec un petit jardin par devant et une grille en fer toute verte. La maison est très-grande : elle a trois portes et six fenêtres au rez-de-chaussée.

« La première porte est pour les clients de l'étude. La seconde pour la cuisine et l'office. La troisième sera pour toi. C'est celle de ta salle à manger et de ton salon. Au premier étage, les chambres. Au-dessus un grenier rempli de linge et de provisions de toute espèce, surtout de fruits et de lard.

« Quant à la cave, ma chère Nini, je n'ai rien à t'en dire, excepté que tu verras ça. Il y a pour plus de dix mille francs de vins de toute espèce, mais tous plus vieux que leur propriétaire, qui a pourtant cinquante-sept ans passés... Et ce n'est pas là, comme tu pourrais croire, qu'il met son propre vin, celui qu'il récolte dans sa vigne. Non, il a un magasin à part pour celui-là.

« Voilà, en gros, mon enfant, l'avenir que je te préparais pendant ces deux derniers mois ! Il est joli, hein ?... C'est pour cela que, dans toutes mes lettres, je ne vous parlais jamais d'affaires. Je voulais vous faire une surprise. J'espère que j'ai bien réussi.

« Maintenant, il faut vous dire comment tout ça est venu ; car vous vous doutez bien que je n'ai pas mis dès le premier jour la main sur l'anguille, quoique je la visse frétiller au fond du vivier. Non, non ! il a fallu savoir se taire, parler, avancer, reculer, faire semblant d'être rebuté, dégoûté, de vouloir partir. Alors on cherchait à

me retenir puis on reculait à son tour. C'était un
manége qui m'a bien fait rire.

« Voici donc l'histoire :

« Quand je suis arrivé dans le pays, je n'avais pas
grande idée de la succession de l'oncle Chalusset. On
m'avait dit qu'il avait de l'argent placé à gros intérêts ;
mais où placé ? chez qui ? J'allai chez le notaire.

« C'est un petit homme à l'air fin, au nez relevé en l'air
comme pour voir d'où vient le vent et qui a fait son
beurre à ce qu'on dit depuis son arrivée dans le canton.
Quand j'eus donné mon nom, il me fit quelques questions pour me tâter et savoir qui j'étais... Vous comprenez... un Parisien ! tout le monde a envie de le mettre
dedans.

« Je répondis que j'étais boulanger à Paris dans le faubourg Saint-Antoine, que j'y gagnais beaucoup d'argent,
que j'avais un garçon au service et déjà sergent, et une
fille, oh ! mais une fille... ma foi, je suis si fier de Nini
que j'ai toujours sa photographie dans ma poche et que
je la montre à qui veut la voir. Je la montrai donc cette
fois, et le vieux notaire (je dis vieux, mais il est de mon
âge ou à peu près) s'écria qu'il n'avait jamais rien vu de
plus joli et que tu ressemblais à un bouton de rose.

« Moi je répliquai en riant :

« — Je ne suis pas ici pour vous contredire, Monsieur
le notaire ; mais ma fille est plus jolie que tous les boutons de rose, et si vous la voyiez, vous ne me contredi-
riez pas.

« Avec tout ça, l'affaire de la succession n'avançait pas.
Je savais bien que j'étais héritier ; mais de quoi ? Tous
les autres héritiers avaient chacun sa part. L'un cinq
cents francs. L'autre sept cents. L'autre le double. Moi
j'avais tout le reste. Mais qu'est-ce que c'était ? car pour
la maison et le jardin du vieux, c'était bien peu de chose
et les réparations auraient emporté le capital.

« Je fis donc des questions auxquelles il répondait
comme s'il avait eu un secret à garder.

« Oui, non... Je ne sais pas...Je crois bien que toute la
« succession de votre respectable oncle n'est pas là... J'ai
« bien entendu parler de quelque chose, mais je ne pour-
« rais pas vous dire... Votre oncle était très-cachottier ; il
« ne disait ses affaires à personne; il se peut qu'il ait
« placé ses fonds d'une manière extraordinaire, qu'il les
« ait mis en dépôt chez une personne de confiance.

« Je demandai au hasard :

« — Chez une personne pieuse, peut-être? ... Parce que
je savais que les personnes pieuses aiment assez à garder
les dépôts d'argent ou de valeurs pour les faire servir
plus tard aux besoins de notre sainte mère l'Église.

« A ce mot de personne pieuse, le notaire s'écria :

« — Vous le savez donc?

« — Quoi?

« — Que votre oncle a mis son argent en dépôt...

« — Moi! Je ne sais rien... C'est vous qui venez de me
le dire!

« Il réfléchit un instant et me dit :

« — Oui, il y a de l'argent, beaucoup d'argent! Et je
sais où.

« — Dites-le moi.

« — Oh! pour ça, non. C'est trop dangereux! On ne sait
pas à quoi l'on s'expose avec les gens de cette espèce. Ils
ont mille moyens de vous perdre! Je suis notaire, moi,
et j'ai besoin de ma clientèle. Je ne veux pas qu'on vienne
répandre sous main des bruits fâcheux sur mon étude,
ni que de saintes femmes soufflées par je ne sais qui, ra-
content au sortir du confessionnal que j'ai fait ou que je
vais faire de mauvaises affaires.

« J'eus beau l'interroger, le prier, le supplier de parler;
ce jour-là je n'en sus pas davantage.

« Cependant il ne me décourageait pas. D'ailleurs
j'avais besoin de lui pour liquider la succession et payer
les autres héritiers. Je continuai donc d'y aller, et même,
comme il m'invitait souvent, je dînai chez lui deux ou
trois fois. Son fils, — un grand garçon roux, qui est sans

malice, si vous voulez, mais bon enfant (Nini, demande
à ta mère si ce n'est pas la meilleure espèce de mari), —
son fils me conduisit à la chasse dans les bons endroits
et me fit tuer un lièvre. Remarquez bien! un lièvre au
mois de juin. Bonne affaire si nous avions rencontré les
gendarmes! Enfin, j'étais si content de ma chasse que je
voulais le faire empailler pour le montrer à mes amis du
café Célestin, qui n'ont jamais tué même la queue d'un
moineau dans la plaine Saint-Denis.

« Je vivais donc bien et j'étais assez content. Je devinais que le notaire avait son plan et qu'on n'a pas tant
d'égards et de politesse pour un boulanger de Paris
qu'on ne connaît pas, si l'on n'a pas quelque dessein
sur lui.

« Cependant le notaire ne me disait rien, ni moi au
notaire, excepté que son vin était dix fois meilleur que
celui que nous buvons à Paris. Et ma foi, ce n'était pas
un compliment : c'était la vérité même.

« Il me demandait, peut-être pour me sonder, si
j'avais besoin d'argent, offrant de m'en fournir à volonté,
qu'il reprendrait sur la succession de l'oncle Chalusset.
Je remerciais. Il redoublait. Vous savez qu'il n'y a rien
qui encourage les gens à vous offrir de l'argent comme
de savoir que vous le refuserez toujours.

« Avec tout ça, pourtant, mes affaires n'avançaient
pas. Mon notaire me menait souvent avec lui, me faisait faire des visites dans le voisinage, me montrait des
maisons et des propriétés à vendre ; mais c'était tout.

« Un matin, j'allai chez lui, le fusil sur l'épaule, pour
chercher son fils, qui m'avait donné un rendez-vous de
chasse trois jours auparavant. Le père vint au-devant
de moi et me dit :

« — Mon fils! Comment, il vous a donné rendez-vous
pour aujourd'hui? quel étourdi!...

« — Comment, étourdi?

« — Eh! oui, il aurait dû se souvenir que je devais l'envoyer à Nantes pour l'affaire Fortempoil!

« — Fortempoil ! qu'est-ce que c'est que ça?

« — C'est un de mes bons clients qui avait expédié, par Nantes à Londres, un chargement de pâtés et de dindes truffées pour le ventre des milords et des miladies. Le vaisseau a fait naufrage à l'entrée de la Tamise, les pâtés et les dindes sont à vau-l'eau ; la compagnie d'assurances ne veut pas payer le dégât, les milords ne veulent pas manger les pâtés ; ça fera un procès terrible, et Fortempoil m'a chargé d'arranger l'affaire à 50 pour 100 de perte. Alors j'ai envoyé mon fils Adolphe pour régler ça au mieux des intérêts de mon client... Comprenez-vous maintenant ?

« J'allais sortir, sans m'inquiéter beaucoup d'Adolphe ni de Fortempoil, lorsqu'il me retint et me dit fièrement :

« — Dans quatre ou cinq jours j'aurai des nouvelles de votre affaire.

« Je répondis :

« — Oh ! ça ne presse pas !

« Du ton que les fournisseurs prennent dans ce pays lorsqu'on leur offre de payer leur fourniture. On dit ça comme on dit : « bonjour ; — pas mal et vous. » — On n'en pense pas un mot, mais ça vous fait passer pour un homme poli, obligeant et bien élevé... Seulement, si vous tardez à payer, le même marchand qui vous a fait ses offres de service et qui vous a fourré malgré vous sa marchandise dans les bras, fait traite sur vous à trois jours d'intervalle, et si vous n'êtes pas prêt à payer tout de suite vous colle un huissier sur le derrière comme un timbre-poste sur une lettre.

« Enfin la semaine suivante, un soir, au moment où je mettais mon bonnet de nuit dans la chambre n° 3 de l'hôtel du Franc-Gaillard, je vois entrer comme une trombe mon ami Adolphe qui se jette dans mes bras comme si j'avais été son frère ou un oncle à succession.

« Je lui demande :

« — Eh bien, et l'affaire Fortempoil ?...

« Il me répond :

« — Fortempoil? Fortempoil?... Ah! oui, je sais... Oui,
l'affaire est finie...

. « Il avait l'air de ne pas bien savoir ce qu'il disait,
quoiqu'il n'eût pas bu plus que de raison.

« — Enfin, Fortempoil est content?

« — Oh! oui, oui, très-content et moi aussi, je vous
assure, mais papa vous dira ça demain soir... A propos,
je connais une famille de renards à dix kilomètres d'ici,
dans les rochers; j'ai de bons chiens; si vous voulez,
nous irons voir ça demain matin. Je viendrai vous prendre à cinq heures.

« Une famille de renards! Entends-tu ça, ma petite
Nini? Des renards! Un gibier de prince!...

« — Et au retour de la chasse, ajoute Adolphe, mon
père vous attend à dîner, et ma mère prépare pour nous
des sauces... Je ne vous dis que ça, Monsieur Mercier...
c'est vrai. Je ne vous dis que ça, mais je vous dis ça.

« Et pour mieux montrer ce qu'il disait, ou pour mieux
me l'expliquer, il appliqua les cinq doigts de sa main
droite sur ses lèvres, et les rejeta en avant de lui comme
un garçon qui déjà venait de goûter les sauces et de les
trouver excellentes.

« Naturellement, je promis d'être de la chasse au renard et du dîner, — et j'en fus comme je l'avais promis.

« Les sauces étaient meilleures encore qu'il n'avait dit.
Sa mère s'était surpassée, et je vous assure pourtant
qu'elle est de première force en temps ordinaire! Quant
au père, il but comme un trou sans fond et ne s'interrompit de boire que pour remplir mon verre et me
forcer de le vider tout de suite. Je crois qu'il voulait me
griser un peu. Mais j'étais sur mes gardes.

« Vers la fin du dessert (il était déjà sept heures du
soir), la mère d'Adolphe se leva et me fit ses excuses en
disant qu'elle allait au salut avec son fils.

« Alors le vieux notaire se déboutonna.

« Il était rouge comme un coquelicot et gai comme un pinson. Il me dit :

« — Monsieur Mercier, je parie que je vais vous étonner !

« Je répondis que ça ne m'étonnerait pas d'être étonné, mais que pourtant il faudrait voir.

« Je sentais bien que cette fois il allait me parler de mes affaires ; mais, en vérité, non, en vérité, je n'aurais jamais deviné son idée.

« Il m'engagea à allumer ma pipe, il alluma la sienne et reprit :

« — Que penseriez-vous si je vous demandais Mlle Nini en mariage pour mon fils Adolphe ?

« Il avait raison. J'étais bien étonné, car, franchement, je ne pensais pas à te marier sitôt. Tu ne me gênais pas du tout à la maison, non pas du tout, et toutes les fois que ta mère me parlait de ça et de cet imbécile de Schmidt, il me semblait qu'elle m'avait passé une étrille sur le dos.

« Cependant je répondis (mais par politesse) que cette demande me ferait beaucoup d'honneur, et qu'il fallait avant tout consulter ma femme et ma fille ; car je ne faisais rien sans leur en demander la permission.

« Il cligna finement de l'œil et me dit :

« — Compris ! Vous voulez savoir la dot que je veux donner à Adolphe, et si ça vous convient, nous ferons affaire ensemble, n'est-ce pas !

« Je répondis :

« — Il y a de ça, et autre chose aussi.

« Alors il me raconta ce que je t'ai dit au commencement, qu'il donnait son étude à son fils, — mais rien que son étude, gardant pour lui tout le reste et ses recouvrements ; — et il me montra son inventaire.

« Vraiment, Adolphe était un excellent parti. Son père et sa mère faisaient tous les ans plus de six mille francs d'économie, et le père en achetait des vignes. Il n'y avait donc pas moyen de faire le difficile.

« Je dis au notaire :

« — Vous savez que je suis boulanger au faubourg Saint-Antoine ?

« — Je le sais.

« — Vous savez que j'ai mon fonds de boulanger qui n'est pas grand'chose et quarante ou cinquante mille francs d'économies tout au plus ?

« — Je le sais ; mais vous avez Mlle Nini, qui est un trésor inestimable.

« — C'est vrai ; mais j'ai un fils aussi, qui est un bon et brave garçon, sergent dans la ligne, et que je ne peux pas déshériter.

« Le notaire se leva, comme indigné, et me dit :

« — Est-ce que vous croyez, Monsieur Mercier, que je voudrais vous demander une chose pareille ? Donnez-nous Mlle Nini : c'est tout ce que je vous demande.

« Je demandai :

« — Mais vous ne la connaissez pas ?

« — Je ne la connais pas ! s'écria le notaire, mais je connais son portrait. Cela suffit. D'ailleurs Adolphe en est amoureux fou.

« — Adolphe ! Il n'a jamais vu que sa photographie !

« A ce mot, il se mit à rire si fort et si longtemps que je crus qu'il lui était arrivé quelque accident. Il me dit :

« — Vous rappelez-vous l'affaire Fortempoil ?

« — Celle pour laquelle vous l'aviez envoyé à Nantes ?

« — Précisément !... c'était une ruse !... Adolphe n'est pas allé à Nantes, mais à Paris. Il est entré deux ou trois fois dans votre boutique, Monsieur Mercier ; il a vu votre femme et votre fille, votre inestimable Nini ; i en est revenu amoureux comme un Portugais ; il ne peut plus vivre sans elle, et si vous la lui refusez, il ira ce soir ou demain matin de bonne heure se jeter dans la Dordogne.

« — Alors, c'est pour voir Nini que vous l'avez envoyé à Paris ?

« — Justement.

« — Et il l'aime ?

« — De toutes ses forces.

« — Et il sait qu'elle n'aura pas plus de huit ou dix mille francs de dot ? Car nous ne voulons pas nous démunir sa mère et moi avant notre mort ni nous déshabiller, excepté pour nous coucher.

« — Adolphe sait tout ça ; mais ça lui est égal. Il est bon enfant, facile à contenter.

« Tout en parlant, je me grattais la tête. Je pensais : quelle raison ce notaire, qui est si fin et même si finaud, peut-il avoir de prendre Nini pour rien ?... Encore s'il la connaissait, à la bonne heure ! Mais il ne l'a jamais vue qu'en photographie, et ça n'avantage pas les personnes. Est-ce qu'il aurait par hasard de mauvaises affaires comme les notaires en ont quelquefois ? Est-ce qu'il voudrait me mettre sur le dos son Adolphe ? Ou bien est-ce qu'il connaîtrait mes affaires, à moi, mieux que je ne connais les siennes ? Est-ce que, par hasard, je serais tout à fait riche du fait de mon oncle ? Et alors voudrait-il seulement demander part à deux ?

« Je lui dis :

« — Voyons, Monsieur le notaire, avouez que vous savez quelque chose que je ne sais pas de la succession de mon oncle Chalusset !

« Il répondit :

« — Vous êtes un homme fin et rusé, Monsieur Mercier, et rien ne vous échappe. Oui, je sais quelque chose de la succession...

« — Alors je suis riche !

« — Pas encore ! Ah ! ne précipitez rien. Vous êtes riche et vous ne l'êtes pas. Vous l'êtes, si l'on restitue. Mais vous ne l'êtes pas si l'on garde l'argent...

« — Qui ? On !

« — Ah ! c'est très-dangereux à dire.

« — Mais, enfin, vous vous croyez sûr de faire restituer puisque vous me proposez votre fils pour ma fille ?

« — Certainement, j'en suis sûr. Il y a un papier authentique qui le constate.

« — Et vous l'avez ?

« — Je n'ai pas dit ça. J'ai dit que le papier existe et que je sais où il est ; voilà tout... Maintenant je vous demande Mlle Nini en mariage, mais ce n'est pas au hasard. J'ai envoyé mon fils à Paris pour voir et savoir si elle lui convenait. Adolphe est entré dans la boutique, l'a vue, lui a parlé. Elle lui convient, et à moi aussi. Vos voisins n'ont dit que du bien de vous et surtout d'elle. Ma foi, c'est le ballot d'Adolphe, et si vous voulez, elle sera femme d'un notaire.

« Je demandai :

« — Et si je ne veux pas ? ou si Nini ne veut pas ?

« Il étendit le bras, baissa la tête, et répliqua :

« — Dans ce cas, comme je ne veux pas me mettre à dos toutes les personnes pieuses du pays, je ne dirai rien, et le dépositaire de l'oncle Chalusset gardera le dépôt...

« J'étais indigné. Je lui dis :

« — Mais c'est une abomination, cela, Monsieur le notaire !

« — Comme il vous plaira, Monsieur Mercier. Mais je ne suis pas obligé de me faire martyriser pour vous rendre votre fortune. On est plus prudent que ça, à mon âge.

« Je vis bien qu'il était décidé à ne pas dire un mot de plus et qu'il fallait céder ou être ruiné. Je demandai :

« — Au moins, dites-moi le chiffre de l'héritage.

« — Oh ! pour ça, bien volontiers !... Quel jour sommes-nous aujourd'hui ? Le 5 juillet 1870. Bon !

« (Il fit quelques chiffres sur un morceau de papier.)

« .... Votre héritage se monte à trois cent quatorze mille cinq cent trente-trois francs quarante centimes, espèces sonnantes.

« Je me levai en disant :

« — Je réfléchirai.

« Mais je t'avoue, ma chère petite Nini, que mes ré-

lexions étaient déjà faites, et que ma résolution était
prise.

« Au fond, je regardais déjà Adolphe comme mon
futur gendre.

XXI

« Ecoutez bien mes raisons.

« D'abord, j'avais le couteau sur la gorge. Si je lâ-
chais mes trois cent quatorze mille cinq cents francs, il
ne me restait plus aucune espérance de les revoir jamais. Quant à les gagner dans le commerce de la boulangerie à Paris, vous savez comme moi que c'est bien
difficile dans le faubourg. Le pain n'est pas une marchandise qui hausse ou qui baisse à volonté et si je
m'avisais, moi ou un autre, de faire des spéculations,
la pratique nous aurait bientôt lâchés et nous pourrions
fermer boutique dans les vingt-quatre heures.

« Avec ça, pourtant, il faut vivre, ta mère et moi ; il
faut t'établir, te donner une dot, réserver aussi quelque
chose à Sébastien qui va revenir du régiment dans six
mois et qui aura les dents longues.

« Enfin il faut te chercher un mari.

« Sur ce mot, Nini, je te vois rire. Tu crois sans doute
qu'une jolie fille (et tu l'es certainement) née de parents
honnêtes, ni riche ni pauvre, trouvera facilement un
bon garçon tout prêt à l'épouser... Oui, ma petite Nini ;
mais les filles ne choisissent pas ; elles sont choisies
dans le monde comme à la danse ; elles ne peuvent pas
faire signe qu'on leur convient ; il faut qu'elles at-

tendent, tranquillement assises sur leurs chaises, qu'on vienne les inviter.

« Et même dans ce cas, elles ne peuvent pas toujours donner la main à qui leur convient. Tel qui peut te plaire, me déplaira peut-être, ou à ta mère.

« Les filles et les garçons ne se connaissent pas ; mais les pères et les mères les connaissent, et savent par expérience ce qui leur convient.

« Voici, par exemple, Adolphe. Au premier abord, il n'est pas brillant. Il est bon garçon, c'est vrai, et fort comme un cuirassier ; mais pour le reste il est comme tous les autres... Eh bien, Nini, veux-tu savoir mon opinion ? ce sera un mari parfait. Il monte bien à cheval, il sait conduire une voiture, il se connaît en bœufs, en moutons et en vins comme personne. Il ne dépensera donc pas son patrimoine. Au contraire, je crois plutôt qu'il l'arrondira beaucoup, car il tient à l'argent, et je ne l'ai jamais vu dépenser un sou de trop... Un garçon comme celui-là, c'est une sécurité pour la famille.

« Ce n'est pas tout.

« Ma petite Nini, si tu te maries dans ce pays, tu penses bien que je ne resterai pas à Paris, ni ta mère non plus. Vivre à Paris loin de toi me serait aussi impossible que vivre enfermé dans une cave. Matin et soir, ta mère et moi nous regarderions ta place vide et nous aurions envie de partir et de te rejoindre.

« Donc, nous te suivrons, ou plutôt nous nous établirons ici en même temps que toi. Je vendrai mon fonds de commerce, ou je le céderai à Sébastien, ou j'y mettrai le feu, et nous viendrons, ta mère et moi. J'ai déjà pensé au moyen de nous installer.

« La maison de l'oncle Chalusset n'est pas habitable. J'aurai plus tôt fini de l'abattre que de la réparer.

« Pour quinze mille francs on a ici une maison très-passable avec étable, écurie, cheval et char-à-bancs. Ce n'est pas fait comme un palais. Il n'y a pas d'or sur les murs, comme dans les cafés. Il n'y a pas de colonnes comme à la Madeleine et à l'Opéra; mais on est à son aise, et ça suffit.

« Pour que la maison soit complète, il faut qu'elle soit au milieu d'une petite propriété. Le notaire m'en a montré une de soixante-dix mille francs, surchargée d'hypothèques, qu'un de ses clients veut vendre. En marchandant un peu, comme le client a besoin d'argent tout de suite, nous l'aurons pour cinquante mille. Le notaire s'en charge et je m'en rapporte à lui, puisqu'il travaille pour Adolphe et pour toi, en même temps que pour moi.

« Et si tu voyais comme c'est joli, cette propriété, ma petite Nini, tu en serais aux anges, toi qui aimes tant les bois, les prés, les rivières et les étangs !... Imagine-toi un plateau qui s'avance entre deux petites vallées, et au bout du plateau, une maison à pic sur la Dordogne qui coule à cent pieds plus bas.

« A droite et à gauche, de grands bois de hêtres. De l'autre côté de la rivière de grandes prairies et au-dessus les prairies, des collines. Tout le plateau est au même propriétaire, celui que je veux remplacer. C'est un honnête homme, mais sa femme a dépensé beaucoup d'argent; il a emprunté pour payer; les usuriers sont venus d'abord, les huissiers ensuite; le voilà ruiné. C'est malheureux, et je le plains; mais, comme dit le fameux Goulatromba :

> Les affaires
> Sont les affaires,

et si je peux avoir la maison et la propriété à bon marché, je les achèterai.

« Entre nous, je crois que c'est fait. Ton futur beau-père a poussé les huissiers par-dessous main, fait faire les frais, saisir le mobilier et mis le pauvre homme dans le cas de vendre ou de se jeter au beau milieu de la Dordogne, qui est profonde et large à cet endroit. J'espère qu'il choisira de vendre. Au besoin, et pour le décider, je lui donnerai (de la main à la main, et sans le dire à ses créanciers) deux ou trois mille francs de plus, afin qu'il ait le moyen de quitter le pays et de s'établir ailleurs.

« Ne crois pas, ma petite Nini, que cette propriété soit petite comme celles des environs de Paris, ou fermée comme un parc. Au contraire!... Excepté le jardin qui est à côté, rien n'est fermé de murs.

« Ce n'est pas l'usage du pays. D'abord, les gens y sont très-honnêtes, les paysans ne volent jamais. Ensuite il y a si peu de passants qu'on n'a pas à se garder contre eux et qu'un étranger qui voudrait prendre ou voler quelque chose serait tout de suite signalé dans tous les villages et poursuivi à coups de fourche comme un chien enragé.

« D'ailleurs, qu'est-ce qu'on pourrait prendre? Des pommes de terre et des raves (dans la saison), un peu de bois; mais tout ça est bien lourd et bien difficile à emporter. Quant aux bestiaux, c'est bien pire encore. Pour la volaille, elle est gardée par un gros chien dogue qui étranglerait un homme en trois minutes.

« A cinquante mille francs, — mettons soixante, — au dire de mon notaire, je m'en ferai trois mille francs de rente si je prends un fermier. Et encore j'aurai ma réserve, c'est-à-dire de quoi nourrir deux vaches, le cheval et la volaille.

« Nous ne serons, ta mère et moi, qu'à une lieue de chez toi, je veux dire de la maison de ton futur beau-père. Avec le char-à-bancs, ce sera l'affaire d'un quart d'heure.

« Je dis un char-à-bancs, mais si tu veux une voiture plus élégante ou plus commode, je t'en achèterai une à Bordeaux, tu la choisiras toi-même; ce sera une bonne occasion de voir ensemble la Gironde et la mer. Tu voulais tant, autrefois, voir Bordeaux! Tu seras satisfaite.

« Et même, si tu veux, nous irons jusqu'à Pau ou Bayonne, jusqu'aux Pyrénées. Nous irons en char-à-

bancs, en victoria, en tilbury, comme tu voudras enfin.
Maintenant que j'ai de l'argent, je suis trop heureux de
pouvoir faire toutes les volontés de ma petite Nini!
Qu'est-ce qu'un père peut faire de mieux que d'obéir à sa
fille, le matin, le soir, à midi?

« Je me réjouis d'avance de la bonne vie que nous
mènerons dans cet heureux pays. D'abord tout est à bon
marché et tout est bon. Le vin, le pain, la viande, le gibier, tout est de première qualité.

« Ensuite les gens sont gais et hospitaliers. Ils vous
invitent chez eux. Vous les invitez chez vous; ça fait la
navette. Si tu veux, toutes les fois que nous aurons des
invités, je donnerai un bal. Adolphe joue un peu du
violon. Quelqu'un jouera bien du piano pendant que
vous danserez, toi et les autres jeunes femmes, avec les
jeunes gens.

« Je n'ai pas oublié ta mère. Elle aura des armoires
de douze pieds de haut, et des placards profonds comme
des chambres. Elle achètera tout le linge qu'elle voudra,
tous les draps, toutes les serviettes, toutes les chemises
de nuit, tous les mouchoirs de poche. Elle fera une rafle
dans les magasins de Périgueux, et remplira ses tiroirs
et ses rayons jusqu'au bord... Voyons, femme, es-tu
contente?

« Autre chose. J'ai pensé que ta mère aimait à entendre la messe le dimanche et à jouer aux cartes après
vêpres.... Eh bien, j'ai retenu le curé pour ça. Lui aussi
il aime la messe parce que c'est son métier, et les cartes
parce que ça l'amuse. Malheureusement il aime mieux
l'écarté que le bésigue (c'est lui-même qui me l'a dit), et
ta mère aime mieux le bésigue que l'écarté.... Ils tâche-
ront de s'arranger. Ça ne me regarde pas. Moi, d'abord,
je n'aime que le domino; mais nous jouerons ensemble,
toi et moi, quand tu seras là.

« Il est convenu aussi (car nous avons parlé de tout,
ton futur beau-père et moi) que vous viendrez, Adolphe
et toi, passer le jeudi chez nous, — toi au moins si Adolphe

8

avait des affaires, — et nous le dimanche chez vous sans préjudice, bien entendu, du reste de la semaine.

« Tu vois, ma chère enfant, que j'ai pensé à tout, ou du moins à tout ce qui peut te faire plaisir. Pour ne pas oublier ton frère Sébastien, que d'ailleurs ta mère ne me permettrait pas d'oublier si j'en étais capable, je te dirai que sa place est marquée dans notre maison s'il ne veut pas rester à Paris. Mais je le laisse libre. Dieu merci, nous avons assez d'argent, pour toi, pour nous et pour lui.

« A propos, il est temps maintenant de te dire comment cet argent nous est venu ou plutôt nous viendra, car je ne le tiens pas encore, mais je suis sûr qu'on ne peut pas me le prendre, ou plutôt me le garder davantage.

« Une fois mes réflexions faites, — tu sais, ces fameuses réflexions dont je te parlais tout à l'heure, je retournai chez mon notaire (c'était le lendemain soir), et je lui dis :

« — Topez là ! Votre fils me convient. Le mariage est décidé, sauf le consentement de ma fille et de ma femme qui ne m'ont jamais désobéi. (Je me vantais un peu.) Maintenant où est l'argent ?

« Il me répondit en riant :

« — Vous êtes bien pressé. D'abord, mettez-vous là et signez-moi un petit papier timbré par lequel vous reconnaîtrez avoir reçu de moi la somme de cinquante mille écus, espèces. Je vais vous donner la formule.

« Je le regardais en colère et j'allais sortir quand il me dit :

« — Tranquillisez-vous. Ce n'est pas pour prendre votre argent, l'héritage de votre respectable oncle Chalusset. De mon côté, je vais vous écrire une petite déclaration qui portera qu'en cas de mariage de Mlle Nini avec mon fils Adolphe, ces cinquante mille écus constitueront le douaire que mon fils s'engage à lui reconnaître dès aujourd'hui.... Comprenez-vous maintenant ?

« Je comprenais et j'avais envie de rire. Il continua :

« — Vous voyez, nous ne demandons aucune dot à Mᴵˡᵉ Nini, ce qui est flatteur pour elle, car ce n'est pas l'usage en France de marier les filles sans dot et il faut qu'elles soient terriblement jolies et pleines de vertus pour qu'on les prenne sans cet assaisonnement. Bien plus, nous lui donnons, Adolphe et moi, la dot qu'elle n'a pas. Quant à moi, je donne mon étude à mon fils. Il aura le reste le jour de mon entrée en Paradis, que je compte retarder vingt ou trente ans encore.

« Ces deux papiers signés et échangés (car à quoi aurait servi de contester), il mit le sien dans une cachette, au fond de sa chambre à coucher, et revint pour me dire quel moyen il avait de me faire rendre mon héritage.

« En deux mots, voici l'histoire. L'oncle Chalusset, sur ses vieux jours, était devenu dévot. Il se repentait d'avoir fait l'usure toute sa vie et ne voulait pourtant pas restituer. D'un autre côté, il craignait l'enfer, les flammes et les fourches de Satan. Il demanda conseil à un vieux et respectable monsieur, marguillier de la paroisse, qui lui persuada qu'il purifierait son argent en le lui confiant pour le donner à la *Congrégation des sœurs de Sainte-Radegonde* qui venait de se fonder.

« Pour plus de sûreté, le respectable monsieur offrit de prendre la somme de cent mille écus en dépôt, et d'en payer exactement le revenu à cinq pour cent à l'oncle Chalusset. L'oncle en serait néanmoins le maître jusqu'à sa mort, et même n'en disposerait tout à fait qu'à ce moment-là.

« C'est le vieux Chalusset qui donna tous ces détails au notaire en ajoutant qu'on lui avait promis une indulgence plénière et une absolution *in articulo mortis* (comme ils appellent ça), à condition qu'il léguerait ses cent mille écus à la congrégation. On avait fait venir l'absolution de Rome, tout exprès, et notre saint père le pape y avait mis la main dans l'intérêt des bonnes sœurs de Sainte-Radegonde.

« Mais l'oncle Chalusset, par le conseil du notaire, ne se livra pas tout à fait. Il se réserva de disposer de son bien quand et comme il lui plairait, et tout en promettant de le léguer à la congrégation, il eut soin de demander au respectable monsieur et marguillier un certificat de dépôt, ajoutant d'ailleurs que, si le certificat ne se retrouvait pas après sa mort, c'est parce qu'il l'aurait volontairement détruit et, dans ce cas, le dépositaire des cent mille écus en deviendrait propriétaire au nom et pour le compte des bonnes *sœurs*.

« —Or, dit le notaire, ce certificat de dépôt, qu'on croit déchiré ou brûlé, est là. Il existe. Le voici, car le vieux M. Chalusset n'avait pas tardé à se repentir de sa générosité, et il vous a fait, par testament authentique, son unique héritier, sauf les petits legs que vous avez déjà payés à vos collatéraux.

« Voilà, ma chère Nini, comment nous sommes devenus riches. Si le notaire n'avait pas eu grand intérêt à marier son fils sans dot et richement, il n'aurait jamais osé braver la congrégation, le respectable marguillier, tout le parti clérical, qui est puissant ici comme ailleurs et plus qu'ailleurs. Mais l'intérêt lui a donné du courage, il a réclamé un héritage dont il pensait garder la moitié pour son fils, et il a si bien fait qu'on va le restituer, de peur d'un procès scandaleux qui serait d'ailleurs perdu par la congrégation.

« Afin d'adoucir la douleur de ces bonnes sœurs, il a promis en mon nom de donner trois mille francs pour la construction de leur chapelle. Quand on tombe dans les mains de ces saintes femmes, il faut toujours qu'elles tirent de vous pied ou aile.

« Voilà, ma femme et ma fille, comment j'ai employé mon temps à votre service depuis deux mois. J'espère n'avoir pas mal réussi, et je vous embrasse toutes deux de tout mon cœur.

                                        « J. MERCIER. »

« Aussitôt que j'aurai acheté la propriété que je guette, ce qui ne tardera pas, — le notaire me l'a promis, — j'irai vous chercher à Paris et nous serons installés ici avant l'automne. »

XXII

Après cette lecture, papa, nous demeurâmes consternées, maman et moi. Tu vois comme ta lettre arrivait mal à propos.

Tu venais de me trouver un mari ; je ne t'avais pas chargé de m'en chercher un. Je n'ai jamais eu peur de rester fille. A dix-huit ans, d'ailleurs, il n'y a pas de temps perdu.

Tu me diras que maman venait de m'en trouver un autre. C'est vrai, ça, mais c'est bien différent. Celui-là me plaisait. Le tien me déplaisait. Pardon, papa, je ne devrais peut-être pas te parler si franchement ; mais, vois-tu, un mari, c'est quelque chose de si terrible ou de si agréable, suivant qu'on le prend d'une façon ou d'une autre, qu'il est bien permis d'y penser à deux fois. Quand le mariage sera fait, si le mari te déplaît, tu en seras quitte pour lui fermer la porte et n'y plus penser ; mais s'il me déplaît à moi, comment ferai-je ?

Celui que tu me proposes — M. Adolphe — c'est comme ça, je crois, que tu l'appelles, n'est pas séduisant du tout, oh ! mais pas du tout, je t'assure.

Tu dis qu'il est bien portant et de bonne santé. C'est l'éloge qu'on fait des bœufs et des moutons à la foire. Tu dis aussi qu'il est naïf. Ça signifie, entre nous, qu'il est un peu bête, et vraiment ça n'est pas engageant. On est

8.

ennuyée de penser qu'on a un mari un peu bête et que
vos amies se moquent de vous et qu'elles disent peut-être
dans un coin de la table, quand vous êtes dans l'autre :
« Vous voyez bien, cette petite Nini qui faisait tant la
fière, eh bien, elle a épousé ce grand imbécile que vous
voyez là-bas ! » Alors une autre répondra d'un air de
pitié : « C'est sans doute parce qu'elle n'en a pas trouvé
d'autre. »

Crois-tu que ce soit agréable pour moi, tous ces cancans ?

Enfin, papa, veux-tu que je te dise? Ce grand Adolphe,
ce gros Adolphe, ou comme tu voudras l'appeler, qui est
venu à Paris et qui n'a seulement pas eu la pensée de
me dire : C'est moi, oui, c'est moi qui suis Adolphe,
l'Adolphe chéri de votre père, l'Adolphe qui se présente
à vous avec cinquante mille écus dans la main qu'il a
l'air de vous offrir par contrat et qu'il vient de prendre
dans vos poches, — cet Adolphe-là, papa, qui me fait demander en mariage par son père, sans même s'inquiéter
de savoir si ça me convient à moi, — c'est peut-être un
bon chasseur, un bon pêcheur, un bon clerc de notaire,
un bon notaire même et tout ce que tu voudras, mais
c'est un *naïf,* comme tu dis toi-même, et qui serait bon
tout au plus pour Suzanne Crépin.

Encore je crois qu'elle demanderait à réfléchir.

Au reste, papa, ne t'en rapporte pas à moi. Car je t'aime
trop pour ne pas faire tout ce que tu voudras, quand tes
volontés seront raisonnables, mais écoute plutôt ce que
dit maman après que nous eûmes lu ta lettre. Tu sais,
maman est de bon conseil, et elle a voulu que je te rap-
portasse mot pour mot ses propres paroles. Si j'avais été
seule, tu penses bien que j'en aurais retranché quelque
chose ; mais elle ne l'a pas permis.

Fais bien attention, papa, je te le répète, que c'est par
l'ordre exprès de maman et sous sa dictée que je t'écris
ce que tu vas lire. Tu verras bientôt pourquoi je prends
cette précaution. Tu m'as recommandé en partant d'obéir

à maman comme à toi-même et j'obéis. Ne m'en sache
donc pas mauvais gré.

Je dois ajouter qu'ayant prié maman d'écrire elle-même,
elle m'a répondu qu'elle n'était pas écriveuse, qu'elle
avait bien assez de faire les comptes de la maison. Enfin,
elle l'a voulu. Tu l'as voulu aussi. J'obéis.

Voici donc ce que dit maman en repliant ta lettre :

— Nini, ton père n'a pas le sens commun... A-t-on jamais vu marier une fille sans consulter sa mère? Je ne
compte donc plus pour rien dans la maison? Je suis donc
un zéro, moins qu'un zéro. Ah ! il me tarde bien que
Sébastien soit revenu. Lui du moins...

Je voulus t'excuser. Je dis :

— Mais, maman, papa a voulu faire pour le mieux. Il
s'est trompé, c'est vrai ; mais ce n'est pas sa faute.

— Pas sa faute! répliqua maman. La faute à qui, alors ?
A moi peut-être, qui n'ai jamais vu ni cet Adolphe, ni
son vieux notaire de père, ni son pays, ni sa famille, et
qui ne veux pas les voir de ma vie !... Pas sa faute... Mais
qui est-ce qui a eu l'idée de ce malheureux voyage? Est-
ce ton père ou moi ? Réponds!

— C'est papa, évidemment!

— Et s'il n'avait pas eu l'idée d'aller là-bas, est-ce qu'il
aurait jamais donné cinquante mille écus à un vieux coquin de notaire ?

Là, papa, j'essayai de te défendre et je dis :

— Mais, maman, s'il n'y était pas allé, l'héritage de
l'oncle Chalusset serait resté éternellement aux mains
des sœurs de la congrégation...

Alors maman répliqua :

— Toi, d'abord, tais-toi! Tu n'entends rien aux affaires.
Je sais ce que je dis, je suppose, et je n'ai pas d'ordres à
recevoir de toi... Si ton père était resté ici et s'il avait
écrit au notaire, ses affaires se seraient faites toutes seu-
les ; je lui aurais donné de bons conseils. Mais non, il
a voulu voyager, se promener, chasser, pêcher, faire le
gentilhomme, le propriétaire de campagne, le monsieur

qui a des rentes à Paris et des terres en province, et cette fantaisie-là nous coûtera cinquante mille écus, juste ta dot, ma pauvre enfant...

Ici, maman qui m'aime beaucoup et qui t'aime beaucoup aussi, papa, — d'ailleurs tu le sais bien, — s'écria que c'était vraiment trop malheureux qu'avec les meilleures intentions du monde (car tu avais les meilleures intentions, elle fut la première à le reconnaître) on te vit toujours emmancher les affaires tout de travers, et cela, faute de vouloir la consulter à temps. Elle conclut en disant que tu avais, sans doute à cause de ton métier de boulanger, tant de goût pour le pétrin que tu t'y fourrais constamment, et que tu nous y entraînais avec toi.

Madame Fritot qui entrait au même instant avec son mari et « mame Pindré » furent de l'avis de maman, de sorte que j'étais seule à te soutenir ou plutôt je ne disais rien, car vraiment il n'y avait rien à dire en ta faveur, puisque j'avais tout le monde contre moi.

— Et mon mari s'imagine, ajouta maman, que je vais aller là-bas avec lui dans un pays perdu où l'on ne voit que des loups, des sangliers, des arbres, des renards et des notaires, pires que des renards, qui vous prennent du premier coup dans la poche cinquante mille écus... Juge un peu de ce qu'ils feront plus tard... Ah ! Mercier peut bien y aller tout seul si c'est son plaisir, je ne le gênerai pas, je vous assure : mais moi, je reste. Je ne veux pas quitter la capitale où je suis née, où j'ai tous mes amis et toutes mes habitudes.

—Et vous avez bien raison, Madame Mercier, dit Madame Fritot. C'est moi qui lâcherais le mien s'il voulait m'emmener pour manger des glands avec lui dans les bois !

— Oui, mais la gendarmerie ! dit M. Fritot qui est taquin comme tu sais... Je te ferais empoigner par les gendarmes, Madame Fritot, en vertu de l'article 213 du code civil qui dit....

Mais avant que M. Fritot eût dit ce que disait l'art. 213 toutes les dames, excepté moi, lui coupèrent la parole et sa femme le pinça si fortement, qu'il fut forcé d'avouer qu'il avait oublié l'article, et que, dans tous les cas, ceux qui avaient fait l'article étaient des imbéciles.

Enfin, maman, Madame Fritot et « mame Pindré » convinrent qu'on ne pouvait pas vivre ailleurs qu'à Paris, que c'est là seulement qu'on rencontrait des gens d'esprit, des gens civilisés et tout ce qu'il y a de mieux dans la nature.

— Au fond, ajouta maman, Joseph sera bien de notre avis quand il reviendra. Il suffit de le faire revenir. Et pour ça je connais un moyen sûr.

— Lequel ? demanda Madame Fritot.

— C'est, répondit maman, de rester ici. Au bout de six semaines il viendra nous chercher, et alors je lui ferai entendre raison. C'est moi qui m'en charge.

XXIII

Remarque bien, papa, que jusqu'à présent nous n'avions pas soufflé mot de Raphaël. Cependant son tour devait venir, et pour moi je pensais que je t'aurais suivi bien volontiers dans la Dordogne et même encore plus loin, si tu me l'avais offert pour mari au lieu de ton Adolphe.

Tu sais que je t'ai promis de te dire tout, même ce qui peut te déplaire ou que tu ne trouveras pas bon.

Je t'avouerai donc que je l'attendais avec une impatience terrible pour lui annoncer la nouvelle. Mais, contre son habitude, qui était de rentrer à huit heures du soir, tout de suite après son dîner, et de nous rendre visite, il ne rentra qu'à minuit. Je ne pouvais pas en douter, car je le reconnaissais au bruit de ses pas, et de ma fenêtre, je voyais celle de sa chambre qui était en face.

Déjà maman avait fait quelques remarques désagréables sur ce retard.

Elle disait :

— Ce garçon-là se dérange. Où est-il ? Qu'est-ce qu'il a fait ce soir ? Ma pauvre Nini, vois-tu, avec les hommes on n'est jamais sûr de rien. Celui-là se croit déjà ton mari et le voilà qui court la pretantaine. Tiens, il ne vaut pas mieux que les autres. Mais c'est moi qui me charge de lui frotter les oreilles demain soir quand il viendra, comme à l'ordinaire, faire l'aimable, l'amoureux et le joli cœur.

Je ne répondais rien, mais j'étais bien mécontente aussi. Je fis semblant de me coucher, et même je me mis dans mon lit au fond du petit cabinet, mais je levai le rideau pour mieux voir.

Enfin, vers minuit, je reconnus son pas. Il était un peu lourd, comme de quelqu'un qui pense à quelque chose ou qui est inquiet. Il ouvrit sa fenêtre, regarda la mienne (j'avais éteint ma bougie pour le voir sans être vue) ; il regarda longtemps le ciel qui était bleu et les étoiles qui brillaient, s'assit, s'appuya sur le rebord de la fenêtre, et resta là sans bouger pendant plus d'une heure. Je le voyais de mon lit comme s'il avait été dans ma chambre. Vers une heure et demie, il éteignit sa lumière et se coucha lui-même.

Le lendemain soir, il vint à huit heures comme il en avait l'habitude.

Maman ne le reçut pas bien.

— On ne vous a pas vu hier, Monsieur Raphaël ? Où donc étiez-vous ? Est-ce que vous aviez des affaires sur le boulevard ?

Elle disait cela d'un air moitié figue et moitié raisin.

Il répondit bien doucement en me regardant comme pour m'adresser sa réponse :

— Ah ! Madame Mercier, est-ce que j'ai des affaires,

moi, excepté de venir vous rendre visite ainsi qu'à Mademoiselle Nini?

Alors, — car je ne voulais pas qu'il pût croire que je m'inquiétais de lui plus que lui de moi, je dis à maman :

— Ne fais donc pas de questions, maman. M. Raphaël est bien libre de passer sa soirée où il lui plaît et comme il lui plaît.

J'avais parlé sans doute un peu vivement, car Raphaël me regarda d'un air de reproche comme un mouton qu'on égorge et répondit :

— Non, Mademoiselle Nini, il n'y a pas d'indiscrétion à me demander ce que j'ai fait hier au soir ni où j'ai passé la soirée. J'étais avec des camarades sur le boulevard et nous avons parlé de la guerre.

— Comment! de la guerre? Est-ce qu'elle est déjà déclarée? demanda maman qui pensa tout de suite à mon frère Sébastien. Mais c'est une abomination! Est-ce qu'on va vraiment se battre?

— Tout le monde le dit, Madame Mercier! répliqua Raphaël qui vit bien que maman n'avait plus envie de lui chercher querelle. Elle aimait bien mieux apprendre les nouvelles à cause de Sébastien.

— Mais pourquoi se battre?

— Est-ce que je sais, moi? demanda Raphaël. Est-ce qu'on peut savoir? Est-ce que ceux qui vont la déclarer nous ont demandé conseil?

Et alors il nous raconta ce qu'on disait dans Paris; que l'empereur la voulait, que l'impératrice la voulait, que le petit prince la voulait, tout ça pour fonder leur dynastie et faire les Napoléons; que les courtisans la voulaient, les chambellans, les valets de chambre, les ministres, les généraux pour être maréchaux, les maréchaux pour être ducs, et tous pour avoir des croix, des pensions, de la gloire et le reste.

— Mais ce qui nous a le plus étonné, mes camarades et moi, ajouta Raphaël, c'est la quantité de gens en blouses

blanches avec des accroche-cœur le long des tempes et
des casquettes sur l'oreille, qui criaient de tous côtés
qu'il fallait une bonne fois en finir avec les Prussiens,
qu'il fallait les jeter à coups de crosse dans les reins et
dans le Rhin, que sans ça l'on n'aurait jamais de paix ni
de tranquillité. Tous ces gens-là se disaient ouvriers,
mais je n'avais jamais vu personne de cette physiono-
mie-là dans les chantiers ou les ateliers. J'aurais cru
plutôt, et mes camarades le pensaient comme moi, qu'ils
sortaient de la préfecture de police et qu'ils avaient ordre de crier et de beugler. Une bande, car ils s'en vont
par bandes comme s'ils étaient enrégimentés, a passé
près de nous et a voulu nous forcer de crier avec eux :
A Berlin! à Berlin! Nous avons été obligés de les repousser par la force. Ils avaient des casse-têtes et les
sergents de ville levaient les épaules et les laissaient crier.

— Qu'est-ce que ça veut dire, tout ça? demanda maman inquiète.

— Ça veut dire, répondit Raphaël, qu'on veut nous
mener à la bataille chez les autres pour nous empêcher
de penser à ce qui se passe chez nous. Oh! mon Dieu,
c'est bien clair. C'est ce que faisait l'autre Napoléon, le
vrai, l'ancien, et c'est ce qui a mené nos pères à Waterloo et lui à Sainte-Hélène.

— Mais, dit maman, ce sont les traîtres qui l'ont livré
aux Anglais.

Raphaël lui répondit :

— Madame Mercier, il n'y avait jamais eu de traîtres
en France avant l'arrivée de ce Corse et de sa bande.
Toutes les fois qu'il était battu, il criait : Je suis trahi!
et sa bande criait derrière lui : « Il est trahi! Nous sommes trahis! » Tout ça n'est pas vrai; quand un mauvais
gueux s'est emparé d'une ville par surprise et qu'il a fait
fusiller une partie de ceux qui la défendaient, si les autres la lui reprennent de force, il crie à la trahison, mais
il n'y a jamais eu que lui et les siens de traîtres dans la
place !

Alors, comme je vis qu'on allait parler politique et que j'avais peur que Raphaël ne se querellât avec maman, je lui fis signe de se taire, et maman de son côté lui dit :

— Monsieur Raphaël, j'ai de mauvaises nouvelles à vous annoncer aujourd'hui. J'ai reçu une lettre de mon mari.

Je vis qu'il s'inquiétait sans savoir pourquoi et devenait pâle.

Maman continua :

— Mon mari a trouvé un gendre... Oui, oui, ne me regardez pas comme ça d'un air si troublé... Mon mari, je vous le répète, a trouvé un gendre en Périgord.... Qu'est-ce que vous dites de ça?

Elle riait, mais il ne riait pas, lui. Et, en effet, il n'y avait pas de quoi.

— Mais, ajouta maman, la chose n'est pas encore faite. On attendra bien le consentement de Nini et le mien.

— Au moins, dit Raphaël toujours plus pâle, vous me soutiendrez, Madame Mercier?

Alors maman, peut-être pour le taquiner un peu, lui répondit :

— Je ne sais pas. Mon mari est maître dans sa maison Vous comprenez que je ne peux pas me brouiller avec lui pour qui que ce soit. Qu'est-ce que je veux, moi, d'abord? Le bonheur de ma fille. Pas davantage. Si ma fille est heureuse, qu'est-ce que ça me fait qu'elle soit heureuse à Paris ou en Périgord? Le bonheur, c'est toujours la même chose, n'est-ce pas? C'est comme la morue salée. Qu'est-ce que ça fait qu'on l'ait pêchée sur les côtes de Terre-Neuve ou d'Islande? L'essentiel, c'est qu'elle soit morue d'abord, et salée ensuite. N'est-ce pas, Nini?

Raphaël me demanda d'un air suppliant :

— Et vous, Mademoiselle Nini?

Je ne répondis rien de peur d'exciter maman à le taquiner davantage: mais je crois qu'il lut ma pensée dans mes yeux, car il eut l'air rassuré.

Alors maman, voyant ça, reprit :

— D'ailleurs, j'aime assez la campagne, moi. Quand j'étais enfant, j'aimais l'odeur des foins et des prés. Et puis, voyez-vous, le médecin m'a recommandé le grand air. Une fois je suis allée à Lisieux, en Normandie, — il y a trente ans de cela, — j'ai vu des vaches et des bœufs dans les environs. Je vous assure, c'était tout à fait joli.

— Mais, Madame Mercier, dit Raphaël, s'il ne s'agit que de vaches et de bœufs, nous en trouverons partout à cinq ou six lieues de Paris, — à Longjumeau d'abord.

— Ensuite mon mari aime la chasse, la pêche. Nous serons sur le bord de la Dordogne.

Et elle s'amusa — pour le punir d'avoir passé la veille sa soirée sur le boulevard — à lui raconter toutes les joies et tous les bonheurs qu'elle se promettait de ce mariage périgourdin. A la fin Raphaël, n'y tenant plus, s'en alla. Heureusement une pratique entra et « mame Pindré » aussi ; de sorte que je pus le reconduire jusque dans le corridor.

Là, faut-il te dire ce qu'il fit, papa ? Tu ne te fâcheras pas ?... Tu ne me gronderas pas ?... Tu ne me le reprocheras pas plus tard ?... Non ?... C'est convenu, n'est-ce pas ?

Eh bien, il me dit tout bas :

— M'aimez-vous toujours, Nini ?

— Toujours !

— Voulez-vous me donner votre vie comme je vous donne aujourd'hui la mienne ?

Que veux-tu, papa ? Tu n'étais pas là pour me conseiller et me tirer d'un mauvais pas... Je sentis que sa main tremblait dans la mienne, et la mienne tremblait aussi, je t'assure ; je répondis :

— Je vous aimerai toujours et toute ma vie.

Alors, sans ajouter une parole, avant que j'eusse le temps de la réflexion, il m'embrassa de toutes ses forces pour sceller notre serment, et se sauva chez lui pendant que je rentrais toute rouge dans la boutique.

Les jours suivants il revint comme à l'ordinaire, mais j'eus soin de ne plus rester seule avec lui, et lui-même n'essaya pas trop de me rencontrer, car j'avais pris un air fâché qu'il m'eût manqué de respect. Je n'osai pourtant pas en parler à maman, d'abord parce que j'étais honteuse de m'être laissée surprendre, et aussi parce que j'avais peur (tu sais comme elle est vive quand elle s'y met) qu'elle ne voulût le mettre à la porte pour toujours. Et alors, vraiment, ce n'est pas lui seul qui aurait été puni.

Pendant ce temps, tu nous écrivais deux fois par semaine et tu parlais toujours de ton Adolphe et de son père, de la propriété que tu venais d'acheter et de payer comptant avec une partie de l'héritage de l'oncle Chalusset; tu nous racontais les réparations que tu faisais faire dans la maison d'habitation, dans la grange, dans les écuries, dans le poulailler, et tu promettais de revenir bientôt pour nous emmener là-bas avec toi.

Maman disait : .

— Ton père n'en est pas où il croit. Nous ne sommes pas encore parties.

Et comme je la priais de te parler de Raphaël, elle se mit presque en colère contre moi :

— Tu ne vois donc pas, petite sotte, qu'il vaut mieux attendre son retour pour lui parler de nos arrangements particuliers ?

De là-bas, parmi ses bœufs, sa volaille et ses métayers, il n'en verrait que les inconvénients. Laisse-le un peu s'user tout seul. Laisse-le surtout amuser le notaire des mies de sa poche. Le notaire qui croit travailler pour son Adolphe fait ses affaires pour le mieux et croit le tenir avec ses cinquante mille écus. Il a déjà fait un marché superbe. Laisse-les s'arranger tous deux. Il sera toujours temps de dire quand on voudra te mener devant M. le Maire : « Non, papa, je ne veux pas!... » Enfin ne t'occupe pas de ça, Nini. Je m'en charge.

XXIV

Voilà, papa, pourquoi tu reçois aujourd'hui les premières nouvelles de ce qui est arrivé. Mais ce n'est pas
ma faute, je te le jure. Non, ce n'est pas ma faute. Ta
petite Nini qui t'aime tant n'aurait pas gardé un pareil
secret avec toi si maman ne me l'avait pas commandé.
Au reste, c'est elle qui lit par-dessus mon épaule et qui
veut que je te l'écrive.

Pendant ce temps, comme tu as pu le voir dans les
journaux, tout Paris était en branle à cause de la guerre.
Les *blouses blanches* dont Raphaël nous avait parlé
faisaient un tapage terrible sur le boulevard et criaient
comme s'ils avaient été trois cent mille : A Berlin! à
Berlin !

Moi qui n'avais pas envie d'aller à Berlin (ni en Périgord), et qui ne voulais que rester dans notre bonne rue
du Faubourg-Saint-Antoine, je regardais tout ce remue-
ménage avec curiosité. Raphaël venait tous les soirs
nous donner les nouvelles de la journée. Il nous parlait
de M. Ollivier qui venait de déclarer la guerre « *d'un
cœur léger,* » de M. Lebœuf, qui jurait qu'il ne manquait pas « *un bouton de guêtre à nos soldats,* » et de
toutes les bêtises que le gouvernement faisait répandre
pour étourdir les Parisiens.

Maman, qui pourtant ne pouvait pas prévoir tous nos
malheurs (qui est-ce qui prévoyait alors Sedan et la
trahison de Bazaine?) maman était inquiète à cause de
Sébastien. Elle disait :

— Cet Ollivier a « *le cœur léger.* » On voit bien qu'il

ne va pas à la guerre, ni lui, ni aucun des siens. S'il avait un fils ou un frère dans l'armée, il n'aurait peut-être pas envie de rire... Heureusement, M. Lebœuf est là pour « *les boutons de guêtres;* » c'est ça qui me rassure un peu. Si les guêtres sont bien boutonnées, Sébastien n'aura pas les pieds mouillés et ne s'enrhumera pas. Pauvre Sébastien!

Et alors nous parlions de mon frère toutes deux avec Raphaël, et nous lui faisions raconter pour la quinzième fois tous ses exploits, où il l'avait connu, les éloges qu'on faisait de lui, comme il était fier et beau sous l'uniforme de sergent, comme toutes les dames le regardaient et surtout les demoiselles, comme il était bon enfant, comme il avait de l'esprit? que sais-je?... Quand Raphaël avait fini, maman le faisait recommencer. Je crois même qu'un jour elle lui faisait raconter une bonne fortune de Sébastien, car je rentrai pendant qu'on ne m'attendait pas et Raphaël parla d'autre chose :

Tout à coup nous reçumes une lettre de Constantine. C'est Sébastien lui-même qui nous écrivait :

« Constantine, 19 juillet 1870.

« Chère maman, et toi, chère petite Nini, je n'écris qu'à vous deux puisque mon père est en Périgord et que vous ne m'avez pas encore donné son adresse ; je vais rentrer en France avec les camarades.

« Nous partirons demain matin au point du jour, et j'espère vous embrasser toutes les deux à la fin du mois... C'est-à-dire si nous passons par Paris, ce qui n'est pas bien sûr, car il paraît que le four chauffe. Du moins on nous l'a dit ce matin.

« Croiriez-vous que nous ne savions pas le premier mot de toute cette histoire? Les journaux de France n'arrivent ici qu'après huit ou dix jours. Quant aux dépêches télégraphiques elles sont réservées aux gros bonnets de l'administration, et ceux-là ont ordre de ne

rien dire ou peut-être ne disent rien pour se donner
plus d'importance.

« Ce matin, voilà qu'un bruit se répand que le régiment va partir. Un camarade me dit : Tu sais, nous
avons la guerre avec la Prusse. — Ah bah ! — C'est
comme je me fais l'honneur de te le dire. Nous allons
nous flanquer un coup de torchon !

« Je prends ça pour une plaisanterie. Pas du tout. Je
vois les officiers causer entre eux d'un air gai, les esta-
fettes courir par la ville et les bourgeois eux-mêmes en
rumeur lisant les journaux, parlant et criant comme des
possédés.

« Je me dis : il y a quelque chose. Le camarade avait
raison.

« Je vais au café. Un civil me dit :

« — Eh bien, vous n'êtes pas malheureux, vous autres.
Vous allez partir. Vous êtes de l'avant-garde !

« Et il m'apprend que la guerre est déclarée depuis
deux jours. A midi, le colonel fait avertir tout le monde
qu'on va partir demain à cinq heures pour Paris, pour
Berlin, pour Pékin, pour la France enfin.

« Mon Dieu, maman, je ne m'ennuyais pas à Constantine, je t'assure. Au contraire, on y est dix fois mieux
que dans les garnisons de France. Mais c'est égal, quand
on nous a dit de plier bagage, ça m'a fait un plaisir ! Et
aux camarades aussi !

« Une seule chose nous a tous étonnés. C'est que personne n'a pu dire pourquoi l'on allait se battre. Les
civils n'en savent pas plus là-dessus que les militaires,
ni les colonels que les sergents. On dirait que tout le
monde a juré d'en garder le secret. Mais, après tout, ce
n'est pas notre affaire, à nous, de savoir ça. Notre affaire
est de garder l'honneur du drapeau tricolore, et nous le
garderons, je t'en réponds d'avance. Comme dit la vieille
chanson :

> La France sera toujours la France
> Et les Français toujours Français.

« En suite de quoi il faut remplir sa giberne de cartouches, aiguiser sa baïonnette et partir. C'est clair, ça, clair et consubstantiel à quiconque, comme dit Pitou.

« Seulement, ah! voilà le *hic*, il faudra rester quelques années de plus sous les drapeaux. Je n'avais plus que six mois à rester au régiment; j'y resterai peut-être six ans, dix ans, trente ans, comme les vieux soldats de la première République qui n'avaient pas un poil de barbe en 1792, quand ils commencèrent la conquête de l'Europe, et qui avaient la barbe grise le lendemain de Waterloo quand ils accrochèrent leurs fusils au clou. Ça me forcera, j'en ai peur, de devenir colonel, général ou maréchal, moi qui ne pensais qu'à rentrer dans la boulangerie.

« On ne fait pas tout ce qu'on veut en ce monde.

« Nonobstant, si le régiment passe à Paris, j'aurai bien une heure pour dîner avec vous et causer.

« Et toi, ma petite Nini, es-tu toujours aussi gaie, aussi jolie? Vas-tu au bal quelquefois? M'aimes-tu toujours? Es-tu mariée? As-tu envie de te marier?... Pourquoi non? Ce n'est pas défendu à ton âge ni à ton sexe. Je t'embrasse sur les deux joues. J'embrasse maman de toutes mes forces, et je vous dis au revoir.

« Votre Sébastien.

« P. S. Qu'est-ce que c'est que ce M. Raphaël dont maman me parle dans sa dernière lettre et qui m'a connu au régiment? Si c'est celui que je veux dire, un joli garçon, brun, leste, hardi, bon enfant et plein d'esprit avec qui j'ai fait la campagne de Kabylie il y a deux ans, vous pouvez le recevoir comme un ami. C'est le mien, et il n'y en a pas beaucoup qui le vaillent. Dites-lui que je lui serre la main et que je serai bien content de le revoir après la campagne. »

Tu vois, papa, que tout le monde s'accorde à me recommander Raphaël, et surtout mon frère Sébastien. D'ailleurs, il se recommandait très-bien lui-même, je t'assure. Quand je lui lus la lettre de Sébastien, il fut touché jusqu'aux larmes de voir que mon frère ne l'avait pas oublié.

Jusque-là nous n'avions que de bonnes nouvelles. Les autres allaient commencer et avec elles tous nos malheurs.

XXV

La première de ces mauvaises nouvelles fut que nous ne verrions pas Sébastien. On l'envoya de Lyon en Alsace avec son régiment dans l'armée du maréchal de Mac-Mahon.

Maman ne pouvait pas s'en consoler. Elle pleurait la moitié du jour. Elle disait : « Mon enfant ! mon pauvre enfant ! Est-ce que je ne le reverrai jamais ! » Elle allait consulter les somnambules et se faisait tirer les cartes pour savoir si mon frère serait tué ou blessé ou s'il échapperait aux balles et à la mitraille pour devenir colonel ou général.

La première somnambule voulut avoir des cheveux de Sébastien. Heureusement, maman en avait cinq ou six mèches qu'elle avait coupées elle-même avant son départ pour la Kabylie. Alors la vieille somnambule toucha les cheveux d'un air inspiré et dit :

1° Que la personne était un jeune homme (ce n'était pas difficile à deviner, maman avait déjà dit que c'était mon frère) ;

2° Qu'il était châtain foncé, ce qu'elle pouvait voir

comme tout le monde à la couleur des cheveux qu'elle tenait dans la main ;

3° Qu'il était joli garçon ; maman n'était pas là pour la contredire.

Elle s'arrêta là, et comme maman demandait en tremblant s'il ne serait pas... blessé à la guerre (elle n'osait pas aller plus loin), la vieille somnambule se mit à faire quatre ou cinq laides grimaces et répondit qu'en donnant dix francs de plus, on saurait tout l'avenir de Sébastien. Maman tira aussitôt les dix francs de son porte-monnaie, et pour ce prix, elle sut que mon frère serait mis à l'ordre du jour après la première bataille (ça s'est trouvé vrai), et qu'il ne reviendrait chez nous que colonel, officier de la Légion d'honneur et tout ce qu'on peut être.

Pendant deux jours, maman fut bien contente; mais peu à peu la joie s'en allait et l'inquiétude revenait. Elle alla donc consulter avec moi une autre somnambule.

Celle-là nous dit que Sébastien serait blessé d'une façon terrible en sauvant la vie de son colonel, mais que son colonel reconnaissant le prendrait avec lui et en ferait son garde-chasse principal, ce qui lui assurerait du pain pour ses vieux jours.

Cette fois maman n'était plus contente; elle était furieuse. Elle dit que Sébastien n'était pas fait pour garder les chasses de n'importe qui, qu'il aurait lui-même un parc, des bois et du gibier, s'il le voulait, et que la somnambule n'était qu'une *vieille bête* (ce sont les propres paroles de maman).

Alors la vieille somnambule, sans se fâcher, dit qu'elle s'était trompée sans doute, que maman avait dû mêler les cheveux de Sébastien avec ceux de ses papillotes, qu'alors elle avait tiré l'horoscope de la tête à laquelle on avait enlevé des papillotes, qui sans doute était celle d'un paysan breton et catholique.

Maman avoua qu'elle avait bien pu mêler les cheveux d'un Breton avec ceux de Sébastien, ayant mis ceux-ci

9.

dans le même tiroir que ses papillotes ; puis elle demanda si la vieille voulait recommencer l'expérience.

La vieille dit qu'il fallait brouiller les cartes et que pour vingt francs « on en verrait la farce. »

En effet, nous vîmes la farce. Maman en eut cette fois pour son argent. On lui prédit que Sébastien serait d'abord capitaine, puis colonel, puis général, puis qu'il épouserait une princesse blonde qui avait cinq millions de dot dans un pays inconnu, et que l'empereur Napoléon III le ferait ministre de la guerre et lui donnerait la croix de la Légion d'honneur avec la médaille.

Pendant que maman consultait les somnambules, il nous arriva tout à coup une lettre de quelqu'un que nous avions oublié et que, dans tous les cas, je n'avais guère envie de revoir. Ce quelqu'un, c'était le grand Schmidt, celui qui avait voulu assassiner Raphaël.

Voici ce qu'il disait, ce scélérat. Je ne te l'aurais pas répété si nous n'avions pas eu malheureusement occasion de le rencontrer plus tard et de le maudire :

« Ma bonne Madame Mercier,

« Si vous n'avez pas perdu tout à fait le souvenir du pauvre Johann Schmidt qui a si longtemps pétri votre pain dans votre boulangerie, sous les yeux de la belle mam'selle Nini, permettez-moi de vous offrir l'hommage de la reconnaissance que doit ressentir tout cœur allemand lorsqu'il bat dans une poitrine allemande pour les bontés que vous avez eues envers lui.

« Tout simple Johann Schmidt que je paraissais être, Madame et chère patronne, j'avais aussi sans le dire (car nous n'avons pas de vanité, nous autres Allemands, nous avons seulement le sentiment de notre valeur personnelle et la conscience que rien ne peut surpasser la franchise allemande, la loyauté allemande, la science allemande, le génie allemand, le courage allemand et la fidélité allemande), j'avais donc, sans le dire, l'honneur de faire partie de la noble armée bavaroise, étant détaché au corps d'armée bavarois par ordre de mes chefs et pour le service de la surveillance en pays étranger.

« C'est à ce titre, Madame et chère patronne, que j'ai pétri votre pain pendant dix-huit mois, et fait mon rapport sur tout ce que je voyais dans le faubourg Saint-Antoine. C'est vous dire, Madame Mercier, que j'ai déploré bien souvent la nécessité où mes chefs m'avaient mis de cacher mes fonctions si honorables sous les viles occupations d'un simple garçon boulanger.

« Mais le moment est venu, Madame Mercier, de vous dire toute la vérité. Je suis officier dans le corps du prince W..., et si je le dis tout haut maintenant, c'est que le moment est venu où la divine Providence va nous livrer les corps et les biens de cette France impie dont les blasphèmes font rougir depuis si longtemps les anges et les saints.

« Toute feinte est inutile aujourd'hui. Je suis le lieutenant Johann Schmidt, et si je vous en avertis d'avance, c'est pour que, à notre entrée dans Paris, qui ne saurait tarder beaucoup, vous puissiez vous réclamer de moi en même temps que j'irai prendre logement chez vous, et j'espère, ma bonne Madame Mercier, que vous et Mademoiselle Nini, vous me ferez bon accueil et m'offrirez de bonne soupe. J'ai assez longtemps pétri votre pain, Dieu merci ! et obéi à M. Mercier qui n'était pas toujours bon pour moi, et qui m'offrit même un jour un coup de pied, je ne veux pas dire ou... A mon tour, maintenant, de commander et d'être obéi.

« En attendant le plaisir de vous revoir à Paris, où j'espère que vous me ferez préparer une chambre digne de mon grade, je suis bien respectueusement, Madame Mercier et Mam'selle Nini,

« Votre dévoué serviteur,

« JOHANN SCHMIDT. »

« A propos, dites bien à votre M. Raphaël que, si je le rencontre jamais, je le ferai fusiller. »

Raphaël se trouvait là quand maman reçut cette lettre. Elle était si indignée qu'elle la lut tout haut. Raphaël s'en moqua et dit :

— Quand les Allemands sont venus deux fois à Paris, ils avaient avec eux toute l'Europe et nous n'avions nous que des jeunes gens de dix-huit ans, qui savaient à peine charger un fusil. Mais cette fois, ils sont seuls et nous aussi. Face à face on verra bien ce qu'ils savent faire.

Voilà, papa, où nous en étions quand les premières nouvelles de la guerre se répandirent dans Paris. Personne n'avait voulu la guerre; mais on y entrait avec confiance. Les gens du gouvernement, qui auraient dû tout savoir, paraissaient si sûrs de vaincre qu'on croyait qu'ils avaient des armées immenses, des garnisons et des arsenaux partout, et qu'on cherchait chez tous les libraires des cartes d'Allemagne.

Mais tu as vu ça comme nous. Tu l'as vu en province, nous l'avons vu à Paris. C'est toute la différence. N'en parlons plus. C'est trop triste.

La première nouvelle nous fut apportée par M. Fritot.

Il entra chez nous en criant :

— Victoire ! Victoire ! Le petit prince vient de prendre Saarbruck !

Tout le monde se jette sur la carte. On cherche où était Saarbruck. « Mame Pindré » croyait le trouver tout près de Berlin.

On demanda des détails. M. Fritot répondit :

— Oh! c'est un gaillard, l'enfant! On avait beau s'en moquer à cause de ses longues oreilles ; c'est un gaillard ! Il a ramassé des balles sous le feu de l'ennemi. Voyez plutôt la dépêche de son père... Et les mitrailleuses ont fait merveille ! A chaque volée elles emportaient des files entières de Prussiens. C'était si terrible, qu'à la fin Napoléon III a donné ordre de les mettre sous la remise.

On aurait couché cent mille hommes sur le carreau en moins d'une heure.

Pauvre M. Fritot ! C'est un bon homme. Il répétait tout ce qu'on avait dit.

Le lendemain, le surlendemain et les jours suivants, on apprit toute la vérité, que nous étions battus, que notre armée revenait, que les Prussiens étaient trois fois plus nombreux, qu'ils marchaient sur Metz et sur Paris, tous nos malheurs enfin.

Jusque-là Raphaël n'avait rien dit. Il avait l'air triste et sombre ; mais qu'est-ce qui aurait pu être gai dans un temps pareil ?

Un soir, c'était le 8 août, il me fit signe qu'il avait quelque chose de très-important à dire. Je sortis de la boutique pour monter dans ma chambre et je le rencontrai dans l'escalier. Ah ! cette fois, je t'assure, je n'avais pas besoin de prendre de précautions contre lui !

Quand nous fûmes entrés dans ma chambre, car il me suivit jusque-là, et je ne pensai pas à l'en empêcher, tant il avait l'air malheureux, mais résolu, il me dit sans s'asseoir :

— Ma chère Nini, je n'ai pas voulu partir sans vous voir...

— Partir !

J'étais si étonnée, si troublée que je pouvais à peine parler.

Il répondit :

— Oui, Nini, je pars. J'y ai pensé longtemps, j'ai même hésité, car je serai bien malheureux loin de vous, mais il le faut. Je pars ! Je vais m'engager dans les mobiles qu'on rassemble à Châlons ; on me rendra mes galons de sergent...

Je ne disais rien, je pleurais. Il me prit la main et continua :

— Nini, la patrie est en danger ! Je ne peux pas rester ici à vivre tranquille et heureux près de vous quand nos soldats, mes anciens camarades, se font tuer devant l'ennemi. Je ne peux pas! Non, je ne peux pas, et vous-même, Nini, si je le faisais, vous auriez honte de moi, vous ne voudriez plus de moi.

Il avait raison.

Quand il m'eut dit qu'il partait, je fus presque contente, et Dieu sait si je l'aimais. Mais, vois-tu, papa, j'en étais fière; je pensais : Oui, Raphaël est bien celui que j'ai toujours désiré pour mari. Il n'a pas peur. Il sait travailler. Il sait se battre. Il est aimé de tout le monde. Il le serait de papa si papa pouvait le voir. Ce n'est pas son Adolphe, son grand nigaud d'Adolphe qui prendrait les armes. Il aurait bien trop peur de recevoir une balle ou un coup de sabre, ou un coup de baïonnette... Je ne le connaissais pas, ton Adolphe, mais je le détestais d'avance.

Raphaël ajouta :

— Ma chère, ma charmante Nini, si je ne vous revois pas, que j'emporte du moins quelque chose de vous. Donnez-moi cette petite cravate rouge qui est nouée autour de votre cou. Tant que je vivrai, elle sera pour moi comme si vous me suiviez dans les batailles. Et si je suis tué, on la mettra dans le même tombeau que moi.

J'étais si troublée que je ne savais si je devais accorder ou refuser. Papa, qu'aurais-tu fait à ma place? Tu l'aurais laissé prendre, n'est-ce pas ?

Eh bien ! c'est ce que je fis.

Il la prit, la baisa avec un air d'adoration qui aurait été mieux placé devant une statue de la Sainte Vierge, il la plia soigneusement, la cacha sous ses habits, se mit à genoux devant moi, me baisa les mains pendant un quart d'heure, car j'étais si affligée de son départ que je ne trouvais pas un mot pour le renvoyer, et, enfin, quand je lui dis qu'on l'avait peut-être vu entrer, il consentit à descendre.

Je le suivis trois minutes après ; et il partit le lendemain pour Châlons, comme il l'avait annoncé.

XXVI

De son côté, maman pensait toujours à Sébastien dont nous n'avions aucune nouvelle.

Un matin pourtant, — c'était le 27 ou le 28 août, — nous reçûmes un sale morceau de papier gras, huileux, plié en quatre et collé avec de la mie de pain mouillée. C'était une lettre de mon frère.

En voyant cette lettre, maman cria :

— Ah ! mon Dieu ! C'est de Sébastien ! mais comment a-t-il pu m'écrire sur ce sale papier, lui qui est si propre ! Il faut qu'il lui soit arrivé quelque malheur.

Alors j'ouvris la lettre et je lus :

« Au camp de je-ne-sais-où, en rase campagne, à la clarté des étoiles, 25 août 1870.

« Chère maman,

« Tu dois être bien inquiète, mais tu auras de la peine à l'être autant que je suis fatigué.

« A force d'avoir marché depuis un mois je me suis tassé et j'ai diminué de plus d'un pied en hauteur. Ma tête s'enfonce dans mon cou, mon cou dans ma poitrine, ma poitrine dans mes jambes et mes jambes dans le fond de mes souliers.

« Je ne marche plus, je me traîne.

« Quand nous partîmes de Constantine (c'était, je crois, le 22 juillet dernier), nous étions frais et gaillards. L'idée de rentrer en France et de faire ensuite une promenade militaire en Allemagne nous mettait du vif-argent dans

les veines. Les chefs comptaient sur l'avancement. Moi
aussi j'y comptais pour eux et pour moi.

« Je pensais : à la première bataille, il y aura bien
dix mille hommes tués, parmi lesquels deux ou trois
cents plus gradés que moi. Ça fait deux ou trois cents
trous qu'il faudra boucher. J'ai de bonnes notes. J'aurais bien du malheur si je ne suis pas désigné pour boucher quelqu'un de ces trous-là...

« Il est vrai que le boulet qui peut emporter un sous-
lieutenant peut aussi emporter le sergent Sébastien dans
le pays des taupes. Dans ce cas, la fortune militaire du
sergent Sébastien est terminée... Mais bah ! Est-ce qu'on
meurt jamais ? C'est bon pour les goutteux et les catar-
rheux.

« Tu vois, chère maman, les raisonnements que je
faisais, que nous faisions presque tous avant de nous embarquer pour Marseille, où nous arrivâmes le 27 juillet
dernier, en assez bon état, surtout ceux qui avaient eu
le mal de mer. Quand on met pied à terre en revenant
d'Alger, on est rincé comme un verre à bière, et ça vous
donne un terrible appétit, c'est moi qui vous le garantis.

« De Marseille à Lyon, ça marchait encore assez bien,
à Lyon surtout, qui est une ville bien remarquable, où
j'aurais assez aimé demeurer à cause des deux rivières,
— l'une surtout, la Saône, qui a l'air agréable et doux
comme une femme le premier jour de son mariage, et
où l'on peut canoter aussi bien qu'à Asnières ou Charenton, ou même mieux.

« Mais on n'avait pas le temps de canoter quand nous
arrivâmes. Toute la ville était en branle et toutes les au-
torités ; on ne voyait dans les rues que des soldats qui
attendaient l'heure du départ. On nous avait d'abord con-
signés tous à la gare, mais elle était si encombrée qu'il
fallut, pour faire place aux trains d'artillerie et aux munitions, nous donner des billets de logement chez les
habitants.

« On m'avait envoyé chez un petit fabricant, dans une rue étroite et sombre que je ne me rappelle pas.

« La femme était seule au logis avec ses quatre enfants. Elle me reçut très-bien et me dit : « Monsieur le sergent, si vous voulez dîner avec nous, mon mari va revenir dans une heure et vous n'aurez pas la peine de faire votre soupe. » Je la remerciai comme je devais et j'acceptai avec plaisir, car elle avait l'air d'une bonne femme, et les enfants tournaient autour de mon sabre-baïonnette et de mon chassepot comme autour de deux friandises.

« Le mari vint à son tour, comme elle l'avait dit, et tout de suite on se mit à table. Ce n'était pas, tu peux m'en croire, un dîner à quatre services, quoique la bonne dame y eût ajouté quelque chose à cause de moi, mais le vin était terriblement bon, et je voudrais bien que vous en eussiez de pareil dans le faubourg Saint-Antoine ; après ça, comme dit souvent mon père, on ne peut pas tout avoir.

« Le fabricant ne faisait du reste que remplir mon verre et m'engager à le vider pour pouvoir le remplir encore.

« C'était un petit homme pâle, à figure énergique qui avait dû se battre toute sa vie contre la pauvreté, et qui allait finir par la vaincre. Moitié artisan, moitié artiste, il avait beaucoup travaillé, et il savait beaucoup de choses en dehors de son métier. Même je soupçonne qu'il avait autrefois vu le feu et fait partie de quelque société secrète ; il m'en dit quelques mots, et je vis qu'il avait dû se trouver sur quelque barricade en 1848 ou 1849 ; mais sa femme lui fit signe de se taire, sans doute par égard pour moi.

« Vers la fin du dîner, qui fut bon sans être plus abondant qu'il ne fallait, il tourna sa chaise de mon côté et me demanda :

« — De quel pays êtes-vous, militaire ?

« — De Paris.

« — Ah! ah! bonne ville! et de quel côté de Paris,
sans vous commander?

« — Du faubourg Saint-Antoine.

« — Ah! ah!

« Et il se mit à rire d'une façon tout à fait aimable,
comme s'il avait eu beaucoup d'amis de ce côté-là. Puis
il ajouta :

« — Bon faubourg, le faubourg Antoine! Un pays de
républicains!

« Je n'étais pas là pour le contredire.

« Alors sa femme lui dit :

« — Ne parle donc pas politique avec M. le sergent. Tu
sais bien que dans sa partie on n'a pas le droit de parler
politique.

« Je répondis :

« — Oh! Madame, devant moi l'on peut toujours parler
politique. Nous devons obéissance à nos chefs, c'est vrai;
mais nous ne leur devons pas de rapports, Dieu merci!
L'armée française n'en est pas là.

« J'étais fâché sérieusement. Le petit homme me tendit
la main et me dit :

« — Sergent, il faut excuser ma femme si elle est prudente. J'ai passé, voyez-vous, cinq ans à Lambessa et
sur les pontons pour avoir fait ce que je croyais devoir
faire quand la République était en danger. Ma femme ne
peut pas oublier ça. Elle n'oublie pas non plus qu'en
1858, un an après notre mariage, quand l'italien Orsini
lança ses bombes devant la porte de l'Opéra de Paris,
moi qui n'étais pour rien dans l'affaire et qui n'avais
même jamais entendu le nom de ce coquin, je fus em-
poigné une seconde fois dans mon lit, mis à la chaîne et
envoyé en Afrique, où je suis resté dix-huit mois avec
dix ou douze de mes meilleurs amis. J'ai perdu en ce
temps-là la dot de 6.000 francs que ma femme m'avait
apportée en mariage, et mille écus d'économies que j'avais
amassés par mon travail. Quand je revins, ma femme
vivait de quinze sous par jour avec notre petit enfant,

l'aîné que vous voyez là, et elle n'avait pas de travail tous les jours. On n'oublie pas ces choses-là, voyez-vous, sergent; on ne les oublie pas, non, je ne les oublierai jamais, ni Bonaparte et ses sbires!

« Maman, si tu avais vu la physionomie de ce petit homme, tu aurais frémi. Il déboutonna le col de sa chemise et me montra la cicatrice d'une balle qu'il avait reçue à l'épaule, près du cou.

« — C'est encore un cadeau de ce Badinguet, dit-il, ça et un coup de baïonnette dans la cuisse au mois de juin 1849. Ah! s'il passait jamais à ma portée, je n'irais pas, moi, comme Orsini, lui jeter des bombes au risque de tuer ou blesser cent personnes qui ne m'auraient fait aucun mal, mais il n'y gagnerait rien, je vous assure, sergent!

« Sa femme lui fit signe une seconde fois de se taire, et moi-même j'aimais mieux parler d'autre chose. Alors il me demanda :

« — Et chez vous, sergent, dans votre régiment, qu'est-ce qu'on pense de la guerre?

« Je répondis en riant :

« — Nous ne pensons rien; nous ne sommes pas faits pour penser à ça, mais pour nous battre.

« — Et vous avez bien raison, dit la femme, toujours prudente.

« Alors pour voir le fond de la pensée du mari, je demandai :

« — Mais vous, les Lyonnais?...

« — Nous! Eh bien! nous n'en voulons pas. Pourquoi en voudrions-nous? Est-ce que l'on nous a consultés? Est-ce que nous savons pourquoi l'on se bat? Est-ce que, si nous donnions notre avis, on le suivrait?... Jamais de la vie! Tout ce que nous pensons, c'est de faire des vœux pour que vous soyez vainqueurs et pour que Badinguet soit tué dans la mêlée. Mais il s'en gardera bien! Il a bien trop de soin de la chemise de peau que sa mère lui a cousue le jour de sa naissance. Il est né vaillant mais prudent, celui-là, comme tout ce tas de Bonaparte, dont le plus fameux a déserté trois fois son armée (en Egypte, en Russie, à Waterloo). Il fait bien battre les autres; mais quant à se battre lui-même, serviteur, ce n'est pas son affaire, il se conservera pour l'Etat, pour sa femme, pour son petit... Et dire que Dieu met trente-huit millions d'hommes dans la main d'un Balinguet!

« A la fin, le petit homme leva son verre en disant :

« — Je bois à vos victoires et à votre heureux retour, sergent!

« Je trinquai avec plaisir, comme tu peux croire, et la femme trinqua aussi, et les petits trinquèrent en criant :

« — Vive la République!

« Ce qui ne m'étonna pas trop, car je me doutais bien de ce que pouvaient leur enseigner le père et la mère. Le père surtout n'en faisait pas mystère.

« Comme il vit que je riais de la plaisanterie des enfants, il se tourna vers eux et leur dit :

« — Quelle République?

« — Française, une et indivisible, répondirent ces quatre gamins. Celui qui criait le plus fort était une jolie petite fille de sept ans, blonde comme la mère, avec des yeux bleus et vifs. Celle-là sera une belle petite républicaine un jour, si elle a le temps de vivre et de grandir.

« Comme la nuit approchait, il fallut rejoindre le régiment à la gare. Je fis mes adieux à mon hôte ou plutôt, car je me regardais comme en famille, je bus une dernière fois à la santé des républicains de Lyon, qui burent à leur tour à la santé de ceux du « faubourg Antoine » comme disait le père.

« Puis, nous allâmes en Alsace, sur la frontière, rejoindre le corps de Mac-Mahon, et nous arrivâmes l'avant-veille de Reichshoffen.

« Maman, tu as dû voir dans tous les journaux le récit de ce que nous avons fait ce jour-là, — quarante mille contre cent vingt mille Prussiens et autres Allemands de toute espèce. Ce que j'ai fait, moi, peut se dire en deux mots.

« L'affaire commença pour nous à dix heures du matin. Les premiers boulets et les premiers obus tombèrent sur nous comme la grêle. On ne voyait pas l'ennemi. On n'entendait que le canon... Alors, nous nous mîmes à tirer au juger avec nos chassepots. Puis de longues masses noires s'avancèrent de notre côté et nous ne tirâmes plus au juger mais dans le tas. J'espère que nous ne fûmes pas trop maladroits. Les vieux soldats visaient tranquillement pour ménager leurs cartouches. Les jeunes tiraient plus vite comme des chasseurs qui n'ont pas l'habitude du gibier. Je crois que nous fîmes les uns et les autres de bonne besogne ; mais tout ça ne servit à rien. Il y avait trop de Prussiens. Trois contre un, ce n'est pas raisonnable.

« Vers la fin de la journée, quand la bataille fut perdue, le colonel vint à nous et me dit :

« — Sergent Mercier, que faites-vous là ?

« — Mon colonel, je rectifie le tir de mes hommes, ils tirent presque toujours trop haut.

« Il me regarda en riant, — mais d'un rire enragé, furieux,— comme on en a quand on vient d'apprendre tout à coup que le père, la mère et la sœur viennent de se noyer le même jour, et il me dit :

« — Continuez, Mercier ; vous partirez le dernier...

(En effet, la retraite était commencée depuis longtemps.)

« ..... Et si nous nous retrouvons un de ces jours, j'aurai soin de vous.

« — Merci, mon colonel.

« Mais il n'eut pas le temps de remplir sa promesse. Cinq minutes après il fut tué d'un éclat d'obus.

« Enfin la nuit vint tout à fait. Nous étions au coin d'un petit bois, quatre hommes et moi. Les Prussiens en faisaient le tour et allaient nous prendre par derrière. Alors, comme il ne restait plus une seule troupe en li-

gne, nous courûmes pour rejoindre l'armée française. On
tirait sur nous de tous côtés. Un seul tomba, un nommé
Pirard, d'Amiens ; les autres rentrèrent dans les rangs,
le surlendemain, avec moi. Le chef de bataillon m'avait
vu faire avec mes hommes toute la journée ; il en rendit
témoignage, et m'a promis que j'aurais la croix aussitôt
qu'on pourra y penser.

« Voilà, chère maman, ce qui s'est passé de mon côté
à Reichshoffen. Le lendemain, nous dînâmes mal, et
nous ne soupâmes pas du tout. Depuis ce temps nous
faisons des marches, des contre-marches, nous marchons sur Paris, nous revenons sur Metz, nous retournons sur Châlons, sur Reims. Je crois que nos chefs ont
perdu la tête. Napoléon III se traîne à notre suite ou plutôt on le traîne, ce qui n'est rien, mais il fait porter avec
lui toute sa batterie de cuisine, ses domestiques, sa provision de vins et tout ce qui est nécessaire à un grand
empereur pour voyager commodément.

« J'ai vu tout ça l'autre jour ; ça faisait plus de quarante wagons.

« Pendant ce temps l'artillerie traîne ses canons
comme elle peut dans la Champagne, et nous avons sur
le dos soixante livres d'armes, de tentes, de munitions,
de provisions ou de bagages, sans compter la cavalerie
prussienne qui nous suit, et qui sabre les traînards.

« Un moment nous avons cru qu'on allait revenir sur
Paris en s'arrêtant à Châlons. Tout le monde était presque content et moi plus que tous les autres. Nous
aurions eu Paris derrière nous et avec nous, les Prussiens en face, nous aurions pu nous reposer deux ou
trois jours et livrer une belle bataille. Cette fois nous
aurions eu toutes les chances pour nous.

« Mais non, Badinguet ne veut pas venir à Paris. Il a
peur d'être mis à la porte à coups de balai.

» De sorte que, pour lui épargner cet affront, il faut
que nous allions au hasard, je ne sais où, c'est de là que
je date ma lettre.

« Quand vous la recevrez, il y aura peut-être du nou-
eau.

« Adieu, maman, je t'aime de tout mon cœur. Adieu,
ıa petite Nini. N'oubliez pas l'une et l'autre votre

« SÉBASTIEN. »

XXVII

Tu viens de voir la première lettre de Sébastien ; tu
ras bientôt la seconde, qui nous a fait pleurer assez
ngtemps maman et moi.

En attendant, les malheurs arrivaient en troupe les
ıs derrière les autres. Pendant que les ministres, les
nateurs et le gouvernement racontaient que tout était
paré, que nos armées étaient sur pied, que celle de Ba-
ine venait de Metz sur Paris, que celle de Mac-Mahon
lait de Châlons sur Metz, que les Prussiens allaient
re pris entre deux feux pendant que le vieux Palikao
sait à la tribune que les Parisiens illumineraient
les Parisiens pouvaient savoir ce qu'il savait, lui, et
voulait pas dire, un soir arriva la terrible nouvelle de
dan.

Alors tout le monde cria :

— Puisque c'est ainsi, puisque Badinguet s'est rendu,
ısqu'il a livré avec lui quatre-vingt mille Fran-
ıs, ce qui ne s'était jamais vu depuis que la France
; France, qu'il ne rentre jamais ici, ni lui ni les
ıns ! qu'il aille lécher les bottes du roi de Prusse ! Et
us, vive la République ! Nous n'avons plus d'armée,

nous n'avons plus d'empereur, c'est à nous de no
défendre !

C'est comme ça, papa, que la République fut procl
mée le lendemain. Il n'y eut pas un coup de fusil, pas
coup de poing, rien !... J'allai avec maman et M. Fri
sur le boulevard pour voir la fête, car au milieu de n
malheurs épouvantables, c'était comme un soulagem
de retrouver la vieille République.

— Vous verrez, disait M. Fritot, vous verrez comme
France va se lever en masse, et quelle armée Paris
fournir ! Qu'on nous donne seulement des armes !

Vers deux heures après-midi, cent mille Parisie
s'en allaient au Corps législatif. Je suivais le mond
comme on dit, avec maman. Un bataillon de jeunes so
dats traversa la foule. On l'envoyait au Corps législa
pour tirer sur le peuple ; mais tout le monde leur do
nait des poignées de main, leur parlait, leur criait : Vi
la République ! Et eux aussi criaient presque aussi fe
que nous et aussi gaiement. On chantait la *Marseillai*
on s'embrassait (je veux dire les hommes entre eux) ;
jeune soldat qui donnait des poignées de main à tout
monde et qui n'avait pas encore de barbe, s'avança mêr
vers moi en disant :

— Oh ! la jolie petite citoyenne ! Je l'embrasserais bi
si elle voulait !

Mais maman se mit en travers et me ramena à
maison.

Ce jour-là, comme tu vois, fut tout à fait joyeux.
soir, on nous raconta que l'impératrice s'était sauv
en fiacre avec un ambassadeur de ses amis et ses di
mants, mais personne n'y fit attention.

Nous avions bien d'autres affaires, comme dis
M. Fritot.

Le reste, tu l'as vu dans les journaux ; mais le lend
main il fallut penser aux Prussiens qui marchaient s
Paris au pas accéléré.

Entre temps Raphaël était revenu à Paris avec les m

biles du camp de Châlons. Si je fus contente de le revoir, tu peux l'imaginer. Avec toi, Sébastien et lui, nous aurions été tous réunis et rien n'aurait manqué à mon bonheur.

Ce n'est pas pour rire que je parle de « mon bonheur.» Je t'assure, papa, que beaucoup de Parisiens étaient comme moi. A Wissembourg, à Reichshoffen, on avait été battu, c'est vrai, mais parce que l'ennemi était trois fois plus nombreux; mais ici, à Paris, c'était impossible. Les Parisiens seraient là d'abord, et avec eux la France entière. Voyons, franchement, à moins de trahison, la France pouvait-elle être vaincue?

Raphaël me disait :

— On peut perdre une, deux, trois, dix batailles, mais on gagne la onzième, la douzième, la vingtième, et cela suffit. On n'a plus qu'à pousser devant soi et mettre l'ennemi dehors.

Ah ! si j'étais à la place du général Trochu!

Et comme le père Fritot disait :

— Tous nos canons sont à Metz.

— On en fondra, répondit Raphaël.

— On n'a pas de forges.

— On en construira.

— On n'a pas de fusils.

— On en forgera.

— La garde nationale n'est pas exercée.

— On l'exercera.

— Nous n'avons pas d'uniformes.

— On en fera.

— Nous n'avons de vivres que pour un mois.

— Nous ne nous laisserons pas assiéger et dans un mois nous aurons ramené les Prussiens au pied des Vosges.

— Mais presque tous nos généraux sont prisonniers.

— On prendra des colonels et, s'il le faut, des sergents pour en faire des généraux. Masséna n'était qu'un sergent, Soult aussi, Hoche aussi, Jourdan aussi, Brune aussi et tous ceux qui commandèrent et qui vainquirent au temps de la première République. Pourquoi nos sergents d'aujourd'hui ne vaudraient-ils pas ceux du temps passé?

Alors M. Fritot fut forcé de baisser pavillon, et d'avouer que les jeunes gens valaient bien leurs grands-pères, à condition pourtant qu'on fît un choix, et qu'on ne prît pas le premier venu.

Un soir Raphaël vint nous chercher en uniforme pour nous faire plus d'honneur.

— Je viens pour vous conduire au spectacle, dit-il.

Maman se leva indignée :

— Au spectacle! quand mon mari est absent, quand mon fils est peut-être en ce moment...

Raphaël l'interrompit...

— Madame Mercier, ne vous fâchez pas. D'abord Sébastien se porte bien, j'en suis sûr. Il a trop d'esprit pour s'être laissé tuer ou prendre à Sedan.

Cet éloge qu'il faisait de l'esprit de Sébastien calma un peu maman.

Tu sais, quand on veut la flatter, on lui dit du bien de mon frère.

— .... D'ailleurs, ajouta Raphaël, ce n'est pas un amusement que je vous propose, oh! non, du moins, c'est un amusement sévère, de l'espèce des sermons qu'on prêche à Notre-Dame en carême, et qui font dormir une moitié de l'assemblée et ronfler l'autre moitié. D'ailleurs, si vous ne sortez jamais, Nini va s'ennuyer; elle séchera, elle maigrira...

« Maman fut si émue de la pensée de me voir sécher et maigrir, qu'elle demanda :

« — Enfin, où est-il votre spectacle sévère?

« — Au théâtre de ***, dit Raphaël. Il y a une foule de messieurs très-savants qui ont promis de dire des choses savantes sur le siége. Après eux, il y aura des avocats très-éloquents qui parleront pendant six heures de suite sans s'arrêter, ensuite...

Raphaël en dit tant que maman promit d'y aller le soir même avec moi.

Il avait raison, Raphaël. La salle était pleine jusqu'aux bords. Il y avait des gens sur la scène, — les orateurs d'abord, qui n'étaient pas moins de quarante ou cinquante, — sans compter ceux qui se préparaient à interrompre dans la salle, — puis les gens d'importance, tu sais, papa, ces gens qui ont toujours une cravate blanche, un ruban à la boutonnière et un air si grave et si solennel.

Il y avait aussi, et c'était le plus grand nombre, des gens qui entraient là, comme nous, parce qu'ils ne savaient que faire de leur soirée; ceux-là étaient en redingote, en blouse, en habit de travail.

Enfin, et je puis dire que c'était plus amusant que tout le reste, on y voyait des centaines de dames et de demoiselles comme aux premières représentations; et ce qui fait qu'on espérait bien ne pas s'ennuyer, c'est que chacun comptait jouer son rôle dans la pièce qu'on allait représenter. Les spectateurs peuvent bien s'endormir au spectacle, mais les acteurs ne s'endorment jamais.

Il était huit heures du soir et la salle était déjà pleine quand nous entrâmes, mais Raphaël trouva moyen de nous faire placer dans une belle loge que deux dames, très-grosses et très-grasses remplissaient déjà. L'une était, comme nous l'apprîmes par sa conversation, la femme de l'un des orateurs, l'autre était sa sœur.

Maman et moi, nous nous plaçâmes modestement derrière ces deux dames, et Raphaël, plus modeste encore, se tint debout sur un pied pendant toute la cérémonie. Il dit même qu'il était tout à fait à son aise, plus à son aise que quiconque.

Trois gros messieurs étaient assis devant une table et attendaient le moment de commencer. Celui du milieu était un avocat. Il tenait une sonnette à la main et ne cessait de sonner que pour parler. Du reste, il souriait à tout le monde, faisait de la main un geste d'amitié aux

dames de sa connaissance et paraissait très-content de
lui-même, mais pas méchant du tout.

Celui de droite était un pasteur protestant. Celui de
gauche était je ne sais qui, mais les deux dames nous
dirent qu'il parlait partout, continuellement et très-
bien.

Enfin, on commença.

L'avocat du milieu se leva, fit un gracieux sourire et
dit qu'il allait parler de la défense de Paris et donner ses
idées sur la question.

Il dit que Paris était une grande ville...

On applaudit.

Une ville admirable...

On applaudit.

Une ville sans pareille...

On applaudit.

Une ville remplie de monuments...

On applaudit.

Et de monuments païens aussi bien que chrétiens...

On applaudit.

Que c'était la patrie des arts..

On applaudit.

Des lettres...

On applaudit, et Raphaël ajouta tout haut :

— Et des avocats.

Ce qui fit rire tout le monde.

— Goujat! dit l'une des dames qui se trouvaient devant
nous dans la loge. C'était, je crois, la femme de l'avocat.

Je regardai Raphaël en riant. Il riait aussi et demanda
poliment à la dame qui l'avait appelé goujat :

— Madame, avez-vous besoin de mes services?

Elle ne répondit pas, mais elle devint rouge de colère
et agita son éventail.

L'avocat continua.

Il dit que le peuple était comme la ville, un peuple
admirable, unique dans la nature, plein de courage,
d'esprit, de génie, d'invention et de vertus de toute espèce.

On applaudit encore.

Il ajouta que jamais, dans les temps anciens ou modernes, on n'avait vu une pareille nation, une République aussi éclatante...

— C'est ça, vive la République! cria Raphaël qui voulut se venger d'avoir été appelé goujat.

La dame alors se pencha vers sa voisine et lui dit assez haut pour être bien entendue :

— Ah! ma chère, quelle idée nous avons eue de venir nous fourrer ici!

— Madame, répliqua Raphaël, si vous voulez sortir, la porte est ouverte. Ne vous gênez pas !

Et en effet il tourna le bouton. La porte de la loge s'entr'ouvrit. Mais les dames ne voulaient pas sortir. Au contraire, il leur plaisait de rester pour nous faire enrager. A elles deux, elles tenaient autant de place que quatre et leurs grands chapeaux à plumes nous cachaient la vue de la salle.

Pendant ce temps, l'avocat continuait toujours de parler.

Maman bâillait de toutes ses forces et commençait à s'endormir; moi je pensais à toi, à Sébastien, à Raphaël, aux Prussiens; à Top, mon bon chien Top, qui ne parlait pas tant, mais qui se faisait bien mieux entendre et comprendre de tout le monde.

A la fin, Raphaël dit :

— Ce n'est pas un avocat, ça ; c'est un robinet dont le ressort est cassé ; on ne peut plus l'arrêter.

La grosse dame agita son éventail plus furieusement encore, et dit d'un air superbe :

— Monsieur, sachez que mon mari...

Raphaël prit un air étonné.

— C'est votre mari, ce monsieur ? Pardonnez-moi, Madame. Je ne savais pas. Si je l'avais su, je n'aurais pas parlé. Il est très-bien, votre mari, Madame. Il a une forte platine, une platine comme on n'en voit guère. Qu'en dites-vous, Madame Mercier ?

Maman ne répondit pas. Après avoir longtemps essayé d'ouvrir les yeux sinon les oreilles, elle commençait à dormir comme dans son lit.

Raphaël, voyant ce doux sommeil, lâcha les deux grosses dames, et profitant de ce que je ne le voyais pas, et de ce que ma main pendait le long de ma chaise, la baisa si tendrement que je fus obligée de changer de place pour ne pas causer de scandale, et pour réveiller maman qui ouvrit enfin un œil et demanda :

— A-t-il fini, l'avocat ?

Raphaël répondit que non et qu'il n'en était qu'à des considérations générales : mais au même instant quarante ou cinquante de ceux qui attendaient leur tour de parole, commencèrent à murmurer d'abord, puis à crier de toutes leurs forces :

— La clôture ! la clôture !

Sur l'air des lampions.

L'avocat voulut parler encore, mais ses deux compères, le pasteur protestant et l'autre lui firent signe de s'arrêter et que le public en avait assez.

Alors le pasteur protestant invoqua l'aide et l'appui du Seigneur et nous dit aussi de bien belles choses sur le ciel et sur la terre, sur la justice divine, sur les Prussiens qui étaient nos frères en Jésus-Christ...

— Non ! non ! cria la foule.

Il reprit avec plus de force :

— Ce sont nos frères, mais des égarés qu'il faut ramener à la paix et à la lumière, qu'il ne faut point haïr, mais qu'il faut combattre, sur qui la parole du Christ a passé comme le vent sur une terre déserte sans pouvoir laisser derrière elle la moindre semence.

Je crois qu'on bâillait encore plus que pour l'avocat ; mais comme il avait l'air plus grave et qu'on écoute toujours mieux les prêtres on ne l'interrompait pas.

Alors il dit qu'un jour viendrait où la lumière divine éclairerait toute la terre, les barbares et les civilisés, où toutes les lois seraient justes, où tous les hommes se-

ient bons, où toutes les femmes seraient pieuses et se-
tient l'ornement de leur foyer, où l'on aurait toutes les
bertés, et, ce qui serait meilleur encore, où l'on n'au-
uit pas besoin d'en faire usage, la liberté n'étant au fond
ue la révolte contre la tyrannie.

Il dit que nous serions tous si savants que nous re-
ionterions à l'origine des choses, que nous saurions le
pourquoi » de tout, et le « pourquoi » de Dieu lui-
iême.

Quand il eut parlé cinq quarts d'heure et avalé une
emi-carafe d'eau sucrée, il s'essuya le front avec son
iouchoir, regarda la salle et dit :

— Ceci était mon premier point. Mais voici le second !

Il allait continuer lorsque, tout à coup, Raphaël, qui de-
iis un moment ne donnait pas signe de vie, s'accrocha
stement par les mains au rebord de l'avant-scène des
remières où nous étions assises, et sauta sur la scène
rec l'adresse et l'agilité d'un singe.

Il tomba sur ses pieds, plia les jarrets, se releva debout
s'avança vers la table devant laquelle le pasteur pro-
stant pérorait toujours.

Tout le monde se mit à rire et applaudit à ce tour de
rce.

Lui, sans s'émouvoir, demanda la parole :

— Mais, dit le président du bureau, il me semble que...

Et il allait faire des difficultés. Le pasteur protestant
iulut continuer son discours, mais tout le monde cria :

— Non, non ! C'est à l'autre de parler !

Alors le président demanda :

— Votre nom ?

— Raphaël, ouvrier ébéniste.

Si tu avais vu, papa, de quel air il dit ces simples
ots, tu aurais été ébloui. Raphaël avait l'air simple,
in enfant, à l'aise comme chez lui, et avec cela, une pe-
te pointe de fierté qui faisait le plus bel effet du monde.

On cria de tous côtés :

— Bravo, Raphaël ! La parole est à Raphaël ! Alors il

salua légèrement comme pour remercier l'assemblée e
reprit:

— Oui, Raphaël, en temps de paix ouvrier ébéniste, an
cien sergent du 26ᵉ de ligne, et maintenant, sergent dan
les mobiles de la Seine! Je n'ai pas appris à parler comm
les deux citoyens que vous venez d'entendre, mais j'a
quelque chose à dire, et je vous prie de m'écouter; ça n
sera pas long.

— Bravo! bravo!

— Raphaël, tu me plais! cria quelqu'un du parterre.

Il me plaisait bien davantage à moi, mais je n'osais pa
le dire.

Maman me dit:

— Je crois entendre Sébastien.

Ce qui est le plus grand éloge qu'elle ait jamais fai
de qui que ce soit.

Raphaël continua:

— Nous ne sommes pas ici pour parler et pérorer, mai
pour chercher le moyen de battre les Prussiens qui seron
à portée de canon dans trois ou quatre jours... Voyons
d'abord ce qu'on a préparé pour la défense de Paris, car
ce n'est pas avec des mots, c'est avec des boulets et des
balles qu'on va se battre. Nos forts sont-ils bien armés

L'avocat, qui voulait prendre sa revanche, l'interrompit solennellement:

— Monsieur, on peut s'en fier à la capacité éprouvée e
au patriotisme du général Trochu.

Cette réponse eut l'air de contenter tous les gens qui
avaient une cravate blanche dans la salle.

L'un d'eux cria même:

— Vive le général Trochu!

Alors Raphaël se tourna vers celui qui avait crié et
dit:

— Nous aurons le temps de crier « vive Trochu! »
quand il aura battu les Prussiens et sauvé la patrie!

— Bravo! Bravo!

Tout le monde l'applaudissait.

Il ajouta :

— Jusque-là, nous n'avons qu'un seul cri à pousser :
Vive la République!

Cette fois, toute la salle, moins les cravates blanches
et les deux grosses dames qui occupaient le devant
de notre avant-scène, — applaudit de nouveau et fit
un tel tapage qu'on se serait cru dans une bataille
rangée. Je ne sais pas si l'on aurait entendu le bruit des
canons.

Alors il fit signe de la main et, quand le silence fut
rétabli, continua :

— Je sais qu'on n'a pas fait tout ce qu'on devait faire
et que les canons manquent.

— Il y en a dans toutes les embrasures, dit quelqu'un.

Mais Raphaël ne se déconcerta pas. Il dit :

— Nous avons des canons de rempart; mais ce n'est
pas de ceux-là que je parle. Ce n'est pas avec de grosses
pièces de marine qu'on peut livrer bataille, excepté dans
un assaut. Il nous faut des canons de campagne, des
canons légers, rayés, se chargeant par la culasse.

— Et pourquoi faire? demanda l'un des membres du
bureau, celui qui n'avait pas encore parlé. Est-ce que
nous avons besoin d'aller en campagne? Nous défendons
Paris et nous attendrons dans Paris l'arrivée des armées
de secours qui vont venir de la province.

Toutes les cravates blanches firent des signes de tête
approbateurs.

Mais Raphaël lui répliqua :

— Oui, citoyen, nous comptons faire campagne.
Pendant que la garnison des forts gardera la ville,
pendant que vous, citoyen, vous garderez le rempart,
nous irons, nous, au-devant de l'ennemi, nous forcerons
le passage et nous donnerons la main aux armées de
province.

— Bravo! cria la foule.

— Mais pour faire une sortie, battre les Prussiens et
les poursuivre, dit Raphaël, il faut avoir des canons de

campagne, des chassepots, des cartouches. Avons-nous
tout cela?

Le président dit d'une voix grave :

— Le général Trochu a son plan. Fiez-vous au général
Trochu !

Alors Raphaël répliqua :

— Lebœuf aussi avait son plan avant Reichshoffen et
Wissembourg. Napoléon III avait son plan avant Sedan.
Bazaine aussi peut-être a son plan, car il ne sort pas de
Metz et il a laissé écraser nos camarades à Sedan. Dé-
fiez-vous, citoyens, des généraux qui ont leur plan et qui
ne font rien.

— Le général Trochu est un loyal soldat! dit l'avocat
d'une voix éclatante.

Raphaël répondit :

— Je n'accuse pas Trochu. Je n'accuse personne; je
fais seulement des questions. Il y a quatre cent mille
Parisiens en état de porter les armes, et qui tous donne-
raient leur vie pour sauver la patrie...

On cria :

— Oui, tous! tous!

— Sur ce nombre, continua Raphaël, deux cent mille
suffisent pour garder les forts et les remparts, que d'ailleurs les braves artilleurs de la marine suffiraient presque à garder seuls. Les deux cent mille autres, aidés des
mobiles et des soldats de l'armée régulière, peuvent
former deux armées. Aussitôt que les Prussiens auront
investi Paris, que l'une de nos deux armées force le passage
du côté de l'est et l'autre vers le midi, le même jour, à
la même heure.

L'une suivra la vallée de la Marne, et l'autre la vallée
de la Seine. Toutes deux se rejoindront sur les derrières
de l'ennemi... Pendant ce temps, si Bazaine a du cœur,
il sortira de Metz avec son armée, qui est presque toute
composée de vieux soldats et qui ne demande qu'à se battre, elle l'a bien montré à Gravelotte et à Saint-Privat.
Il coupera la ligne de communication des Prussiens et

eur fermera la route de l'Allemagne, pendant qu'avec
l'aide des armées qui vont venir de province, nous leur
tordrons le cou du côté de Versailles et nous les pousse-
rons dans la Seine.

— Voilà un plan de campagne, celui-là ! cria quelqu'un
tu parterre.

D'autres disaient :

— Il a du bon sens, ce sergent !

— Il devrait être général !

— Oui, mais les vieilles épaulettes n'en voudront pas !
Elles n'avoueront jamais qu'un sergent peut être un aussi
habile homme qu'un maréchal de France.

Alors un de ceux qui voulaient parler, jaloux du succès de Raphaël, demanda :

— Mais, si nous sommes battus?

Raphaël se mit à rire et répondit :

— Si nous sommes battus, nous rentrerons dans Paris,
Gros-Jean comme devant, et nous monterons tranquillement notre garde sur le rempart en attendant l'arrivée
les secours de la province.

Et enfin si ça arrive (car tout arrive) et si Trochu n'est
pas plus habile que Frossard, Leboeuf, Failly et tant
d'autres, il faut nous préparer pour un long siége,
car les provinciaux n'ont pas de chassepols, pas de
canons, pas d'officiers, tout est enfermé à Metz et à
Strasbourg, ou a été pris à Sedan. Avant qu'ils aient
trouvé ce qui leur manque, Paris peut mourir de faim.
C'est là le danger. Je n'ai pas peur que les Prussiens
nous prennent d'assaut. ils ne sont pas de force contre
ce peuple de Paris !

— Non! non! cria le public.

Raphaël avait tous les succès. Je riais, je l'applaudis-
sais, j'en étais fière; j'aurais voulu que tout Paris sût
qu'il était à moi pour faire envie à toutes ces belles dames qui étaient là, mieux habillées et surtout plus riches que moi.

Il continua :

— Qu'est-ce qu'on a fait pour approvisionner Paris? Qu'est-ce qu'on a préparé pour nourrir deux millions d'hommes? A-t-on de la viande, du pain, du vin?

— On ne peut cependant pas, — dit une cravate blanche avec des lunettes d'or, — non, l'on ne peut pas faire paître des troupeaux de bœufs et de moutons dans les rues de Paris, ni les loger au quatrième étage dans les maisons.

Trois ou quatre cravates blanches à lunettes d'or se mirent à rire tout haut pour encourager celle qui avait parlé; mais le peuple ne dit rien.

Maman me souffla tout bas :

— C'est vrai, pourtant, le pain va bientôt manquer. Comme j'attendais toujours le retour de ton père, je n'ai pas fait d'approvisionnement de farine.

Quant à Raphaël il répliqua :

— On ne peut pas avoir de viande fraîche pour plus d'un mois; mais on pouvait acheter de la viande salée pour un an. Le bœuf salé, le petit-salé, le jambon devraient abonder dans les magasins du gouvernement; la farine aussi, les pommes de terre, le fromage. Eh bien, nous n'avons de tout cela que pour trois semaines au plus... Mettons deux mois si vous voulez. On devrait en acheter pour un an. L'a-t-on fait?

— La sagesse du général Trochu a tout prévu, dit le pasteur protestant.

Raphaël se mit à rire et leva les épaules. Il répliqua :

— Si le général Trochu a tout prévu, tant mieux: on n'aura jamais vu d'homme de sa force. Mais s'il a oublié quelque chose, on le lui rappellera.

— Enfin, qu'est-ce que vous proposez? demanda l'avocat qui avait parlé au commencement de la séance.

— Je propose, dit Raphaël, de désigner un comité de trois personnes qui seront chargées de rédiger les résolutions de l'assemblée, de les lui communiquer et de les apporter ensuite au général Trochu.

— Vous serez des trois? demanda l'avocat en ayant l'air

de se moquer de lui, petit sergent qui voulait parler à son général.

Mais Raphaël, sans se déconcerter, lui répondit :

— Si c'est la volonté du peuple...

Tout le monde, excepté les cravates blanches, cria :

— Oui, oui, nous le voulons. Raphaël d'abord !

Ensuite, comme on ne se connaissait pas beaucoup dans l'assemblée, on nomma au hasard deux membres du bureau, les seuls vraiment connus, et encore ne l'é-taient-ils que comme bavards. Ce furent le pasteur et l'avocat.

Ensuite, comme il était onze heures du soir et que les bons bourgeois avaient envie de dormir, on leva la séance et nous allâmes nous coucher.

Sur la route, maman dit à Raphaël :

— Vous avez très-bien parlé.

Il me regarda et répondit simplement :

— Je crois que c'est Mlle Nini qui m'a inspiré.

Pour sa politesse, il eut la permission de m'embrasser pendant que maman sonnait à la porte d'entrée de la maison. Je crois bien que maman le vit, mais elle n'en fit pas semblant.

Pour lui, il retourna au pas accéléré vers son bastion du côté de Vincennes.

XXVIII

C'est le 14 septembre que j'eus le plaisir d'entendre Raphaël faire des discours en public et raconter aux Pa-risiens de quelle manière le général Trochu devait s'y prendre pour sauver la patrie.

Je n'ai pas besoin de te dire, papa, combien j'approuvais son plan de campagne et toutes les belles choses qu'il avait dites. A déjeuner, je demandai à maman si elle avait fait ses provisions de jambon, de fromage, de farine et le reste.

— Pourquoi faire? dit maman en me versant à boire.

— Pour soutenir un siége, maman.

— Es-tu folle? Est-ce qu'on peut nous assiéger? Est-ce qu'on assiége une ville comme Paris? Tu crois tout ce que dit ce Raphaël, et il ne dit que des sottises. Ce garçon-là te tournera la tête.

— Mais, maman, s'il avait raison?

Au même instant M. Fritot entra, suivi de « mame Pindré » et maman demanda leur avis.

M. Fritot répondit que Bazaine arrêterait les Prussiens devant Metz ou les suivrait par derrière jusqu'à Paris, ou ce qui serait mieux les tromperait par une feinte, s'engagerait en Allemagne et marcherait sur Berlin pendant que les Allemands marcheraient sur Paris.

« Mame Pindré » dit que son homme avait dit (et il s'y connaissait, ayant servi dans les zouaves du temps de la guerre de Crimée) que les Prussiens ne tiendraient pas trois jours devant Paris, pourvu seulement qu'on voulût avoir un peu de nerf et que les bourgeois ne tinssent pas trop « à leurs cambuses. »

— Pour ce qui est de moi, répliqua M. Fritot, je ne tiens pas à ma cambuse, vu qu'elle n'est pas à moi, mais à mon propriétaire; pour ce qui est de ma femme et de mes enfants, j'y tiens, et Guillame peut venir avec Moltke et Bismarck, je les attends de pied ferme. Voilà déjà huit jours que je fais l'exercice, et je commence à être d'une bonne force sur la charge à quatre temps, charge à volonté avec mon fusil à piston de garde national. Ça ne vaut pas le chassepot, c'est vrai; ça ne porte pas si loin ni si juste; mais à cent pas, ça touche encore son homme avec la balle, et à deux pas, ça le démolit avec la baïonnette.

— Tu vois donc bien, Nini, reprit maman, que nous n'avons pas besoin de faire des provisions comme si nous allions rester ici dix ans !

On parla encore assez longtemps des Prussiens, et M. Fritot nous quitta pour monter sa garde au bastion et faire l'exercice. Son dernier mot fut :

— Au pis aller, nous livrerons trois batailles. Nous perdrons la première ; nous tuerons trente ou quarante mille de ces Prussiens. Nous ne gagnerons pas la seconde, mais nous ne la perdrons pas non plus, et nous en tuerons cinquante ou soixante mille. Pour la troisième, nous la gagnerons, ou le diable et le bon Dieu seront tous deux de leur côté... Portez arme ! croisez... ette !... Au revoir, Madame Mercier ! au revoir, Mademoiselle Nini ! plus jolie que jamais ! Vous n'avez que cette manière de changer.

Nous causions, comme tu vois, assez joyeusement, car nous étions tout à fait sûres, maman et moi, et tous nos voisins aussi, que jamais l'ennemi n'entrerait dans Paris. Tout à coup le facteur entra dans la boutique et nous remit deux lettres, l'une de toi pour maman et l'autre à « mame Pindré » pour Raphaël.

— Ah ! sapristi ! « dit mame Pindré », je n'ai pas mes lunettes (ça voulait dire, comme tu sais, qu'elle ne lisait pas couramment l'écriture). Voulez-vous me lire cette adresse, Mademoiselle Nini ?

Moi, qui guettais la lettre du coin de l'œil, je ne me fis pas prier, et je vis sur l'adresse :

A Monsieur
Monsieur Raphaël,
ébéniste,
faubourg Saint-Antoine, 684,
au cinquième, au fond de la cour,
à gauche.

L'écriture était grosse et se lisait facilement; c'était

d'un homme qui n'avait jamais fait son métier d'écrire.

— Au cinquième, au fond de la cour, à gauche ! C'est bien ça, dit « mame Pindré. » Eh bien ! vous me croirez si vous voulez, mais c'est la première fois que mon locataire reçoit une lettre depuis bientôt trois mois qu'il est ici.

Puis elle demanda :

— Ce n'est pas d'une femme, au moins ? Oh ! non, ce n'était pas d'une femme ! Je l'avais bien vu de suite. Et même, pour dire la vérité, papa, j'en avais eu l'idée avant « mame Pindré », et c'est pour ça que je n'avais pas été fâchée de lire l'adresse moi-même.

L'écriture était bien d'un homme.

Mais « mame Pindré », qui n'est pas de ma force et ne lit pas couramment, avait un autre moyen de savoir d'où venait la lettre. Elle la flaira et dit :

— Ce n'est pas une dame. Ça sent la pipe !

Alors je regardai le timbre. C'était celui de Longjumeau.

Maman s'écria :

— C'est de M. Cerisier.

Puis, regardant de plus près :

— Il y a dessus, *pressé*.

Alors « mame Pindré » se mit en colère :

— Pressé ! Pressé ! on dirait qu'il n'y a que ces gens-là qui soient pressés ! Des gens de Longjumeau ! Si l'on a jamais vu ! Ça fait les importants ! Ça se fait valoir ! Eh bien, qu'ils portent leurs lettres eux-mêmes s'ils ont envie qu'elle arrive ! S'ils croient que je vais me déranger pour eux, ils se sont mis le doigt dans l'œil à une belle profondeur, je vous le garantis, à plus de six cent cinquante pieds au-dessous du niveau de la mer et des étoiles !

Pendant qu'elle criait, maman lisait ta lettre la première, et moi je cherchais le moyen d'envoyer la sienne à Raphaël. Tu comprends, venant de Longjumeau, la lettre devait être de M. Cerisier. Le mot *pressé* annonçait quelque malheur. Mais quel malheur pouvait-il avoir à craindre excepté la mort de sa femme qui avait été comme la mère de Raphaël? Et dans ce cas ne fallait-il pas l'avertir tout de suite ?

Je le dis à « mame Pindré » qui me regarda d'un air malin :

— Mademoiselle Nini, Mademoiselle Nini, vous vous intéressez beaucoup à M. Cerisier et à Mme Cerisier. Est-ce que M. Raphaël ?...

Et comme elle vit que maman allait finir ta lettre et peut-être l'engager à ne pas se mêler de ce qui ne la regardait pas, elle ajouta :

— Suffit! suffit! Je vais envoyer Guguste au bastion...

(Tu connais Guguste, l'aîné et le plus mal débarbouillé de ses quatre fils.)

.... Guguste y sera dans une heure avec la lettre et si c'est nécessaire M. Raphaël pourra revenir tout de suite avec la permission de son colonel, ça va sans dire.

Guguste partit avec ta lettre. « Mame Pindré » retourna dans sa loge et maman me dit :

— Tiens, lis la lettre de ton père. Elle est autant pour toi que pour moi.

Tu as peut-être oublié cette lettre, papa. La voici, telle que je l'ai sous les yeux au moment où je t'écris :

« 14 septembre 1870.

« Ma chère femme,

« Ma bonne petite Nini, joie de mes yeux,

« Je suis bien affligé des nouvelles que nous recevons tous les jours de Paris par les journaux.

« Est-ce vrai que nous avons été battus? Est-ce vrai que nous avons été livrés? Est-ce vrai que celui qui nous faisait mitrailler sur le boulevard, au 2 décembre, pendant que nous étions sans armes, s'est

rendu à Sedan avec 80.000 soldats français? Tout
le monde le dit. Je le vois et je ne peux pas encore le
croire !

« Au premier bruit qui s'en répandit dans la ville tout
le monde cria: Si c'est vrai que ce Bonaparte a fait ça,
il mérite d'être passé par les verges pendant quatre cent
mille ans, avec cet écriteau sur la poitrine !

« Lâche! lâche! lâche !

« J'allai tout de suite à Périgueux. Plus de six mille
personnes étaient sur la grande place, où l'on voit la
statue du maréchal Bugeaud.

« Là, nous apprîmes tous les détails de la chose. On
nous dit qu'après les premières défaites il s'était sauvé
avec ses bagages, ses malles, ses caisses, ses coffres-forts,
ses camions, ses millions, ses wagons; qu'ensuite il
avait couru d'une station à l'autre comme un lièvre poursuivi par les chiens, qu'on le voyait toujours entouré de
ses cuisiniers, de ses valets de chambre, de son état-major, qu'il avait conduit l'armée française dans un trou
profond à Sedan, entre deux armées allemandes, que pendant qu'on se battait sur la côte et que nos malheureux
soldats se faisaient tuer comme des braves qu'ils ont
toujours été et qu'ils seront toujours, il déjeunait, lui, à
la sous-préfecture et prenait, comme dit l'autre :

> Du courage
> Pour nos gens qui se battaient.

« On nous dit encore qu'il avait fait honneur au déjeuner, qu'ensuite il avait allumé sa cigarette et qu'il était allé
voir la bataille, et que voyant les boulets venir jusqu'à lui, il était rentré dans la sous-préfecture et qu'il
avait demandé à capituler malgré le brave Wimpfen,
qui ne voulait pas capituler, lui, mais passer au travers
de l'ennemi, le sabre en main, au risque de tout ce qui
pourrait arriver, car rien n'est pire que le déshonneur.

« Voilà ce qu'un vieil officier retraité nous disait sur la place en lisant son journal, et il ajoutait:

« — J'ai quatre-vingt-trois ans. J'ai fait ma première campagne en Prusse sous l'autre. J'ai vu Iéna où nous étions vainqueurs. J'ai vu Waterloo où nous avons été vaincus. J'ai vu des batailles où l'on abattait à coups de fusil, de sabre et de canon, près de cent mille hommes en un jour; mais, tonnerre de Dieu! je n'ai jamais vu une armée de quatre-vingt mille Français livrée par son général et son empereur comme celle-ci l'a été!... Et dire que c'est le neveu du grand homme!...

« — A bas Bonaparte! Vive la République!

« Alors le vieux s'écria:

« — Oui, Vive la République! Je ne l'aimais pas auparavant! J'aimais mieux Napoléon, l'ancien, le vrai. Mais j'avais tort. Est-ce que les neveux de ces gens-là leur ressemblent? L'autre était un aigle! Celui-là, c'est un chapon!

« — Et il faut le truffer! dit un voisin.

« Il y eut un nouveau cri: Vive la République!

« Moi, pendant ce temps, je rentrais à mon hôtel pensant à part moi:

« Où est Sébastien?... Il était dans l'armée de Mac-Mahon; mais Mac-Mahon est mort à Sedan ou prisonnier. Qu'est devenue l'armée? Un Bonaparte capitule et se rend, c'est bien naturel; il ne pense qu'à sauver sa peau; mais Sébastien s'est peut-être fait tuer, lui. Sa peau n'est pas une peau de prince ou d'empereur; c'est une peau de sergent. Le prince qui a des palais et des millions pense à sauver ses millions et ses palais; mais le sergent qui n'a que de l'honneur tient à sauver aussi ce qu'il a. Malheureux enfant! Il se sera fait tuer peut-être.

« Et voilà dix jours que j'écris de tous côtés pour avoir des nouvelles de Sébastien... Est-il blessé? Est-il prisonnier?

« Je viens d'écrire à Sedan, qui doit être encombré de blessés; à Bruxelles, où quelques soldats sont peut-être arrivés en passant par les bois ; à Reims, à Châlons, à Mézières, partout. Personne ne répond. Vous, du moins, écrivez-moi si vous avez quelque nouvelle.

« Ou plutôt, car je vois bien que les Prussiens vont venir jusqu'à Paris ou dans les environs, il faut prendre un parti.

« Mes enfants, il faut quitter Paris et venir avec moi en Périgord. Si j'avais servi autrefois, si je savais faire l'exercice, si j'étais bon à quelque chose comme garde national, je vous dirais: « Restez là-bas, je vais vous rejoindre. »

« Malheureusement ce n'est pas ça.

« Je n'ai jamais touché un fusil de munition, excepté de 1840 à 1848, où le roi Louis-Philippe passait la revue de la garde nationale et mettait la main sur son cœur. J'ai cinquante-huit ans aujourd'hui ; je suis un peu gros, je ne marche pas très-vite. Tout ça n'est pas pour faire un fantassin d'élite. Il faut savoir se connaître et ne pas essayer de chanter quand on ne peut que siffler.

« Je renonce donc à retourner à Paris. Le notaire lui-même, le père d'Adolphe me l'a conseillé. L'autre jour, au dessert, — car nous dînons souvent ensemble, et, pour dire la vérité, son dîner est toujours bon, — il me dit :

« — Mon ami Mercier...

« (Il faut vous avouer que nous sommes si amis ensemble qu'au dessert on se tutoie quelquefois, quand sa femme est partie.)

« ... Mon ami Mercier, qu'est-ce que vous iriez faire à Paris ? Des sottises... Pas autre chose... Vous êtes petit, vous êtes rond, vous êtes lourd (tu vois, femme, qu'il ne me ménageait pas mes vérités, et je l'en estime davantage). Allez-vous porter les armes ?

« Je répondis bravement :

« — Pourquoi pas ?

« Il se mit à rire d'une façon très-malhonnête et me dit :

« — Pourquoi pas, mon gros Mercier ?... Mais pour

cent mille raisons. La première, c'est que vous êtes gros comme une barrique...

« (Ce n'est pas vrai. Je suis un peu rond, mais voilà tout.)

« ... La seconde, c'est que vous ne savez pas charger un fusil...

« — Oh!...

« — La troisième, c'est que, si vous saviez le charger, vous ne sauriez pas le tirer, que si vous saviez tirer, vous ne sauriez pas viser...

« — Oh! oh! et le renard que j'ai tué.

« — Le renard! c'est Adolphe! Tenez, faites mieux. Votre femme et votre fille sont là-bas à Paris, dans le feu du volcan révolutionnaire, au milieu du faubourg Saint-Antoine, entre les communeux et les Prussiens qui se les partageront.... Faites-les venir ici.

« — Ma maison n'est pas prête. Je n'ai fait que jeter les fondements.

« — La mienne est à vous du haut en bas. Ma femme cédera sa chambre à votre femme et à votre fille. Elle couchera, elle, dans celle de son fils. Je coucherai dans mon étude ou dans ma chambre d'ami qui est un peu verte, un peu moisie, et qui ne sert pas souvent, mais je m'en contenterai. A la guerre comme à la guerre! C'est convenu, n'est-ce pas? D'ailleurs n'est-ce pas pour les jeunes gens une excellente occasion de faire connaissance l'un de l'autre sans en avoir l'air?... Et puisqu'il faudra toujours en venir là, ne vaut-il pas mieux commencer tout de suite. Adolphe aime Nini, parce qu'il l'a vue et entendue; elle l'aimera à son tour quand elle l'aura entendu et vu. C'est un bel homme, Adolphe, et qui n'a que vingt-quatre ans.

« Enfin ce diable d'homme m'a tourné et retourné de tant de manières que je n'ai pas pu m'en défendre et que j'ai promis formellement que vous seriez ici dans trois jours. Il y a tant de raisons de faire ce voyage (sans

11.

compter la raison d'Adolphe) que vous ne pouvez pas le retarder davantage.

« C'est pourquoi, ma chère femme, et ma gentille petite Nini, j'ai l'honneur de vous annoncer que j'irai vous attendre, samedi prochain, à la gare de Périgueux, dans le char-à-bancs du notaire.

« Dans cette espérance et celle de vous revoir toutes deux aussi gaies, aussi bien portantes que je vous ai quittées, je vous embrasse avec une tendresse sans bornes.

« Votre affectionné mari et père,

« JOSEPH MERCIER.

« P.-S. — Dès que vous aurez des nouvelles de Sébastien, écrivez-moi de suite par la poste et par le télégraphe. »

XXIX

Tu sais, papa, que j'ai promis d'être sincère. Je n'ai pas besoin de te dire que je tiendrai ma promesse, d'autant mieux que maman veut que je te raconte tout comme tu veux tout entendre.

Après la lecture de ta lettre, maman dit :

— Les bras m'en tombent !... Comment ! Ton père veut nous faire aller en Périgord, maintenant ! Il va en Périgord. Je le laisse faire. Il donne cinquante mille écus à un notaire comme tu donnerais deux sous à un pauvre. Je

le laisse faire. Il promet sa fille en mariage à un imbécile, car c'est un imbécile, ton Adolphe, j'en suis certaine !...

Je répliquai vivement :

— C'est ton Adolphe, maman, autant que le mien, car
nous n'en voulons pas plus l'une que l'autre.

Alors maman s'excusa avec beaucoup de bonté ; car
elle m'aime tendrement au fond.

Elle reprit :

— Mettons, si tu veux, que cet Adolphe n'est ni à toi
ni à moi, et qu'il appartient en propre à ton père. Comme
ton père n'est pas là pour le prendre, mettons-le dans le
coin avec les balayures. Ça fait qu'il ne nous gênera plus
et si ton père revient, on le repêchera, on le nettoiera, on
l'essuiera, on le lui rendra.

Je reviens à mon histoire, car tu m'interromps toujours.
On ne peut pas parler deux minutes avec tranquillité... Je
laisse donc ton père faire tout ce qu'il veut à droite et à
gauche. Il ferait mon malheur éternel que je ne bouge-
rais pas plus qu'un bouchon de carafe quand il est seul.
Il devrait m'en savoir gré, n'est-ce pas ?

— Oh, oui ! maman !

— N'est-ce pas, Nini ?... Eh bien, voici qu'il veut nous
emmener en pays étranger, en Périgord, chez des sauvages, parmi des loups et des sangliers. Ah ! mais non,
mon bel ami, ça ne se passera pas ainsi ! Je ne me laisserai pas opprimer ! Je ne m'en irai pas ! Je ne me laisserai pas enlever ma fille ! Les gendarmes viendront s'ils
veulent pour l'arracher de mes bras ! Ils ne l'arracheront
pas, ou ils arracheront les bras en même temps, et alors
j'irai demander mon pain de porte en porte avec mon
pied comme le fameux peintre Ducornet peignait sans
bras des portraits. Ah ! ton père croit me connaître ! mais
il ne me connaît pas ! Parce que j'ai été bonne pour lui,
parce que j'ai toujours supporté ses injures, ses mauvais
procédés, sa brutalité ; il croit que je supporterai encore
ce dernier coup ! Il se trompe ! Je ne supporterai rien

s'il veut t'avoir avec lui, il viendra te chercher ici. Il
nous emmènera de force, si c'est son plaisir; il nous
traînera par les cheveux, par les pieds, par les mains
dans son Périgord; mais il n'aura pas de moi cette parole que j'ai consenti à partir et à quitter le faubourg
Saint-Antoine qui est mon lieu de naissance, ma patrie
et mon refuge unique sur cette terre!

Tu vois, papa, que j'ai répété mot pour mot et par ordre de maman ses propres paroles.

Enfin elle termina en jurant que rien au monde ne la
ferait sortir de Paris pendant le siége, et qu'elle voulait
en avoir sa part comme les autres. Elle disait :

— Les hommes iront au rempart et dans la campagne
avec leurs fusils. Les femmes feront le pain à la maison,
coudront les habits, panseront les blessés.

Mais elle n'avait pas plus tôt fait ce serment qu'une
nouvelle terrible nous arriva et nous força d'y manquer.

XXX

Je t'ai dit, papa, que Guguste, tu sais, celui qui rince
son nez avec ses doigts, et qui fourre ensuite ses doigts
dans sa bouche pour réfléchir plus à l'aise, Guguste, donc,
était parti sur l'ordre de « mame Pindré, » pour porter à
Raphaël la lettre pressée de Longjumeau, cette lettre que
j'aurais tant voulu lire, parce que je sentais qu'elle m'intéressait plus que personne.

Une heure se passa, puis deux, puis trois, puis quatre.
« Mame Pindré » disait :

— Qu'est devenu mon Guguste?

Maman répondait :

— Il est à jouer au bouchon dans le quartier, sur la place du Trône.

— Quand il reviendra, disait « mame Pindré, » je lui tirerai les oreilles... Mais peut-être il est tombé sous quelques roues de voiture, le pauvre enfant, et il aura été écrasé. Ces gredins de cochers n'en font jamais d'autres !...

Tout à coup, vers le commencement de la cinquième heure, pendant qu'elle menaçait et plaignait Guguste, il reparut, rouge de sueur, éreinté, mais heureux comme un garçon qui a quelque bonne nouvelle à dire.

« Mame Pindré » l'attendait, cachée derrière la porte et la main remplie de soufflets, mais au premier qu'il vit se dessiner dans l'air il baissa la tête et courut sur l'autre trottoir de la rue en criant :

— Si c'est comme ça qu'on me reçoit quand je fais bien les commissions, ah ! zut !

Et il fit un pied de nez à sa mère.

Au même instant, Raphaël, qui le suivait de près, entra chez nous. Il avait l'air troublé.

Maman lui demanda :

— Qu'avez-vous, Raphaël ? On dirait qu'il vous est arrivé quelque malheur ?

— En effet, Madame Mercier, en effet. Il est arrivé un petit accident, un accident assez grave...

— A M. Cerisier ?

— Non, Madame. M. Cerisier se porte bien. Dieu merci !

— A Mme Cerisier, alors ?

— Mme Cerisier aussi se porte bien. Vous êtes bien bonne, Madame Mercier. Ce n'est pas d'eux qu'il s'agit. La chose n'est pas grave d'ailleurs, oh ! non, au contraire. Dans quinze jours il sera sur pied ; mais enfin ce qui arrive de fâcheux à vos amis... à ceux que vous aimez... vous attriste toujours... Avez-vous depuis longtemps des nouvelles de Sébastien ?

Maman poussa un grand cri, et moi je fus très-
effrayée.

— Ah! mon Dieu! dit maman, Sébastien est mort!

Elle joignit les mains en pleurant.

— Ah! mon Dieu! mon Dieu! mon pauvre enfant!

Le pauvre Raphaël était bien embarrassé. Cependant
il répondit très-vite :

— Non, Madame Mercier, non, je vous jure, Sébastien
est légèrement blessé, très-légèrement, rien de plus. Je
ne voudrais pas vous tromper. Croyez-moi, il sera guéri
dans quinze jours, le chirurgien l'a dit.

— Ah! vous voulez me consoler, disait maman. Mais
je sais bien que mon pauvre enfant est perdu, perdu sans
rémission, et que je ne le reverrai jamais.

Elle pleurait, sanglotait à fendre l'âme. Alors Raphaël
me dit :

— Mademoiselle Nini, puisque votre mère ne veut rien
entendre et qu'elle croit que je la trompe, lisez vous-
même la lettre de M. Cerisier. C'est lui qui m'annonce
cette nouvelle et qui fait prier votre mère de venir tout
de suite à Longjumeau, où Sébastien est couché dans
un bon lit. C'est Mme Cerisier qui a soin de lui, et je vous
assure que tout ce que Mme Cerisier fait est bien fait.....
Tenez, ne me croyez pas, lisez vous-même.

Et il me tendit la lettre.

La voici :

« Longjumeau, 14 septembre 1870.

« Mon cher Raphaël, je suis forcé de te charger d'une
commission bien désagréable; mais il vaut mieux que
Mme Mercier et Mlle Nini l'apprennent par toi que par un
autre.

« Hier, un bataillon du corps du général Vinoy, qui
revenait de Sedan, a passé à Longjumeau, escortant des
malades et des blessés.

« J'étais sur le devant de ma porte, attendant qu'on
m'envoyât quelqu'un de ceux-là avec un billet de loge-

ment, lorsque je vois un jeune sergent, beau garçon, ma foi, et fait au moule, qui se traînait péniblement avec un bras en écharpe et toutes sortes de bandages ensanglantés.

« Sa figure me frappe. Je pensais : « Tiens, comme il ressemble à quelqu'un de ma connaissance. On croirait voir le frère de Melle Nini. » Je m'avance vers lui.

« Au même instant il tombait sur le trottoir, épuisé de fatigue et du sang qu'il avait perdu. Je le relève, je lui dis :

« — Vous êtes blessé, sergent? Voulez-vous venir chez moi, prendre un verre de vin, un bouillon et casser une croûte?

« Il allait refuser, faire des cérémonies.

« Son capitaine, qui le voyait, lui cria :

« — Sébastien, vous ne pouvez plus suivre. Restez ici, puisqu'on veut vous garder. Vous rejoindrez la compagnie quand vous pourrez!

« Au mot de « Sébastien » je fus presque sûr de mon affaire. Je le pris sous le bras avec un de ses camarades, je le relevai, je le transportai dans ma maison et je lui dis :

« — N'êtes-vous pas le sergent Sébastien Mercier, du 26e de ligne, de la 4e du 3e?

« Il me répondit :

« — C'est vrai. Comment le savez-vous?

« Je répliquai :

« — Je vous raconterai ça tout à l'heure. C'est votre mère et votre sœur qui m'ont chargé de vous attendre sur la route et de vous garder jusqu'à ce qu'elles viennent vous chercher.

« Je disais ça de peur que le bon garçon ne fît des manières de peur de me gêner.

« Lui, voyant que je le connaissais si bien, s'étendit doucement dans mon fauteuil, appuya ses pieds sur la chaise en face et dit :

« — Puisque vous le voulez, puisque maman et ma petite sœur le veulent, eh bien, franchement je le veux aussi, moi, et ça me fait même un grand plaisir, car je n'en pouvais plus.

« En effet, il était si pâle qu'il allait s'évanouir. Heureusement, ma femme apporta du bouillon, du pain, du vin. Elle aurait bien apporté autre chose, mais elle n'eut pas le temps, car il s'endormit. D'autres soldats et sous-officiers allaient et venaient dans la maison. Je leur donnai à manger et à boire de mon mieux, et ils en avaient besoin, étant venus à marches forcées à la suite de Vinoy.

« Par hasard, le chirurgien-major vint aussi. Il avait un billet de logement pour moi. Je lui demandai ce qu'il pensait des blessures de Sébastien, et il me raconta ce qui était arrivé, car il était de l'armée de Mac-Mahon, lui aussi, et ils s'étaient échappés ensemble, lui, Sébastien et une trentaine d'autres, après la bataille de Sedan.

« Ils s'étaient trouvés toute la journée en face de l'ennemi, tiraillant dans les bois, derrière les murs crénelés, derrière les haies, dans les maisons, reculant lentement, pas à pas, voyant la bataille perdue, la capitulation de Bonaparte, et ne voulant pas se rendre. Ils attendaient la nuit.

« Mais de tous côtés les bombes et les balles pleuvaient sur eux et autour d'eux, et le cercle se resserrait toujours. Il n'y avait plus qu'à mourir ou à se rendre.

« Tout à coup, un colonel de hussards, suivi de son régiment, cria :

« — En avant et sauve qui peut! On ne nous prendra pas vivants!

« Les hussards suivent leur colonel. Tous ensemble vont, sabre au clair, sur la ligne prussienne..... Tu sais, Raphaël, quand on est vainqueur, on n'aime pas à être tué... C'est bon, ça, pour des vaincus, des désespérés..... On aime mieux rentrer chez soi et recevoir des croix, des médailles, des félicitations, et être embrassé des jolies filles. C'est plus sûr et moins trompeur.

« Les Prussiens donc, voyant cette charge d'enragés,
s'écartent pour la laisser passer. Alors Sébastien, qui voit
la manœuvre, crie aux autres :

« — Suivons les hussards et que personne ne s'arrête
pour relever les morts ou les blessés.

« Les hussards avaient fait un trou dans la haie; Sébastien et les autres passèrent par ce trou, et tous ensemble
(c'est-à-dire ceux qui vivaient encore) allèrent rejoindre
Vinoy, qui, à la nouvelle de la capitulation de Sedan,
avait pris le chemin de Paris et qui fit bien, car, s'il avait
continué sa route, il n'aurait pu que se faire prendre
avec les autres.

« C'est pendant la retraite que Sébastien a reçu une
balle et deux coups de sabre. La balle est venue, il ne
sait d'où, tant l'ennemi était caché derrière les haies.
Quant aux deux coups de sabre ils viennent d'un hulan
qui ne racontera pas cet exploit dans son pays.

« Le chirurgien-major, qui était témoin de l'affaire,
me dit qu'au premier coup de sabre qui le blessa au bras
Sébastien répondit par un coup de fusil qui abattit le
cheval du hulan.

« Au second coup il perça le hulan de sa baïonnette et
l'étendit roide-mort en recevant lui-même la pointe du
sabre dans la poitrine. Oh! c'est un gaillard, ce sergent!
ajouta-t-il.

« Je demandai au chirurgien-major :

« — Les blessures sont-elles dangereuses?

« Il me répondit :

« — Graves, oui, très-graves! mais dangereuses, non,
s'il est bien soigné. J'ai retiré la balle. Ce qui est à
craindre, c'est la fatigue qui est extraordinaire, car nous
avons fait seuls, d'abord, en faisant des détours pour
rejoindre le général Vinoy, puis avec lui, plus de cent
vingt lieues en douze jours, toujours harcelés par la
cavalerie prussienne, et il y a déjà vingt-quatre heures
que le sergent est blessé comme vous le voyez là. Heureusement, c'est un enfant de Paris, un faubourien

comme ils disent, et ceux de cette espèce, voyez-vous, ont la vie des chats.

« On les mettrait dans la poêle pour les faire frire, dans la marmite pour les faire bouillir qu'ils trouveraient encore moyen de s'en tirer, de rire et de chanter comme à la noce... Surtout, faites bien attention. Ne le laissez pas amputer. Défiez-vous de ceux qui parlent toujours d'amputation. Ce sont des ignorants qui veulent se faire la main. Guérissez, n'arrachez pas, comme dit l'annonce du dentiste.

« Sur ce mot, le chirurgien-major me donna la main, alluma sa cigarette et rejoignit la colonne, en me laissant mon blessé sur les bras.

« Ce n'est pas que je m'en plaigne! Oh! non. Au contraire! Il est aimable et bon enfant comme tout. Mais enfin si rien ne lui manque, je l'espère du moins, du côté de la nourriture, il a pourtant besoin d'autre chose.

« Ce matin, après une nuit où il nous a donné bien des inquiétudes, car la fièvre était violente et le chirurgien-major nous avait avertis de nous en défier, il m'a demandé d'où je le connaissais.

« J'ai tout raconté, et que tu avais demandé Mlle Nini en mariage.

« Il s'est mis à rire et a dit :

« — Comment? ma petite Nini veut déjà se marier! Et avec Raphaël, encore! Eh bien, ma foi, je donne mon consentement et ma bénédiction !

« Malheureusement, comme nous étions à rire et à causer aussi gaiement que si nous étions à la veille de la noce, il a fait un effort, sa blessure de la poitrine s'est rouverte, il a eu un vomissement de sang.

« Le major a bien dit qu'il guérirait, mais on ne peut pas le transporter à Paris et les Prussiens seront ici dans quatre ou cinq jours... Que faire?... Raconte tout à Mme Mercier et à Mlle Nini. Pour moi, je ferai tout ce qu'elles m'auront commandé.

« Voilà, mon Raphaël, tout ce que j'ai à te dire. Ma

femme va bien. Moi aussi. Les Allemands vont venir; mais ça ne m'effraie pas. A mon âge, à l'âge de Mme Cerisier on ne risque plus rien.

« Ils mangeront mes vaches et ma volaille. J'en ai déjà envoyé les trois quarts à la Halle de Paris. Ils auront le dernier quart. Ils brûleront mon bois. Ce n'est rien. J'en achèterai d'autre. Ils saliront mes meubles, je les ferai nettoyer. Ils prendront mon argent comptant. J'en envoie la moitié à Paris, c'est-à-dire quinze cents francs. Je garde le reste pour mes besoins personnels et ceux de Mme Cerisier. S'ils le prennent ce seront des voleurs. Ils crieront après boire, mais mon âne crie bien plus fort qu'eux et même avant d'avoir bu. Il ne me fait pas peur pour cela... Quant aux coups de bâton qu'ils donnent à droite et à gauche, à ce qu'on m'a dit, quand ils sont les plus forts, je ne les engage pas à s'y frotter, car ils connaîtraient ce jour-là la couleur des dragées que Pierre Cerisier, de la 6me du 4me du 20me dragons, tient en réserve pour les gens malappris et pour la canaille. Ce n'est pas pour rien qu'on a servi sous le grand Napoléon et qu'on est aujourd'hui citoyen de la République française, une et indivisible.

« Laissons ça. Si les Prussiens viennent ici, eux et les Bavarois, Hessois, Wurtembergeois et autres oies, je les recevrai de mon mieux et comme disait à l'évêque la servante du vieux curé :

« — Monseigneur, nous ne vous recevons pas suivant vos mérites, mais suivant nos moyens.

« C'est comme ça que nous recevrons Guillaume, Moltke et Bismarck.

« Si, après ça, ils se fâchent et brûlent nos maisons et nous fusillent, eh bien! la vie est courte, et le mal n'est pas grand pour ceux qui meurent. Quant aux jeunes gens, c'est leur affaire de venger les vieux, et, s'il nous arrivait malheur, je compte sur toi, Raphaël.

« Adieu, mon cher garçon. Ma femme et moi, nous t'embrassons cordialement.

« Tu diras à Mme Mercier et à Mlle Nini que je n'ai pas de conseil à leur donner ; mais que, s'il leur convient de venir soigner le pauvre Sébastien, qui a eu tout à l'heure un redoublement de fièvre et qui les appelait dans son délire, ma maison est à elles de la cave au grenier.

« Il ne faut pas faire de façons ! elles ne trouveraient pas d'autre logement à Longjumeau, et Sébastien ne peut pas être transporté. Le médecin l'a défendu.

« Dis tout cela à Mme Mercier. Pour la gentille Mlle Nini, ma femme et moi nous l'embrassons avec bonheur. Si vraiment elle veut de toi pour mari, Raphaël, tu seras dix fois plus heureux que tu ne mérites.

« Au revoir, garçon.

« P. Cerisier.

« Si Mme Mercier et Nini viennent à Longjumeau, qu'elles n'aient pas d'inquiétude sur le logement. A toute heure du jour et de la nuit leur chambre est prête. Tu la connais bien ; c'est la chambre bleue. »

Pendant que je lisais la lettre tout haut, maman se rassurait un peu. Elle frémit quand elle eut appris que Sébastien avait reçu une balle dans le bras et deux coups de sabre. Elle fut tout à fait réjouie quand elle vit qu'il avait tué d'un coup de fusil le cheval et d'un coup de baïonnette le hulan.

Mais quand il fut question d'aller à Longjumeau pour revoir d'abord et ensuite pour panser Sébastien, elle se leva promptement, commença sa caisse, vida son tiroir et me chargea d'aller faire notre malle.

Raphaël la regardait d'un air inquiet. Il lui demanda :

— Vous allez à Longjumeau, Madame Mercier ?

— Comme vous voyez, Raphaël !

— Et vous emmenez Mlle Nini ?

— Certainement... Est-ce que Nini peut rester seule ici, quand son frère est mourant...

— Blessé! Madame Mercier, dit Raphaël.

— Mourant! répliqua maman. Je sais bien ce que je
dis et je devine bien les finesses de M. Cerisier... Il n'a
pas voulu me dire le danger de mon pauvre enfant!
Mais je sais bien de quoi l'on est menacé après un coup
de sabre dans la poitrine, lui surtout qui a la poitrine si
délicate.

Le pauvre Raphaël, tout troublé, ne savait que répondre.

Il nous regardait faire nos malles, entasser nos robes,
nos jupons, nos fichus comme si nous avions dû faire
neuf fois le tour de la terre avant de remettre les pieds
dans la maison. Lui-même, ne sachant comment se
faire supporter au milieu du mouvement de tous nos
amis et de nos voisins qui venaient nous aider, plaindre
notre malheur, offrir leurs vœux à Sébastien pour sa guérison, oui, lui-même alla chez le pharmacien acheter
une trentaine d'onguents, de petits pots, de sparadraps
et de remèdes excellents pour guérir toutes les maladies
connues et inconnues.

Il en avait les deux bras chargés, et je l'employai à
envelopper tout ça dans de vieux journaux et de vieux
bas de laine.

Quand tout fut fini, maman ferma notre appartement,
donna la clé à « mame Pindré » avec ordre de ne la laisser
entre les mains de qui que ce fût, quand même la maison
devrait brûler, soit par bombes, soit par feu de cheminée, pas même quand nous resterions absents pendant
trois cent soixante ans.

« Mame Pindré » promit.

C'est une femme de parole. Quand il ne s'agit que de
défendre, d'empêcher et de repousser, c'est son fort, c'est
sa nature, c'est pour ça qu'elle est née. Nous étions donc
bien sûres, maman et moi, de n'être pas trahies, comme
disait « mame Pindré. »

Ensuite, maman, debout devant son comptoir et tenant
d'une main son sac et de l'autre son parapluie (je portais

le reste, excepté les deux malles), maman dit aux voisins :

— Mes amis, je ne sais pas quand nous nous reverrons, mais je me souviendrai de vous éternellement.

M. Fritot, attendri par la crainte de ne plus nous revoir, se moucha de toutes ses forces. Mme Fritot se jeta dans les bras de maman en pleurant. Suzanne Crépin en fit autant pour moi. Ensuite vint le tour de sa mère, puis de tous les autres suivant l'âge et le sexe.

Suzanne Crépin me disait en m'arrosant de ses larmes :

— Dis bien à ton frère Sébastien que j'ai eu grand'peur pour lui, que je vais brûler trois cierges à la Sainte-Vierge pour obtenir sa guérison, et que j'espère qu'il ne m'a pas oubliée, comme de mon côté je ne l'oublie pas.

(Oui, oui, qu'elle compte que je ferai cette commission-là ! Sébastien n'est pas fait pour Suzanne Crépin, Dieu merci ! Et d'ailleurs, elle n'est pas assez aimable avec moi pour que je lui donne mon frère en mariage ! Il faudrait être bien en peine de son corps et de son âme pour devenir le gendre de Mme Crépin !)

Voilà ce que je pensais, mais je ne le dis pas tout haut, parce qu'il faut être douce et bonne ; c'est toi, papa, qui me l'as dit, et tu as même ajouté un jour que c'est ce que les hommes aiment le mieux dans les femmes, mais qu'elles ne voulaient pas le croire, et que si quelqu'une de nous essayait d'être douce et bonne, sans être d'ailleurs ni jolie, ni spirituelle, ni riche, tous les rois de l'univers viendraient la demander en mariage et se mettraient à ses genoux devant elle avec leurs peuples.

Je me souvins donc de cette parole, et je mordis ma langue pour ne pas répondre à Suzanne Crépin et pour l'embrasser tendrement comme tous ceux qui étaient là.

Raphaël alla chercher un fiacre, déposa les deux malles sur le toit et ferma la portière.

A parler franchement, j'étais un peu étonnée qu'i

n'eût embrassé ni maman ni moi pendant que nous embrassions une trentaine d'amis, de voisins et de voisines. Ce n'est pas que j'y tinsse, papa, mais ça m'étonnait et maman aussi.

Maman en fut même si étonnée qu'elle tendit à Raphaël la main et la joue en lui disant adieu.

Raphaël ne se fit pas prier, nous embrassa toutes les deux de bonne grâce, je t'assure, mais sans nous dire adieu, et monta sur le siége avec le cocher.

Maman abaissa la vitre et demanda :

— Où donc allez-vous, Raphaël?

— A Longjumeau, Madame Mercier.

— Avec nous?

— Oui, Madame, avec vous. Est-ce que ça vous gêne ? Dans ce cas, j'irai à pied.

Maman, d'abord très-étonnée, vit bien que j'étais encore plus contente. Alors elle prit son parti de bonne grâce et lui dit :

— Certainement, Raphaël, vous nous gênez là, sur le siége. Vous nous empêchez de voir le pays. Venez plutôt dans l'intérieur.

Papa, je t'assure qu'il ne se fit pas prier. D'un bond, il fut à terre. Il ouvrit la portière et entra, gai comme un pinson.

Il voulut nous remercier, mais je lui dis pour le taquiner un peu :

— Ce n'est pas moi qui vous ai appelé, c'est maman.

A son tour, maman ajouta :

— C'est pour vous demander le nom des villages que nous allons traverser.

Et alors maman lui fit mille questions sur tout ce qu'on voyait à droite et à gauche. Il répondit, lui, tout de travers. Ça nous fit rire, nous et lui, si fort que nous en oubliâmes pour un moment mon frère Sébastien, ses blessures et toutes nos inquiétudes.

A l'entrée du bourg, nous rencontrâmes M. Cerisier, qui nous attendait.

— Il va mieux, dit-il, la fièvre a baissé. J'ai voulu être
le premier à vous le dire.

Il offrit son bras à maman et ajouta :

— Voilà la bonne nouvelle. Mais j'en ai d'autres bien
mauvaises ; les hulans rôdent à cinq ou six lieues d'ici.
Un marchand de bœufs qui venait d'Etampes à cheval,
portant un sac de 2.000 francs en écus d'argent, a été
attaqué par eux et ne s'est sauvé qu'en galopant et en
jetant quelques écus sur la route pour les arrêter. On dit
que les Bavarois seront ici demain ou après-demain.

A ce mot de Bavarois, je pensai à ton affreux Schmidt,
garçon boulanger chez nous il y a trois mois, aujour-
d'hui lieutenant au service du roi de Prusse, et je ne sais
pourquoi je me sentis inquiète pour Raphaël et pour
moi.

Tu verras bientôt que je n'avais pas tort.

XXXI

Sébastien dormait quand nous arrivâmes dans la
maison de M. Cerisier.

Maman, comme tu peux croire, demanda la permission de le voir dormir (car le chirurgien, en partant,
avait ordonné un repos absolu). Nous entrâmes sur la
pointe du pied, nous retenant de respirer, heureuses de
le voir, inquiètes de sa vie ; cependant, je ne sais pourquoi, j'avais bon espoir. Pauvre Sébastien, si bon, si
aimable, si gentil, si vaillant, Dieu ne pouvait pas nous
l'ôter !

Mais qu'il était pâle quand nous le vîmes la tête ren-
versée sur l'oreiller ! On aurait cru qu'il avait perdu tout

son sang. Sa fine moustache qui paraissait faite, tu t'en souviens, de fils de soie brune et frisée, n'était plus effilée en pointe comme autrefois; elle retombait tristement au coin de ses lèvres, mais il n'était pas moins beau, je t'assure.

Maman, qui n'avait demandé que de le voir, s'approcha de si près qu'elle ne put pas se retenir de l'embrasser. Il ouvrit lentement les yeux comme quelqu'un qui dort, et dit d'une voix que nous entendîmes à peine, tant elle était faible :

— Maman!

A ce mot, elle fut si transportée qu'elle oublia tout ce qu'elle avait promis et le serra dans ses bras en criant :

— Oui, Sébastien, oui, c'est moi! c'est maman!

De sorte qu'il s'éveilla tout à fait, et que M. Cerisier, qui nous accompagnait, dit à son tour :

— Allons! bon! vous faites juste ce qu'on avait défendu! Madame Mercier, vous n'êtes pas raisonnable!

— Mais c'est mon enfant!

— Ce n'est pas une raison pour le tuer... Songez donc, Madame Mercier, qu'une parole de trop peut lui coûter la vie !

— Mais... voulut reprendre maman.

M. Cerisier se mit en colère comme un brave homme qu'il est, qui donnerait tout son bien et sa vie à ses amis, mais qui les sert à sa manière, et qui veut qu'on lui obéisse.

Il dit :

— Qu'est-ce que vous voulez lui faire savoir, à votre fils?... Que vous l'aimez? Il le sait bien!... Que vous êtes venue pour prendre soin de lui? Il le voit bien... Que vous ne pouvez pas le transporter sans danger à Paris? Il le sent bien, puisque ma vieille et moi nous avons été obligés de le déshabiller, de le panser, de le laver, de lui donner une de mes chemises, tout cela sans qu'il fît le moindre mouvement, tant il a perdu de sang par ses

blessures... Que voulez-vous ajouter encore? Que vous
resterez ici tant qu'il y restera lui-même, que vous aurez
la chambre à côté de la sienne, que vous le garderez pour
vous toute seule (bien entendu, Mlle Nini en aura sa
part), le matin, le soir, la nuit?... Eh bien, c'est convenu
aussi, ça, et maintenant, Madame Mercier, puisque tout
est arrangé, embrassez-le une fois de plus et laissez-le
dormir.

Nous profitâmes de la permission, maman et moi,
comme tu peux croire. Nous embrassâmes Sébastien de
tout notre cœur. Il se laissait faire, le câlin, et nous souriait doucement comme quelqu'un qui n'a pas la force
de dire son bonheur.

Il voulut se mettre sur son séant, mais M. Cerisier le
lui défendit, et, de fait, il ne pouvait pas. Alors il nous
fit signe de nous approcher de très-près et nous dit de
cet air gai que tu connais :

— Maman, depuis que tu es là, je sens que je guéris
de minute en minute.

Quant à toi, ma petite Nini, je suis si content de te revoir que, si je ne guérissais pas pour maman, je guéri-
rais pour te faire plaisir à toi... Et maintenant, veux-tu
savoir mes deux opinions sur ton compte ?

Je le regardai avec inquiétude. Il ajouta :

— Ma première opinion, Nini, la voici... C'est que tu es
plus jolie que jamais... oui, plus jolie, et je m'y connais !
Ma seconde opinion, c'est que, si M. Cerisier m'a dit la
vérité, Raphaël n'est pas malheureux...

Puis regardant vers la porte, il dit encore :

— Eh! tiens, le voilà, ce Raphaël. Quand on parle du
loup, on en voit la queue. Le voilà. Entre donc. Puisque
maman le veut, puisque Nini le veut.

Raphaël entra et lui serra la main, pendant que maman pleurait de tendresse et soupirait de minute en minute :

« Pauvre enfant ! »

Mais alors M. Cerisier prit sa voix de commandement :

— Sergent ! il faut vous guérir.

— Je ne demande pas mieux, répondit Sébastien.

— Oui, sergent, car vous devez ça à la patrie. Mais pour se guérir il faut se taire.

— Bon !

— Il faut dormir.

— Très-bon !

— Il faut mettre tout le monde à la porte. C'est ce que je vais faire.

Et en effet, malgré nos larmes et nos supplications, il nous mit dehors, maman et moi. Raphaël nous suivit et Sébastien resté seul ferma les yeux.

— Maintenant, dit M. Cerisier, Raphaël doit rentrer à Paris cette nuit ou demain matin. Il est chargé par son colonel d'une mission pour Montlhéry. Voulez-vous nous accompagner jusque-là, Madame Mercier? Je vais l'y conduire dans ma voiture.

Maman jura qu'elle ne quitterait jamais Longjumeau ni la maison de M. Cerisier tant que Sébastien serait là, blessé, presque mourant et aurait besoin de ses soins.

Alors le père Cerisier répliqua durement :

— Comme il vous plaira, Madame Mercier. On ne peut pas forcer les inclinations ni faire boire les dames qui n'ont pas soif. Mais quant à croire que vous verrez Sébastien en mon absence, vous vous trompez, Madame Mercier, vous ne verrez rien du tout, je le jure. L'ordre du chirurgien du régiment, hier, et du médecin de Long- jumeau aujourd'hui est trop précis. Il y va de la vie de votre fils. Vous m'aviez promis tout à l'heure de le lais- ser dormir, et du premier coup vous l'avez réveillé et fait parler comme un avocat.

— Mais...

— Ça suffit, Madame Mercier. Je ne veux pas en sa- voir davantage. Je dois compte de Sébastien à la patrie, qui n'a pas trop de braves soldats pour la défendre depuis que ceux de Sedan ont été livrés à l'ennemi par ce misé- rable lâche qui fut si longtemps notre empereur. Je veux que Sébastien puisse prendre un fusil dans quinze jours et s'en servir comme père et mère. Et, pour en arriver là, je ferai tout ce qu'il faudra faire. En particulier je fermerai la porte de sa chambre et je garderai la clef dans ma poche, ou, ce qui est la même chose, je la remettrai à ma femme, qui n'ouvrira pour quiconque... Il faut que Sébastien dorme tranquillement et il dormira tranquillement, ou il dira pourquoi, foi de Cerisier!

Maman essaya de se révolter; mais au fond elle sentait bien qu'il avait raison et qu'elle ne résisterait pas au plaisir d'interroger Sébastien, de lui faire raconter ses exploits et ses blessures...

Elle poussa un profond soupir et dit :

— Puisque vous le voulez...

— Ce n'est pas moi qui le veux, répondit M. Cerisier, c'est le médecin.

— Eh bien, puisque le médecin le veut, et le chirurgien aussi, faites ce qu'il vous plaira. Je vous en rends tous responsables.

Ça, c'était la première moitié des volontés de M. Cerisier. Restait la seconde.

Il dit d'un air indifférent :

— Eh bien, Raphaël, nous allons partir dans cinq minutes. Va atteler le char-à-bancs... Mademoiselle Nini, Madame Mercier, prenez des châles épais. C'est très-élevé au-dessus de la plaine, la tour de Montlhéry. Il y fait du vent presque toujours, et le soir on peut s'enrhumer.

Maman répondit :

— Pourquoi faire irions-nous à Montlhéry? La tour de Montlhéry n'est pas à vendre.

— C'est un joli pays, dit M. Cerisier.

— Joli tant que vous voudrez, mais je ne suis pas venue avec ma fille pour faire des parties de plaisir. Si je voulais faire des parties de plaisir, j'irais du côté de Vincennes et de Charenton.

Et alors maman se mit à raconter combien la Marne était belle, et que les stations étaient nombreuses et très-rapprochées de Paris ; elle parla des promenades que nous y avions faites en famille, des fritures que nous avions mangées, enfin de toutes les joies de nos temps heureux.

M. Cerisier l'écoutait sans répondre. Il avait l'air d'être tout à fait convaincu que nous devions rester à la maison. Tout à coup Raphaël parut avec le char-à-bancs. Il était assis sur le siége, le fouet en main, fier comme un Saint-Georges. Nous le voyions derrière la grille.

Alors, comme s'il eût été saisi d'inspiration, M. Cerisier me fit signe de rester un peu en arrière et dit à maman :

— Au moins, venez voir mon char-à-bancs si vous ne voulez pas vous en servir.

En même temps, il lui parlait tout bas, racontant je ne sais quoi où sans doute Raphaël et moi nous étions mêlés, car il nous montrait du coin de l'œil ; enfin il retourna maman je ne sais de quelle façon, mais elle me cria :

— Eh bien ! Nini, viens donc, la voiture t'attend et il faut que nous soyons rentrés à huit heures du soir au plus tard.

Tu peux juger, papa, si je me fis attendre. En deux minutes je fus « emballée » dans le char-à-bancs avec les autres, comme disait M. Cerisier ; Raphaël, qui n'attendait que ce moment, fit claquer son fouet et nous partîmes au galop. La montée de Longjumeau à Montlhéry est rude, mais le petit cheval blanc de M. Cerisier était vif et ardent. En vingt minutes nous arrivâmes à l'auberge, à cent pas de la fameuse tour.

Là, nous mîmes pied à terre tous les quatre, M. Cerisier, Raphaël, maman et moi. M. Cerisier offrit son bras à maman et comme tous deux étaient un peu lourds, nous passâmes devant, Raphaël et moi.

Ecoute bien ce qui suivit, papa, et ne fronce pas le sourcil d'avance. Je te connais ; au fond tu n'es pas méchant et tu n'en voudras pas à ta pauvre petite Nini... Et

12.

si tu avais le cœur de lui en vouloir, à elle qui t'aime tant, je ne te le pardonnerais jamais !

XXXII

. Tu ne connais sans doute pas la tour de Montlhéry, papa ; sans cela tu ne m'aurais pas laissée vivre dix-huit ans sans m'y conduire, toi qui m'as menée si souvent dans d'autres pays dix fois moins hauts et dix fois moins beaux que celui-là.

Il faudra, quand nous serons ensemble, que je t'y conduise un jour ; car il n'est pas juste que j'aie eu un plaisir dont tu ne voudrais pas prendre ta part.

La tour est sur une petite montagne qui domine tout le pays. On voit jusqu'à Etampes, à Corbeil et plus loin encore. Le vent est là comme chez lui et souffle toute la journée, et les gens du pays sont si occupés de leurs affaires, de leur vin, de leur blé, de leur farine qu'on pourrait y passer une semaine sans être dérangé par personne.

Aussi je n'ai pas besoin de te dire que nous arrivâmes très-vite dans la cour du château. Le concierge nous suivit avec des photographies. Raphaël en acheta tout de suite deux ou trois pour s'en débarrasser ; et, comme l'autre continuait à nous suivre et à raconter l'histoire du siége de la tour, Raphaël, qui est très-doux, mais pas très-patient, lui dit :

— Monsieur, je connais l'histoire et je vais la raconter à ma cousine...

(C'est moi qu'il appelait cousine, par égard pour les convenances, et parce que nous étions seuls.)

— Mais, dit le concierge, vous ne savez peut-être pas ?...

— Je sais tout, répliqua Raphaël, et vous perdez votre temps avec nous ; mais si vous voulez faire une bonne affaire aujourd'hui descendez vite. A cent pas d'ici vous rencontrerez un vieux monsieur qui donne le bras à une dame respectable et qui sera bien aise d'acheter vos photographies...

A ce mot, le concierge descendit en courant dans le sentier pour ne pas manquer la vente de ses photographies.

Raphaël se mit à rire et me dit :

— Je connais M. Cerisier. Il est généreux, mais il n'aime pas être volé. L'homme va lui offrir sa marchandise. M. Cerisier va marchander. Votre mère l'aidera. Pendant ce temps nous serons seuls et je pourrai causer librement avec vous. N'est-ce pas bien pensé, ma belle petite Nini ?

Il parlait si gaiement que, ma foi, je me mis à rire comme s'il avait eu raison.

Il me conduisit vers une fenêtre en pierre qui est dans la muraille, m'y fit asseoir, s'assit à côté de moi et me dit :

— Ecoutez-moi, chère Nini... M'aimez-vous ?

Je fus si saisie de cette question, qui ne m'étonnait pas cependant, que je ne trouvai rien à répondre, excepté :

— Oh ! oui !

Encore ce fut plutôt un soupir qu'une parole. Mais il s'en contenta et dit :

— Nini, ma chère Nini, êtes-vous à moi pour toujours ?

Comme il se mettait à genoux devant moi, je crus bien faire de lui dire :

— Pour toujours !

— Vous le jurez ?

— Je le jure !

J'avais l'air d'un écho qui répète tout ce qu'on lui souffle.

Il ajouta :

— Je vais vous quitter, Nini, et pour longtemps, pour toujours peut-être ! Je rentre à Paris. C'est mon devoir de soldat, c'est mon honneur et j'en serais heureux si vous y reveniez avec moi ; mais vous restez !

— Puis-je faire autrement ?

— Non, vous ne le pouvez pas, puisque vous n'êtes encore que ma fiancée, mais je crains tout...

— Que craignez-vous chez M. Cerisier ?

— Les Allemands vont venir. Ils marchent sur Paris. Vous savez les crimes qu'ils ont commis à Bazeilles et partout où ils ont passé.... Oh! Dieu! si je pouvais croire !....

Je lui dis pour le rassurer :

— Ma mère n'est-elle pas là? Et mon frère? Et M. Cerisier? Et sa femme?

Je ne sais ce qu'il pensa. Il me dit :

— Sébastien seul pourrait vous défendre ; mais Sébastien ne pourra pas toucher un fusil avant trois semaines au moins, et ces misérables... Oh! jurez-moi, Nini, puisque vous ne pouvez quitter ni votre mère, ni votre frère blessé, jurez-moi de vous enfuir avec eux, loin, bien loin, jusque dans la Dordogne aussitôt que Sébastien pourra supporter le transport!

Je le jurai.

— Et jurez-moi que vous n'aurez pas d'autre mari que moi.

— Je le jure!

— Et que tous les Adolphes que votre père pourrait vous proposer dans la Dordogne ou ailleurs seront pour vous comme s'ils n'existaient pas.

Je le jurai.

— Jurez que vous m'aimerez éternellement!

Je fis tous les serments qu'il voulut.

— Et jurez encore, ma chère, mon adorée Nini, que moi vivant, vous n'épouserez personne!

J'avais déjà fait tant d'autres serments avant celui-là, que je ne pus pas le refuser. Alors je demandai :

— Mais, Raphaël, est-ce que je ne vous reverrai pas bientôt ?

Il répondit :

— Qui sait ?... Je retourne à Paris. Si le général Trochu fait son devoir, s'il fait une grande sortie (car nous serons assiégés, ce n'est pas douteux), s'il livre une vraie bataille, comme celle dont je parlais hier ; si nous sommes vainqueurs, si je ne suis pas tué ou blessé.... (pardonnez-moi, chère Nini, de vous parler de cela : il faut penser à tout), eh bien, dans ce cas, la guerre sera bientôt finie ; nous n'avons pas besoin de conquérir des provinces et de nous illustrer en tuant des hommes. La République française poussera les Allemands dans le Rhin et les priera de ne plus revenir s'ils ne veulent pas être reçus à coups de canon... Tout ça, c'est l'affaire de trois mois. Passé ce temps, je reprendrai mon ébénisterie, vous me présenterez à votre père, et je lui dirai : « Monsieur Mercier, j'aime votre fille plus que tout. J'ai un bon métier. Je ne demande pas de dot. Au contraire ! ça me fera plaisir de n'en pas recevoir... Et malgré ça, nous aurons de quoi vivre. »

Votre père, voyant ça, sera très-content: *primo*, de vous voir bien casée, — car vous serez bien casée, je m'en flatte, ma petite Nini, et vous serez plus admirée, aimée, caressée, choyée, adorée, qu'une Sainte Vierge de Lourdes ; *secundo*, d'avoir acquis un gendre d'un bon caractère, doux et conciliant (demandez plutôt à Mme Cerisier) ; *tertio*...

Au mot de *tertio*, et pendant que Raphaël toujours à genoux devant moi, allait me dire des choses qui m'intéressaient beaucoup, quoique je fisse semblant de regarder la campagne et le train express qui venait d'Etampes sur Saint-Michel, — au mot de *tertio*, donc, nous entendîmes tous deux une voix forte quoique un peu cassée par l'âge, qui disait :

— Oui, Madame Mercier, ce château-fort est l'un des plus beaux de France. C'est l'orgueil de notre pays...

Je n'avais jamais entendu M. Cerisier crier si fort. Sa

voix dominait le vent. Je crois qu'il n'était pas fâché d'avertir Raphaël qu'il approchait avec maman.

Raphaël se releva, se frotta les genoux et se mit à me montrer la campagne.

— Cette station, Mademoiselle Nini, c'est Saint-Michel. Une station bien remarquable! On peut aller d'un côté sur Corbeil, et de l'autre sur Etampes, ou revenir sur Paris..... au choix des voyageurs, oui, Mademoiselle. Là-bas, c'est Arpajon, un pays où l'on avait des ducs autrefois... Ça ne servait pas à grand'chose, mais ça faisait honneur au pays...

Tout à coup M. Cerisier me dit :

— Des ducs et des duchesses sans doute? Vous ne nous avez donc pas vus?

— Ma foi non, dit Raphaël.

En effet, nous leur tournions le dos pour regarder la campagne.

Maman me prit à part et demanda :

— Vous êtes montés bien vite ?

— Pas trop vite, maman; c'est M. Cerisier et toi qui êtes montés trop lentement.

Maman me regarda moitié en riant, moitié sérieusement et reprit :

— Enfin, qu'est-ce qu'il t'a dit? Car je vois bien que c'est pour vous laisser le temps et le moyen de causer que M. Cerisier nous a conduites ici en char-à-bancs.

Je le voyais aussi, mais je ne le disais pas.

— Eh bien ! maman, il m'a fait jurer de n'épouser personne de son vivant. — Excepté lui. — Naturellement. — Et tu as juré? — Oui. — As-tu pensé à tout? — J'ai pensé à tout. — Mais s'il venait à être blessé et non pas tué ? S'il perdait un bras, une jambe, un œil, une oreille ?

Cette idée à laquelle je n'avais jamais pensé me fit frémir. Cependant je répondis avec courage :

— Je l'épouserai tout de même.

— Et tu l'aimerais?

— De tout mon cœur.

Maman leva les épaules et dit en riant :

— On voit bien que tu ne sais pas ce que c'est d'avoir un nez ou un œil de moins, et comme ça gâte un joli garçon... Enfin puisque tu le veux, je le veux bien aussi. Il sera toujours temps de crier : gare ! si le malheur arrive.

Comme nous en étions là, Raphaël qui avait de bons yeux, s'écria tout à coup :

— Qu'est-ce que ces gens à cheval dans la plaine ?

M. Cerisier et maman ne voyaient rien.

Le concierge de la tour de Montlhéry qui nous suivait de près, nous prêta sa lorgnette.

— Ah ! dit Raphaël, ce sont des éclaireurs prussiens.

A ces mots, maman et moi nous eûmes toute la frayeur que tu peux croire.

La frayeur et la curiosité aussi, bien entendu.

Je regardai avec la lorgnette. C'étaient quatre hulans avec leurs casques en forme de choux qu'on aurait plantés la racine en l'air.

— Madame Mercier, dit Raphaël, il faut retourner tout de suite à Longjumeau. Ces hulans, c'est le vent qui annonce la pluie et la tempête. Nous n'avons pas d'armes ; partons vite.

Nous descendîmes en effet. En un clin d'œil le cheval fut attelé. En vingt minutes il nous ramena de Montlhéry à Longjumeau.

Le soir, vers onze heures, Raphaël partit à pied pour Paris après nous avoir fait ses adieux et avoir embrassé tout le monde, maman, M. Cerisier, Mme Cerisier, Sébastien même et moi... Nous étions tous bien tristes, quoique nous ne pussions pas deviner l'avenir...

Voilà, papa, ce qui s'est passé à Montlhéry et à Longjumeau. Nous ne fûmes pas encore trop malheureux ce jour-là.

XXXIII

Le lendemain, — ah ! le lendemain, — ne commença pas aussi bien.

D'abord Sébastien avait passé une mauvaise nuit. Maman l'avait trop fait parler. Elle disait bien qu'elle ne voulait pas qu'il ouvrît la bouche, que le médecin l'avait défendu, que rien n'était plus dangereux ; mais au bout de cinq minutes elle ne pouvait plus se retenir de lui demander comment il était, s'il était à son aise, si ses blessures ne le faisaient pas trop souffrir ; elle le bordait dans son lit, elle dérangeait l'oreiller pour l'arranger mieux, elle allait chercher un édredon ; enfin elle fit si bien que mon pauvre frère ne put dormir qu'à cinq heures du matin.

Je dormais, moi, depuis trois heures, car maman m'avait envoyée coucher vers le milieu de la nuit, ne voulant partager Sébastien avec personne. Tu sais comment elle est sur cet article.

Vers dix heures, nous reçûmes une lettre de toi. La voici. Je l'ai recopiée pour que tu voies bien tout ce qui s'est passé.

Nous ne t'avions encore rien dit de Raphaël ; aussi tu n'en souffles pas mot dans ta lettre. Au contraire. Il n'est question que d'Adolphe, de ton Adolphe que tu trouvais plus joli de jour en jour et qui me déplaisait aussi de jour en jour davantage.

« Ma chère femme,

« Je suis très-inquiet. Que devenez-vous là-bas, à Paris? Pourquoi ne venez-vous pas, Nini et toi? J'irais bien vous rejoindre si mes affaires m'en laissaient le temps, mais la succession de l'oncle Chalusset n'est pas moins embrouillée que considérable. Il avait des débiteurs partout cet excellent oncle, et même il prêtait à la petite semaine, notant ses débiteurs et l'argent prêté sur un registre. Les sommes étaient si petites, qu'il ne pouvait pas leur demander de billets : d'ailleurs il surveillait lui-même l'emploi de son argent, de sorte qu'il a noté tout cela pour lui seul avec des signes particuliers, et que nous avons grand'peine à nous y reconnaître, le notaire et moi,

« A propos, j'ai peut-être oublié de vous écrire le nom de ce notaire. Il faut pourtant, ma chère Nini, que tu le saches, puisque tu dois le porter un jour. Ce n'est pas un nom élégant, je t'en avertis, mais quand on l'a entendu vingt-cinq ou trente fois, on s'y habitue assez bien.

« Il s'appelle Tripelourde; de sorte que ma petite Nini risque beaucoup de s'appeler Mme Adolphe Tripelourde. Mais, ma bonne chérie, ne t'en étonne pas ; tous les gens du pays le répètent si souvent, qu'il sonne pour eux comme Turenne ou Kléber. D'ailleurs, quand on a beaucoup d'argent, on est toujours considéré, aimé, respecté, salué, et vous en aurez beaucoup, Adolphe et toi, sans compter ce que le père Tripelourde tient en réserve pour le jour de son enterrement,

« Je te réponds que ce vieux-là connaît les affaires et se garde à carreau contre les événements. Il est maire. Il est membre du conseil général. Il est cousin d'un gros magistrat, de ceux qui font marcher les gendarmes et qui décident les procès les plus importants. Son frère est juge de paix. Son beau-frère est président d'un tribunal de première instance, tout près de Périgueux, du côté de Bergerac. Un cousin germain est receveur général à trente lieues d'ici. Un autre est receveur particulier.

« Tout ça, c'était de l'ancien gouvernement, celui de Napoléon III. Le vieux Tripelourde, qui avait bien servi

13

Louis-Philippe, a servi encore mieux l'empereur, et ser-
vira tout à fait bien la République.

« De ce côté, les parents ne lui manquent pas non
plus, et des plus huppés.

« Le premier de tous est un avocat que le préfet, après
le 2 décembre, envoya en Belgique et qui revint l'année
suivante. Comme c'est un honnête homme qui parle
bien et qui est millionnaire, il a beaucoup de crédit. Et
comme il n'a jamais rien demandé pour lui-même il
obtient de tous les gouvernements tout ce qu'il veut
pour sa famille. Le dernier préfet, — celui de l'empire, —
ne faisait presque rien sans le consulter; et le nouveau,
— celui de la République, — l'écoute comme un Evangile.

« Vous devinez bien toutes deux que Tripelourde
s'est accroché à un cousin si précieux et qu'il va le voir
trois fois par semaine.

« L'autre qui n'a ni père, ni mère, ni femme, ni enfant,
qui est moitié sourd et moitié aveugle, qui vit seul dans
une grande maison en pierre de taille avec sa vieille
servante et un domestique, qui s'ennuie enfin comme
un vieux croûton de pain caché derrière une malle, est
encore trop heureux d'avoir de temps en temps la société de Tripelourde et d'Adolphe. Ça lui fait une famille,
à ce pauvre vieux.

« Et Adolphe en profite pour pousser sa pointe... Il a
de l'esprit, ce garçon-là; je ne l'avais pas trop bien jugé
d'abord; mais maintenant je vois qu'il sait se remuer,
s'agiter... Il fera fortune, je t'en réponds, et tu seras heureuse avec lui.

« Il y a huit jours, on nous annonce que le nouveau préfet de la République vient d'arriver à Périgueux, qu'il a
fait mander tous les maires du pays, que c'est un homme
ardent, un républicain furieux, qui va destituer tout,
casser tout, briser tout, mettre tout à feu et à sang. Aussitôt, Mme Tripelourde dit à son mari : Ne va pas là-bas.
Prends garde, mon ami!... Tu as été maire de l'empire,

on s'en souviendra. Quelqu'un le dira. Le préfet te fera
arrêter. Les républicains du bourg que tu as fait mettre
en prison au 2 décembre et que tu as fait envoyer à
Cayenne voudront se venger; ils te dénonceront, tu seras
destitué, emprisonné, ruiné, et nous avec toi!...

« La pauvre dame criait de toutes ses forces, retenait
son mari par la manche; mais le père Tripelourde lui
répondit :

« — Fanélie, ma chère, tu n'entends rien aux affaires;
je vais partir pour Périgueux; je vais voir le préfet, je lui
dirai ce qu'il faut dire, je ferai ce qu'il faut faire, et que
saint Jacques-de-Visautrou, mon patron, me réduise les
os en purée si je n'obtiens pas ce que je désire... En
route, Adolphe !

« Tous les deux, — le père et le fils, — montèrent dans
le tilbury, quoique Mᵐᵉ Tripelourde voulût au moins
garder son fils; car, disait-elle, on va me le prendre et
l'incorporer dans l'armée. Il n'a que vingt-quatre ans, et
il est si bel homme !

« (C'est vrai, Nini. Adolphe est un bel homme; sans ça,
tu penses bien que je ne te l'aurais pas proposé pour mari.)

« Enfin, ils partent à sept heures du matin (je peux le
certifier, j'étais là), et ils reviennent le soir à sept heures
pour souper. Devine ce qui était arrivé.

« Le père Tripelourde me l'a raconté mot pour mot;
il riait bien en le racontant, et il y avait de quoi.

« Il courut d'abord chez son cousin l'avocat et lui dit
son affaire, qu'il voulait garder sa mairie et son fils, qu'il
avait rendu d'assez grands services à la France depuis
vingt-cinq ans, dans ses fonctions de maire, pour avoir
le droit de les garder jusqu'à la fin de sa vie, et que,
quant à son fils unique, il ne le lâcherait ni pour prix ni
pour somme, qu'il l'avait élevé pour être riche, pour
être bien portant, pour être heureux enfin, et qu'il ne le
laisserait jamais aller à la guerre. C'était bon, ça, pour
des fils de paysans, d'ouvriers ou de petits bourgeois
pauvres qui n'avaient rien à perdre...

« L'autre secoua d'abord la tête et répondit qu'il fallait céder la mairie ou envoyer son fils à la guerre, qu'on ne s'en tirerait pas à moins, que cependant il verrait le préfet dans l'après-midi et lui en parlerait...

« Munis de ce viatique, Tripelourde et son fils Adolphe vont à la préfecture. — Ah! ah! dit le Parisien, Monsieur Tripelourde, n'est-ce pas?

« — Oui, Monsieur le préfet, pour vous servir, vous et la République, si j'en étais capable.

« — Maire de Bernouillac-l'Abbaye, n'est-ce pas?

« — Oui, Monsieur le préfet.

« Là-dessus, le Parisien prend un papier sur la table, lit quatre ou cinq lignes et dit :

« — C'est bien vous qui avez fait mettre en prison sept républicains au 2 décembre et qui les avez fait envoyer, deux à Cayenne, cinq à Lambessa?

« Tripelourde était sur le gril. Il essaya de se justifier.

« — C'est-à-dire, Monsieur le préfet... On vous a trompé, j'en suis sûr... C'est moi et ce n'est pas moi; c'est moi qui ai donné les noms, c'est vrai, mais ce n'est pas moi qui ai donné l'ordre. C'est M. le préfet de ce temps-là, M. le président du tribunal ou M. le procureur (je ne sais pas bien lequel des deux) et M. le général commandant le département. Ces trois hommes honorables m'ont ordonné de leur désigner sept personnes parmi ceux qui n'étaient pas contents du coup d'Etat. Je ne savais pas, moi, si c'était pour les envoyer à Lambessa ou pour leur couper la tête. J'ai obéi à mes chefs, comme d'ailleurs je suis toujours prêt à vous obéir, Monsieur le préfet.

« — Vous n'en aurez pas la peine, dit le préfet. Je vous révoque.

« Tripelourde m'a raconté qu'à ce moment-là il s'était senti tout en sueur.

« Il s'en alla, la tête basse. Mais au sortir de la préfecture il vit venir son cousin l'avocat, qui lui dit en riant:

« — Eh bien, l'affaire a été chaude, n'est-ce pas?

« — Oh! oui.

« — Je vais arranger ça.

« Deux heures après, mon Tripelourde retournait à la préfecture, jurait d'être fidèle à la République, gardait sa mairie et retournait à Bernouillac plus puissant que jamais.

« Et ce n'est rien encore. Adolphe risquait d'aller servir la République sous les drapeaux... Sais-tu ce qui est arrivé?... Pour le dispenser de porter les armes il y a trois jours on l'a fait procureur de la République, lui qui n'avait jamais plaidé, et qui a vingt-cinq ans tout juste... Et pour dire la vérité, il vaut bien celui qu'il remplace et qui était, au dire de tout l'arrondissement, un vilain monsieur... Adolphe, lui, est bon garçon. C'est toujours ça... et il ne fera volontairement de mal à personne... C'est rare dans le métier.

« Quand le père Tripelourde m'a montré la nomination de son fils (il est procureur à douze lieues d'ici), j'ai dit :

« — Mais, Tripelourde, mon compère, est-ce que notre mariage tient toujours?

« — Pourquoi ne tiendrait-il pas? a demandé Tripelourde.

« — Parce qu'Adolphe va faire une grande fortune. Il est déjà procureur; il sera premier président à trente-cinq ans et ministre de la justice à quarante ans. Nini n'est pas faite pour ces grandeurs.

« Alors le père Tripelourde m'a répondu :

« Nini est charmante. Je vois ça sur sa photographie. D'ailleurs Adolphe me l'a dit et il l'a vue les yeux dans les yeux tout comme je vous vois... Ensuite la fortune d'Adolphe est faite. Je l'ai fait nommer procureur avec l'aide de mon cousin l'avocat et j'ai promis à mon cousin ma voix et celle de mes clients pour les élections prochaines; mais il ne sera procureur qu'autant que la guerre durera. Après, je le reprendrai : je le marierai avec Nini, je lui céderai mon étude et nous vivrons tous heureux et en famille, c'est-à-dire à une lieue les uns des autres, afin que les belles-mères ne se mordent pas.

« Adolphe à son tour m'a dit :

« — Monsieur Mercier, Mlle Nini est tout ce que j'ai vu de plus beau sous le soleil. Il me tarde de la revoir et de la demander en mariage à elle-même puisque vous m'y autorisez.

« Et alors on s'est fait des milliers de compliments de part et d'autre. Et papa Tripelourde, sûr maintenant de travailler pour Adolphe, s'emploie nuit et jour à faire les rentrées de la succession de l'oncle Chalusset, de sorte que le bruit se répand de tous côtés qu'avant peu je serai plus riche que Rothschild.

« Mais tout ça n'est rien auprès du plaisir de vous revoir. C'est pourquoi, ma chère femme, aussitôt la présente lettre reçue, tu mettras la clef sous la porte et tu viendras me rejoindre avec ma chère petite Nini dans ma maison de Bersac, près et par Bernouillac-l'Abbaye, où je vous attends toutes deux avec toutes sortes de provisions en vins, en blés, en bestiaux, en volailles, en bois sec et autres choses utiles au ménage.

« Il ne me manque rien, pas même une cuisinière, que papa Tripelourde m'a choisie de sa main, qui sort de chez un curé, et qui mériterait de faire la cuisine d'un archevêque. Tripelourde, qui compte dîner souvent chez moi, l'a choisie comme pour lui-même, c'est lui qui s'en vante ; et il n'a pas tort. Elle a des sauces... oh ! mais des sauces, je ne vous dis que ça !... Et des pâtés chauds et froids qui sont, comme dit Tripelourde lui-même, des merveilles de la nature.

« Je vous embrasse toutes deux de tout mon cœur. Mon bonheur serait complet si je pouvais vous avoir ici et Sébastien avec vous. Mais où est-il maintenant ?

« J. MERCIER.

« P. S. — Mais, par le saint nom de Dieu, faites vos malles et partez tout de suite. On dit ici que les Prussiens

vont assiéger Paris et couper toutes les communica-
tions.

« Que ferais-je ici sans vous ? Et cependant, je ne peux
pas aller à Paris. Il est trop tard, et j'ai trop d'affaires
sur les bras. »

XXXIV

Nous lûmes ta lettre à Sébastien aussitôt qu'il fut éveillé
et qu'il eut repris des forces en déjeunant, car tout son
danger venait, nous dit le chirurgien, de ce qu'il avait
perdu beaucoup de sang, et qu'il avait fait trop de marches forcées. Mais le repos et la bonne nourriture ne tar-
deraient pas à le rétablir.

Mᵐᵉ Cerisier voyant à quoi tenait sa guérison, ne s'y
épargna pas. Elle courut chez le boucher, prit une grosse
tranche de bœuf bien gras, le mit dans une marmite avec
un morceau de petit-salé et une poule grasse, et préparait un potage dont Sébastien affamé se réjouissait d'a-
vance lorsqu'un grand bruit se fit entendre tout à coup
dans la longue rue de Longjumeau ; au milieu de ce bruit
nous distinguâmes le trot régulier de trente ou quarante
chevaux, et le cri :

— Les Prussiens ! Voilà les Prussiens !

Au même instant toutes les portes se fermèrent à
la fois.

M. Cerisier qui fumait sa pipe devant la maison rentra
dans la cour et regarda derrière la grille. J'ouvris la fenêtre pour mieux voir à mon tour, ce qui n'est pas difficile, car la cour de devant n'a pas plus de cinq ou six pas
de large.

Deux ou trois minutes après, les hulans arrivèrent. Ils étaient environ cent quarante ou cent cinquante, mais un régiment d'infanterie les suivait de près. Tous venaient par la route de Montlhéry. Les quatre premiers que nous avions vus la veille du haut de la tour leur avaient servi d'éclaireurs.

En tête de l'escadron et à côté du chef s'avançait un maréchal des logis (j'ai appris plus tard à distinguer les costumes) dont la figure m'étonna et me frappa.

Je criai à maman qui était assise au fond de la chambre près du chevet de Sébastien :

— Maman ! maman ! viens vite voir ! Je crois que c'est Schmidt !

C'était Schmidt en effet. Mais j'avais parlé trop haut. Il m'entendit, reconnut ma voix, leva la tête de mon côté et me salua en riant de cet air insolent et bête qu'ont les gens de son espèce quand ils se sentent les plus forts. En même temps, il fit signe qu'il allait revenir tout à l'heure, comme s'il avait été sûr qu'on aurait plaisir à le revoir.

Puis il continua sa route sans s'arrêter jusqu'à l'hôtel de ville, où sa troupe et lui allaient chercher des billets de logement.

Maman, qui l'avait vu et reconnu, m'appela petite sotte ! Et je l'avais bien mérité. Sébastien essaya de m'excuser, mais je voyais bien qu'il n'était pas content. La bonne madame Cerisier s'écria que tout était perdu, que les hulans allaient fouiller dans les armoires, emporter son linge, tuer ses vaches, manger sa volaille, boire son vin et mettre le feu à la maison, après avoir assassiné son mari, elle et nous.

M. Cerisier seul ne dit rien. Il réfléchissait.

Ses réflexions ne durèrent pas plus de cinq minutes.

Passé ce temps, il secoua la cendre de sa pipe, la fourra dans sa poche et dit :

— C'est encore heureux que Raphaël ne se soit pas trouvé là aujourd'hui. Ce Schmidt l'aurait fait fusiller pour se venger d'avoir été rossé à Paris... Quant à vous, n'ayez aucune crainte. Je suis là... Je connais les Allemands. J'ai fait la guerre chez eux il y a bien longtemps. Je sais le moyen de les prendre. Bien manger, bien boire, empoigner tout l'argent qui traîne sur les tables ou qui est enfermé dans les tiroirs, c'est leur plaisir principal. Mais tout ça n'est rien. Avec du travail, on retrouve de l'argent et de la nourriture tant qu'on veut ; c'est donc des coups de bâton, des fusillades sans jugement et des autres crimes de cette espèce qu'il faut se garer d'abord. Après nous sauverons l'argent si nous pouvons... Vous, ma petite Nini, ne quittez jamais votre frère Sébastien. Vous Sébastien, ne bougez pas de votre lit, quelque chose que vous me voyiez faire ou dire. Ne pensez qu'à vous guérir. Ma femme va venir avec moi. Mme Mercier descendra pour nous aider, si c'est nécessaire... Par file à droite, en avant, marche !

Et il descendit l'escalier d'un pas aussi vif et aussi ferme que s'il avait eu quarante ans de moins.

Du reste, il était temps, car Schmidt arrivait à la porte de la maison avec quatre hulans, et tous les cinq à cheval.

M. Cerisier vint au-devant de lui sur le pas de la porte, comme pour demander ce qu'on lui voulait. A moitié cachée derrière le rideau de la fenêtre, je les entendais et je les voyais tous deux.

Schmidt, d'une grosse voix impérieuse et rude, parla le premier.

— Eh ! le bonhomme ! ouvrez la porte de la grille.

— Avec plaisir, répondit M. Cerisier.

Il obéit, ouvrit la grille et laissa entrer les cinq Allemands avec leurs chevaux. Tout cela d'un air tranquille, ni content, ni mécontent, comme s'il n'y avait rien de plus naturel pour un Français que de loger chez lui des hulans.

Sans qu'on eût besoin de lui indiquer rien, Schmidt s'en alla droit à l'écurie avec ses camarades. Il savait où l'on mettait le foin, l'avoine, les harnais et le reste.

Et comme M. Cerisier le suivait des yeux, un peu étonné, il lui dit en riant :

— Ça t'étonne, vieux, de voir que nous connaissons si bien le coffre à l'avoine?

— Au contraire ! répondit M. Cerisier d'un air bon enfant; je savais que vous autres Allemands, vous êtes des gens pleins d'esprit et que vous connaissez les bons endroits... Mais qui est-ce qui vous a indiqué...

— L'avoine ? dit Schmidt. C'est Krauss que voilà. (Et il désigna l'un de ses camarades.) Krauss, vous connaissez bien Krauss ?

M. Cerisier regarda l'homme.

— Si je connais Krauss! Parbleu! Mais je ne connais que Krauss, qui était garçon d'écurie à l'hôtel des *Trois-Rois*, il y a six semaines... Comment c'est toi, mon garçon !

Alors Krauss, la bouche fendue jusqu'aux oreilles, lui dit :

— Oui, Monsieur Cerisier, c'est bien moi. Et je suis venu bien souvent dans votre maison pour le compte de mon patron des *Trois-Rois*, — dans votre maison et dans toutes celles du voisinage. Je venais vous demander tantôt une chose, tantôt l'autre, votre cheval, vos harnais et votre char-à-bancs. C'est comme ça que vous m'avez tout montré et que je connais les cachettes, ici et ailleurs.

— Allons, allons, tant mieux, mon garçon, reprit M. Cerisier. Je suis bien aise de voir que tu n'as pas perdu ton temps dans ce pays. Un garçon d'esprit, Krauss! un garçon qui fera son chemin !

Papa, si tu avais vu la mine de M. Cerisier pendant qu'il parlait à Krauss, vraiment il était à peindre. Il avait l'air d'admirer la finesse de ce misérable espion. Il l'interrogeait. Il se pâmait de rire à toutes ses réponses, comme si l'autre avait dit les plus belles choses du monde et les plus glorieuses.

Tout à coup Schmidt dit :

— Monsieur Cerisier, nos chevaux vont dîner; c'est notre tour maintenant.

Et il entra dans la cuisine avec ses hommes. Comme le plancher est très-mince, et même percé de trous à certains endroits, je pouvais entendre et voir tout ce qui allait se dire ou se faire au-dessous de la chambre où nous étions, maman, Sébastien et moi.

Tout à coup, nous entendîmes un grand bruit comme un plancher qui s'écroule. Maman et moi nous eûmes une terrible peur. Sébastien nous fit signe de son lit, de nous tenir tranquilles et de ne pas souffler mot.

J'appliquai mon œil au trou du plancher... mais j'aime mieux laisser la plume à maman et qu'elle t'écrive elle-même ce qui se passa ce jour-là et les jours suivants.

Maman a tout vu beaucoup mieux que moi, tu saurse bientôt pourquoi; et pendant que nous étions dans un danger terrible elle a montré un courage de lionne. Enfin, tu seras bien aise de l'entendre.

XXXV

Comme je te l'ai dit, Joseph, et comme tu as pu le voir par le récit de Nini, ce n'est pas ma faute, mais la tienne, si nous sommes tous malheureux. Je te l'avais bien dit que si tu restais trop longtemps dans la Dordogne, il nous arriverait quelque accident.

A la vérité, ce qui est arrivé n'est pas ce que nous pensions. Je m'attendais, en lisant le journal, à apprendre tous les matins que tu te serais cassé quelque chose, un bras, une jambe, le nez, deux ou trois dents, n'importe quoi enfin, qu'on t'aurait rapporté sur un brancard et

qu'il faudrait aller te panser là-bas à Bernouillac-l'Abbaye chez ton M. Triplourde, notaire.

(Un joli nom pour un notaire? Mais comme ce n'est
pas toi qui l'as baptisé, je ne t'en fais pas un reproche.)

Je m'attendais donc à ça ou à quelque chose de pareil
et j'étais toute prête à te plaindre, car au fond je suis
bonne et je t'aime; mais pas du tout! Il se trouve que tu
te portes mieux que jamais, que tu chasses, que tu bois,
que tu manges, que tu prends une cuisinière (à propos,
tu sais, si elle ne me convient pas, il ne faut pas compter
qu'elle restera longtemps à la maison); enfin que tu
mènes là-bas une vie de polichinelle, ou comme dit
M. Fritot, qui est savant, une vie de Sardanapale et de
Balthazar.

Voyant ça dans tes lettres et que pour faire le sultan
matin et soir, tu nous proposais d'aller te rejoindre au
milieu de tes vaches, de tes vignes, de ta volaille, de ta
cuisinière et de tes Triplourdes, je ne te répondais pas,
mais je pensais en moi-même : « Toi, Joseph Mercier, si
jamais tu me pinces sur les bords de la Dordogne, les
poules auront des dents! »

Et je l'aurais fait comme je le pensais quand toutes les
tuiles me sont tombées à la fois sur la tête.

Nini d'abord, qui du premier coup est devenue amoureuse comme une chatte de son Raphaël. Mon Dieu! je
ne dis pas qu'il fût laid, au contraire. Il était assez grand,
il était mince, bien proportionné, avec de fines moustaches; il avait servi et bien servi dans l'armée française,
il avait de l'esprit, il parlait comme un livre, il avait un
bon état; il nous fit même un jour, comme te l'a dit
Nini, la politesse de nous retirer de la Marne, où ce
grand imbécile de Schmidt nous avait fait tomber en
faisant le gracieux.

N'empêche que je n'étais qu'à moitié contente, car
Nini aurait bien pu me consulter avant de s'engager
avec lui.

Seconde tuile. Voilà que l'empereur déclare la guerre.

Pour qui? Pourquoi? L'on n'a jamais pu savoir; et d'ailleurs à quoi ça nous servirait-il de l'apprendre maintenant, dans l'état où nous sommes? C'est bien le cas de dire : Sortons de là si nous pouvons, et après nous chercherons pourquoi nous y sommes tombés.

Enfin, quand la guerre fut déclarée, je ne pensai plus qu'à mon pauvre Sébastien, le plus gentil garçon, le meilleur enfant, le plus brave sergent du 26e de ligne. Et alors nous apprenons qu'il était à Reichshoffen, à Sedan, à Longjumeau; qu'il était couvert de blessures, qu'il allait mourir et qu'il fallait se dépêcher si nous voulions le voir. Tu juges si nos paquets furent bientôt faits!...

Troisième tuile. J'étais forcée de fermer la boutique et de mettre la clef sous la porte par suite de l'incongruité de Schmidt (c'est toi qui l'avais fait venir, ce garçon; je te disais bien : défie-toi, ne le prends pas! Tu ne voulus jamais m'écouter; tu vas voir ce qui en est résulté).

Ne va-t-il pas s'aviser un jour de donner un coup de couteau à Raphaël! Nini t'a raconté comment. Raphaël, qui a le pied leste, le lui appliqua (c'est mame Pindré la portière qui l'a vu et qui me l'a dit) comme un battoir de blanchisseuse sur un mouchoir sale.

Je ne dis pas que Raphaël ait eu tort. Au contraire! Mais si j'avais pu deviner la vengeance de ce gueux, je lui aurais dit : Raphaël, mon garçon, tenez-vous tranquille! Mieux vaut perdre dix sous que cent sous. Mieux vaut être un peu saigné au bras qu'être fusillé tout à fait.

Enfin, je ne pouvais pas deviner... Qui est-ce qui aurait pu deviner que tous ces mauvais gueux d'Allemands, qui venaient nous demander à genoux du travail et de la nourriture, reviendraient un beau jour, quand on ne s'y attendrait pas, pour prendre de force tout ce que nous avions de précieux et pour fusiller ceux qui les avaient reçus comme des frères!... C'est ça, oui, c'est ça que je n'oublierai jamais!

Mais la quatrième tuile et la plus pesante, celle qui

nous écrasa tous, c'est l'arrivée de ces Allemands à Longjumeau. Nini t'a dit comment ils entrèrent dans la maison
de M. Cerisier, Schmidt en tête, qui se tenait le sabre au
poing, comme un Brandimart. Il me rappelait l'ours
Martin, quand il fait le beau, pour avoir des brioches.

Une fois entré dans la cuisine avec ses camarades, il
prit une barre de fer qui se trouvait là par hasard et la
jeta si fort sur la table que toute la maison en trembla.

Ça, c'était pour nous faire peur, et en effet Mme Cerisier fut si effrayée qu'elle vint en courant m'appeler
dans l'escalier et me pria de rester avec elle et son
mari. Je la suivis, en recommandant à Nini de ne pas
quitter son frère une seule minute... Tu comprends de
quoi j'avais peur avec de pareilles gens, et surtout avec
ce Schmidt, qui en faisait l'amoureux du temps qu'il
était garçon boulanger chez nous, et qui savait que Raphaël était préféré.

Comme j'entrais dans la cuisine, je vis mon Schmidt
qui levait le couvercle de la marmite et qui flairait la
soupe comme un cochon flaire les truffes. Il fut sans
doute content de l'odeur, car il se tourna vers les autres
et leur dit :

— Bonne soupe, ça ! Soupe grasse ! Il y a du lard
dedans... C'est bon ça, le lard frais ! Qu'en penses-tu,
Krauss ?

— Oh ! répondit Krauss en riant comme une grosse
bête qu'il était, je ne pense pas... Je remercie le bon
Dieu qui veut que les Français qui sont impies fassent
de bonne soupe pour que les bons et honnêtes Allemands la mangent !...

— Sans payer ! ajouta Schmidt.

— Sans payer ! répéta Krauss.

Et les trois autres se mirent à rire comme des ânes
qui veulent braire.

Pendant ce temps je regrettais cette bonne soupe que
Mme Cerisier avait fait tout exprès, un peu pour nous,
mais surtout pour mon pauvre Sébastien, que ces gou-

s allaient réduire au pain sec et à l'eau. Mais ce n'était
is le moment de parler, et je me mordis sept fois la
ngue, comme dit l'autre.

Schmidt regardait de tous côtés. Il vit un gros jambon
i pendait au plafond. Il le décrocha avec la pointe de
n sabre et voulut que Mme Cerisier le fît cuire.

Ce qu'elle fit sur un signe de son mari.

Après cela, ces goinfres eurent envie de veau rôti,
ris de volaille, puis de pommes de terre et de choux.
s envoyèrent chercher un gigot de mouton; mais ça,
t Schmidt, ce sera pour demain matin.

M. Cerisier avait allumé tranquillement sa pipe et
mait au coin du feu comme si tout ça s'était passé
ez les Turcs et non chez lui. Une seule fois, il regarda
hmidt de travers; c'est quand l'autre demanda les clefs
la cave.

— Ça, non !

Alors Schmidt s'avança sur lui les poings fermés et
ia :

— Pourquoi non ?

Le père Cerisier se leva et dit tranquillement :

— Parce que je vous connais.

— Ah ! ah !

— Parce que si je vous donne la clef de la cave, vous
irez comme des trous.

— Et après ?

— Quand vous aurez bu comme des trous, vous serez
oûls comme des grives.

— Eh bien ! qu'est-ce que ça vous fait ? Si ça nous
nvient à nous ?

— Et quand vous serez saoûls comme des grives, vous
ierez, vous frapperez, vous mettrez peut-être le feu à
a maison. Et je ne veux pas ça, moi ! Je suis proprié-
ire ! Je l'y mettrais plutôt moi-même !

Schmidt se tourna vers les autres comme pour leur
mander conseil.

Les autres lui dirent sans doute dans leur patois que

M. Cerisier avait raison, et lui qui les regardait et le comprenait sans en avoir l'air, — car il a fait la guerre en Allemagne il y a soixante ans, — entendit que Kraus était d'avis qu'il ne fallait pas contrarier le vieux, qu'il avait mauvais caractère, qu'il pourrait bien mettre le feu comme il avait presque menacé de le faire, et qu'il serait toujours temps de lui donner des coups de bâton quand on aurait pris son argent, mangé ses provisions et vendu ses meubles.

Malgré ça, M. Cerisier apporta huit bouteilles de vin et une demi-bouteille d'eau-de-vie. Moi je mis le couvert avec Mme Cerisier.

C'est alors que Schmidt me reconnut. Il se leva et me salua :

— Bonsoir, Madame Mercier; vous êtes donc ici par hasard ?

— Oui, tout à fait par hasard.

— Et mam'selle Nini ?

— Nini aussi.

— Vous ne me reconnaissez pas, Madame Mercier ?

— Non, Schmidt.

— Ah ! c'est que je suis bien changé, ma bonne Madame Mercier ! j'étais garçon boulanger il y a trois mois et maintenant je suis maréchal des logis chef ! je faisais votre pain, Madame Mercier, et à présent je le mange vous me disiez : « Va là, Schmidt, » et j'allais là. « Reviens par ici, Schmidt, » et je revenais... le pauvre Schmidt vous obéissait comme un chien...

Il se redressa en effaçant les épaules et en montrant son jabot comme un dindon, puis il ajouta :

— Mais c'est moi qui vous commande maintenant moi, Johann Schmidt !... C'est la guerre, ma bonne Madame Mercier, c'est la guerre ! Et maintenant, vous allez mettre la nappe de Schmidt, tremper la soupe de Schmidt, et vous changerez les assiettes de Schmidt vous mettrez des draps fins au lit de Schmidt: C'est la guerre, ma bonne Madame Mercier, c'est la guerre !

Et à chaque insolence qu'il disait ou qu'il faisait, cet animal répétait toujours :

— C'est la guerre, ma bonne Madame Mercier, c'est la guerre!

A la fin, j'étais si agacée que je lui dis :

— Tenez, Schmidt, si vous me parlez encore de ça, je vais vous jeter la soupière à la figure avec la soupe qui est dedans.

Et ma foi je l'aurais fait volontiers, car puisque Sébastien ne devait pas goûter de cette soupe-là, je ne voyais pas la nécessité d'en donner aux Allemands.

Du reste, il vit dans mes yeux que je ne mentais pas, et de peur de laisser perdre son dîner, il s'arrêta.

Alors, je posai doucement la soupière sur la table, où six couverts seulement étaient mis, — ceux des cinq Allemands et celui de M. Cerisier.

XXXVI

Schmidt, étonné, demanda :

— Est-ce que nous allons dîner seuls?

M. Cerisier s'assit, lui fit signe de s'asseoir, déplia sa serviette et répondit :

— Non, vous allez dîner avec moi!

Alors Schmidt voulut faire le galant :

— Mais les dames!... Nous ne voulons pas dîner sans les dames!... N'est-ce pas, Krauss, que tu ne veux pas dîner sans les dames?

Krauss dit que Schmidt avait raison, mais au fond l'odeur du lard et de la soupe fumante lui tenait bien plus au cœur que les dames.

Schmidt, au contraire! Ou plutôt il voulait avoir la présence des dames et la soupe, tous les plaisirs ensemble, comme il le dit lui-même.

Sans répondre un mot, M. Cerisier remplissait les assiettes. A la fin Schmidt se leva en colère et dit :

— Si les autres dames ne veulent pas venir, je veux voir au moins mam'selle Nini! Je ne souffrirai pas qu'on se moque d'un honnête Allemand!

J'avais une peur terrible.

M. Cerisier me fit des yeux signe de ne rien dire, souffla sur sa cuiller comme si la soupe était trop chaude et répliqua :

— Les dames ont dîné avant nous. Elles n'ont plus faim.

— Mais mam'selle Nini?

— Nini aussi.

— Et vous?

— Moi? Non. Je vous attendais.

Puis se tournant vers les autres Allemands qui venaient déjà d'engloutir une première assiettée de soupe, il leur en offrit une seconde. Schmidt, alors, voyant de quel cœur ils allaient à l'ouvrage, eut peur qu'on ne lui prît sa part, et se mit à table avec les autres.

— Au moins, dit-il, nous la verrons après dîner?

— Qui? demanda M. Cerisier.

— Mam'selle Nini.

— Certainement. Elle est occupée à panser les blessures de son frère Sébastien, qui est couché là-haut!

— Comment! dit Schmidt, Sébastien est là-haut? C'est mon prisonnier, alors!

— D'autant mieux prisonnier, répliqua M. Cerisier, qu'il n'a peut-être pas vingt-quatre heures à vivre.

A cette idée, les larmes me vinrent aux yeux; pendant que je les essuyais, M. Cerisier dit tout bas à Schmidt, comme s'il n'avait pas voulu être entendu de moi :

— Pauvre femme!... Il est revenu mourant après la bataille de Sedan... Ne parlez pas de ça devant Mme Mercier!

Alors, par discrétion et aussi je crois parce qu'ils ne
se souciaient pas beaucoup de la vie ou de la mort de
Sébastien, ils se remirent tous les cinq à manger comme
des loups. Le lard, la poule grasse, le bœuf, le veau, le
jambon ne firent que paraître et disparaître.

Ils buvaient à proportion, et M. Cerisier, après s'être
fait prier un peu, alla chercher d'autre vin à la cave.

Au retour, après avoir beaucoup crié entre eux, et
chanté des chansons allemandes qui nous auraient fait
rougir Mme Cerisier et moi (à ce qu'a dit M. Cerisier), si
nous avions pu les comprendre, ils voulurent nous montrer qu'ils savaient le français et nous raconter des histoires.

Naturellement ils commencèrent par raconter leurs
exploits, et par comparer les dîners qu'ils avaient faits
depuis le commencement de la campagne.

Krauss dit :

— N'est-ce pas, Monsieur Schmidt, que nous n'avons
jamais mieux dîné depuis deux mois?

— C'est vrai, Krauss, répondit l'autre.

— Monsieur Cerisier, pour de la bonne soupe, c'était
de la bonne soupe. Pour du bon lard, c'était du bon lard.
Pour de la bonne poule, c'était de la bonne poule.

M. Cerisier répondit :

— Et mon vin? vous n'en parlez pas, Monsieur Schmidt.
Est-ce que vous l'auriez trouvé mauvais, par hasard?

— Je l'ai trouvé si bon, dit Schmidt en riant de toutes
ses forces, que je veux en envoyer deux barriques à papa
Schmidt, à Munich, et c'est vous qui me les fournirez,
mon vieux!

— En payant? demanda M. Cerisier.

Alors les cinq Allemands se mirent à rire, à crier et
à frapper si fort sur la table que les verres et les bouteilles furent renversés et que Mme Cerisier, qui était
au fond de la cuisine, leva les mains vers le ciel en
disant :

— Jésus! mon Dieu!

— Payer! moi payer le vin de ces Français! Moi! ui
honnête Allemand! Papa Cerisier, mon vieux, je boira
tout, nous boirons tout, nous autres honnêtes Allemands
Nous sècherons ta cave et nous ne payerons rien. Bis
marck nous l'a défendu.

M. Cerisier les regarda et dit :

— C'est différent!..... Puisque Bismark l'a défendu
c'est tout à fait différent!

— Vois-tu, mon vieux, continua Schmidt, bien boir
et bien manger sans payer quand on est le plus fort
c'est la guerre! Nous avons des sabres et pas de vin. Toi
tu as du vin et tu n'as pas de sabre. Tu vas nous donné
ton vin ou nous te couperons le cou..... C'est juste, ça
n'est-ce pas, Krauss?

Krauss et les autres répondirent qu'il avait parl
comme un cinquième Evangile.

Et alors ils se mirent à boire de plus en plus. M. Ceri
sier ne les en empêchait pas. Au contraire, je crois qu'i
les aurait encouragés si cette canaille en avait eu besoin
Je ne disais rien. Je voyais qu'il était comme le généra
Trochu. Il avait son plan.

Quand ils furent tout à fait « ronds » ou à peu près
c'est-à-dire vers la dix-septième bouteille, il leur demanda
comme à des amis qui viennent de faire un voyage, ce
qu'ils avaient vu de plus beau sur la route.

Alors Krauss dit qu'ils avaient vu un tas de belles
batailles, et qu'ils avaient bien ri parce qu'ils étaien
presque toujours cachés dans les bois pendant que les
Français venaient sur eux à découvert, la baïonnette en
avant, et qu'on faisait feu sur eux sans qu'ils pussen
savoir d'où venaient les boulets et les balles.

Un autre dit qu'il avait mieux bu et mieux mangé depuis deux mois en France que depuis trente ans en Alle
magne; qu'il avait eu du pain blanc tous les jours au
lieu de pain de seigle, du lard soir et matin, du vin de
toute espèce, des montres, des bagues, des pendules et
des pièces de cinq francs.

— Mais, dit Krauss, qui était déjà gris, c'est surtout
Bazeilles que nous avons eu du plaisir! C'est là que
ous avons tué, que nous avons rôti, que nous avons
i...

Schmidt, qui avait encore un peu de bon sens, voulut
empêcher de parler et lui cria :

— Tais-toi, Krauss !

L'autre but un demi-verre d'eau-de-vie et répliqua :

— Pourquoi donc est-ce que je ne dirais pas ce que
ous avons fait, ce que vous avez fait, vous, Monsieur
chmidt et tous les camarades, et qui était bien fait, ma
)i ?

— Krauss, je te défends !...

— Tu me défends ! dit l'autre. Eh bien! je raconterai
)ut parce que c'est drôle. Vous allez voir, Madame Mer-
ier! Et pour commencer, je dirai ce que tu as fait, toi
ui parles !

— Et vous aurez bien raison, Krauss! dit M. Cerisier
e son air tranquille. Vous n'êtes pas ici à la parade ni
ans les rangs; vous êtes entre amis, et ça fait plaisir
'entendre vos histoires. Allons, Krauss, mon garçon,
ites-nous ce que vous avez fait à Bazeilles.

Le stupide Krauss lui répondit en riant bêtement,
omme c'est sa coutume :

— Oh! moi! je n'ai pas fait grand'chose. Je n'ai pas eu
'occasion. J'étais trop occupé à me battre, à envoyer des
alles aux Français et à baisser la tête pour ne pas rece-
oir les leurs..... Mais lui, Schmidt, a eu du bonheur.
)'abord, il était à l'arrière-garde avec l'état-major et
'escorte du prince... Vous comprenez; s'il y avait eu du
langer, le prince ne se serait pas mis là; mais il n'y
vait pas de danger...

Quand l'affaire fut presque finie, on nous dit de mettre
e feu aux maisons de Bazeilles... Mais ceux qui s'étaient
)attus toute la journée avaient plus envie de manger et
le dormir que de mettre le feu... Vous comprenez, n'est-ce
)as? Les autres, alors, les *feignants*, comme vous dites,

ceux qui ne s'étaient pas battus, furent bien contents
d'avoir leur tour et de piller ou brûler tout...

Schmidt se mit à jurer comme un païen pour l'interrompre ; mais Krauss n'entendait plus rien.

— Au moins, dit Schmidt, ne croyez pas un mot
Madame Mercier, de ce que va dire cet animal de
Krauss !

L'autre alors nous raconta qu'il avait vu, de ses yeux
vu, ce misérable Schmidt essayer de prendre une malheureuse femme dans ses bras (Dieu sait pourquoi faire !
que cette pauvre femme en se débattant l'avait souffleté
qu'alors il lui avait passé son sabre au travers du corps
qu'il avait pris un collier en or qu'elle avait au cou, e
qu'il l'avait jetée à moitié morte dans sa maison, après
y avoir mis le feu.

Comme j'allais crier que ce Schmidt était un scélérat
M. Cerisier me fit signe des yeux de ne rien dire et répliqua, comme si Krauss avait raconté une chose toute
naturelle :

— Eh bien, Krauss, c'est malheureux, tout ça, bien
malheureux ! Mais c'est la guerre ! Qu'est-ce que vous
voulez ?...

Et Schmidt rassuré répétait :

— N'est-ce pas, Monsieur Cerisier ? C'est la guerre
Si l'on ne nous avait pas attaqués, nous serions resté
bien tranquilles à travailler en France, et je ferais, moi
le pain de Mme Mercier, pendant que Krauss étrillerai
les chevaux de l'hôtel des *Trois-Rois.*

Et tendant son verre, il dit :

— Encore un coup, Monsieur Cerisier. Encore un coup
et à votre santé !

Schmidt était encore celui qui buvait le mieux ou qu
portait le mieux le vin qu'il avait bu. Ses camarade
avaient déjà fini de manger, de boire et de crier ; il
glissaient sous la table pendant qu'il buvait encore e
criait de toute sa force ses chansons allemandes.

A la fin, quand les autres furent endormis, il se lev

e table en s'appuyant un peu au mur et dit de sa voix
ivrogne :

— Je veux voir mam'selle Nini! Où est mam'selle
ini?

C'était le mauvais moment. M. Cerisier lui répondit :
— On ne peut pas la voir à présent.
— Pourquoi ça?
— Elle dort.

Alors cet animal cria :

— Tant mieux ! C'est comme ça que je veux la voir.
lle doit être bien jolie au lit, Madame Mercier.

Il riait et beuglait à faire peur. J'ouvris la porte et je
oulus me sauver dans la chambre de Sébastien ; mais
avais à peine monté les premières marches de l'esca-
er lorsque j'entendis un grand bruit de ferraille et de
bre heurter contre les meubles. Je compris que cette
te sauvage allait courir à ma poursuite et je montai
uatre à quatre comme tu peux croire.

Au moment où j'arrivais devant la porte de Sébastien,
le s'ouvrit d'elle-même pour moi et se referma tout de
uite. C'est Nini qui avait tout vu par les trous du plan-
ier et qui avait tout entendu. Elle était blanche comme
n linge, tant elle avait peur, et elle poussa le verrou en
sant :

— Oh! maman, pauvre maman, quel scélérat! Et
uand je pense que tu voulais me le donner pour mari !

Elle avait tort de parler de ça. parce que si j'avais
oulu, je ne voulais plus, et depuis bien longtemps...
ais enfin j'avais voulu autrefois, ça c'est vrai... Et,
près tout, c'était pour son bien. Est-ce que je pouvais
viner que les Schmidt, de Munich, une ville honnête
i tu m'as toujours dit qu'on passait son temps à boire
 la bière et à manger des saucisses, auraient pour fils
 mauvais gueux qui viendrait assassiner en France
s femmes et les enfants ?

Est-ce que c'est possible ?

Est-ce que c'est raisonnable ?

Est-ce que ça peut avoir du bon sens ?

Réponds, Joseph Mercier !

Mais tu comprends que ce n'était pas le moment de s'expliquer là-dessus avec Nini.

Quand la porte fut fermée et verrouillée, je regardai autour de moi.

La chambre était toute en désordre. Comme disait en riant Sébastien, c'était une place de guerre. Nini s'était retirée dans la ruelle du lit de son frère. Sébastien, à moitié assis, mettait sous son chevet un revolver qu'il venait de charger et qu'il avait par bonheur gardé depuis le commencement de la guerre. Moi, je cherchais des armes et je ne trouvais rien qu'un grand manche à balai. Mme Cerisier, qui était montée avant moi, disait tout haut : « Jésus, Marie, Joseph, ayez pitié de moi Sauvez mon pauvre Cerisier ! »

Le bruit que faisait ce Schmidt ne cessait pas, au contraire ! On entendait des cris de fureur et des jurons à faire frémir, sans compter des coups de sabre par douzaines.

Tout à coup je regardai par la fente du plancher Nini regarda aussi et Mme Cerisier aussi. On n'y voyait pas plus clair que dans un four. En même temps la porte de la maison s'ouvrit et se referma.

— Qu'est-ce que c'est que ça ? demanda Sébastien.

Alors Mme Cerisier reprit courage et nous dit :

— Je devine ce que c'est. Quand vous avez monté l'escalier, Schmidt a voulu vous suivre. Mon mari pour l'en empêcher a soufflé la lampe. Schmidt qui est saoûl donné des coups de sabre au hasard, et mon mari profité de l'obscurité pour se sauver et aller chercher du secours.

Elle ne se trompait pas, comme nous l'avons su plus tard ; mais elle n'avait pas tout deviné.

— C'est égal, dit Sébastien, en attendant le retour de M. Cerisier, tenons-nous sur nos gardes. Avec des brutes pareilles...

Au même moment, Mme Cerisier qui regardait toujours à travers la fente du plancher nous fit de la main signe de ne plus parler et qu'elle voyait quelque chose.

Alors elle nous dit tout bas :

— Schmidt a trouvé une bougie et vient de l'allumer... Il réveille les autres qui dorment comme des pierres... Ecoutez !... Ecoutez !

Nous entendîmes en effet quelque chose qui ressemblait au ronflement de trois ou quatre ivrognes, et Schmidt qui criait :

— Allons donc, debout, tas d'imbéciles ! Krauss ! Krauss ! Krauss !

Et comme l'autre était trop ivre pour comprendre, et s'était couché sur le plancher, Schmidt lui donna un grand coup de pied dans les reins.

— Krauss !

L'autre se retourna et dit quelque chose en allemand que Mme Cerisier ne comprit pas.

Ça signifiait sans doute (à ce que crut Sébastien qui sait quelques mots d'allemand) :

— Va te... *promener !*

Mais Schmidt lui allongea de nouveaux coups de pied et des coups de plat de sabre en même temps qu'à ses camarades. Alors ils se levèrent tous en grognant. On aurait cru entendre cinq des amis de saint Antoine.

Quand ils furent debout sur leurs pieds, Schmidt leur raconta en allemand je ne sais quoi qui dut être tout à fait terrible, car ils tirèrent leurs sabres du fourreau en poussant des cris effrayants et suivirent Schmidt qui passa le premier comme un brave, tenant la bougie dans sa main gauche et le sabre dans sa main droite.

Mme Cerisier ne pouvait plus les voir ; ils étaient sortis de la salle et montaient l'escalier, mais nous entendions traîner les fourreaux qui se heurtaient contre la muraille. Nini se blottit contre le mur. Mme Cerisier se mit

à genoux pour implorer la sainte Vierge, Sébastien qui
pouvait à peine remuer, nous dit :

— N'ayez pas peur. Je réponds de tout. Maman, aide-
moi à me retourner du côté de la porte et à m'asseoir.

Je lui dis :

— Pauvre enfant ! Veux-tu te faire massacrer ?

Il me regarda de ses yeux ordinairement si doux et si
gais, mais qui étaient alors comme deux pistolets chargés et me dit :

— Maman, ne t'effraie pas. D'abord je ne serai pas tué,
je t'en réponds, ni personne ici. D'ailleurs, s'il fallait
être tué, est-ce que je trouverais jamais une meilleure
occasion que pour toi et Nini. Allons donc !...

Tout ça ne me rassurait pas.

Il ajouta :

— Je connais ce Schmidt. Il craint la casse comme une
vieille cruche.

— Mais il est saoûl !

— Quand il aurait bu trois barriques d'eau-de-vie, il
garderait encore assez de bon sens pour ne pas exposer
sa peau sans nécessité. Il me connaît comme je le connais. Ça suffit.

Et, ma foi, Sébastien avait l'air si sûr de ce qu'il disait
que nous reprîmes courage toutes les trois, Mme Cerisier,
Nini et moi.

A propos, t'ai-je raconté que nous avions encore un
ami qui s'était enfermé avec nous et qui avait l'air de
comprendre tout ce qui se passait et de détester les Allemands autant que nous, quoiqu'il n'eût pas les mêmes
raisons ?

Si je ne te l'ai pas dit, c'est que j'ai oublié ; mais j'avais
tort, car il nous a rendu service ce jour-là plus que
beaucoup de chrétiens n'auraient osé faire.

Cet ami, ou plutôt celui de Nini, c'était notre bon
chien Top, qui nous avait suivies à Longjumeau, et qui
ne nous aurait pas quittées pour un empire, fût-ce de
France ou d'Allemagne.

La bonne bête avait l'air de tout comprendre. Il était inquiet, il allait de la porte à la fenêtre et venait frotter sa bonne grosse tête contre la robe de Nini et la mienne, il léchait la main de Sébastien ; il regardait Mᵐᵉ Cerisier d'un air soumis et bon comme s'il avait vu qu'elle était la maîtresse de la maison et qu'il n'était, lui, qu'en pension chez elle.

Enfin, à le regarder, tu aurais pensé qu'il était notre factionnaire et qu'il montait la garde autour de nous.

Tu vas voir que Top ne nous a pas été inutile.

Schmidt et ses camarades montaient donc l'escalier lourdement, comme je l'ai dit, en faisant résonner leurs sabres et leurs grosses bottes comme des gens qui vont tout tuer.

XXXVII

Schmidt arriva le premier devant la porte de la chambre et cria :

— Ouvrez !

Sébastien, qui avait pris le commandement, fit signe de ne pas répondre un mot.

Top, qui était couché au pied de son lit, se leva et courut à la porte ; mais, avant qu'il eût le temps d'aboyer, Sébastien lui fit signe comme aux autres de se taire, et le bon Top, qui est plein d'esprit, à ce que dit Nini, se tint tranquille.

Nous entendîmes un grand bruit sur le palier. Les gros Allemands causaient entre eux ou plutôt ils nous menaçaient de tuer tout le monde. Enfin Schmidt donna un grand coup de pied dans la porte comme pour l'enfoncer, et cria encore :

— Ouvrez ! ou nous allons enfoncer tout !

— Enfonce ! répondit Sébastien de notre côté.

Il riait, le bon garçon, comme un jour de fête... Ah ! tiens, Joseph, c'est des sergents comme celui-là qu'on aurait dû faire maréchaux de France, et non ces Bazaines, qui sont traîtres de naissance et de vocation !... Mais voilà ! le bon Dieu donne le bâton de maréchal ou la couronne d'empereur à un mauvais gueux : histoire de montrer que son royaume n'est pas de ce monde.

(Du moins c'est le curé Brisemiche, de la paroisse de Saint-Laurent, qui nous l'a dit un jour.)

Fin finale. Mes Allemands, furieux de ce qu'on n'ouvrait pas, commencèrent à enfoncer la porte à coups de pied.

Sébastien, voyant qu'elle n'était pas solide, cria :

— Schmidt !

L'autre frappait et hurlait toujours.

Sébastien, ne pouvant plus se faire entendre, me fit signe d'ouvrir la porte moi-même.

Je n'osais pas ; mais il me dit :

— Ouvre, maman, et laisse-moi faire !

Pendant ce temps, Schmidt, qui à force de crier était plus ivre que tous les autres, chantait sur un air de sa façon :

> Nous voulons voir mam'selle Nini.
> Nini,
> Nini.
> Mam'selle Nini est très-jolie,
> Jolie,
> Jolie.
> Nous emmènerons mam'selle Nini,
> Nini,
> Nini.....

Je n'ose pas te dire ce que ce misérable ajoutait à son

dernier couplet. Nini en pleurait de rage, quoiqu'elle
n'entendît pas la moitié de ce qui se disait. Elle se fermait les oreilles avec ses mains et disait :

— Oh! le misérable! je voudrais lui cracher à la
figuré!

Tout à coup, comme j'hésitais encore à tirer le verrou,
Sébastien, qui n'avait pas pu s'asseoir sur son lit pendant le jour, tant il était affaibli par ses blessures, se
leva debout, enveloppé d'une grande couverture de
laine, ouvrit lui-même en me faisant signe de m'écarter
et dit :

— Entre, Schmidt! Entre, mais seul.

Puis il se recoucha sur son lit, comme s'il n'avait pas
eu la force de se remuer. Mais sous la couverture je
voyais la crosse du revolver, et je tremblais!... Ah! mon
pauvre Joseph, dans ce moment-là, j'aurais bien voulu
être avec toi et nos enfants au fond de la Dordogne,
quand même nous aurions dû voir matin et soir M. Tripelourde, le notaire, et Mme Tripelourde et Adolphe...
Mais je n'avais pas le choix.

Schmidt entra le premier dans la chambre, le sabre
nu, la pointe en avant comme s'il avait voulu tuer tout
le monde du premier coup.

Krauss venait derrière lui, bien armé, et les trois autres derrière ces deux imbéciles.

— Enfin! me dit Schmidt. Ce n'est pas malheureux!
Vous avez fini par ouvrir aux pauvres Allemands, Madame Mercier! Il a bien fallu vous prier un peu, mais
vous avez ouvert!

J'étais indignée du gros air bête de cet idiot qui voulait se moquer de nous parce qu'il était le plus fort. Je
m'avançai sur lui et je dis :

— Schmidt!

Il fut si étonné de la manière dont je le regardais qu'il
recula d'un pas.

— Madame Mercier! ma bonne Madame Mercier!

Alors je lui dis :

14.

— Schmidt, vous n'êtes pas un méchant garçon, au fond?

—Oh! pour ça, non, Madame Mercier; Johann Schmidt est un honnête Allemand, je m'en vante!

— Eh bien, Schmidt, donnez-en une preuve tout de suite.

— Laquelle, ma bonne Madame Mercier?

— Allez-vous-en!

Alors il éclata de rire comme un imbécile qu'il était et cria:

— Ah! non, Madame Mercier! Ah! pour ça non! Je suis venu pour voir mam'selle Nini, pour faire connaissance avec mam'selle Nini, pour embrasser mam'selle Nini et je ne m'en irai pas sans avoir embrassé mam'selle Nini, je le jure.

Puis se tournant vers son compagnon:

— N'est-ce pas que j'ai raison, Krauss?

Et Krauss dit qu'il avait bien raison, et les trois autres Allemands, qui étaient restés sur l'escalier, grognèrent, ce qui est leur façon de dire que leur chef a raison.

Moi, j'étais furieuse. Je lui criai:

— Schmidt! Vous êtes un malhonnête!

Sa bouche se fendit jusqu'aux oreilles, tant il avait envie de rire ou tant il en faisait semblant.

Je continuai:

— Schmidt, vous avez servi chez nous pendant trois ans, vous avez mangé notre pain, vous vous êtes assis à notre table, et maintenant vous venez nous menacer chez nous... C'est abominable!

Alors, avec son air benêt, il me dit ce que ces coquins ont toujours à la bouche:

— C'est la guerre, Madame Mercier, c'est la guerre!

C'est leur manière de s'excuser quand ils ont tué, volé, brûlé ou fait quelque autre chose abominable.

Pendant qu'il parlait, Sébastien, qui était à demi couché et roulé dans sa couverture, la tête appuyée sur le bois de lit, poussa un profond soupir. J'eus peur qu'il

e se trouvât mal. Il fermait les yeux, il était très-pâle.
Je courus à lui, et je demandai avec inquiétude :

— Qu'as-tu, mon pauvre enfant ?

Il me répondit tout bas :

— Sois polie avec cet animal, et dis-lui de fermer la
orte afin qu'il reste seul dans la chambre avec son
umarade.

On s'expliquera plus aisément !

Sans savoir ce que Sébastien voulait, je présentai une
haise à Schmidt en lui disant :

— Monsieur Schmidt, asseyez-vous donc, je vous prie !
t vous, Monsieur Krauss, aussi. Je suis bien fâchée
l'il n'y ait pas ici d'autres chaises pour ces messieurs...
ais...

Alors Schmidt, qui regardait de tous les côtés dans la
hambre, sans doute pour voir s'il n'y avait pas quelque
nemi caché, dit aux autres hulans :

— Vous, descendez. Si j'ai besoin de vous, je vous
ppellerai... Toi, Krauss, reste avec moi, je veux que tu
ies comme moi la belle mam'selle Nini que j'aime
nt !

En même temps il ferma la porte, ses camarades des-
ndirent l'escalier, et il s'avança vers ma pauvre Nini
ni, toute tremblante, le regardait venir et se réfugia
rs son frère.

Joseph, tu n'as rien vu de pareil à ce qui se passa dans
ne minute.

Au moment où Schmidt allait saisir la main de Nini
ni poussait un cri, Sébastien se leva debout en un clin
œil, toujours enveloppé de sa couverture et mit son
volver sous le nez de Schmidt, qui s'écria et recula de
ois pas en disant :

— Eh ! prenez donc garde, Monsieur Sébastien ! Prenez
rde ! Je ne veux pas faire de mal. Ne m'assassinez pas !
Sébastien le regarda en riant et dit :

— Grosse bête ! Gros animal ! Stupide Allemand ! Tu
ériterais !...

Mais pendant que Sébastien parlait, le traître Krauss s'avança derrière lui, le sabre nu, comme il était entré et il allait le frapper par derrière. Tout à coup je le vi et je poussai un cri si violent que Krauss en demeur sans remuer, la bouche ouverte, comme s'il avait ét frappé d'apoplexie.

Sébastien alors se retourna et l'aperçut.

Aussitôt il quitta le gros Schmidt pour s'occuper d Krauss, et il lui mit son revolver à la hauteur de l'œil

Non, Joseph, tu ne peux pas te figurer comme Sébas tien était terrible et joli à ce moment-là !

De la main gauche, il s'appuyait sur le bois du lit car il était tout à fait épuisé; de la droite il visait Krauss Avec son teint blanc, ses fines moustaches noires, se yeux noirs qui lançaient des éclairs, il était beau comm tout. Oui, toutes les femmes auraient voulu l'embrasse — à commencer par moi, sa mère, — mais ce n'était pa le moment.

Cependant Sébastien était seul contre ces deux Alle mands, et même, comme il me l'a dit plus tard, il étai très-embarrassé, car, à cause de nous, il ne voulait tiré qu'à la dernière extrémité de peur d'attirer sur nous e sur lui tous les hulans de Longjumeau, qui l'auraien accusé d'assassiner leurs camarades, et qui l'auraien fusillé sans rémission. Or, comme dit Sébastien, maman ce n'est pas tout de se faire tuer ; il ne faut pas se fair tuer inutilement. Si j'avais été fusillé à ce moment-là Nini et toi vous seriez restées sans défenseur, car le bo M. Cerisier est courageux, mais il n'est plus d'âge porter les armes.

Sébastien ne fit donc pas feu. Il voulait effrayer ce coquins, voilà tout, en attendant qu'il pût nous protége mieux. Mais ce scélérat de Schmidt, voyant qu'il étai tout occupé de Krauss, reprit son sabre, qu'il avait laiss tomber, et marcha sur lui pour le frapper.

Il leva son sabre...

Ah ! Joseph, c'est là qu'on voit qu'il fait bon de n

épriser personne et d'avoir des amis dans tous les
ings de la société.

Qu'ils aient deux pieds et deux mains ou quatre pattes
ulement, les amis sont toujours des amis, et dans la
eau d'un chien on trouve bien souvent des sentiments
ui feraient honneur au sultan des Turcs.

Et encore, qu'est-ce que je dis ? Est-ce que Top ne se-
ait pas honteux que je le compare à un sultan, lui qui
st si bon chien, si caressant, si doux, qui nous aime
int et qui est aimé de tous ceux qui le connaissent !
uel est le sultan qui pourrait en dire autant de lui-
ième ?

Donc le bon Top, quand il vit que le traître Schmidt
llait percer Sébastien par derrière, ne fit ni une ni
eux...

Il comprit tout, ce chien admirable, et, sans attendre
ordre de personne, il sauta sur Schmidt, empoigna de
es dents le fond de sa culotte et sans doute aussi l'inté-
ieur, et serra si fort que l'autre poussa un cri... oh !
ais un cri... comme d'un homme qu'on étrangle.

Mais on ne l'étranglait pas. Oh ! non. Et comme dit
ébastien, qui a toujours le mot pour rire, ce n'est pas
e ce côté-là qu'on étrangle.

Pour moi, j'étais si contente que je criais à Top :

— Mords-le ! mon bon chien, mords-le !

Et Top n'avait pas besoin de mes encouragements : il
errait toujours davantage. Schmidt essayait de le
apper avec son sabre ; mais il était gêné par la ruelle
u lit. Nini, qui d'abord avait eu une peur terrible, riait
omme une folle, maintenant qu'elle voyait la victoire
e Top et de Sébastien. J'aurais bien ri aussi, moi, si je
'avais pas eu peur du lendemain.

Enfin comme Schmidt, qui grinçait des dents et qui
herchait à se débarrasser de celles de Top, faisait un
apage abominable, les trois hulans qui étaient descen-
us remontèrent croyant sans doute qu'on assassinait
urs camarades.

Alors le danger allait redoubler.

Sébastien, qui pensait à tout, me dit :

— Maman, pousse le verrou pour nous laisser le temps d'expédier ceux-ci... Le tour des autres viendra ensuite.

Ça, comme je te l'ai dit, Joseph, c'était pour effrayer Schmidt et Krauss, car au fond Sébastien, qui pouvait à peine se tenir debout, ne voulait tuer personne ; il voulait seulement faire ses conditions.

Et il y réussit.

Krauss, d'abord, ayant toujours le revolver dans les yeux, posa son sabre en demandant grâce.

— Saute par la fenêtre, animal, si tu veux que je ne te brûle pas la cervelle comme à un ivrogne et à un gredin que tu es !

Il ne se fit pas prier, ce Krauss. Il se pendit par les mains à la balustrade et sauta du premier étage dans la cour sans se faire de mal.

— Un de moins ! dit Sébastien. A l'autre, maintenant.

Il faut te dire, Joseph, qu'il était temps de s'en occuper.

Sébastien n'en pouvait plus, et Top pas davantage.

Schmidt criait, se tordait, hurlait ; on aurait dit qu'il était le chien et que Top était l'homme. Top était grave, silencieux, il ne desserrait pas les dents de peur de laisser échapper ce qu'il avait saisi. Il se bornait à regarder tantôt Nini, tantôt Sébastien, tantôt Mme Cerisier comme pour savoir s'il avait bien fait.

Sébastien, voyant ça, le caressa doucement et lui dit :

— Très-bien, Top ! ne lâche pas !

Alors le gros Schmidt qui gémissait, répondit :

— Monsieur Sébastien ! Monsieur Sébastien ! je me rends !

En même temps il lâcha son sabre. Mais Sébastien répliqua :

— Imbécile ! Qu'est-ce que ça me fait que tu te rendes ou non ? Je vois bien que tu t'ennuies...

— Oh ! oui, s'écria Schmidt en faisant une telle griace que Nini en éclata de rire. Oh! oui, je m'ennuie! onsieur Sébastien, si vous ne voulez pas ma mort, di-s à ce chien de me lâcher!

Mais Sébastien n'était pas tendre.

Il lui dit :

— Coquin! Qu'est-ce que tu as fait à Bazeilles?

Schmidt se tordait toujours et mon bon Top serrait ujours. Ni l'un ni l'autre ne parlait.

— Ecoute, dit Sébastien, si je te lâche une fois, tu es n gredin, tu iras chercher tes camarades, tu diras que t'ai pris par surprise ou par trahison. Si je te tue, omme tu l'as bien mérité tout à l'heure, on croira que t'ai assassiné, ou tes chefs feront semblant de le croire me feront fusiller... Tu vas d'abord écrire ton histoire ir ce papier et tu la signeras...

Pendant que Sébastien parlait, un escadron de cavale-e commença à monter la longue rue de Longjumeau. 'étaient des hulans.

Sébastien pensa qu'il ne fallait pas les attirer dans la aison et qu'il valait mieux s'accommoder avec Schmidt endant qu'il le tenait dans ses mains. Il dit à Top :

— Lâche ce gueux! Top! Lâche-le, mon bon chien!

Et Top est si obéissant qu'il lâcha tout de suite le fond e la culotte de Schmidt, mais l'autre pouvait à peine se uténir. Cependant, quand il entendit le trot régulier es hulans, il reprit courage; même il avait une mine nsolente comme à son entrée. Il croyait faire peur à Sé-astien; mais Sébastien lui dit :

— Assieds-toi là, Schmidt...

(Il lui montrait une chaise et un bureau.)

.... Assieds-toi et écris ce que je vais te dicter.

Schmidt se redressa et répondit :

— Mais si je ne veux pas écrire, moi!

— Si tu ne veux pas, dit Sébastien en appuyant le re-olver sur son front, je te fais sauter la cervelle!

Si tu avais vu Sébastien dans ce moment-là, tu aurais té fier de lui! Il avait des yeux à faire trembler!

Schmidt le vit bien et n'essaya pas de résister davantage.

Il prit la plume et d'un air piteux attendit ce qu'il fallait écrire.

Sébastien avait l'air de chercher ses mots. Tout à coup il s'aperçut que les hulans s'arrêtaient devant la maison. Il demanda :

— Es-tu prêt, Schmidt?

— Je suis prêt, mais...

— C'est bon. Ecris :

« Mon colonel,

« C'est pour avoir enfoncé la porte de la chambre d'un
« blessé et pour avoir insulté les dames qui s'y étaien
« réfugiées que mon camarade Krauss a sauté par la fe
« nêtre du premier étage et que je vais y sauter à mon
« tour de peur que M. Sébastien Mercier, sergent-major
« au 26e de ligne français, me brûle la cervelle comme
« un chien... »

Les hulans mettaient pied à terre. Ils entraient dans la cour. Le temps pressait. Sébastien regarda par la fenêtre, les vit et commanda :

— Signe maintenant!

Les hulans entraient dans la maison et montaient déjà les premières marches de l'escalier. Schmidt se crut sauvé et dit :

— Je ne signerai pas.

Alors Sébastien lui cria :

— Misérable canaille!

Et il avait déjà le doigt sur la détente, quand Schmidt effrayé, signa.

— Maintenant, dit Sébastien, la fenêtre est ouverte. Saute!

Il sauta, en effet, mais lourdement et tomba par terre tout de son long, au milieu des hulans.

Un vieux colonel qui se trouvait là, dit :

— Voilà le second de nos hommes qu'on jette par cette fenêtre. Est-ce qu'on assassine ici ?

A quoi, Schmidt, qui se relevait et se frottait les genoux, répondit :

— Oui, Monsieur le colonel, c'est une infamie de voir comme on nous traite, nous autres honnêtes Allemands! Ces brigands de Français se cachent partout pour nous assassiner.

— Nous allons voir, dit le colonel. Major, prenez quatre hommes avec vous et amenez-moi les coupables, quels qu'ils soient. Je jure d'en faire bonne justice.

A ce mot de justice (tu sais ce que c'est, Joseph, que la justice militaire; ça consiste à trouver tous les accusés coupables et à fusiller tout le monde), à ce mot-là, je me sentis frémir et trembler de la tête aux pieds.

Qu'allait-on faire de mon pauvre Sébastien, de ma chère Nini, de moi-même ?

XXXVIII

Sébastien, lui, n'était pas effrayé comme moi. Au contraire.

Il avait l'air tranquille et ferme comme un lion. Il se recoucha, car il était fatigué, cacha son revolver sous son chevet et attendit, une main dans celles de Nini et l'autre dans les miennes.

Le major monta, suivi des quatre hommes, tous le sabre dans une main, le pistolet dans l'autre, car, dit Schmidt, le coquin de là-haut a toutes sortes d'armes cachées, et il peut faire feu sur vous au moment où l'on s'y attendra le moins.

15

Le coquin, bien entendu, c'était Sébastien.

Le major, lui, entra d'un air terrible en fronçant les sourcils. Il s'attendait sans doute à trouver de la résistance; mais il ne trouva rien, si ce n'est Sébastien couché dans son lit, tout pâle et presque évanoui à cause du sang qu'il avait perdu et des efforts qu'il venait de faire.

Mme Cerisier, Nini et moi nous nous précipitâmes au-devant du major, qui fut bien étonné de ne voir que des femmes sans armes à côté d'un mourant.

Je m'écriai :

— Monsieur le major, ce Schmidt a menti. C'est un misérable. On ne lui a fait aucun mal.

— Aucun mal! interrompit Schmidt en montrant ses genoux et ses coudes couverts de poussière; il nous a forcés à sauter par la fenêtre, Krauss et moi, en menaçant de nous brûler la cervelle par trahison!

J'allais répliquer et supplier, mais Sébastien, d'un air d'autorité que je ne lui connaissais pas, me fit signe de me taire et dit au major :

— Monsieur, devais-je exposer ma mère et ma sœur aux outrages de ces misérables?

Le major, qui avait l'air plus bête qu'une oie ou qui peut-être n'entendait pas très-bien le français, ne trouva rien à répondre, si ce n'est :

— Vous, suivez-moi!

— Je n'ai pas la force de marcher! dit Sébastien, et écartant à demi sa couverture il montra au major les bandages dont il était enveloppé.

— Monsieur le major, cria Schmidt, tout ça, c'est des dissimulations et des menteries. Tout à l'heure il se remuait comme un léopard, on aurait cru qu'il voulait nous tuer tous.

— Eh bien, dit le major, s'il ne veut pas marcher, qu'on l'emporte!

Et il fit signe à ses hommes de le saisir.

Mais au premier mouvement qu'on fit pour l'emporter un bandage se défit, une des blessures de Sébastien se

ouvrit et le sang coula en abondance sur les draps...
Je poussai un cri terrible et je me jetai au cou de Sébastien ; heureusement le major, très-embarrassé, cria par la fenêtre au colonel qu'on ne pouvait pas l'emporter sans causer sa mort.

— Eh bien, dit le colonel, montons !

Et il monta, en effet, suivi de deux ou trois officiers de ulans. M. Cerisier, qui était revenu en même temps qu'eux ou plutôt qui était allé les chercher comme nous l'avons su plus tard ; entra le premier dans la chambre pour leur montrer le chemin.

Le colonel était un vieux qui avait bonne figure. Si tu l'avais rencontré en bourgeois dans la rue, tu l'aurais pris pour un bon père de famille allemand, un de ces gros hommes tout roses quand ils sont jeunes, tout rouges quand ils sont vieux, mais toujours frais, ronds, bien portants et prêts à rire. Ça me rassura un peu, mais pas beaucoup, car avec cette race-là, il ne faut jamais se fier à rien. Ça parle toujours de son honnêteté, de sa bonté, de toutes ses vertus, et dans le commerce ça vous joue des tours pendables.

Tu te rappelles ce banquier de Cologne qui allait à la messe tous les jours, qui parlait à tous ses clients de sa vertueuse femme, sa Dorothée, de ses sept enfants, et qui nous emporta d'un coup 6.000 francs dont nous n'avons jamais revu le premier liard.

Eh bien, mon colonel ressemblait beaucoup à ce banquier. Il était grand. Il était gros. Il avait de belles moustaches et des lunettes d'or.

En entrant, il se tourna vers Sébastien qui venait de se coucher et dont on voyait le sang sur le drap.

Il demanda :

— Voilà l'homme ?

J'allais répondre, mais M. Cerisier prit la parole et dit :

— Monsieur le colonel, voici l'histoire.

Ces cinq hommes (il désignait du doigt Schmidt, Krauss

et les trois autres) sont venus chez moi ce soir avec leurs chevaux et leurs billets de logement. Je les ai reçus comme j'étais obligé de le faire.

— C'est-à-dire, interrompit Schmidt...

— Taisez-vous, Schmidt! dit le colonel qui leva sa cravache. (On aurait dit qu'il allait le frapper.) Et vous, continuez.

M. Cerisier reprit :

— Je leur ai montré l'écurie. Ils m'ont dit qu'ils la connaissaient, et c'était vrai pour Krauss. Je leur ai montré le coffre à l'avoine dont je me sers pour ma propre jument en temps de paix. Ils m'ont demandé à boire et à manger, et ils ont bu et mangé tout ce qu'il y avait dans la maison et que ma femme avait préparé pour notre dîner. Il a encore fallu ajouter trois plats de viande... Ces dames n'ont pas dîné à l'heure qu'il est, et n'auront que du pain sec pour ce soir... Je ne m'en plains pas pourtant, ni elles non plus. Mais au moins il ne faudrait pas nous maltraiter.

— Qu'est-ce qu'ils ont fait? demanda le colonel.

— Quand ils ont été saoûls à ne plus pouvoir se tenir, ils nous ont raconté toutes les horreurs qu'ils avaient commises à Bazeilles...

Ici le colonel fronça le sourcil. M. Cerisier vit bien qu'il fallait s'en tenir là et ne pas parler de Bazeilles, car ces Allemands sont comme le pauvre Lacenaire qui n'aimait pas qu'on lui dît qu'il avait tué et volé. Histoire d'avoir une trop belle âme et le cœur trop sensible.

— Ont-ils fait autre chose? demanda le colonel.

M. Cerisier continua :

— Presque rien. Quand ils ont été si pleins de vin et d'eau-de-vie que trois sur cinq sont tombés sous la table, celui-ci...

(Il montra Schmidt.)

Celui-ci, qui connaît Mme Mercier pour avoir été garçon boulanger chez elle à Paris et pour avoir demandé en mariage Mlle Nini sa fille, qui ne voulut pas de lui,

celui-ci a crié qu'il voulait voir Nini, embrasser Nini....
Mᵐᵉ Mercier s'est sauvée. J'ai voulu le retenir. Il a tiré
son sabre pour me tuer; comme je n'avais pas d'armes,
j'ai paré le coup avec une chaise.

— J'en porte encore la marque sur le bras, dit Schmidt.

Mais le colonel leva une seconde fois sa cravache pour
l'avertir de se taire.

— Alors, continua M. Mercier, j'ai soufflé la lampe
pendant que ma femme et Mᵐᵉ Cerisier montaient l'escalier en courant et s'enfermaient dans cette chambre, où
Mˡˡᵉ Nini était déjà avec son frère que vous voyez. Ce
Schmidt a continué de donner des coups de sabre à tort
et à travers dans l'obscurité. Vous pouvez le voir, Monsieur le colonel, car tous les verres et toutes les bouteilles ont été cassés.

J'ai profité de ce qu'il n'y voyait plus pour sortir et venir vous demander justice. J'ai eu le bonheur de vous
rencontrer dans la rue, et vous arrivez à temps.

Le colonel demanda :

— C'est vrai, Krauss, ce que dit ce vieux-là?

— C'est-à-dire, répondit Krauss, que ces gens-là voudraient nous voir tous tués ou noyés, qu'ils ont fait tout
le bruit qu'on peut faire et qu'ils ont tout cassé chez eux
pour faire croire des choses qui ne sont pas...

— Et vous, Schmidt, qu'avez-vous à répondre?

Schmidt avait l'air honteux d'un chien qui s'attend à
recevoir des coups de fouet. Il répondit :

— Mon colonel, Krauss a raison.

Le colonel reprit :

— Enfin, vous avez enfoncé la porte et voulu maltraiter ces dames?

— Pas du tout, mon colonel. Tout ça, c'est des mensonges. Nous sommes venus ici comme de bons et honnêtes Allemands avec nos billets de logement... Le vieux
nous a reçus comme des chiens. J'ai voulu voir après dîner s'il y avait des armes dans la maison... alors ce scélérat qui fait semblant de mourir (il montrait Sébastien),

m'a menacé de son revolver quand je venais seulement
pour le désarmer et pour dire bonsoir à mam'selle Nini.
Les femmes ont crié. Le chien, un maudit chien que je
tuerai tout à l'heure, m'a mordu horriblement. Krauss
et moi, pour ne pas faire de bruit, parce que vous l'aviez
défendu, nous avons passé par la fenêtre. Le vieux est
allé se plaindre, et voilà.

— Où est le revolver? demanda le colonel d'un ton
sévère.

Sébastien l'avait caché sous son chevet. Je vis qu'il
voulait le garder. Je lui dis :

— Pauvre enfant! Veux-tu nous faire massacrer tous?

Il hésita encore un peu et le remit au major qui s'a-
vança pour le prendre.

— Il n'y a pas d'autres armes dans la maison? demanda
le colonel.

M. Cerisier donna sa parole qu'il n'y en avait pas.

Alors le colonel reprit en s'adressant à Sébastien :

— Toi, mon garçon, tu mériterais d'être fusillé pour
avoir gardé ton revolver. Mais à cause de ta mère et de
ta sœur, je te fais grâce.

Je poussai un cri de joie.

Sébastien se mordait les lèvres de rage. Lui faire grâce,
à lui! Cependant il ne dit rien.

L'autre continua :

— Vous, Cerisier, avez-vous à vous plaindre de quelque autre chose?

— Moi! Non, répondit M. Cerisier. Excepté ma montre
en or qui était pendue au clou de la cheminée et qu'on
m'a volée avant dîner et cent vingt francs que j'avais
laissés sur la table de ma chambre et qui n'y sont plus,
je ne me plains de rien. Encore, je ne me plains même
pas de ça. Je m'y attendais, et j'avais laissé ma montre
et mon argent tout exprès dehors afin que ces hommes
ne fussent pas obligés d'enfoncer les armoires pour piller ou de me tuer pour avoir ma montre.

— Ah! ah! dit le colonel en riant. Vous êtes un homme de précaution, Monsieur Cerisier, à ce que je vois. Est-ce que vous avez fait la guerre?

— Oui, Monsieur le colonel; en Allemagne, au temps du premier Napoléon.

— C'est bon, dit le colonel.

Puis s'adressant à ses hommes :

— Lequel de vous a pris la montre d'or de M. Cerisier? Tous crièrent :

— Ce n'est pas moi, c'est Schmidt.

— Donnez-la-moi, dit le colonel.

Schmidt essaya de résister; mais l'autre leva sa crava-che. Alors il la donna au colonel qui la regarda soigneu-sement, l'ouvrit, la fit sonner (elle était à répétition) et demanda :

— Qu'est-ce qu'elle vaut, Monsieur Cerisier?

— Je l'ai achetée trois cent cinquante francs au mo-ment de mon mariage, Monsieur le colonel, mais elle vaut pour moi bien davantage, car j'y ai fait graver le nom de ma femme et le mien, et je comptais la lui lais-ser en cas de mort.

— Eh bien, dit le colonel, je vous la garde, mon vieux... J'en ai promis une pareille à ma femme.

Et il la mit dans son gousset, en riant du bon tour qu'il venait de jouer.

M. Cerisier ne répliqua rien, si ce n'est :

— Je vous en fais cadeau, Monsieur le colonel, et mê-me je suis si content de la voir dans vos mains que je vous demanderai une autre faveur.

Le vieux hulan fut étonné. Il demanda :

— Quelle faveur?

— De vouloir bien loger chez moi ce soir et tout le temps que votre régiment demeurera à Longjumeau.

— Oh! oh! dit le colonel. Avez-vous de bon vin?

— Excellent, Monsieur.

— Et la cuisine, est-elle bonne?

M. Cerisier répondit :

— Ce n'est pas à moi de faire l'éloge de ma femme,

mais je peux dire qu'elle fait les gigots aux pruneaux et la pâtisserie comme personne.

— Eh bien, accordé, mon vieux !

Puis, par réflexion :

— Mais pourquoi donc tiens-tu à ce que je loge chez toi ?

— Monsieur le colonel, c'est pour que Schmidt n'y remette plus les pieds, ni Krauss, ni aucun de ces...

Alors le colonel se mit à rire aux éclats et dit :

— Je comprends, je comprends ; à cause des dames. Eh bien, tu as raison, j'en ferais autant à ta place. Et je te promets qu'aucun de mes hommes ne mettra le pied dans cette chambre sans la permission des dames. Si quelqu'un y manque je lui ferai donner trente coups de bâton... Es-tu content, maintenant ?

— Très-content, Monsieur le colonel, et bien obligé, répondit M. Cerisier.

— Et vous, Mesdames ?

Mme Cerisier et moi nous le remerciâmes de tout notre cœur.

— Et vous, Mam'selle Nini ?

Nini remercia aussi comme elle le devait.

Un quart d'heure après, tous les hulans, à commencer par Schmidt et Krauss, étaient sortis de la maison. Il n'y restait plus que le colonel, deux officiers et un corps-de-garde qui faisait du feu dans la cour pour se chauffer et préparer le souper.

Quand M. Cerisier fut seul avec nous, il nous dit :

— Le premier moment et le plus dangereux est passé. Le colonel a l'air d'un brave homme qui ne fait pas le mal pour son plaisir. Il volera tout ce qu'il pourra. Il mangera et boira jusqu'à crever comme tous ceux de sa race ; mais ça n'ira pas plus loin. *Deo gratias!* Qu'en pensez-vous, Sébastien ?

— Je pense, répondit Sébastien, qui commençait à s'endormir, je pense que je voudrais bien être pansé.

En effet, dans le trouble où nous étions, on avait presque oublié sa blessure et le sang coulait toujours, mais goutte à goutte, heureusement.

Mme Cerisier, Nini et moi nous allâmes chercher du linge, de vieilles chemises, nous refîmes des bandages et enfin, vers minuit, quand tout fut fini, quand je vis que Sébastien dormait tout à fait, j'allai me coucher tout habillée sur mon lit à côté de Nini, dans le cabinet de toilette.

Là, je fus bien étonnée de voir que Nini écrivait une longue lettre. Je demandai :

— Est-ce pour ton père ?

Mais elle me répondit en m'embrassant :

— C'est pour ce pauvre Raphaël qui est à Paris, maintenant, et que nous ne reverrons plus jamais puisque la ville est fermée.

— Mais qui portera ta lettre ?

Elle me montra Top qui la regardait avec attention et qui avait l'air d'attendre ses ordres.

— Voilà le messager.

Alors elle cacheta sa lettre après me l'avoir montrée, (elle racontait ce qui s'était passé dans la journée) ; elle la plia cinq ou six fois, l'attacha au collier de Top, l'embrassa sur les yeux, ouvrit la fenêtre, lui dit ces deux mots seulement :

— Paris ! Raphaël !

Elle me fit signe de descendre avec elle dans la cour, lui répéta les deux mots et lui fit signe de partir.

Par bonheur, la porte de la grille était ouverte ; Top traversa la cour si lestement que les hulans n'en sentirent que le vent, et il prit la route de Paris.

Tu sauras bientôt comment il arriva à destination. Mais ici ce n'est plus à moi d'écrire, ni même à Nini. C'est à Raphaël qui a voulu se présenter lui-même et te raconter ses aventures.

15.

XXXIX

Monsieur Mercier, c'est à moi de plaider ma cause près de vous, puisque Mme Mercier me le permet et que Mlle Nini me l'ordonne.

Dans l'état où je suis, c'est bien difficile. D'ailleurs, ce n'est pas mon métier d'écrire, comme vous savez. Je suis ébéniste et bon ébéniste, je m'en vante. C'est mon fort. Mais pour le reste... Il faut cependant que j'écrive puisque Mlle Nini le veut; et ce qu'elle veut, Dieu l'a voulu de toute éternité.

Je ne vous dirai pas comment j'ai commencé à l'aimer. Vous devez le savoir maintenant aussi bien que moi. J'ai passé un jour devant votre boulangerie. Elle était assise au comptoir. Elle leva les yeux; quand je vis ces beaux yeux bleus si doux que vous connaissez, je voulus les voir de plus près. J'entrai, je les vis, je fus pris du premier coup. Depuis ce temps, je n'ai plus pensé qu'à elle.

Voyez-vous, Monsieur Mercier, on n'aime comme ça qu'une fois en sa vie.

Mais pourquoi vous répéterai-je ce que Mlle Nini a dû vous écrire? J'arrive tout de suite au moment où je reçus sa lettre, datée de Longjumeau.

C'est Top qui me l'apporta. Nous étions convenus de ça, elle, Top et moi. Bon Top! il avait tant d'esprit. Il savait si bien tout ce qu'il fallait faire; il pensait tout ce qu'il fallait penser.

Le lendemain du jour où les hulans entrèrent à Longjumeau, je rentrai chez moi, revenant du fort de Rosny,

où j'avais monté la garde depuis vingt-quatre heures.
Voilà que « mame Pindré, » la concierge, me dit :

— Monsieur Raphaël, il y a du nouveau. Top est revenu ! et voici la lettre qu'il portait attachée à son collier.

Là-dessus elle me remet la lettre où Mlle Nini me
racontait tout ce qui était arrivé la veille au soir.
Top, qui est aussi fin et aussi rusé qu'il est bon,
avait eu le bon sens de passer au travers des postes allemands et français, et d'entrer à Paris juste à l'heure où
l'on ouvrait les portes. Excellente bête ! Ami que j'aimerai toujours, pourquoi n'es-tu plus avec moi ? Mais,
comme dit le proverbe, Dieu rappelle à lui ceux qu'il
aime.

Vous pouvez juger de ma frayeur, Monsieur Mercier,
quand je lus la lettre de Mlle Nini, et que j'appris
qu'elle était avec Mme Mercier au milieu des hulans...
c'est-à-dire que, pour la retirer de là tout de suite,
j'aurais donné de bon cœur mon âme immortelle et la
vie éternelle qui doit s'ensuivre.

Je maudissais ma bêtise de ne pas l'avoir gardée à Paris, à côté de moi, ou de ne pas être resté à Longjumeau
en faction près d'elle ; mais ça, sans permission, il n'y
fallait pas songer : c'était quelque chose comme déserter
devant l'ennemi.

Je me promenais furieux dans Paris en pensant :

— Est-ce qu'on ne fera pas bientôt une sortie ? Est-ce
que nous allons rester enfermés dans nos murs éternellement ?

On étouffe ici.

Et, en effet, j'étouffais.

Je rentre à la maison et je vois M. Pindré, le portier,
qui nettoyait son fusil de garde national. Il y mettait du
sable, de l'huile, du blanc d'Espagne ; il faisait sa toilette comme une mère qui habille sa fille aînée pour la
conduire au bal.

Je lui dis :

— Monsieur Pindré, quand ferons-nous une sortie?

Il lève le nez et répond :

— Quand vous voudrez, Monsieur Raphaël !

— Vous êtes prêt?

— Je suis prêt !

Je demande encore :

— Et les voisins?

— Dans ma compagnie, ils ne demandent tous qu'à sortir. Paris est fermé depuis trois jours et l'on s'ennuie déjà comme si nous étions dans un cachot. Hier, au rempart, on disait : C'est bon de faire l'exercice, c'est excellent pour la santé ; mais ce n'est pas tout ça, il faut faire voir aux Prussiens de quel bois on se chauffe ; sabre et mitraille ! Là, derrière le rempart, nous avons l'air de nous cacher comme des rats dans leur trou.

— Alors vous voulez faire une sortie, père Pindré?

— Avec plaisir, Monsieur Raphaël, histoire de ne pas mourir au fond de ma loge.

— Et « mame Pindré » veut bien que vous sortiez aussi?

— « Mame Pindré ! mame Pindré ! » Elle est dix fois plus enragée que moi, et toutes les autres dames du quartier sont aussi enragées qu'elle pour la patrie et pour la République !... Ah ! je peux bien laisser la garde des enfants à « mame Pindré ! » Pourvu que je massacre les Prussiens, elle ne m'en demandera pas davantage.

— Eh bien ! père Pindré, nous allons nous réunir ce soir, nous ferons une pétition au général Trochu, nous la signerons avec sept ou huit mille gardes nationaux du quartier, et nous la porterons au général Trochu.

— Pourquoi faire?

— Pour qu'il nous conduise à l'ennemi demain ou après-demain au plus tard... ça vous va-t-il?

— Ça me va, Monsieur Raphaël.

— Eh bien, topez là.

Et il topa.

Le soir, nous étions quatre ou cinq mille réunis dans
une grande salle. On fait des discours. Je fais le mien.
Le père Pindré fait le sien. Il tape si fort sur la table que
le verre d'eau tombe et se casse. Ça fait rire. Un autre
monte à la tribune et crie qu'il faut s'enrôler en masse.
On s'enrôle. On écrit quatre ou cinq mille noms. On al-
lume des pipes, on fraternise; on crie : Vive la liberté!
vive la République! à bas la Prusse! à bas Guillaume!
On nomme une commission, un président, un vice-pré-
sident, un secrétaire, on propose une adresse (que je te-
nais toute prête au fond de ma poche), on applaudit, on
redemande l'orateur (c'était moi), on me désigne pour
porter au général Trochu les vœux de la garde nationale,
de l'armée, de tous les vrais républicains.

Un autre voulut ajouter : *de tous les bons b...* Mais on
siffla, on lui cria qu'il était lui-même un *mauvais b...* et
qu'il ferait bien de quitter la tribune s'il ne voulait pas
être mis dehors. Il résista, on l'empoigna, on le fit passer par-dessus toutes les têtes, sans qu'il pût toucher
terre, excepté sur le trottoir où il fut jeté comme un paquet de linge sale.

Vous voyez, Monsieur Mercier, que mes affaires marchaient vite et bien. A la fin de la soirée, j'aurais été (si
je l'avais voulu) général d'une armée de 6.000 hommes
et j'aurais pu commencer la bataille vers trois heures du
matin.

Mais je ne voulus pas. J'ai peut-être eu tort. On ne sait
pas ce qui serait arrivé.

Pendant ce temps je pensais :

— Quel coup si les Parisiens faisaient une sortie!
Nous délivrerions Paris et Nini en même temps.

A la fin, quand tout le monde eut parlé ou à peu près,
pour ne pas laisser refroidir l'enthousiasme, je proposai
d'aller le soir même chez le général Trochu pour lui
communiquer les volontés du peuple. Tous les hommes
du bureau me suivent. Trois ou quatre mille hommes
rangés par files de vingt-cinq de front venaient derrière le

bureau et derrière moi en chantant la *Marseillaise* et le *Chant du départ.*

Je donnais le bras droit au président de l'assemblée, le bras gauche au secrétaire.

Douze tambours battaient devant nous et le secrétaire portait le drapeau tricolore.

Nous arrivons sous les fenêtres de Trochu. Je pense qu'il dormait. On l'éveille et il vient nous recevoir dans une grande salle.

Il écoute notre adresse d'un air pénétré et nous répond sans hésiter, sans tarder, sans réfléchir, comme quelqu'un dont le métier est de parler toujours :

« Qu'il est heureux de recevoir ce témoignage de notre patriotisme ;

« Qu'il ne demande qu'à employer notre courage contre l'ennemi et qu'il sera fier d'être notre chef ;

« Qu'il y a des secrets d'Etat qu'il ne peut pas dire, des plans de campagne qu'il ne peut pas dévoiler ;

« Qu'il faut avoir confiance en lui ;

« Que la France ne périra pas, ni la République non plus ;

« Que sainte Anne d'Auray les protège toutes deux ;

« Que la patrie n'est rien sans la religion, ni la religion sans la patrie ;

« Qu'il a des nouvelles excellentes des armées de province ;

« Que partout la résistance s'organise, que les armées sortent de terre... »

Il nous disait tout ça si bien, si vite, car il parle mieux que quatre avocats, et il enfilait les mots les uns à la suite des autres de façon qu'il nous jetait de la poudre aux yeux et que le secrétaire qui tenait le drapeau tricolore me dit tout bas :

— Je crois qu'il se *fiche* de nous ; mais il n'y a pas moyen de l'arrêter dans son discours. Allons-nous-en.

Et nous nous en allâmes en effet, après qu'il eut parlé

deux heures sans dire une seule fois s'il ferait une sortie ou non.

Comme nous étions à peine au bas de l'escalier, un officier d'état-major courut après moi et me pria de remonter, mais seul, parce que le général voulait me parler.

Je remontai en effet, croyant qu'il allait peut-être dire quelque chose de sérieux.

Pas du tout. Voici ses questions :

— Sergent, comment vous appelez-vous ?

(Il avait remarqué mon uniforme au milieu des blouses et des paletots.)

— Je m'appelle Raphaël, mon général.

— Vous avez l'air d'un ancien soldat. Vous avez servi sans doute ?

— Oui, mon général, et je ne demande qu'à servir encore tant que durera la guerre.

— Et après ?

— Oh ! après... Je serai ébéniste comme j'étais il y a un mois.

Il réfléchit une minute et demanda :

— C'est vous qui avez parlé en public l'autre jour au théâtre de... ?

— Oui, mon général. Comment le savez-vous ?

— Par les journaux... Il paraît que vous avez très-bien parlé ?

Je répondis en riant, car ses questions m'étonnaient un peu :

— Pas aussi bien que vous, mon général. Un sergent fait ce qu'il peut. Chacun parle selon son grade.

Il se mit à rire à son tour et reprit :

— Vous voulez faire une sortie ?

— Comme tous les Parisiens, mon général. Et vous-même...

— Oh ! moi, dit-il, je sortirai à la tête de deux cent mille hommes, mais à l'heure que j'aurai marquée d'avance... J'ai mon plan !

Il réfléchit encore un instant et reprit :

— Vous avez tort, sergent, de faire des discours en public et de parler de choses que vous ne connaissez pas...

Je pensai en moi-même :

Il faut réserver ça aux généraux, n'est-ce pas ?

Il ajouta :

— Ça peut faire beaucoup de mal à l'esprit public. Paris est héroïque, c'est vrai, mais il faut qu'il sache subir une discipline nécessaire...

Et patati, et patata, il me fait un premier discours sur l'héroïsme des Parisiens, un second sur la discipline militaire, un troisième sur le danger de parler trop ; il allait commencer un quatrième discours quand je me lève tout à coup (car il m'avait fait asseoir pour me haranguer plus à l'aise), et je lui demande :

— Mon général, que voulez-vous de moi ?

— Que vous vous taisiez en public.

— Je le veux bien, mon général, mais à la condition que nous ferons une sortie.

Il me regarda longtemps et répondit :

— C'est au général en chef de commander ; c'est à vous d'obéir. Mais tenez, Raphaël, vous voulez vous signaler sans doute ?

— Mon général, je voudrais faire de mon mieux.

— Une mission importante et dangereuse vous conviendrait-elle ?

— Hors Paris, mon général ?

— Oui, hors Paris.

Je pensai tout de suite : Quelle joie ! je pourrai revoir Nini.

— Je m'écriai :

— Mon général, je ne désire pas autre chose.

— Vous avez dix chances pour une d'être tué ou fait prisonnier. Vous le savez ?

— Ça m'est égal, mon général. Pourvu que je fasse quelque chose et que je ne meure pas d'ennui dans une casemate ou sur un bastion, tout le reste m'est égal.

Pour dire la vérité, Monsieur Mercier, j'aurais passé au travers d'un million de balles pour revoir un jour plus tôt Mlle Nini. Mais je n'en parlai pas au général. Comme il n'est amoureux, lui, que de Sainte-Anne-l'Auray, il ne m'aurait pas compris.

Alors il me dit :

— Nous n'avons plus de communication régulière avec e gouvernement de Tours. Nos ballons vont tomber au nasard, et quelquefois en Prusse même, la plupart du emps dans les pays occupés par l'armée prussienne. Il ne faut quelqu'un à qui je puisse me fier, qui puisse passer de gré ou de force au travers des lignes de l'ennemi et qui ait assez de mémoire et d'intelligence pour répéter mot à mot tout ce que je lui aurai dit. Par là si le messager est pris, l'ennemi ne saura rien. Voulez-vous être cet homme-là ?

— Avec bonheur, mon général.

En effet, j'étais mille fois plus heureux qu'il n'aurait pu le croire. Je me voyais déjà sur la route de Longjumeau, je revoyais Mlle Nini, je continuais ma route sur Tours et je revenais à Longjumeau avec une armée pour a délivrer des hulans et de cet abominable Schmidt.

Pendant que je faisais ces réflexions, le général Trochu rédigeait sa dépêche en six lignes que j'appris par cœur du premier coup et que je répétai douze ou quinze fois. Il me donna un laisser-passer pour les avant-postes et me dit :

— Surtout, ne perdez pas une minute. Le salut de la France en dépend. Si vous êtes pris, faites-vous tuer plutôt que de répéter un seul mot de la dépêche.

Il regarda sa montre :

— Il est minuit. Dans cette saison vous avez encore six heures de nuit. Profitez-en. Vous arriverez un peu à la pointe du jour aux avant-postes prussiens. A ce moment tout le monde est fatigué, ennuyé. On ne fait plus attention. Il faudra passer.

Il me dit encore plusieurs choses, car il est bien élo-

quent, le général Trochu, ou bien bavard, mais je le sa-
luai et je le laissai se parler à lui-même, pareil, comme
dit la chanson, au pâtissier qui, n'ayant pas d'autre pratique, mange lui-même ses petits pâtés. Pour moi, je revins rue du Faubourg-Saint-Antoine. Je quittai mon
uniforme de mobile. Je pris une blouse grise, un vieux
chapeau mou, un bâton noueux, un revolver dont je char-
geai les six coups et que je cachai soigneusement dans
ma poche, un saucisson, un morceau de pain et je m'en
allai tout droit à la barrière.

XL

Cette journée-là, je peux le dire, comptera dans ma vie.
J'ai vu la mort de près bien souvent, mais jamais de plus
près ni avec autant de chances de périr.

Mon début ne fut pourtant pas trop malheureux.

Aux avant-postes français on voulut d'abord me retenir. Un ou deux imbéciles, me voyant en blouse, me
prirent pour un espion. Heureusement je montrai mon
laisser-passer.

Mais de nos avant-postes à ceux des Prussiens il y
avait une distance de deux cents mètres. C'est là que les
balles pleuvaient en plein jour, chacun voulant essayer
son adresse sur les Prussiens, et ceux-ci tirant à leur tour
sur les nôtres comme à la cible.

Les tireurs se cachaient dans des trous creusés en
terre tout exprès ou derrière des murs crénelés, ou
même derrière les gros arbres. C'est ce qu'on m'expliqua
en ajoutant qu'en plein jour je servirais de cible aux

deux partis, mais que la nuit était tout aussi dangereuse.

Alors sans m'inquiéter de rien, après m'être fait à
peu près expliquer la forme du terrain, je m'avançai lentement, sans bruit, à quatre pattes, jusqu'à quelques pas
des sentinelles prussiennes.

Top me suivait de près, car je n'avais pas voulu le
laisser à Paris, cet ami si fidèle et si courageux. En
temps de famine les Parisiens l'auraient mangé.

Il me suivait donc, prudent comme moi, à quatre pattes comme moi, mais plus exercé à marcher de cette
manière-là. Quoiqu'il fît noir comme dans un four, —
car il n'y avait pas de lune, et l'on apercevait à peine
quelques étoiles dans le ciel, — je distinguais assez bien
mon chemin et je m'avançais le long d'un fossé assez
profond qui bordait la route.

Tout à coup, je sens un obstacle très-léger, mais très-
solide, qui m'empêchait d'avancer. Je le touche, c'était
un fil de fer, posé à un pied de terre ou à peu près. Je
me lève, je veux l'enjamber, je l'accroche avec mon
pied et j'entends une douzaine de sonnettes qui étaient
suspendues au fil de fer et qui sonnaient toutes ensemble, comme on fait pour avertir le portier qu'un étranger
ouvre la porte.

Au même instant soixante ou quatre-vingts Prussiens
arrivaient de tous côtés avec des fusils, une lanterne et
des chiens.

Tout ce monde — les hommes et les chiens — se met,
les uns à crier, les autres à aboyer. Je me jette ventre à
terre sans bouger pendant qu'on me cherchait.

Les plus proches étaient à dix pas de moi. Je les voyais
très-bien et eux ne pouvaient pas me voir encore, car je
m'étais blotti dans le fossé; mais cela ne pouvait pas
tarder.

Je pensai :

— Si je suis pris, ou je serai fusillé ou je serai envoyé
en Prusse, et alors : adieu, Nini! Car qui sait quand la

guerre finira? Ma foi, mieux vaut risquer d'être tué. Par
là on risque aussi d'échapper et surtout de réussir dans
sa mission.

Pendant que je faisais ces réflexions je vois venir un
officier prussien qui tenait une lanterne et regardait de
tous côtés. Il passa le long du fossé le sabre à la main,
sans me voir. Je le saisis par le pied qui était juste à la
hauteur de ma tête et je tirai fortement à moi.

Le Prussien, surpris, glissa dans le fossé et laissa
échapper sa lanterne que je soufflai tout de suite et son
sabre qu'il tenait à la main. Sans m'arrêter à le tuer ou
le blesser, je me relevai, je courus à travers champs du
côté de Longjumeau, et comme je revenais sur la route,
me croyant hors d'affaire, je rencontrai une patrouille
prussienne qui, voyant fuir un homme, me tira une di-
zaine de coups de fusil.

En échange, je leur tirai à mon tour deux ou trois
coups de revolver dont l'un porta, je crois, car je tirais
dans le tas et d'assez près, et j'entendis un malheureux
qui blasphémait horriblement.

Par bonheur, la patrouille était à pied et bien plus
lourdement chargée que moi, qui n'avais d'autre bagage
que du pain, du saucisson et mon revolver. Je leur
échappai donc et je continuai ma route, assez joyeux
d'avoir échappé (je le croyais du moins) aux dangers les
plus redoutables.

Enfin, vers neuf heures du matin, après bien des tours
et détours, j'arrivai en vue de Longjumeau. Il ne restait
plus qu'à aller tout droit chez M. Cerisier, ce qui n'était
pas difficile, car la ville n'a qu'une seule rue, grande et
large, c'est vrai, mais où l'on est vu de tout le monde, —
de tous ceux du moins qui ont du temps à perdre.

Comment faire? J'étais connu de beaucoup d'habitants
de Longjumeau. Ceux-là, à coup sûr, ne me trahiraient
pas; mais l'abominable Schmidt et son ami Krauss me
connaissaient aussi et n'auraient pas eu de plus grand
plaisir que de me faire prendre et fusiller tout de suite.

J'entrai alors dans une petite grotte qui est creusée dans le rocher, sur le bord de la route de Paris à Orléans qui traverse la ville. J'écrivis au crayon une petite lettre pour Mlle Nini. Je la cachai sous le collier de Top, je l'embrassai comme un ami, je lui dis le nom de Nini et je lui fis signe d'aller porter la lettre.

Top partit sur-le-champ, au grand trot. Je le suivis longtemps des yeux. Je voyais bien qu'il m'avait deviné, mais je n'attendais pas le terrible malheur qui devait m'arriver ce jour-là. Pauvre Top! ce n'est pas sa faute, mais il faillit me coûter la vie.

Vous allez voir comment.

XLI

Top, comme je l'ai dit, s'en allait gaiement dans la grande rue de Longjumeau. Il avait le nez au vent, les yeux brillants, la queue en trompette, l'air fier, hardi et tout à fait gaillard.

Il comprenait parfaitement qu'il allait voir Mlle Nini, qu'il était chargé d'un message important, et qu'on lui ferait bon accueil. Ah! pauvre Top! s'il n'avait pas été un peu trop goulu ou, comme disait « Mame Pindré, » trop porté sur sa gueule, il aurait été parfait. Mais, dans ce cas, il aurait fait honte aux hommes!

C'est son appétit qui causa son malheur et le mien.

Pour dire la vérité, il avait beaucoup marché, et il n'avait rien mangé depuis la veille. Quoique chien il avait donc une faim de loup, et tout en allant au petit trot, droit à la maison de M. Cerisier, il reniflait à droite et à gauche, cherchant quelque odeur de rôti, de bouilli ou même de simple soupe... C'est ma faute! J'aurais dû y penser et le faire déjeuner avant de lui donner ma commission.

Donc pendant qu'il trottait doucement comme je viens de le dire, je le vis (car de loin, couché à plat ventre à l'entrée de ma grotte, je le suivais des yeux) s'arrêter tout à coup devant une porte ouverte, regarder avec attention un objet qu'à cette distance et dans cette direction je ne pouvais pas distinguer, se détourner un peu pour lever une patte de derrière contre la borne et réfléchir, et enfin entrer dans l'auberge, car c'était une auberge comme je l'ai su depuis...

Qu'allait-il faire dans cette auberge ? Je ne pouvais pas le deviner d'abord ; mais tout à coup un grand cri s'éleva, et je le vis sortir, poursuivi par douze ou quinze sous-officiers le sabre nu qui couraient de toutes leurs forces sur sa trace.

Mais s'ils couraient comme des hommes, lui, le bon Top, courait comme un lévrier qu'il est, ou plutôt il faisait des bonds comme un jaguar et fendait l'air plus vite qu'un train express de soixante-dix kilomètres à l'heure.

Pour vous dire tout d'abord ce qui mettait tant de gens à sa suite, il faut que vous sachiez que Top, qui est le meilleur et le mieux élevé de tous les chiens, le plus intrépide et le plus attaché à ses maîtres, est en même temps un vrai patriote qui n'aime que la France et qui déteste les soldats prussiens. (Mme Mercier vous a dit comment il avait accommodé avec ses dents le fond de la culotte de cet abominable Schmidt.)

Or, précisément à l'heure où il passait devant la porte de l'auberge, douze ou quinze sous-officiers de hulans étaient en train de déjeuner, et, suivant leur habitude, criaient, insultaient, blasphémaient, faisaient un affreux tapage. Top qui n'aimait pas leur uniforme, et qui d'ailleurs n'aimait pas à entendre jurer en allemand, s'arrêta pour les écouter, et par mépris, comme je vous l'ai dit,

:va la patte contre la borne. Puis il sentit l'odeur du
igot rôti qu'on apportait pour leur déjeuner et conçut
i funeste idée de leur jouer un tour.

Je dis « funeste, » Monsieur Mercier, parce qu'elle
ous a coûté bien cher. D'un saut sur la table de la salle
manger il arrive au gigot. D'un coup de dent il le sai-
it. D'un autre saut il retombe à terre en l'emportant, et
le, file, file. Je vous jure qu'une balle de pistolet ne va
as plus vite.

Pour dire la vérité les hulans ne perdirent pas de
:mps, eux non plus. Ah! certes! ils suivaient le gigot,
 sabre à la main, comme un saint évêque suit les com-
iandements de Dieu et de l'Eglise, c'est-à-dire sans le per-
re de vue une seconde.

Dans leur fureur ils appelaient Top de tous les noms,
: en particulier des noms de voleur et d'assassin ; c'é-
iient ceux qu'ils connaissaient le mieux pour les avoir
itendus le plus souvent en français depuis le commen-
:ment de la campagne et surtout pendant le massacre
: Bazeilles. Top, sans s'étonner, continuait sa course et
:nait de mon côté.

Il aurait bien mieux fait, le pauvre ami, de continuer
i route et d'aller tout droit chez M. Cerisier ; mais Top
était pas égoïste, au contraire. Il n'aurait pas voulu
oûter ce gigot sans le partager avec moi. Entre nous
:puis deux jours tout était commun, la fatigue et la
ourriture. Il savait que je n'avais pas mangé plus que
ii, car il avait soupé à la même heure que moi, au mo-
ient de partir. Il crut bien faire en m'apportant le pro-
iit de sa chasse. O bon Top, ô le modèle des amis !

Il aurait réussi d'ailleurs et serait venu me rejoindre
ins ma grotte sans être vu, car elle est sur la hauteur
 deux cents pas des dernières maisons, et il allait si
:te que ni hommes ni chevaux n'auraient pu le suivre.
ais voici le guignon.

Un peu avant d'arriver aux dernières maisons de Long-
jmeau, comme les cris poussés par les hulans faisaient

sortir tout le monde des maisons, quelques soldats se
trouvèrent là par hasard, et voyant qu'on poursuivait un
chien et qu'on l'appelait voleur et assassin, se mirent
en travers de la route pour l'arrêter.

Top, comprenant leur manœuvre, se jette à gauche
par une rue de traverse, sans lâcher son gigot, et court
dans la campagne en faisant un détour pour me rejoindre. Mais ses ennemis, le suivant toujours de deux côtés,
l'obligèrent à courir si fort et si loin qu'il finit par sentir
la fatigue, et se voyant essoufflé, hors d'haleine, il tourna
tout à coup sur la droite, revint sur le trottoir de la
route, entra dans la grotte où j'attendais avec inquiétude
le résultat de cette chasse, me remit le gigot d'un air
joyeux et se coucha à mes pieds comme s'il avait voulu
dire :

— Tu vois, Raphaël, ce que j'ai fait pour toi et le soin
que j'ai pris de notre dîner. A toi maintenant de faire
les parts, et dépêchons-nous de manger parce qu'on est
à ma poursuite.

Je lisais cela dans ses yeux, ses beaux yeux d'un vert
jaune qui avaient tant d'esprit et qui expliquaient tant
de choses à ses amis et à ses ennemis.

Si ce n'est pas cela qu'il voulait dire, c'est cela du
moins que j'entendis. J'ouvris un long et large couteau,
je coupai le gigot en deux parts, je tirai de ma poche une
gourde remplie de vin et un morceau de pain que j'y
avais mis par précaution en sortant de Paris, et nous
commençâmes à manger et à boire comme des gens
pressés.

Top surtout qui sentait l'ennemi sur ses talons. Aussi
ne fit-il pas le difficile ni le cérémonieux, et quand je lui
mis le goulot de la gourde entre les lèvres, il but une
bonne lampée.

Entre homme et chien il ne faut pas se mépriser. Qui
sait lequel des deux est le plus pur aux yeux de Dieu ?

Notre déjeuner ne dura pas longtemps. Les ennemis
de Top le suivaient à deux cents pas de distance et l'a-

aient vu entrer dans ma grotte. J'entendais leurs cris
le joie et de fureur.

Mais parmi eux, celui qui criait le plus fort était mon
mi Schmidt, oui, votre ancien garçon boulanger, votre
chmidt de Munich, l'abominable scélérat qui avait osé
lemander Mˡˡᵉ Nini en mariage.

Il était là, le drôle, et il disait aux autres dans son
latois allemand, que je parle assez bien pour l'avoir en-
endu souvent au faubourg Saint-Antoine :

— Je l'ai vu entrer là. Je le connais ! C'est ce misérable
hien qui m'a mordu avant-hier. Il a disparu depuis... Il
aut le prendre et le tuer.

— Eh bien, répliqua un des Allemands, entre et tue-le
oi-même, Schmidt !

— Oui, ajouta un autre en riant, mais Schmidt ne veut
as se risquer une seconde fois... Le chien est peut-être
nragé. Qui est-ce qui peut savoir ?

Cette pensée les fit reculer tous de quelques pas et
largit le cercle.

— Enragé ou non, dit Schmidt, il y a un moyen d'en
nir, c'est d'aller chercher nos revolvers et de tirer au
asard dans l'obscurité par la porte ouverte.

En effet, cette proposition devait bientôt mettre fin au
nuvre Top et à moi-même, car la grotte était assez pro-
onde pour être obscure, mais n'avait ni coin ni recoin
ù l'on pût s'abriter contre les balles.

Un hulan, plus intrépide que les autres, voulut entrer
; sabre à la main ; mais, comme il était forcé de se
ourber, la porte n'étant pas plus haute que les deux
ers d'un homme de moyenne taille, Top, que je ne
etenais plus, s'élança sur lui en aboyant avec tant de
rce que le hulan craignit d'avoir le nez dévoré ; ne pou-
ant pas distinguer son adversaire, il battit promptement
a retraite.

Les assiégeants tinrent conseil. Quelques-uns allèrent,
nivant la proposition de Schmidt, chercher leurs revol-
ers. Les autres, parmi lesquels Schmidt acharné à la

16

vengeance, se postèrent autour de la grotte, à trois pas l'un de l'autre, pour tuer le chien s'il venait à paraître.

Moi, pendant ce temps-là, je me voyais perdu et Top aussi. Il y avait là plus de trente officiers ou soldats, et leur nombre augmentait à chaque instant, car le bruit s'était répandu, à Longjumeau, du bon tour que Top venait de jouer aux hulans, et ceux-ci se rassemblaient de tous côtés pour chasser Top, comme on se rassemble en Angleterre pour chasser le renard.

Forcer une pareille troupe était impossible. Me laisser tuer au gîte sans riposter, sans me montrer, était plus impossible encore. Nini aurait rougi de moi; et les hulans auraient bien ri s'ils avaient tué sans combat un ancien sergent au 26e de ligne. Me rendre prisonnier, c'était m'exposer à être fusillé comme espion, puisque Schmidt ne pouvait pas manquer de me reconnaître sous ma blouse, et qu'il serait trop heureux de me dénoncer à ses chefs.

Avouez, Monsieur Mercier, qu'un plus habile que moi eût été bien embarrassé.

Je regardai Top pour lui demander conseil, car enfin c'est lui qui avait amené l'ennemi sur moi; il courait le même danger d'être fusillé que moi. J'avais du raisonnement, moi; mais il avait, lui, de l'instinct qui valait peut-être mieux que le raisonnement, et qui d'ailleurs ne l'empêchait pas de raisonner. J'avais un bon revolver, mais il avait de fortes dents et courait plus vite que le vent; à toute force, il aurait pu fuir tout seul, mais il était incapable d'une pareille lâcheté.

Abandonner un ami dans le danger!... Ah! bon Top, voilà une idée qui ne lui serait jamais entrée dans la tête!

A force de rester dans le fond de la grotte avec lui, j'avais fini par voir ses yeux comme au grand jour.

Il me regardait comme pour me demander :

— Que me veulent tous ces imbéciles avec leurs mines farouches et leurs sabres pointus?

Je lui expliquai de mon mieux, mais par gestes et sans parler, que c'étaient des Allemands et que par conséquent on ne pouvait pas leur demander d'être aimables.

Je vis qu'il comprenait très-bien et qu'il savait très-bien la différence d'un Allemand à un homme ordinaire.

Je lui fis signe de plus, en lui montrant les sabres croisés qui gardaient l'entrée de la grotte, que ces Allemands voulaient nous tuer, lui et moi, et que nous ne pouvions nous tirer de là que par des merveilles de force, de courage, d'agilité et même de bonheur.

Je lus encore dans ses yeux qu'il était tout prêt à me suivre.

Il se mit à ramper jusqu'à deux pas de la porte d'entrée où trois sabres entrelacés fermaient le passage, et me regarda pour voir si j'étais prêt.

Je m'avançai derrière lui, le tenant par son collier armé de pointes de fer, de peur qu'il ne partît avant l'heure ; j'armai doucement et sans être vu mon revolver, car personne ne soupçonnait ma présence, et ceux-mêmes qui croisaient leurs sabres en travers de la porte laissaient pourtant libre un étroit passage ; ils croyaient avoir affaire à un chien seulement ; mais le bruit s'étant répandu que le chien était enragé, ou pouvait l'être, mon bon Top leur faisait l'effet d'un lion.

Personne ne me voyait donc ni ne m'entendait. Pour moi, presque certain d'être fusillé si je me laissais prendre, j'étais résolu à tout risquer. On ne meurt qu'une fois, et si vous voulez tout savoir, Monsieur Mercier, mourir si près de ma chère Nini, pourvu que ma mort fût glorieuse, c'était encore du bonheur. Elle saurait du moins que Raphaël était digne d'elle, et qu'il avait donné sa vie pour la revoir et pour servir la patrie.

Il y a tant d'imbéciles qui meurent dans leur lit sans être regrettés de personne et sans mériter de l'être !... Vaut-il pas mieux se faire tuer d'un seul coup, comme un brave, en livrant bataille à l'ennemi comme Bayard, Turenne, Marceau et tant d'autres?

Pendant que je pensais ces choses et que je m'apprêtais à faire une sortie, tout à coup j'entendis de grands cris de joie.

Les hulans arrivaient en troupe. Une centaine au moins qui revenaient à cheval d'une reconnaissance faite sur la route de Paris, s'amassèrent avec leurs camarades autour de la grotte. En même temps, ceux qui étaient allés chercher des revolvers contre Top arrivèrent de leur côté. Quelques habitants du pays, attirés par la curiosité, vinrent aussi.

L'officier qui commandait les hulans demanda ce que c'était. On le lui expliqua; il se mit à rire, fit avancer son cheval en face de la grotte et voulut lui-même commander le feu contre Top.

XLII

Cette fois il n'était plus temps d'attendre. Il fallait me laisser tuer comme un lièvre au gîte, ou fuir à travers l'ennemi comme un tigre entouré par les chasseurs.

Je regardai Top dans les yeux. Il était prêt.

Alors, sans dire un mot, et pendant que les hulans armés de revolvers se rapprochaient pour tirer sur nous, je m'avançai, à demi courbé, de l'ouverture de la grotte et je tirai sans relâche trois coups de pistolet, l'un en face de moi, les deux autres à droite et à gauche.

La surprise fut grande parmi les hulans et, au premier moment, l'épouvante. Aucun d'eux ne m'avait vu entrer dans la grotte et ne pouvait savoir si j'étais seul ou si j'avais avec moi une troupe de soldats déterminés.

Deux des hulans furent blessés (car, serrés comme ils étaient, aucune balle ne pouvait se perdre dans le tas).

Le troisième blessé fut le cheval de l'officier, qui se cabra, renversa son cavalier et se débattit de toutes ses forces pendant qu'on cherchait à le retenir.

Au même instant, je lâchai Top en criant :

— Ho ! mon ami Top ! ho ! mords-les !

Et je tirai au hasard un quatrième coup de revolver pour redoubler le désordre que ma première décharge avait fait parmi les hulans.

Top n'avait pas besoin d'être excité. Il s'élança d'un bond, franchit l'officier et son cheval renversés, et passa au travers des soldats comme le vent dans les feuilles des arbres. Je venais derrière lui, moins vite, parce que Top n'avait pas son égal à la course et aussi parce qu'il fut moins chaudement poursuivi, car les hulans se jetèrent sur moi tous ensemble. Dans mon élan je renversai le premier, je reçus un coup de sabre du second, je tirai un cinquième coup de revolver sur le troisième, qui tomba en arrière les bras étendus, et j'allais peut-être échapper, lorsque mon malheur voulut que je vinsse à glisser sur l'herbe humide et couverte de boue qui était devant l'entrée de la grotte.

Avant que je pusse me relever, quatre ou cinq des plus voisins se jetèrent sur moi, me saisirent par les bras et les jambes, et me firent prisonnier.

L'officier qui venait d'être débarrassé de son cheval cria aussitôt en allemand :

— Ne le tuez pas ! Il faut l'interroger d'abord !

Il n'était que temps, car Schmidt, me regardant au visage, venait de me reconnaître et voulait me donner un coup de sabre.

Il dit :

— Capitaine, je le reconnais. C'est un espion de l'armée française, un nommé Raphaël. Il faut le fusiller.

A quoi l'officier répliqua :

16.

— Si c'est un espion, tant mieux. On n'en aura que plus de plaisir à le fusiller quand il aura dit tout ce qu'il sait.

Ces deux braves gens parlaient tout haut dans leur chienne de langue, croyant que je n'en comprenais pas un mot.

Là, je vis bien que mon sort était décidé et que je n'avais pas vingt-quatre heures ni peut-être vingt-quatre minutes à vivre. Alors je donnai ma dernière pensée à Nini, l'avant-dernière à la patrie et je me tins prêt à répondre.

En même temps je levai les yeux à l'horizon et je vis que Top, à qui personne ne pensait plus, était assis sur ses pattes de derrière, à cinquante pas de nous, du côté de Longjumeau, et m'attendait.

Evidemment, mon bon chien ne voulait pas rentrer sans moi au logis. Il devinait que sa gourmandise avait causé mon malheur, il avait des remords, il se demandait s'il devait périr avec moi ou continuer sa course et faire la commission dont je l'avais chargé.

Je le connais! Si je l'avais rappelé à moi, il serait venu sur-le-champ, eût-il dû se faire sabrer par les hulans. Bon Top! Tendre pour Mᴵˡᵉ Nini et pour toute la famille, moi compris, vaillant à la soupe, ardent à la bataille, ennemi des Prussiens jusqu'à la mort, il avait toutes les vertus.

En l'apercevant, je l'avertis par un coup de sifflet de se tenir sur ses gardes et quand je vis qu'il levait la tête comme pour dire : « Je suis prêt, » je lui criai :

— Top! Top!... Ho! Nini!

C'était pour l'avertir d'aller tout droit à la maison de M. Cerisier, de se présenter à Mᴵˡᵉ Nini, de lui donner ma lettre cachée sous son collier et de l'avertir que j'étais prisonnier.

Il comprit tout et partit au galop. Les hulans voulurent le suivre, mais les mieux montés le perdirent de vue en une minute. Tout à coup il disparut dans une

etite rue à gauche et j'entendis un coup de fusil. Quel-
ue scélérat avait tiré sur lui, sans doute ; je m'en dou-
is, mais je ne sus que plus tard ce qui était arrivé.
Schmidt dit à l'officier :

— Monsieur le capitaine, vous voyez..., cet homme est
n espion et son chien est habitué à dresser des piéges
ix honnêtes soldats allemands... Nini est le nom d'une
elle mam'selle française qui demeure dans la maison
ù le colonel est logé. C'est elle sans doute qui reçoit
s messages de cet espion et qui les fait passer à l'ar-
iée française...

J'étais si indigné des propos de ce drôle et d'entendre
rononcer le nom sacré de Mlle Nini par un Schmidt,
ué si j'avais eu (je ne dis pas les deux pieds et les deux
ains), mais les deux pieds seulement libres et en état
e faire leur office, je l'aurais marqué dans le bas du
os comme il le méritait. Malheureusement, j'étais gar-
tté solidement.

Au reste, le capitaine se borna à faire visiter la grotte,
h l'on trouva seulement l'os du gigot, que l'on rapporta
n triomphe. Ce jour-là, les hulans de Bavière ne firent
as d'autre butin.

Quand la perquisition fut terminée, le capitaine se
urna vers ses soldats et dit :

— Les autres ont déjeuné. Nous avons jeûné, nous, en
urant la campagne. Conduisons ce prisonnier chez le
olonel. Il l'interrogera et le fera fusiller s'il veut. A
otre tour de nous mettre à table.

Cet ordre si sage fut applaudi de tout le monde. Je
eux dire que tous les hulans à cheval se mirent à rire
t suivirent leur chef. Quant à ceux qui étaient à pied,
s emportèrent les deux blessés que j'avais faits avec
ion revolver et vinrent, mais plus lentement, derrière
ous.

C'est dans cet équipage, et entre deux hulans, que je
as conduit dans la maison de mon vieil ami le père
erisier, où j'étais venu si souvent les dimanches et les

jours de fête et où l'on m'avait toujours reçu comme un fils.

Ce jour-là, je venais pour être fusillé.

Mais ce n'est pas à moi de vous dire ce qui a suivi M. Cerisier s'en charge à ma place.

Lisez avec attention ce qu'il vous écrira, car M. Cerisier est la vérité même.

XLIII

Monsieur Joseph Mercier, voici l'histoire :

Moi, Pierre Cerisier, ancien sergent-major de la grande armée au temps de défunt Napoléon Ier, empereur des Français, roi d'Italie, Médiateur de la Confédération helvétique, Protecteur de la Confédération du Rhin et grand homme par-dessus le marché, en quoi il ne ressemble guère à son neveu, qui a pris l'héritage, mais qui a souillé le nom français à Sedan et ailleurs, — je me fais l'honneur de vous écrire ceci, sachant bien que vous êtes un homme d'ordre, profondément respectable et profondément attaché à tous les principes de conservation sociale, comme c'est l'usage lorsqu'on est père d'une jolie fille et qu'on ne veut pas la laisser marier sans son consentement, — ce qui d'ailleurs ne serait pas honnête, et je n'y donnerais pas les mains quand même Raphaël viendrait me demander la permission à mains jointes.

Dans ce cas-là, je lui dirais plutôt :

— Raphaël, mon garçon, avant toute chose il faut avoir le consentement du père de la fille, quand bien même la fille différerait d'avis avec le père qui penserait à la marier à quelque notaire par le moyen de ce qu'il a huit

a dix mille francs de rentes que tu n'as pas, ce qui rend
n cas tout à fait embêtant et insupportable, sans comp-
r toutes les autres choses qui peuvent te manquer aussi
 dont je ne parlerai pas davantage pour ne pas t'affliger
remptoirement, suivant l'usage et la coutume.

Etant donc tout à fait sûr et certain, Monsieur Mercier,
le vous lirez ce mémoire avec attention, je vais vous
rire de bout en bout tout ce qui s'est passé à Longju-
eau, ce jour-là et le lendemain, dont ma femme et
lle Nini sont encore toutes tremblantes, sans compter
me Mercier, qui n'est pas trop rassurée.

Pour vous revenir, voilà donc que nous étions dans la
ambre de ma femme — toutes ces dames et moi — et
le Sébastien, votre fils, un joli garçon, ma foi ! et un
ave soldat, était couché dans son lit et dormait à moi-
pendant que les dames tricotaient et parlaient du
ge de Paris et de l'envie que nous avions tous de voir
er les Allemands à l'eau avec une pierre au cou. Voilà
l'on racontait que les Parisiens allaient venir par
upes de cent mille, que les provinciaux étaient en
arche, que l'avant-garde des Auvergnats commençait
paraître vers Orléans, que cent mille Bretons étaient
Mans et s'avançaient sur Châteaudun, que quatre-
gt mille Normands avaient pris les armes, enfin tout
qu'on aime à croire dans ces occasions, et, dans le
t, tout ça n'était pas faux ; on l'a bien vu au mois de
vembre.

Nous commencions donc à rire et à nous réjouir dans
spérance que si l'affaire avait commencé par Sedan
e pourrait bien finir par Iéna, lorsque nous entendons
t à coup le bruit d'une troupe de hulans qui arri-
ent au trot en poussant des hurrahs !

e descends pour voir ce que c'est, et je vois Raphaël
vert de sang, meurtri, les mains liées derrière le dos,
on amenait chez moi, prisonnier !

e le regarde ; il me regarde. Je l'embrasse et je l'em-
ne dans la cour. On ferme la grille, on pose des sen-

tinelles, et l'on avertit le colonel, qui déjeunait au rez-
de-chaussée.

L'autre, qui mangeait de bon appétit avec deux o
trois officiers, dit d'un air grognon :

— Qu'est-ce que c'est que ça ? Qu'est-ce qu'on m
veut ?

Le capitaine lui répond :

— Très-respectable Monsieur le colonel, c'est un espio
que je vous amène.

Alors le colonel répond en faisant la grimace, parc
qu'il avait mis trop de moutarde sur son andouille :

— Un espion ! un espion ! Qu'on le fusille et qu'on n
m'en parle plus ! Les andouilles de Longjumeau n
valent rien. Elles étaient bien meilleures en Champagn

(Comme si c'était nous qui l'avions invité à venir mar
ger des andouilles à Longjumeau !)

Voyant sa mauvaise humeur, le capitaine tourne le
talons et dit :

— Eh bien, il faut le conduire au jardin. C'est là qu'o
le fusillera.

Pendant ce temps, Mlle Nini avait ouvert sa fenêtre
elle avait vu Raphaël, elle descendait l'escalier comm
une hirondelle, et elle allait se jeter dans ses bras e
criant :

— Raphaël ! Raphaël !

Vous savez, Monsieur Mercier, comme les petites fill
crient quand on les contrarie. Ça fait frémir la natur
comme dit ma femme. Mais je vous assure que c'e
bien autre chose quand on leur prend celui qu'elles o
choisi pour mari.

Elle n'eut pas plus tôt embrassé Raphaël (qui se laissa
faire, ma foi, tout doucement et qui avait l'air quat
fois plus heureux que douze douzaines d'empereurs), qu
l'abominable Schmidt qui n'avait pas quitté Rapha
d'un pas depuis la grotte et qui voulait absolument
voir fusiller, se met à crier :

— Monsieur le capitaine, voici la porte du jardin ! A

nd, sous les arbres, il sera très-bien placé pour être
usillé.

Là-dessus, mon Raphaël se retourne et lui riposte :

— Toi, Schmidt, tu serais encore mieux placé pour
tre pendu !

Là-dessus l'officier se met à rire ; Mlle Nini se jette
evant les hulans pour les empêcher de passer et crie
u'il faudra la tuer si l'on veut fusiller Raphaël.

Lui, à son tour, regarda l'officier fièrement et lui
it :

— Capitaine !

L'autre, étonné, se retourna.

— Capitaine ! Vous dites que je suis un espion ?

Le Bavarois répliqua :

— Schmidt le dit. Je n'en sais rien, moi. Je ne suis pas
ci pour faire un long procès. On me dit de vous fusiller
t je vous fusille... Est-ce que c'est mon affaire ?

— En effet, c'est plutôt la mienne, dit Raphaël en
iant.

Ce bon garçon rirait au milieu des flammes de l'enfer.

Il continua :

— Je vois bien ce qui vous presse..... Vous n'avez pas
éjeuné, n'est-ce pas ?

— En effet, répondit le capitaine, nous n'avons pris ce
natin que du café au lait, des tartines de beurre et de
ambon et quelques gâteaux avant d'aller en reconnaissance,

Alors Raphaël me fit un signe et je dis :

— Monsieur le capitaine, j'ai de quoi vous faire manger avec vos hommes...

— Mais, ajouta Raphaël, vous ne me fusillerez qu'a-
près.

— Ma foi, dit le capitaine, une heure plus tôt, une
heure plus tard, pourvu que ça finisse par là...

Raphaël me dit tout bas :

— En une heure, il peut se faire bien des changements.
Pensez-y de votre côté, j'y penserai du mien.

XLIV

Au milieu de tout ça, Monsieur Mercier, vous jugez si j'étais à mon aise. Certainement, j'ai vu fusiller souvent, et à Paris même, vous savez, ce n'est malheureusement pas rare. J'ai vu ça en juin 1848, en décembre 1851, et les plus honnêtes gens ne peuvent pas répondre qu'ils n'y passeront pas à leur tour.

Etre adossé contre un mur et servir de cible, c'est la tuile qui peut tomber presque à tout moment sur la tête de quiconque. Mais voir fusiller sous mes yeux, dans ma maison, devant ma femme, devant Mlle Nini qui l'aimait tant, ce pauvre Raphaël qui faisait deux mois auparavant tant de rêves de bonheur avec elle et avec nous!... Oh! je me sentais bouillir de chagrin et de colère.

Ma pauvre femme voulut dire quelques mots en sa faveur, mais l'officier répondit avec son gros rire bête que si le déjeuner n'était pas servi dans la minute, — et un bon déjeuner encore, un déjeuner de colonel! — il ferait fusiller Raphaël tout de suite afin de s'ouvrir l'appétit.

Naturellement ma femme courut à ses fourneaux. Raphaël, les mains toujours liées derrière le dos, fut enfermé avec Nini et moi dans la même salle, car la pauvre demoiselle ne voulut jamais le quitter, et elle fit bien, Monsieur Mercier, elle fit bien. Ce n'est pas au moment où l'on va les tuer qu'il faut quitter ses amis.

Vous répéter ce que ce pauvre garçon lui disait pour la consoler, et ce qu'elle lui répondait, le mouchoir sur les yeux, voyez-vous, ce n'est pas possible. Les quatre hulans qu'on avait mis là pour garder Raphaël, le sabre nu, le revolver à la ceinture, deux devant la porte et deux devant la fenêtre du rez-de-chaussée, les regardaient d'un air étonné et j'entendis que l'un d'eux, près de la porte, disait en allemand à son camarade :

— Elle est bien jolie, la petite mam'selle française. C'est dommage qu'on va lui fusiller son amoureux.

L'autre répondit :

— Qu'est-ce que tu veux? C'est la guerre!

Alors le premier qui avait l'air moins bête, dit :

— C'est un fameux gaillard, tout de même! J'ai cru que nous ne l'attraperions pas.

— Raison de plus pour le fusiller! ajouta l'autre. Comme ça, nous n'aurons plus peur qu'il nous tire des coups de revolver, comme il faisait tout à l'heure.

Pendant ce temps, je les entendais comme vous voyez, mais je pensais à autre chose. Je me disais : dans un moment le colonel va se lever de table avec ses officiers. C'est lui qui décidera s'il faut fusiller ou non. Comment ferai-je pour l'adoucir?

Alors il me vint une idée, une fameuse idée comme vous allez voir, Monsieur Mercier.

Vous savez, comme on connaît les saints on les honore. J'avais bien vu, vous avez vu aussi qu'en paix ou en guerre, si l'on veut venir à bout d'un Allemand, il faut le bourrer comme un canon de bonne nourriture et de bon vin. Comme disait le caporal Pitou, sainte Bâfre est la patronne des Allemands, et après sainte Bâfre, sainte Liche, sa fille; mais au fond, sainte Bâfre leur suffit et ils ne pensent à sainte Liche que quand ils ont du temps de reste.

Conséquemment, Monsieur Mercier, je fis réflexion que le colonel avait, ce jour-là, du temps de reste, qu'il n'avait donc rien de mieux à faire qu'à honorer convenablement sainte Liche. Alors je pris mon parti tout de suite. Je dis à Nini :

— Ma petite, il faut remonter là haut avec votre mère et votre frère...

Elle me répondit toute tremblante comme une fauvette pendant l'orage :

— Mais Raphaël?

Je dis :

— Je m'en charge!

On aurait cru que j'étais aussi sûr de lui que si j'avais eu promesse du Père Éternel en sa faveur.

Elle demanda encore :

— Comment ferez-vous pour le sauver?

— C'est mon affaire!

La vérité, c'est que je voulais d'abord écarter Nini de peur qu'à force de pleurer toute seule elle ne finît par l'ébranler un peu, mon Raphaël. Et il avait besoin de tout son courage et de son sang-froid.

Quand Nini fut sortie, j'embrassai Raphaël à mon tour et je lui dis :

— Malheureux garçon! Qu'es-tu venu faire ici? Pourquoi es-tu sorti tout seul de Paris?

Il me répondit en riant :

— Parce que le général Trochu n'a pas voulu sortir en troupe avec moi et cent mille autres.

Et alors il m'expliqua qu'il avait une mission secrète pour l'armée de la Loire et le gouvernement de Tours.

— Mais pourquoi passer par Longjumeau?

— Parce que c'est le chemin le plus court, d'abord; ensuite parce que c'était le vôtre et celui de Nini.

Qu'est-ce que vous auriez répondu à ça, Monsieur? Rien du tout, conséquemment, car c'était bien raisonnable.

Raphaël ajouta :

— J'ai reçu hier une lettre de Nini qui me dit que Schmidt était chez vous avec ses camarades et qu'il mettait tout à feu et à sang. Est-ce que je pouvais la laisser en danger seule avec vous qui n'êtes plus d'âge à tenir un fusil?... Est-ce que dans votre jeunesse vous auriez

laissé maman Cerisier toute seule au milieu des hulans?

Je lui dis :

— Mon garçon, si tu te fais tuer ?

— Eh bien, si l'on me tue, j'aurai été tué pour la patrie et pour Nini. Est-ce que vous ne vous seriez pas fait
tuer avec bonheur pour maman Cerisier? Je vous connais... vous vous seriez fait tuer dix fois plutôt qu'une.
Eh bien! c'est ce que j'ai fait pour Nini. J'ai voulu la
délivrer. J'ai joué ma vie. J'ai perdu.

Ce garçon-là, Monsieur Mercier, raisonne comme un
livre. D'ailleurs, est-ce que je pouvais le blâmer, maintenant qu'il était à la gueule des carabines des hulans ?
A quoi ça pouvait-il servir ?

Je lui dis :

— Écoute, Raphaël. Je ne sais pas bien encore comment je vais faire. Mais je vais toujours essayer quelque
chose sur le colonel.

— Essayez. Ça fera comme un cautère sur une jambe
de bois.

Sans perdre le temps à lui répondre, j'allai tout droit à
ma cave, j'y pris une bouteille de bonne vieille eau-de-
vie qui avait au moins quatre-vingts ans passés. Je l'avais
achetée à la vente du père Louis-Philippe, lorsqu'il s'en
alla des Tuileries en fiacre, le 24 février. Le bourgeois
s'y connaissait ou son garçon sommelier, et n'avait que
du bon dans sa cave. Je sais ça de M. Masson, capitaine
de la garde nationale, qui y dînait souvent quand il
montait la garde au palais. Il m'a dit plus de vingt
fois :

— C'est un brave homme, ce gros père Louis-Philippe.
Il est bon enfant comme tout et, c'est le cas de dire,
quand on a dîné chez lui, qu'on a dîné comme un prince.
C'est dommage qu'il veuille toujours garder son Guizot,
ministre des étrangers en France; sans ça il serait complet. Pourquoi ne veut-il pas d'Odilon Barrot ? En voilà
un bon, celui-là! Mais non, il n'aime que son Guizot. Il

l'a comme une arête dans le gosier; on ne peut pas l'arracher de là. Ça lui jouera un mauvais tour!

Et il ne s'est pas trompé, M. Masson.

Il avait du nez.

Pour vous revenir, Monsieur Mercier, cette bouteille sortait donc de la défunte cave du roi Louis-Philippe et je l'avais réservée conséquemment pour le mariage de Raphaël, pensant bien que vous ne me feriez pas l'affront de refuser d'en prendre un petit verre.

Ah! oui, mais l'homme propose, comme dit l'autre, et le diable dispose. Et le diable, cette année, est pour les Allemands.

Je la pris donc, la pauvre chérie, toute couverte de sable et de toiles d'araignée, je la posai doucement dans une corbeille étroite, comme un petit enfant qui serait né cinq minutes auparavant, et je la portai dans mes bras au colonel, qui commençait à devenir rouge comme un dindon et à souffler comme un phoque tant il avait déjeuné, le goinfre.

Je lui dis respectueusement :

— Monsieur le colonel, voici de l'eau-de-vie vieille, mise en bouteille par le propre père du défunt roi Louis-Philippe, Philippe-Egalité, duc d'Orléans, le même qui fit couper la tête à son cousin Louis XVI...

A ces mots de « roi » et de « duc » le gros Allemand ouvrit de grands yeux, comme je m'y attendais, et dit en soufflant (c'est sa manière de respirer après le repas) :

— Oh! oh! Ça doit être bon alors!

— C'est tout ce que j'ai de meilleur dans ma cave, Monsieur le colonel.

Je vis qu'il s'en léchait les lèvres d'avance.

— Eh bien, donnez-nous ça, père Cerisier.

Et il ajouta en riant et criant (je le compris quoiqu'il eût parlé en allemand) :

— Les Français! à coups de sabre, on en a tout ce qu'on veut.

Les trois autres officiers se mirent à rire et à crier

comme leur chef. Il paraît que c'est dans le règlement
militaire.

Moi, comme vous pensez bien, je ne fis pas semblant
d'avoir compris ce qu'il disait. Je pensai seulement à
part moi :

— Si j'avais un fusil dans la main, colonel, et toi un
autre, et si nous étions tous deux seuls, dans le bois, je
te ferais joliment danser et rire.

Mais ce n'était pas le moment. Il fallait d'abord s'occuper de Raphaël.

Je tirai la bouteille d'eau-de-vie de la corbeille et je fis
semblant de l'offrir. Le colonel tendit la main pour la
prendre, mais je la retirai alors en disant :

— Monsieur le colonel, je n'en ai pas d'autre dans ma
cave.

— Donne toujours !

— Je la réservais pour un jour de fête.

— Eh bien! ce sera ma fête à moi, la fête du colonel
baron de Wolfingen !

Et il avança encore la main. Mais je reculai deux pas,
et je lui dis :

— Je vous la donne pourtant...

— C'est bien heureux.

— Mais à une condition !

— Une condition ! A moi ! Vous êtes fou, père Cerisier !
Je peux la prendre. Tout est à moi ici. C'est la guerre !

Et, en effet, il se levait, le goulu !

Je lui dis :

— Monsieur le colonel, si vous faites un pas de plus,
je vais la briser contre le mur, et ni vous ni moi n'en
goûterons jamais.

Ça lui fit peur.

Il me répondit :

— Pas de bêtises, père Cerisier ! Voyons d'abord votre
condition.

— Eh bien! Monsieur le colonel, voici... On vous a dit
que le prisonnier qu'on vient de vous amener est un

ospion et qu'il fallait le fusiller. Vous avez donné l'ordre...

— Après?

— Après?... C'est faux. Raphaël est un bon garçon qui est fiancé à Mlle Nini et qui est sorti de Paris pour la voir. Je demande...

— Tu demandes!...

— Je demande...

— Sa grâce, peut-être?

— Non, je demande qu'il soit jugé en conseil de guerre. Quand vous l'aurez entendu, vous verrez que c'est un prisonnier de guerre.

Le gros Wolfingen se mit à rire encore. — Oh! si vous saviez, Monsieur Mercier, comme ces Bavarois sont bêtes quand ils rient! — il dit en allemand aux autres :

— Qu'est-ce que ça fait? Nous aurons un conseil de guerre, et on le fusillera ensuite.

Puis, en français, à moi :

— Je t'en donne ma parole, père Cerisier! Donne-moi ta bouteille, toi!

C'est ce que je fis.

Et alors ces quatre ivrognes se la partagèrent. Je voyais leurs trognes rougir comme des tomates.

Quand la bouteille fut aux trois quarts vidée, le colonel se leva, et dit :

— Maintenant, qu'on amène le prisonnier. Nous allons le juger comme il faut. Père Cerisier, vous aviez là de bonne eau-de-vie, sur mon honneur! C'est honteux que des Français aient des liqueurs de cette espèce, quand nous autres Allemands, nous n'avons que du kirsch de la forêt Noire!

Et les officiers se levèrent aussi, en se balançant à droite et à gauche comme des vaisseaux sur la mer.

Conséquemment, Monsieur Mercier, ils étaient tous les quatre ronds comme des pommes.

Mais ça m'était bien égal. J'avais gagné une heure pour Raphaël. Et, comme il disait lui-même, en une heure il arrive bien des choses.

XLV

C'est au fond de la salle et après qu'on eut enlevé la table et les bouteilles que le colonel baron de Wolfingen (comme il s'appelait lui-même) fit apporter un fauteuil et quatre chaises pour le conseil de guerre.

Le fauteuil, bien entendu, était pour lui. Les quatre chaises pour ses quatre conseillers, les trois officiers qui avaient déjeuné avec lui, et le capitaine de hulans qui avait amené Raphaël et qui servait en même temps de juge et de témoin.

Quand il fut bien installé et qu'il eut allumé sa pipe, le colonel donna l'ordre de faire venir le prisonnier.

Raphaël entra, les mains liées derrière le dos, regarda ces gens qui allaient le juger, me regarda aussi, et me dit :

— Père Cerisier, allez-vous-en, ça vous ferait trop de peine !

Je l'embrassai et je lui demandai tout bas :

— As-tu besoin de quelque chose ?

Il répondit du même ton :

— D'un couteau pour couper mes liens et d'un revolver, si c'est possible.

Puis, comme il vit que Schmidt s'approchait pour mieux entendre, il ajouta, mais plus haut :

— J'ai besoin d'un prêtre. Je voudrais me confesser.

Ce qui fit beaucoup rire cet animal de Schmidt. Il lui dit :

— Oui, oui, confesse-toi. Tu n'en as pas pour longtemps !

— Pour un an ou pour une heure, reprit Raphaël, je
veux me confesser, père Cerisier.

En même temps il me regardait de manière à faire
comprendre qu'il avait quelque projet en tête, qui n'était
peut-être pas la confession. Ce n'est pas pour causer avec
le curé qu'il m'avait demandé un couteau et un revolver.

Conséquemment, je fis signe que j'avais compris et
que j'allais chercher les objets demandés. Mais au moment où j'allais sortir, Schmidt cria au colonel que nous
avions parlé tout bas, Raphaël et moi, et qu'il fallait se
défier.

Alors le colonel m'ordonna de rester en place.

Puis il tira plusieurs bouffées de sa pipe, qui fumait
comme la cheminée d'une usine, et dit à Raphaël :

— Toi, comment t'appelles-tu ?

— Raphaël.

— Ton métier ?

— Sergent dans la garde nationale mobile. Ancien
sergent au 26e de ligne.

Tout ça fut dit d'un air tranquille, comme si Raphaël
avait été là pour son plaisir.

Le colonel se tourna vers le capitaine de hulans qui
l'avait fait prisonnier et demanda :

— Capitaine Rosshardt, où avez-vous pris cet homme ?

L'autre dit :

— Mon très-respectable et illustre baron colonel, c'est
par hasard que nous avons mis la main sur lui. Je revenais de reconnaissance avec ma troupe et je n'avais vu
personne...

En même temps il raconta tout ce qui s'était passé,
l'affaire de Top et du gigot, les coups de revolver de Raphaël et le reste. Il ajouta :

— Schmidt qui connaît cet homme dit que c'est un
espion.

Le colonel demanda :

— A quoi connaissez-vous ça, Schmidt ?

Alors le gredin répondit :

— A tout, Monsieur le très-respectable et très-illustre baron colonel! D'abord, il devrait être en uniforme, et il est en blouse. Ensuite son bataillon est à Paris, et il est venu à Longjumeau... Ensuite, il a des amis ici, dans cette maison même, et surtout le père Cerisier que voilà, qui vous regarde, qui n'a l'air de rien à son âge et qui cherche peut-être le moyen de nous égorger tous, et vous en particulier, Monsieur le très-illustre et très-respectable baron colonel... Ensuite, il avait ses poches pleines de revolvers et il a tiré sur nous par trahison quand il était dans la grotte. Et enfin, il apportait des lettres de Paris pareilles à celles-ci que nous avons trouvées sur son chien.

En même temps, ce Schmidt montra deux billets que Raphaël avait placés sous le collier du pauvre Top, et qui étaient couverts de sang.

Raphaël devint tout pâle en voyant ces petits papiers.

Oh! ce n'est pas de peur, Monsieur Mercier, Raphaël n'est pas un garçon à craindre pour sa peau. Il me dit :

— Pauvre, pauvre Top! C'est moi qui suis cause de son malheur!

— Où est le chien? demanda le colonel.

On amena Top. Il avait deux balles dans le corps et un coup de sabre. Il avait perdu beaucoup de sang et il boitait.

En le voyant entrer, Schmidt lui lança un coup de pied; mais la bonne bête fit un saut de côté, quoiqu'elle pût à peine marcher, et lui montra les dents en aboyant si fort que Schmidt effrayé recula.

En le voyant, le très-illustre baron colonel, qui aimait les chiens, dit à Schmidt :

— Ne tourmentez pas celui-là. C'est un lévrier d'Écosse; nous n'en avons pas comme lui en Allemagne. S'il guérit, je le garderai.

Il disait ça d'un air caressant, croyant faire plaisir à Top; mais le bon chien n'était pas de ceux qui changent d'amis comme de chemises. Quand il vit Raphaël, les

17.

mains liées derrière le dos, gardé par des hulans, il vint frotter doucement sa tête contre ses genoux et il le regarda d'un air à faire pleurer un huissier.

Raphaël lui dit :

— Tu vois, mon bon Top, on veut t'emmener en esclavage, dans la terre de servitude, pour recevoir des coups de bâton avec les autres Allemands... C'est ça qu'on leur distribue à l'heure de la soupe. Dis, Top, veux-tu être un chien allemand ?

Parole d'honneur, Monsieur Mercier, Top avait tout compris. Au nom d'allemand, il aboya si fort que les vitres de la salle tremblaient.

Raphaël lui dit encore :

— Embrasse-moi une dernière fois, ami.

Et Top lui mit ses deux pattes sur les épaules et le lécha tendrement comme s'il comprenait qu'il ne devait plus le revoir.

— Et maintenant, Top, saute pour Mᶜˡᵉ Nini !

Top sauta.

Raphaël allait lui demander autre chose, mais le très-illustre et très-noble baron colonel dit à Schmidt :

— Voyons, lisez-nous ces billets que vous avez trouvés sous le collier du chien. Ils sont à moitié couverts de sang, et d'ailleurs je n'ai pas mes lunettes.

Alors Schmidt lut :

« *A Mademoiselle Nini.*

« Ma chère et belle Nini, je vous aime par-dessus tout. Après vous, j'aime votre mère par-dessus tout. Je suis à cinq cents pas de vous, sans que vous le sachiez. Ne me cherchez pas. C'est inutile. J'arriverai quand vous m'attendrez le moins. Ne quittez pas la maison de M. Cerisier pendant vingt-quatre heures. Vous ne me verrez qu'un instant parce que j'ai une mission importante.

« Adieu, chère et délicieuse Nini, je baise mille fois vos pieds adorés.

                              « RAPHAEL.

« Si vous ne me revoyez pas, si vous n'entendez jamais parler de moi, soyez sûr que je serai mort en soldat, pour la patrie. »

Le colonel bourra sa pipe tranquillement, la ralluma au fourneau de celle du lieutenant-colonel, et dit :

— Qu'on aille chercher la jolie petite mademoiselle ! Et, en attendant qu'elle arrive, lisez-moi l'autre lettre, Schmidt.

L'autre était pour moi.

« A Monsieur Cerisier.

« Mon vieil ami, je suis là. Je passerai chez vous comme un éclair. Quand vous me verrez, ne me reconnaissez pas, donnez-moi seulement des vivres pour trois jours. Où je vais c'est un secret d'État que je ne puis confier à personne, pas même à Top, quoique je sois sûr de sa discrétion. Je lui confie pourtant ce billet.

« Attendez-moi à toute heure, mais surtout à la nuit tombante. Je serai en blouse. J'entrerai par la porte du jardin.

« Je sais le danger que vous avez couru avec Mˡˡᵉ Nini et Sébastien. J'aurais voulu être près de vous. Je ne puis que vous voir, vous embrasser, vous et Mᵐᵉ Cerisier, et repartir.

« Adieu. Si vous ne me voyez pas aujourd'hui, recevez mon dernier adieu. Je ne serai pas trop à plaindre. Si je n'ai pas pu vivre pour ma chère Nini et pour vous, je serai mort pour la patrie.

« RAPHAEL. »

Quand Schmidt eut fini de lire, les gros Allemands se regardèrent sans rien dire. Conséquemment et sans vouloir mal parler de quiconque, ils avaient l'air de ne pas en penser davantage.

A la fin, le très-noble et très-illustre colonel baron de Wolfingen demanda :

— Raphaël, ces deux lettres sont de vous?

Il répondit, tranquille comme Baptiste :

— Vous le voyez bien, colonel.

Et Schmidt ajouta :

— Il a des complices, le scélérat !

A quoi Raphaël répliqua comme s'il avait été le propre président du conseil de guerre et celui qui faisait fusiller les autres :

— Toi, Schmidt, tais-toi, ou bien attends que je t'interroge, si tu veux parler.

A ce mot, tous les hulans qui étaient dans la salle ouvrirent la bouche comme des carpes hors de l'eau. Le très-illustre colonel baron lui-même avait l'air intimidé. Il dit pourtant :

— Ce petit Français est tout à fait arrogant.

A quoi Schmidt ajouta :

— Il n'y a qu'un moyen de faire taire ces gueux-là, c'est de les fusiller.

— Schmidt, taisez-vous ! répliqua le très-illustre colonel baron de Wolfingen. Je n'ai pas de conseil à prendre d'un imbécile !

Puis se tournant vers Raphaël :

— Et vous, qu'avez-vous à dire pour votre défense?

— Rien du tout, colonel.

— Comment ! Rien du tout ?

Le colonel baron avait l'air encore plus étonné qu'auparavant. Les autres juges fumaient leurs pipes et leurs têtes ressemblaient à des morceaux de buis mal taillés.

— Absolument rien, répondit Raphaël. A quoi me servirait-il de parler puisque votre jugement est rendu d'avance?

Le très-illustre baron colonel se mit en colère et dit :

— Nous n'avons pas jugé! Nous jugerons tout à l'heure, mais nous n'avons pas encore jugé!

Alors Raphaël répondit en riant :

— Pardon, colonel. Schmidt vient de dire qu'il fallait me fusiller.

— Oui, interrompit Schmidt, toi et tous les gueux de
on espèce !

Alors le Wolfingen furieux dit :

— Schmidt est un âne !

— Ça, c'est vrai, interrompit Raphaël.

— Et s'il dit un mot de plus, je le mettrai aux arrêts
pour quinze jours !

Si vous aviez vu, Monsieur Mercier, de quelle façon
mon Raphaël, toujours de sang-froid comme une cou-
leuvre, et gai comme un pinson, s'amusait à faire battre
ensemble ces Allemands, vous auriez ri pendant trois
jours. Et si vous aviez pensé qu'avec tout ça il n'avait
peut-être pas une demi-heure à vivre, et qu'il le savait,
vous auriez frémi comme moi, mais vous auriez dit :

— Tout de même, voilà un fier gaillard !

Le pauvre Schmidt me faisait presque de la peine. Il
avait la mine fâchée d'un mauvais chien affamé à qui
l'on arrache un os. Son os, à lui, c'était Raphaël.

Il grognait, il grondait, il regardait Raphaël de travers, et l'autre lui disait :

— Tu vois bien, Schmidt, Monsieur le colonel t'a deviné du premier coup. Il a dit que tu étais un âne... Et il
s'y connaît, le très-illustre colonel baron ! Ce n'est pas lui
qui confondrait une jument avec une bourrique !

Le colonel avait l'air content de cet éloge comme un
dindon qui se promène au milieu des dindes.

Il dit en allemand à son voisin le capitaine (mais je le
compris et Raphaël aussi) :

— Il est arrogant, ce petit Français, mais il a de l'esprit, et ma foi, il a bien fait de relever Schmidt... Qu'en
pensez-vous, Rosshardt ?

Alors le capitaine Rosshardt répondit :

— Vous avez bien raison, Monsieur le très-illustre colonel baron. Oui, vous avez bien raison... mais n'empêche
qu'il nous a tué un homme et qu'il en a blessé un autre
ce matin, à coups de revolver.

— Eh bien, eh bien, dit l'autre, on le fusillera, n'ayez

pas peur. Mais rien ne presse. Il faut d'abord entendre la jolie petite mademoiselle. La voici.

XLVI

Et, en effet, Monsieur Mercier, elle entrait en ce moment.

Vous savez comme elle est jolie. On a dû vous le dire bien souvent, et il suffit de la regarder pour le voir. Eh bien, ce jour-là, elle était quatre fois plus jolie qu'à l'ordinaire.

Elle était toute en noir, avec un ruban rose autour du cou que Raphaël lui avait donné un mois auparavant. Elle était blonde, elle était bien coiffée, elle avait un petit air doux et triste comme une Sainte Vierge, mais fin et aimable comme une petite chatte blanche.

Elle entra avec sa mère et ma femme, qui voulaient la rassurer; mais elle n'en avait pas besoin.

Elle regarda où était Raphaël et courut à lui tout de suite en l'embrassant.

Le pauvre garçon qui avait les mains liées derrière le dos était obligé de se laisser faire sans pouvoir conséquemment lui rendre ses politesses, mais vous pensez bien que l'envie ne lui manquait pas. Il avait l'air d'étouffer de bonheur.

Elle lui dit :

— Mon Raphaël, c'est moi qui vous ai amené ici! C'est moi qui suis cause de votre malheur!

Alors l'enragé Schmidt essaya de crier :

— Vous entendez bien, Monsieur le très-illustre colo-

il baron... Le coquin avait des complices! Je vous le di-
is bien!

Mais le colonel lui répliqua :

— Est-ce que tu vas m'enseigner mon métier? Silence,
hmidt, ou je te fais donner trois cents coups de bâton.

Puis il demanda poliment à Nini :

— Ma jolie Mademoiselle Nini, c'est à vous que cet
omme écrivait cette lettre?

Nini répondit doucement :

— Faites voir la lettre, Monsieur le colonel.

L'autre la lui remit. Alors Nini répliqua en regardant
adresse :

— Nini!... c'est bien moi. Merci, Monsieur le colonel,
ms vous je ne l'aurais jamais reçue.

En même temps elle la lut dans le temps qu'un saint
être met à boire le sang de Notre-Seigneur Jésus-
hrist pendant le sacrifice de la messe, elle la plia en
natre et la glissa dans son corsage.

Tout le monde se mit à rire en voyant ce joli tour. Oui,
out le monde, Monsieur Mercier, excepté Schmidt, qui
ait furieux, et le capitaine Rosshardt, qui disait :

— C'est une pièce de conviction. Il faut qu'elle la
ende!

Mais le très-noble colonel baron dit :

— Capitaine Rosshardt, il ne serait pas convenable à
n honnête et pieux officier allemand de la reprendre là
ù elle l'a cachée... Mais soyez tranquille, ça n'empê-
hera pas de le fusiller, lui!

Car c'était un chaste et pieux Bavarois, lui, et qui n'aimait pas à faire le mal quand il n'avait rien à gagner.

Pour moi, l'on me montra la lettre de Raphaël, mais
e loin. Elle était encore toute tachée du sang du pauvre
op.

Wolfingen me demanda :

— Vous connaissez ce garçon?

— Si je le connais, Raphaël! Je l'ai presque élevé et je
aime comme un fils.

Raphaël me remercia des yeux.

— Vous aviez des intelligences secrètes avec lui et avec les Parisiens?

— Non. Je ne savais pas qu'il viendrait aujourd'hui puisque je n'ai même pas reçu sa lettre.

— Mais si vous l'aviez reçue, vous auriez fourni les vivres qu'il vous demandait?

J'étais si indigné de sa question que j'ajoutai :

— Je lui aurais donné tout le pain, tout le vin et toute la viande de Longjumeau, quand vous auriez dû en jeûner pendant trois jours !

Ce n'était pas nécessaire à dire, Monsieur Mercier, mais il y a des moments où l'on perd patience. Au reste, le très-noble colonel baron ne s'en fâcha pas. Il avait bien mangé et bien bu et il n'était pas méchant, — surtout quand il avait l'estomac plein.

Il se pencha vers le capitaine et lui dit en allemand :

— Si ce vieux...

(C'est de moi qu'il parlait.)

... Si ce vieux pouvait nous poignarder avec ses yeux, il nous poignarderait. C'est dangereux des gens comme celui-là, Rosshardt !

— Vous avez raison, Monsieur le très-noble colonel baron, répliqua Rosshardt; heureusement il a soixante-quinze ans et il n'a pas d'armes.

Alors le colonel nous dit en français :

— Vous, père Cerisier, je vous pardonne pour la première et la dernière fois le crime de trahison envers l'armée allemande que vous auriez voulu commettre...

(Il allongeait ses phrases comme du caoutchouc ou du macaroni.)

... Je vous pardonne pour quatre raisons principales.

La première, c'est que l'accusation de Schmidt n'est pas prouvée... Schmidt est un âne qui ne demande qu'à braire... La seconde, c'est que, si elle était prouvée, vous êtes trop vieux pour faire beaucoup de mal; vous n'avez plus de dents pour mordre... La troisième, c'est que ᵐᵉ Cerisier fait le gigot aux pruneaux comme personne à Munich, à Berlin ou à Leipsig, et que ça gâterait la main de Mᵐᵉ Cerisier si je faisais fusiller son mari. La quatrième enfin, c'est que vous nous avez donné tout à l'heure de si bonne eau-de-vie, que ça vaut bien une récompense. Père Cerisier, vous êtes libre !

Je répondis :

— Merci, Monsieur le colonel, mais c'est pour Raphaël que je suis venu. Ce n'est pas pour moi. Permettez-moi de rester jusqu'à la fin.

Il me le permit. Puis il dit :

— Vous, ma jolie petite demoiselle Nini, je vous pardonne aussi...

Elle s'écria toute joyeuse :

— Vous me rendez Raphaël ! Oh ! merci, Monsieur le colonel, merci !

Pauvre petite ! elle ne connaissait pas les Allemands. Celui-là reprit :

— Non, non. Il va être fusillé, lui. Mais je vous pardonne, à vous, votre complicité.

Au mot de « fusillé », Nini poussa un grand cri et serait tombée à terre si sa mère ne l'avait pas retenue. Elle criait : Fusillé ! fusillé ! oh !

Et elle pleurait de toutes ses forces.

Le très-illustre colonel baron dit :

— Emmenez-la.

Alors Raphaël se pencha vers moi :

— Papa Cerisier, donnez-moi le couteau et le revolver. C'est le moment. Ces gueux-là ne me tueront pas comme un lapin à l'affût. Avant de mourir, je veux faire de la viande froide avec deux ou trois, en commençant par le colonel.

Malheureusement ce n'était pas facile. Le seul revolver qui eût jamais été dans la maison appartenait à Sébastien, et les hulans l'avaient saisi l'avant-veille.

Je lui dis tout bas :

— Prolonge ton affaire ; parle comme un avocat, pour

parler seulement. La nuit va venir. Pendant la nuit, j
verrai ce qu'on peut faire. D'abord, je mettrai le feu
moi-même à ma maison, et je les ferai tous grille
comme des saucisses plutôt que de te laisser assassiner

Pendant que nous parlions tout bas, le colonel cria

— Ah çà! que faites-vous donc là-bas?

Raphaël répondit tranquillement :

— Je dicte mes dernières volontés à mon vieil ami.

Schmidt, lui, grondait dans ses dents :

— La nuit va venir; on n'y verra pas clair pour le
fusiller.

A la fin, le colonel dit :

— Pour vous, Raphaël, votre crime est certain.

Raphaël demanda :

— Quel crime, Monsieur le colonel?

— Celui de trahison envers l'armée allemande, ré
pondit Wolfingen.

— Je n'ai trahi personne. Qu'est-ce que c'est que
trahir?

— C'est, répondit le colonel baron très-illustre, attaquer les gens par surprise, sous un déguisement.

— Pas du tout, répliqua Raphaël.

— Comment? Pas du tout...

— Oui, pas du tout, Monsieur le colonel, et je le
prouve.

— Ah! ah! dit Wolfingen en bourrant et allumant sa
pipe, je voudrais bien voir ça!

Alors Raphaël reprit :

— Trahir, c'est attaquer les gens par derrière, après
s'être dit leur ami et avoir fait semblant de les servir.

Alors le colonel, embarrassé, demanda au capitaine
en allemand :

— Qu'est-ce que vous pensez de ça, Rosshardt?

L'autre secoua sa pipe sur la table et répondit :

— Très-noble et très-illustre Monsieur le colonel baron, je pense que vous avez raison.

Le colonel lui dit tout en colère :

— Je sais bien que j'ai raison, puisque je suis votre chef. Ce n'est pas ça que je vous demande...

— Alors, dit Rosshardt, qu'est-ce que vous demandez, très-illustre Monsieur le colonel baron ? Car enfin il faut d'abord s'entendre.

— Mais s'entendre sur quoi ? demanda Wolfingen, qui s'impatientait toujours davantage.

— C'est ce que je voudrais savoir, répondit Rosshardt.

Raphaël riait comme un bienheureux. Les hulans demeuraient la bouche ouverte en voyant leurs officiers faire des gestes, crier, frapper sur la table.

Alors il me vint une idée.

Je dis à Wolfingen :

— Monsieur le colonel, je vois ce que c'est. Vous devez avoir soif ; c'est ça qui empêche M. le capitaine de vous comprendre... Voulez-vous une bouteille de bière ?

Alors tout le conseil de guerre se mit à rire et Wolfingen répondit :

— Papa Cerisier, vous avez du bon sens. Donnez-nous, non pas une bouteille, mais cinq bouteilles de bonne bière. Ça nous altère de discuter.

Moi, pendant ce temps, je pensais :

— Si la nuit vient avant qu'on l'ait jugé, Raphaël est sauvé, du moins pour le moment.

Et elle venait vite, la nuit. Déjà le brouillard commençait à descendre du côté de Montlhéry.

Quand j'eus apporté les cinq bouteilles qui furent débouchées et séchées en cinq minutes, le très-illustre et très-noble colonel baron de Wolfingen essuya ses épaisses moustaches avec la manche de son uniforme et dit, sans doute pour me remercier :

— Bon bière (il prononçait : *pon pir !*) papa Cerisier ! très-bon bière ! Donnez-en un verre à ce garçon en attendant qu'on le fusille !

Raphaël but sans se faire prier, comme vous pensez bien, et Wolfingen continua de juger.

Il demanda :

— Qu'est-ce que vous avez encore à dire pour votr
défense ?

Raphaël, toujours tranquille, lui répondit :

— Vous m'accusez de trahison envers l'armée alle
mande... C'est faux ! Je n'ai pas trahi. Couper le cou
son ennemi, ce n'est pas trahir. C'est à l'ennemi d
garder son cou.

— Ah ! ah ! ah ! cria Wolfingen en riant. Il a du bor
ce garçon !... Qu'en pensez-vous, capitaine Rosshardt ?

Le capitaine dit qu'il pensait comme son colonel.

Raphaël continua :

— Nous ne sommes pas ici pour nous faire des poli
tesses et des mamours, n'est-ce pas, colonel ?

Wolfingen devint tout rouge de colère et répliqua :

— Je suis le très-noble colonel baron, et je ne veu
pas qu'on me parle familièrement, entends-tu, peti
Français arrogant ?

— J'entends bien, dit Raphaël. Mais puisque vous ave
décidé de me fusiller, vous ne me fusillerez pas deu
fois, n'est-ce pas ?

Wolfingen cria encore plus fort :

— Je te ferai fusiller, drôle, aussi souvent qu'il faudr
pour t'apprendre à me respecter !

— Et ça sera très-bien fait ! dit Schmidt à qui la langu
démangeait sans doute depuis un quart d'heure.

Raphaël le regarda par-dessus l'épaule et dit tout haut

— Qui est-ce donc qui commande ici ? Est-ce le colo
nel ou cet imbécile ?

Wolfingen lui dit :

— C'est moi qui commande ! Et pour preuve, Schmidt
sortez d'ici. Attendez mes ordres dans la cour !

Schmidt sortit en grognant.

Je m'avançai alors :

— Très-noble colonel baron, vous voyez bien que Ra
phaël n'est ni espion ni traître. Faites-le prisonnier s
vous voulez, mais...

Wolfingen me coupa la parole.

— Vous d'abord, père Cerisier, mêlez-vous de vos af-
res... Ensuite, allez nous chercher d'autre bière, — de
même, elle est très-bonne !

Je le regardai dans les yeux. Il n'avait pas l'air trop
méchant. On l'aurait même cru bon enfant, bon vivant
surtout. Je pensai qu'en lui donnant toujours à boire, je
mènerais à être plus doux. J'allai donc chercher la
bière.

Quand je revins, on continuait le procès de Raphaël
qui se défendait et se démenait comme un diable dans
un bénitier. Il disait :

— Qu'est-ce que vous me reprochez, capitaine Ros-
hardt ?... D'avoir tué un hulan et d'en avoir blessé un
autre ?... Eh bien, il ne fallait pas venir tirer sur mon
pauvre Top et sur moi !... N'est-ce pas, Top, que ces
Allemands ont voulu nous tuer ?

Top se levait sur ses pattes de derrière, posait ses
pattes de devant sur les épaules de Raphaël et le léchait.

Alors le capitaine Rosshardt dit à son tour :

— C'est vrai qu'on allait tirer dans la grotte.

— Et, demanda Raphaël, c'est vrai aussi que je n'avais
fait de mal à personne avant le moment où vous avez
commandé le feu ?

— C'est vrai, répondit Rosshardt.

— Alors, dit Raphaël, vous aviez tort de tirer sur moi.

Tous les hulans qui étaient là se mirent à rire en faisant du fond de leur gosier :

— Oh ! oh ! oh !

Wolfingen, lui, disait :

— Ah ! ah ! ah !

Mais c'était pour faire honneur à son grade. Un colonel ne doit pas rire comme un simple hulan.

Quant au capitaine Rosshardt, il disait comme tous
les brigands quand ils sont pris la main dans le sac :

— C'est la guerre... qu'est-ce que vous voulez ? c'est la
guerre !

A la fin, le colonel baron Wolfingen fit signe aux au
tres que c'était assez comme ça, et qu'il n'y avait pas be
soin d'en entendre davantage.

Puis ils se mirent à parler bas tous les cinq.

Jugez, Monsieur Mercier, comme je les regardais
cherchant à deviner ce qu'ils se disaient. Mais sur ce
faces allemandes on ne voit rien du tout, excepté qu'il
ont envie de boire ou de manger.

Conséquemment et pour revenir, je vis que le consei
de guerre avait pris son parti. Le colonel dit tout haut
un hulan d'aller chercher deux lanternes, car on n
voyait plus clair au dehors, — pas même assez pour fu
siller.

En même temps il regardait du coin de l'œil mon pau
vre Raphaël pour voir s'il ne pourrait pas lui faire peu
Mais lui ne bougea pas, excepté pour me dire ces deu
mots que je lus sur ses lèvres plutôt que je ne les en
tendis :

— Un couteau ! un couteau !

J'avais le couteau dans ma poche, mais à quoi por
vait-il servir, excepté à venger d'avance sa mort ? Il se
rait toujours temps d'en venir là.

Je lui répondis du même ton :

— Pas encore.

Alors le très-noble colonel baron Wolfingen prit la pa
role :

— Raphaël, pour avoir attaqué l'armée allemande traî
treusement, pour avoir tué un hulan et en avoir blessé u
autre, vous êtes coupable ; mais avant de prononcer l
sentence, je veux vous offrir un moyen de salut.

— Lequel ?

— On vous a chargé d'une mission ?

— Oui, colonel.

— D'une mission importante ?..

— Tout à fait importante.

— Dites-nous votre mission et je vous ferai grâce.

Raphaël se mit à rire et demanda :

— Sans ça, colonel, je serai fusillé ?

— Parfaitement.

Je vous avoué, Monsieur Mercier, que je tremblais en écoutant parler tous les deux. Si Raphaël se taisait, les coquins allaient le tuer comme un chien ; mais s'il parlait, s'il trahissait, lui, mon enfant ! Ah ! tenez, il y a longues minutes dans la vie !

Au reste, Raphaël ne nous fit pas attendre sa réponse. Il dit :

— Eh bien, mon ami...

Le très-illustre colonel baron Wolfingen se mit en colère à ces premiers mots et cria :

— A qui parles-tu, drôle ?

— A toi, colonel mal élevé, répondit Raphaël sans se troubler. Crois-tu, par hasard, que ce soit au sultan des Turcs ?... Il est trop loin d'ici.

Je voulus lui dire :

— Raphaël, mon enfant, calme-toi. Prends garde !

Il me riposta :

— Prendre garde à quoi, Monsieur Cerisier ? Est-ce que ces gredins n'ont pas résolu ma mort ? Est-ce que j'ai quelque chose à ménager ? Est-ce que ce colonel n'est pas une brute ? Est-ce que ma vie n'est pas dans leurs mains ? Est-ce qu'ils n'offrent pas de me la laisser contre une trahison ? Est-ce que vous voudriez me voir vivre au prix de mon honneur, papa Cerisier, qui avez toujours été l'honneur même ? Est-ce que j'oserais jamais vous regarder en face, vous et ma charmante Nini, si j'avais peur de mourir et si je faisais cette action infâme de livrer les secrets à l'ennemi ?

Il était tout indigné, et je le comprenais bien. Je lui répliquai :

— Non, non, pas ça, mon enfant ! Pas ça ! Je ne t'ai jamais demandé une infamie ; mais pourquoi ne parles-tu pas plus respectueusement à tes juges ?

Il me dit en grinçant des dents et tout haut, de manière à être entendu du conseil de guerre :

— Respectueusement!... Et qu'est-ce qu'ils ont fai
pour qu'on les respecte?... Ils ont volé, tué, assassiné su
toute la route depuis le Rhin jusqu'ici. Quand le paysa
défend à coups de fusil sa femme, ses enfants ou s
bourse, ils le tuent à coups de fusil...

Le capitaine Rosshardt l'interrompit :

— C'est la guerre, ça; c'est la guerre!

C'était son refrain, à lui. Il ne savait que ça, Monsieu
Mercier, mais il le savait bien. Il le disait à la place de
Grâces et du *Benedicite*. Il le disait à la place de *l'Angé
lus*. Il le disait le matin, le soir, à midi, à minuit e
croyait que ça l'excusait de tout.

Raphaël dit encore :

— Vous l'entendez, papa Cerisier!... C'est la guerre!..
Eh bien, qu'ils me fusillent s'ils l'osent! Je ne crains n
eux, ni aucun de leur race. Je les méprise! Je les hais
Avoir osé me proposer une trahison, à moi!

Le colonel Wolfingen se leva et dit :

— Puisque le nommé Raphaël a tout avoué, et puis
qu'il a refusé le moyen de salut qui lui restait, il ser
passé par les armes dans un quart d'heure.

A ces mots, le bon Top qui comprenait tout, se jeta au
cou de Raphaël qui lui rendait ses caresses comme à un
frère. Monsieur Mercier, si vous aviez vu ça, vous eus
siez été attendri comme un veau, quand bien même
vous n'auriez été de naissance qu'un crocodile des bord
du Nil.

Trois hulans en pleuraient, Monsieur Mercier; un sur
tout qui s'essuyait le nez avec sa manche, faute de mou
choir, et qui disait en sanglotant : — Ce bon chien! il me
rappelle ma Gretchen. C'est comme ça qu'elle m'embras
sait quand je suis parti de Ratenhausen pour aller à la
guerre, et tout en m'embrassant, elle me disait: Karl, ne
m'oublie pas auprès des mam'selles françaises, sois fidèle
Karl. Apporte-moi surtout leurs porte-monnaie, leur
boucles, leurs colliers, leurs montres, leurs pendants
d'oreilles... Je ne te demande pas leurs pendules... ça

c'est trop lourd pour le mettre dans ton sac, c'est bon pour le bagage des officiers.

Pendant que Top embrassait Raphaël et pleurait, que les hulans se remuaient dans leurs bottes, que le très-noble colonel baron de Wolfingen prononçait son arrêt et que je croyais tout perdu, Raphaël fit signe qu'il voulait parler.

— Ah! ah! dit Wolfingen, il paraît que la peur d'être fusillé va lui délier la langue.

J'étais moi-même inquiet; mais Raphaël me rassura des yeux. Il dit tout bonnement :

— Colonel, vous allez me faire fusiller. C'est votre droit puisque vous êtes le plus fort; mais vous me devez ce qu'un bon catholique doit à un autre.

— Et quoi donc? demanda Wolfingen.

— Un prêtre pour me confesser.

— Ça, c'est vrai, dit le colonel. Père Cerisier, allez chercher un prêtre.

Je répondis presque joyeusement, car je voyais bien la pensée de Raphaël :

— Mais, très-noble Monsieur le colonel baron, si je n'en trouve pas...

— Cherchez, dit le colonel baron. A minuit, au plus tard, confessé ou non, Raphaël sera fusillé.

Sur ce mot, et conséquemment, comme dit l'autre, on emmena le prisonnier qui fut mis sous la garde de Schmidt.

Moi, pendant ce temps, j'allai chez le curé de Longjumeau et je cherchai une bonne paire de revolvers pour les mettre au dernier moment dans les poches de Raphaël.

Quand on a douze balles à mettre dans le ventre de ses voisins, on a bien des chances de les voir s'écarter pour vous faire place.

18

XLVII

Le curé n'était pas chez lui. Sa servante me dit qu'il donnait l'extrême-onction à une vieille femme, mais que son vicaire n'était pas loin. Elle offrit même de l'aller chercher. Je ne voulus pas. Rien ne pressait; ah! certes, non, rien ne pressait!

Il était sept heures du soir, et le brouillard, qui avait commencé une heure auparavant, était plus épais que la bouillie. On n'y voyait plus rien.

Du reste, comme vous pensez bien, Monsieur Mercier, ce n'est pas de voir les étoiles ou les bornes du chemin que j'avais envie ce soir-là.

Je pensais en rentrant chez moi :

— Nonobstant, voilà le meilleur et le plus joli garçon que je connaisse sur la terre habitable, — mon Raphaël, pour tout dire, — un garçon que j'ai élevé depuis l'âge de treize ans et formé au doigt et à l'œil, un garçon qui serait sculpteur comme défunt M. Rude s'il avait voulu, mais qui a mieux aimé être ébéniste comme moi (et qu'il a donc raison!... comme ça on ne dépend pas des commandes du gouvernement, on gagne sa vie sans demander la permission de personne!), un garçon qui a du cœur comme un lion, de l'esprit comme un vrai Parisien du faubourg, un garçon que j'aime autant que s'il était mon fils et qui ne m'a jamais donné que du contentement, et ces mauvais gueux d'Allemands vont me l'assassiner, et ça se passerait comme ça en compliments! Et je les laisserais faire!... Non, mille millions de carabines! ça ne se passera pas comme ça, foi de Cerisier!

'aimerais mieux me faire fusiller en même temps que
ii... Après tout, à soixante-seize ans, on ne risque pas
rand'chose, et ce qu'on risque ne vaut pas la peine d'être
onservé.

Dans ma colère, je dis tout haut (heureusement per-
nne ne m'entendit) : Si les hulans ont le malheur d'as-
assiner Raphaël, je tuerai ce gueux de colonel! Je
attendrai le matin, à midi, pendant son dîner; il sera
ut occupé de manger son gigot aux pruneaux comme
n goinfre qu'il est, un goulu, un gouliaf, et je lui don-
erai du pistolet dans la tête... Après, si j'ai le temps,
en ferai autant pour les autres officiers qui dînent à
ôté de lui... Oui, je le ferai, je le jure!

Et voyez, Monsieur Mercier, comme une bonne pensée
ient après l'autre. Je me dis encore : Qu'est-ce que tous
es gens-là nous veulent? Boire, manger, tuer tous les
ens sans défense, prendre notre argent, emporter nos
ieubles, brûler tout ce qu'ils ne peuvent pas emporter...
i je leur achetais la vie de Raphaël ?... Ça coûterait cher;
iais qu'est-ce que nous ferions de notre argent, ma
mme et moi, si nous venions à perdre Raphaël?

Conséquemment et pour lors, sitôt que j'eus fait cette
éflexion, je rentrai à la maison, je pris ma femme par
 bras, je la menai dans un coin et je lui dis :

— Césarine, aimes-tu beaucoup à être riche ?

Elle me riposta :

— J'y tiens sans y tenir... comme tout le monde... A
rôpos de quoi me demandes-tu ça?

Je lui dis :

— Voilà. Nous avons 80.000 francs en obligations
Orléans au porteur...

Elle cria :

— On nous les a volées! Ah! les brigands!

Parce que Césarine est comme toutes les femmes. Elle
arle toujours sans réfléchir. Très-bonne au fond, pleine
e bon sens et d'esprit; mais vous ne l'empêcheriez
imais de croire qu'elle vous comprend au premier mot

et de vous couper la parole au troisième. Ça, c'est un don de la nature pour les dames. Ça fait enrager leurs maris, et c'est pour cela qu'elles y tiennent.

Césarine, donc, croyant que les hulans avaient volé nos obligations, se mit à dire d'eux tout ce qu'on peut imaginer en pareille occasion; qu'ils étaient des ci, qu'ils étaient des ça, qu'on devrait les pendre par grappes de six à tous les réverbères; enfin, vous êtes marié, vous savez ce qu'elle a pu dire.

Moi, je regardais couler cette rivière de paroles parce que si l'on veut l'arrêter et mettre une écluse ça fait une inondation...

Pourtant, quand elle eut fini de parler, je lui dis le plus vite possible pour qu'elle n'eût pas le temps de recommencer :

— Césarine, si je donnais ces 80.000 francs d'obligations pour sauver la vie à Raphaël, qu'est-ce tu penserais de moi?

Là, Monsieur Mercier, vous allez voir la bonne femme que c'est, ma Césarine, et comme j'ai eu raison de la prendre chez la blanchisseuse de la rue des Enfants-Rouges, quoique la petite fleuriste de la rue du Temple me fît les yeux doux et qu'elle eût bien envie de se marier avec un ébéniste...

Elle me fit répéter et m'embrassa de toutes ses forces en disant :

— Tiens, Pierre Cerisier, on dira de toi tout ce qu'on voudra. Moi, je dirai toujours que tu es le roi des hommes !

Et alors elle m'expliqua qu'elle se fichait de nos 80.000 francs comme d'un lapin empaillé, qu'elle aimait dix mille fois mieux Raphaël que tout notre argent, et qu'elle trouverait bon tout ce que j'allais faire...

— Mais, ajouta Césarine, qu'est-ce que tu vas faire? Voilà le *hic*... Vous autres hommes vous croyez tout savoir et vous vous mettez souvent le doigt dans l'œil à une profondeur de huit cents pieds...

Je lui dis :

— Parbleu! c'est bien simple. Je vais entrer chez le colonel et lui proposer de me vendre Raphaël pour 80.000 francs.

— Et s'il t'envoie promener, cet homme?

— On n'envoie pas promener 80.000 francs quand on est Allemand.

— Oui, mais on prend les 80.000 francs de Pierre Cerisier et l'on fait fusiller Raphaël tout de même.

Je criai :

— Oh! un colonel!

Alors Césarine me dit :

— Est-ce qu'ils n'ont pas fait cent fois pire à Bazeilles? Vois-tu, Cerisier, si le colonel prend ton argent et manque à sa parole, à qui t'en plaindras-tu?... à personne. Il est chef et maître ici. Il pourra te faire fusiller aussi par-dessus le marché. Et alors je serai bien avancée, moi!

— Que faire, alors? Je ne peux pas m'adresser à un simple soldat. Quand même il voudrait sauver Raphaël, il n'oserait pas, il ne pourrait pas!

Elle me dit :

— Parle à Schmidt!

— A ce coquin qui voulait faire fusiller Raphaël?

Ma femme me répondit :

— Que tu es simple!... C'est justement pour ça qu'on le soupçonnera moins.

— Mais c'est un gredin!

— Je l'espère bien!

— Il se ferait fesser pour un écu.

— Tant mieux!

— Il déteste Raphaël.

— Quand il l'abominerait, qu'est-ce que ça fait, s'il accepte le marché?

— Il ne l'acceptera pas.

— Propose toujours.

— Mais, s'il refuse?...

18.

— Eh bien, il sera toujours temps de parler au colonel. Au contraire, si tu parles d'abord au colonel et s'il refuse, il sera sur ses gardes, il fera surveiller Raphaël et tout sera perdu.

Je vis à ce moment-là que Césarine avait plus d'esprit que moi. Je l'embrassai de tout mon cœur parce que c'était une bonne femme, et j'allai trouver Schmidt qui était occupé à fumer sa pipe dans la salle où mon pauvre Raphaël était retenu prisonnier. Deux autres hulans étaient debout et se promenaient en faction devant la grande porte, le sabre nu. Schmidt, assis sur une chaise avait le sien entre les jambes.

Raphaël, assis de son côté, le coude appuyé sur la table, regardait le mur sans rien dire à qui que ce soit.

XLVIII

En entrant dans la salle, j'allai droit à lui et je dis tout haut :

— Le curé n'est pas au presbytère ; il est sorti pour donner l'extrême-onction à une pauvre femme. On ne sait pas s'il rentrera ce soir à cause du brouillard.

Raphaël me répondit tout bas :

— Avez-vous le revolver ?

Je répondis du même ton que lui :

— Tu l'auras, sois tranquille. Mais j'ai pensé à quelque chose de mieux. Laisse-moi faire.

Au même instant, ce gredin de Schmidt se leva de sa chaise pour mieux entendre et cria de sa grosse voix d'argousin :

— Papa Cerisier, faites bien attention. Passé minuit,

c'est moi et mes hommes qui lui donnerons l'extrême-
onction, si le curé n'est pas venu.

Et il se mit à rire comme les ânes ont l'habitude de
braire. Il était heureux, ce gueux-là. Il jouissait de tuer.

Il eut même l'insolence de me mettre la main sur l'é-
paule, comme si nous avions gardé les hulans ensemble
pendant vingt ans, et il ajouta :

— Vous serez aux premières loges pour voir ça, papa
Cerisier!... Et ne vous avisez pas de broncher!

Puis se tournant vers les deux hulans :

— Ça va faire un fameux exemple dans le pays, et la
jolie petite mam'selle Nini va pleurer de toutes ses forces... Ça lui apprendra... Il faut rabattre l'insolence de
ces Français !...

Si jamais homme eut envie de donner un soufflet à un
autre, c'est moi à lui pendant qu'il disait toutes ces infa-
mies; mais à soixante-seize ans on n'est plus comme à
vingt-cinq : on a appris à se taire et à contenir son premier mouvement.

Je répondis donc d'un air assez tranquille :

— Monsieur Schmidt, ne nous occupons pas de ces
choses. Ça viendra plus tard. J'ai une petite faveur à
vous demander...

En même temps je tirai de ma poche une pièce de vingt
francs, et je la montrai, mais sans la donner. Puis j'ouvris la porte pour sortir.

Il se radoucit un peu et dit :

— Pourvu qu'il ne s'agisse pas de sauver la vie à ce
Raphaël!

Sans répondre, je pris une lanterne sourde et je le
priai de me suivre dans le jardin.

Il avait l'air étonné, mais il me suivit, ou plutôt il suivait la pièce d'or qu'il voyait dans ma main. Je dis qu'il
suivait, car il se défiait de moi. Je crois qu'il avait envie
de prendre mes vingt francs et peur de recevoir un coup
de pistolet.

Arrivé au fond du jardin, je le fis asseoir sur un banc

dans mon petit kiosque, je posai la lanterne sur la table
et je lui dis :

— Schmidt, voulez-vous gagner 10.000 francs?

Il ouvrit ses gros yeux et se mit à rire d'un air bête.

— Ah! ah! papa Cerisier, je vous vois venir. Vous voulez m'acheter Raphaël?

— Possible!... Enfin, voulez-vous gagner 10.000
francs?

— Non! je veux le fusiller.

— 20.000 francs, alors?

— Je ne le lâcherais pas pour 30.000! D'ailleurs où
sont-ils? Nous avons visité toute la maison le premier jour et nous avons pris tout ce qu'il y avait. J'ai
fouillé moi-même toutes les armoires...

Sans répondre, je demandai :

— Voulez-vous 40.000 francs?

J'aurais bien marchandé, mais il était déjà neuf heures du soir. Le temps pressait. Raphaël n'avait plus que
trois heures pour fuir.

Il hésita un peu. Il voulait bien tuer Raphaël; mais
40.000 francs, c'est une somme que le gueux n'aurait
pas gagnée en trente ans dans son pays.

Enfin il se décida.

— J'accepte, mais je veux être payé d'avance.

— Ça va.

— Et vous ne le direz à personne, papa Cerisier, car
vous me feriez fusiller.

— A personne.

— Vous le jurez?

— Je le jure.

— Maintenant, où est l'argent?

C'est là que je me grattai la tête. Je ne voulais pas
montrer à Schmidt la cachette de mes obligations d'Orléans au porteur, de peur qu'il ne voulût tout prendre.
D'un autre côté, comment l'éloigner?

A la fin, décidé à risquer le tout pour le tout, je lui
montrai la cachette. Mais, pour avoir mes papiers qui

étaient enterrés à trois pieds de profondeur sous la terre du jardin, il fallait creuser un trou très-profond. Le temps pressait. Je lui dis :

— A nous deux, nous n'irons pas assez vite; il faut aller chercher Raphaël. Vos hulans verraient la cachette et voudraient partager. Le colonel, s'il le savait, prendrait tout.

Comment faire?

Alors ce gros Schmidt eut une idée, une belle idée, comme vous allez voir, Monsieur Mercier, une idée qui ne pouvait venir que dans la tête d'un gros Allemand plein de soupe, de lard et de bière. Il revint avec moi dans la salle et cria :

— Deux hommes ici!

Les deux hulans s'avancèrent.

— Amenez le prisonnier!

Ils prirent Raphaël chacun par un bras en le serrant fortement, quoiqu'il fût lié avec de grosses cordes, et Schmidt s'écria de sa voix de dogue :

— Nous allons lui faire creuser sa fosse avant de le fusiller!

Les deux hulans se mirent à rire de la joyeuse idée de leur chef. Pendant ce temps, je disais tout bas à Raphaël :

— C'est une frime, mon garçon. J'ai acheté ta vie. Tu seras libre dans un quart d'heure!

Il fit signe qu'il avait compris.

Alors, pour mieux tromper les hulans, je criai :

— C'est abominable! Le colonel ne l'a pas condamné à creuser sa fosse! Et surtout dans mon jardin!

— Ça fera pousser vos asperges! dit Schmidt en riant.

Ses hommes éclatèrent. Ils n'avaient jamais connu un marchef plus drôle dans tout le régiment.

Voyant que l'affaire était en train, je pensai qu'il fallait non-seulement sauver Raphaël, mais aussi me sauver moi-même, car, après sa fuite, le colonel ne douterait pas un instant de la part que je prenais à son évasion, et qui pouvait savoir s'il ne me ferait pas fusiller moi-même.

C'est là, Monsieur Mercier, que vous allez voir si Pierre Cerisier, ancien sergent au 53e de ligne, du temps du défunt empereur Napoléon Ier, a reçu du bon Dieu une part suffisante de bon sens.

Je montai dans la chambre où couchait votre fils Sébastien, un beau garçon, ma foi, qui faisait semblant de rendre le dernier soupir depuis trois jours, mais qui, au fond, se rétablissait presque à vue d'œil et ne cherchait qu'une occasion de partir. Votre dame et la mienne étaient auprès de son lit. Nini pleurait dans un coin en pensant au pauvre Raphaël. Je leur dis à tous :

— Tenez-vous prêts à partir dans un quart d'heure. Je vous emmène dans mon char-à-bancs. Je dis tous, excepté ma femme, qui restera pour garder la maison.

Les dames se mirent à crier d'étonnement et à demander des explications. Sébastien, lui, ne cria pas, ne demanda rien, il s'habilla dans un clin d'œil.

Je repris :

— Pas de questions ! Je répondrai quand nous serons sur la route d'Etampes.

— Et Raphaël ? demanda Mlle Nini.

— Chut ! Raphaël est avec nous.

Nouveaux cris de joie. Les hulans allaient s'étonner, s'inquiéter. Je fis signe de se taire et j'allai chez le colonel baron Wolfingen.

Il était en train de souper. Il avait fini de dîner à cinq heures du soir. Il commençait à souper à sept heures. Il devait se lever de table à dix heures, signer le rapport et se coucher.

Quand j'entrai dans la salle à manger, il se mit à rire et me dit que mon vin était bon et qu'on mangeait très-bien chez moi. (Je le crois bien, le goinfre avait avalé depuis trois jours tout ce que j'avais de meilleur.)

Je répondis :

— Monsieur le colonel, je fais de mon mieux pour vous contenter...

— Et vous faites bien, père Cerisier. Vous ne faites que votre devoir. Aussi je suis très-content de vous, je vous assure. Je le disais encore tout à l'heure à ces messieurs.

Je continuai :

— Eh bien! Monsieur le colonel, si vous êtes si content de moi, il faut m'accorder une grâce...

— La grâce de Raphaël?... Jamais! Il sera fusillé. C'est pour l'exemple.

Je le laissai croire un instant qu'il ne s'agissait pas d'autre chose afin qu'il m'accordât plus aisément ce que j'allais lui demander. Enfin je lui dis d'un air affligé :

— Monsieur le colonel, cette grâce aurait fait le bonheur et la consolation de mes vieux jours; mais puisqu'il n'y faut plus penser... accordez-moi du moins une autre grâce, bien petite celle-là.

— Tout ce que vous voudrez, père Cerisier, en dehors du service.

— Voilà, Monsieur le colonel. On vous a dit que Mᵐᵉ Nini était promise en mariage à ce pauvre Raphaël...

— Après?

— Eh bien! vous avez vu, Monsieur le colonel, qu'elle s'est presque trouvée mal quand vous l'avez condamné à mort.

— Que voulez-vous que j'y fasse, père Cerisier? C'est la guerre, ça, c'est la guerre!

— Monsieur le colonel baron, ayez pitié de cette pauvre enfant. Vous ne lui voulez pas de mal, n'est-ce pas?... Car vous êtes bon, au fond, je l'ai bien vu... Vous avez peut-être une fille de son âge...

Ça se trouva vrai. Le vieux crocodile avait une fille plus grande ou plus petite, plus jeune ou plus vieille, plus laide ou plus jolie que Nini, mais il l'aimait tout de même, comme s'il était né à Paris ou à Orléans.

Alors, voyant qu'il était touché, je lui demandai la

permission d'emmener Nini avant l'exécution de Raphaël,
afin qu'elle n'entendît pas les coups de fusil.

— Où voulez-vous l'emmener?

— A Etampes, Monsieur le colonel baron. De là elle
partira avec sa mère pour rejoindre son père à Périgueux.

— Comme vous voudrez, père Cerisier, comme vous
voudrez. Je ne suis pas un Turc, moi, et en dehors du
service je ne veux pas vous gêner... Mais qu'est-ce que
vous allez faire du frère qui est blessé ?

Je répondis comme si je n'y avais pas pensé auparavant :

— Le pauvre garçon! Il se meurt ! Il n'en a pas pour
deux jours. Si vous voulez me le donner aussi, ça fera
plaisir à sa mère et à sa sœur, et lui-même sera bien
aise de ne pas mourir prisonnier.

Wolfingen avait bien bu et bien mangé. Il était attendri. Il me dit :

— Emmenez aussi celui-là. Ça fait que nous n'aurons
pas la peine de l'enterrer.

Je me fis donner tout de suite un laisser-passer et
j'allai rejoindre Raphaël, qui m'attendait dans le jardin,
sous la garde de Schmidt et des hulans.

Il n'était pas sans inquiétude, comme vous pensez
bien, mais il n'en disait rien, tenait la tête haute et regardait tantôt les hulans, tantôt le fond du jardin.

Schmidt dit de façon à être entendu des hulans encore
plus que de lui :

— Mon bon Monsieur Raphaël, vous allez creuser
votre fosse ce soir... Vous ne vous attendiez pas à ça,
n'est-ce pas, la semaine dernière ?

Il avait l'air si insolent, quoique au fond son intention
ne fût pas mauvaise, puisqu'il ne voulait que mentir
pour tromper les hulans, que Raphaël oublia presque
l'avis que je venais de lui donner, et demanda :

— Si je refuse ?

— Si tu refuses, mon bon ami, mon excellent ami,
mon ami de cœur et véritable, répondit Schmidt qui

voulut faire le gracieux; si tu refuses, je te ferai donner
cinquante coups de corde, et tu seras fusillé tout de
même.

De peur que Raphaël ne dît quelque mot de trop et ne
rompît le marché que j'avais eu tant de peine à faire, je
lui serrai fortement le bras.

Alors il se mit à soupirer comme s'il s'était résigné et
il dit :

— Montrez-moi le chemin, puisqu'il le faut !

— A la bonne heure ! Voilà un joli garçon ! dit
Schmidt.

En même temps il posta ses hulans en sentinelle, à
quelque distance de l'endroit où devait se creuser la
fosse, de manière qu'on ne pût pas distinguer claire-
ment ce qu'il allait faire.

C'était facile, du reste, à cause du brouillard qui devenait de plus en plus épais.

XLIX

Quand nous fûmes tous trois seuls ou à peu près, car
les hulans, enveloppés de leurs grands manteaux et tout
occupés de se garantir du froid et de l'humidité nous
regardaient à peine, Schmidt me dit :

— Avant tout, père Cerisier, vous allez me jurer trois
choses.

— Tout ce que tu voudras, mon garçon. Mais dépêche-
toi, car si nous perdons le temps à chicaner, Raphaël
sera pris et assassiné, et dans ce cas, je te jure que tu
n'auras rien.

— Je le sais bien, père Cerisier. Aussi, j'aurai soin de sa vie comme de la prunelle de mes yeux... Voici... Vous me jurez d'abord que vous me donnerez, si je fais sauver Raphaël, les quarante mille francs que vous m'avez promis?

— Je le jure.

— Vous me jurez encore que M. Raphaël ni vous, ni personne en votre nom, ne parlera de ce marché tant que je serai vivant?

— Je le jure.

Raphaël jura pareillement.

— Enfin, vous me jurez (si par malheur j'étais tué, car ça peut arriver à tout le monde) que vous ne réclamerez jamais rien à mes neveux, fils de mes trois sœurs mariées à Munich, en Bavière, et qui sont, par mon testament, légitimes propriétaires de tout ce qui sera trouvé en ma possession après ma mort.

Je le jurai encore.

Alors il tira de sa poche un encrier, du papier, une plume et me dit :

— Signez-moi ça.

Je signai tout de suite, car il avait écrit l'acte d'avance; il plia le papier, le mit dans sa poche et coupa avec son couteau les cordes qui liaient les mains de Raphaël.

Au même instant, j'entendis un bruit léger derrière nous. Schmidt l'entendit aussi et se retourna d'un air farouche pour voir ce que c'était; mais nous ne vîmes rien et le bruit cessa. Je lui dis :

— N'aie pas peur, canaille (car maintenant qu'il devenait complice de l'évasion de Raphaël, je n'avais pas besoin d'être poli), n'aie pas peur, c'est un lapin qui se remue dans sa cage.

Il le crut comme moi.

Alors, avec ma lanterne, nous cherchâmes au fond du cabinet où j'avais l'habitude de mettre mes pelles et mes pioches, et nous prîmes des instruments pour creuser la fosse.

Schmidt, qui était maintenant aussi pressé que nous d'en finir, se mit au travail avec nous. En trois minutes, il eut découvert la cassette où j'avais caché mes pauvres chères obligations, qui m'avaient coûté tant de travail et de sueurs pendant soixante ans. En la voyant il poussa un cri de joie. Nous la prîmes et nous la portâmes dans le cabinet.

Là je lui dis :

— Vous entendez bien, Schmidt !... Je vous ai promis quarante mille francs. Pas davantage !

Ses yeux brillaient comme ceux du chat qui voit la crème.

Il me répondit :

— Est-ce qu'il y a davantage là-dedans ?

— Il y a quatre-vingt mille francs.

Il avait l'air abruti de plaisir. Il répéta :

— Quatre-vingt mille francs ! Eh bien ! papa Cerisier, je vous rends Raphaël, mais je garde tout !

Raphaël, qui était libre maintenant, mais qui n'avait pas d'armes, fut si indigné qu'il allait se jeter sur lui et l'étrangler. Je le retins. Il y a des moments où l'on n'a pas de temps à perdre. Le moindre bruit aurait attiré les hulans et le colonel, et dans ce cas, notre compte à tous trois aurait été bon.

Je lui dis avec douceur :

— Mon ami, prends garde. Si tu fais du bruit, tu seras repris et fusillé.

— Et ce sera bien fait, ajouta le gros Schmidt.

Alors j'ajoutai :

— Oui, mais je raconterai tout, et Schmidt sera pendu.

(L'autre fit la grimace.)

— Entendons-nous donc bien.

Juste au même instant, onze heures sonnèrent. Je n'avais plus qu'une heure. Ma foi, je fis le sacrifice de mes quatre-vingt mille francs et je dis à Schmidt :

— Coquin, garde tout, mais partons !

Il ouvrit la boîte, vit les obligations, se mit à rire comme un gredin qu'il était et dit :

— Suivez-moi.

En même temps, il mit la cassette sous son manteau et nous montra le chemin.

Comme je refermais la porte du jardin, j'entendis une seconde fois le bruit qui nous avait déjà inquiétés. Mais je n'en dis rien à Schmidt, de peur, s'il se croyait découvert, qu'il n'allât le premier nous dénoncer au colonel baron de Wolfingen.

Quand nous fûmes dans la salle, tout était prêt pour le départ de nos dames. Vous ai-je dit, Monsieur Mercier, que j'avais chargé un de mes voisins d'atteler à mon char-à-bancs un bon cheval gris qu'il avait.

Ma femme, ma bonne Césarine, se jeta au cou de Raphaël comme si elle ne devait plus le revoir. Elle pleurait. C'était de joie, mais les hulans crurent que c'était de chagrin. Elle lui remit, sans faire semblant de rien, un bon revolver (celui de Sébastien qu'il avait chargé lui-même) avec un bon couteau de chasse qu'un de mes amis, qui chassait quelquefois le sanglier, m'avait laissé. Elle ajouta trois louis de vingt-quatre francs qu'elle gardait toujours dans sa poche depuis que les hulans fouillaient dans ses armoires et une petite gourde d'eau-de-vie.

Mᵐᵉ Mercier embrassa aussi Raphaël et lui dit d'un air aimable :

— C'est dommage de vous perdre, Raphaël, vous auriez été un bien bon gendre.

Raphaël poussa un profond soupir et dit d'un air résigné :

— Qu'est-ce que vous voulez, Madame Mercier. A la grâce de Dieu !

Et il embrassa Nini.

Cette cérémonie, ne vous fâchez pas, Monsieur Mercier, dura un peu plus longtemps que les autres.

En revanche, je crois qu'ils ne se dirent pas deux

mots; ils s'entendaient peut-être sans parler. C'est de leur âge; je ne veux pas les blâmer, les pauvres enfants! Ils ont été assez malheureux.

Pour vous revenir, Schmidt, comme nous en étions convenus d'avance, entra et cria :

— Voyons, est-ce que tous ces adieux ne seront pas bientôt finis?... Allons, père Cerisier, allez-vous-en avec les dames si vous ne voulez pas voir...

Mlle Nini allait se trouver mal; mais Raphaël la retint dans ses bras, ce qui l'empêcha de tomber, et lui dit dans l'oreille deux mots de consolation. Alors nous sortîmes tous, excepté Raphaël, et nous montâmes en voiture.

C'est moi qui conduisais.

Au fond de la voiture, étendu sur la paille, était le pauvre Sébastien. Les hulans, sur la demande de ma femme, l'avaient enveloppé de couvertures et porté dans l'intérieur pendant qu'il faisait : « Oh! » et « Ah! » de toutes ses forces, comme s'il allait mourir. Mais n'ayez pas de crainte, Monsieur Mercier; ce n'est pas ce jour-là ni le lendemain qu'il devait aller en paradis, si sa place y est marquée.

Comme je prenais les rênes, le colonel se mit à la fenêtre (il avait son bonnet de coton sur la tête avec un ruban rose autour et un floquet), et il nous cria :

— Bonsoir, père Cerisier! Bon voyage, Mesdames! Bonsoir, Mam'selle Nini :

Car il était poli et bien élevé, quoique Bavarois. Mais sa politesse, vous concevez, nous était bien égale. J'aurais voulu être à dix lieues de là, du côté d'Orléans, et j'aurais bien payé mille francs par lieue.

Oui, je les aurais payés si je les avais eus; mais j'avais tout donné pour mon pauvre Raphaël; oui, tout!

Eh bien! est-ce que je pouvais regretter une chose pareille? Voyons, Monsieur Mercier, parlez franchement. N'en auriez-vous pas fait autant à ma place? Et si vous aviez eu quatre-vingt mille francs et qu'il n'eût fallu que les donner d'un coup pour sauver un de vos amis ou pour faire le bonheur de votre fille, dites, ne les auriez-vous pas donnés avec plaisir ?

Je sais bien qu'on me criera :

— Quatre-vingt mille francs, c'est quatre-vingt mille francs ! C'est quatre mille pièces de vingt francs, c'est seize mille pièces de cinq francs, c'est quatre-vingt mille pièces de vingt sous, c'est un million six cent mille pièces d'un sou ; enfin, c'est une grosse somme, et qui ne se trouve pas sous le pied de quatorze mulets... Oui, c'est vrai. Mais est-ce que Raphaël ne valait pas ça et dix fois plus, au moins pour ma femme et pour moi, et pour votre pauvre demoiselle Nini, qui serait morte de chagrin si nous l'avions laissé périr, lui qui l'aimait tant !

Enfin, voilà : mes quatre-vingt mille francs sont perdus, n'y pensons plus. Raphaël travaillera... Je dis qu'il travaillera... s'il n'est pas tué ou estropié, le pauvre garçon, car les Prussiens sont déjà au-delà d'Orléans, à ce qu'on dit, et qui sait quand on les mettra dehors ! On attend tous les jours une bataille. Ce qui nous reste de vieux soldats après Sedan est à Metz avec Bazaine, un dont je me défie. Il a fait de vilaines choses au Mexique, et maintenant, avec cent cinquante mille hommes, il se tient enfermé comme un limaçon dans sa coquille. Tonnerre de Dieu ! cent cinquante mille soldats français ! A-t-on jamais vu ça du temps de notre vieille sainte République et même du temps des Bourbons ? Mais ces Bonaparte ont infecté tout le pays. Ça n'est bon qu'à mitrailler sur le boulevard les Parisiens sans armes. Oh ! ça brille alors, les coquins, et ça commande le feu sur les femmes et les enfants, sur des citoyens désarmés. Et ils prétendaient que toutes ces horreurs sauvaient la France, la constitution et la République.

Ah ! tenez, Monsieur Mercier, ne parlons plus de ça ; c'est trop triste et ça ne répare rien...

Pour vous revenir, voilà comme nous sommes partis de Longjumeau, Mᵐᵉ Mercier, Mˡˡᵉ Nini, Sébastien et moi, dans mon char-à-bancs, vers onze heures du soir, et comment nous arrivâmes, malgré le brouillard, à Etampes, où se trouvaient les avant-postes de l'armée française.

Je passe la plume à ma femme, qui resta seule à la maison pour tenir tête au colonel baron Wolfingen, et qui fut témoin de tout.

J'avais fait exprès de ne la mêler à rien, afin qu'on ne pût pas se venger sur elle de la fuite de Raphaël et aussi parce qu'à son âge (soixante-quatorze ans passés) elle n'était pas en danger comme une jeune fille. Tout ce qu'on pouvait faire, c'était de la menacer et de la maltraiter; mais, grâce au ciel! Césarine est une femme de tête et de cœur, et celui qui lui ferait peur n'est pas encore né.

D'ailleurs, elle vous dira elle-même ce qui s'est passé.

A toi de parler, Césarine.

L

Monsieur Mercier, je ne m'attendais pas, à mon âge, à prendre la plume comme un écrivain public pour vous raconter nos aventures, mais mon mari le veut et tout ce que mon mari veut, je le veux.

Il dit bien, lui, que c'est tout le contraire et qu'il veut tout ce que je veux, mais c'est pour rire qu'il le dit et pour faire l'ébéniste qui connaît son devoir en face des dames. Au fond c'est bien lui qui est le maître, ou plutôt nous n'avons pas eu six fois en cinquante ans de mariage le désagrément de n'être pas du même avis, — excepté les dimanches et les jours de fête quand nous allions passer la journée dans le bois de Vincennes. Ceri-

sier voulait toujours dîner au restaurant, et moi j'aimais
mieux apporter de Paris des provisions et dîner sous les
arbres.

Ça, c'est un goût de nature. Sous les arbres on a de
l'air, du soleil, de l'ombre, des petits oiseaux, de l'herbe
pour se coucher. Enfin ça me plaisait mieux. Au reste,
Cerisier n'est pas entêté.

Quand il vit que j'avais raison, il céda, à condition que,
les jours de neige et de pluie, je céderais à mon tour et
que nous dînerions au restaurant du *Bœuf Epique,* dans
la seconde rue à main droite, en face de la gare.

Je vous dis tout ça, Monsieur Mercier, quoique ce soit
un peu long, parce qu'il faut que vous sachiez bien que
mon mari et moi nous ne faisons qu'un, que nous n'avons
qu'une volonté et que, quand l'un des deux a dit une
chose, c'est comme si le maire, le notaire, le juge de paix,
l'avoué, l'huissier, M. le président du tribunal civil, son
portier, le curé, l'évêque et tout le reste de la boutique y
avaient passé et avaient donné leur consentement.

Ça ne sera pas inutile pour ce que j'ai à vous mander
de Raphaël.

Mon mari vous a écrit, Monsieur Mercier, tout ce que
nous avions fait ou plutôt tout ce que nous voulions faire
pour ce bon garçon que nous aimons tant et pour votre
jolie petite Nini, qui est fraîche comme un bouton de
rose et riante comme un amour. Le bon Dieu nous jeta
les hulans au travers. Il avait ses vues, comme dit M. le
curé de Longjumeau dans ses prônes... Oui, il avait ses
vues, mais c'est bien ennuyeux et bien triste pour ceux
qui ne comprennent rien à ses vues et qui, s'ils compre-
naient, n'en seraient pas plus avancés en se voyant tués,
estropiés, écrasés, ruinés, par une bande de neuf cent
mille brigands.

Fin finale et définitive. Vous avez vu comment, pour
sauver la vie de ce pauvre Raphaël, mon mari fut obligé
de donner quatre-vingt mille francs que nous avions en
obligations de la compagnie d'Orléans et que nous regar-

dions comme de l'or en barres ou, si vous voulez, comme
du diamant en bouteille.

Cerisier, du reste, ne fit ni une, ni deux. Ce n'est pas
son caractère. Quand il vit qu'il fallait nous ruiner ou
perdre Raphaël, il me dit la chose et fit le marché tout
de suite avec ce coquin de Schmidt que Dieu maudisse
et jette à jamais dans les flammes éternelles de l'enfer.

Mais ce qui arriva après le départ de Cerisier, de vos
dames et de Sébastien (un joli garçon et un bon garçon,
celui-là, Monsieur Mercier, je vous en fais mon compliment, vous pouvez être fier d'être son père), ce qui arriva
donc vous étonnera et vous fera trembler comme j'ai été
moi-même étonnée et tremblante. Ah! l'autre a bien
raison de dire :

Tel qui rit vendredi, dimanche pleurera.

Pour vous revenir, j'étais à peine rentrée dans la chambre de Sébastien et je mettais tout en ordre en écoutant
souvent par la fenêtre ouverte pour savoir si Raphaël
avait pu se sauver, lorsque je vois entrer le gros Schmidt
qui me dit tout bas :

— Madame Cerisier, soyez contente. Votre Raphaël ne
sera pas fusillé.

Je criai presque de joie :

— Il est parti!

— Oui... Je l'ai fait descendre sans être vu par une
trappe dans la cave, et de là par une autre trappe que
M. Cerisier m'avait indiquée, dans le jardin. Il a ouvert
la porte qui n'est fermée qu'au verrou, il a dû prendre
la jument blanche de M. Cerisier, qui est dans l'écurie
de la maison à côté, et tenez, regardez! Voyez-vous la
jument blanche avec un homme dessus, qui passe dans
le brouillard, c'est Raphaël.

En effet, Monsieur Mercier, je voyais bien à peu près
la jument et Raphaël qui s'en allaient au petit trot, mais
je ne savais pas si c'était un rêve. Je n'entendais rien du
tout.

19.

Alors Schmidt m'expliqua que Raphaël devait avoir
enveloppé les pieds de la jument avec de la laine ou du
feutre pour empêcher le bruit sur le pavé.

Je lui dis :

— Oh! Monsieur Schmidt, si Raphaël est sauvé, je ferai dire douze messes à votre intention et pour le repos
de votre âme.

Ça lui fit faire la grimace. Il me riposta :

— Tenez, Madame Cerisier, ne parlons pas de ça. Les
messes, voyez-vous, et le repos de mon âme, c'est des
choses auxquelles il vaut mieux ne jamais penser. Il
sera toujours temps quand on voudra m'enterrer. Faites-
nous donner plutôt, à moi et à mes hulans, un bon verre
de riquiqui.

J'y allai tout de suite. Schmidt était devant la porte de
la salle avec ses hommes. Il leur criait :

— Faites bien attention! Toi, Krauss, à la fenêtre ; surtout, veillez bien à ce que le prisonnier ne s'échappe
pas. Il a encore trois quarts d'heure...

Il s'arrêta pour me demander l'heure exacte.

Je lui dis :

— Monsieur Schmidt, vous savez bien qu'il n'y avait
qu'une montre d'or dans la maison, et que vous me l'a-
vez prise...

Alors il se mit à rire :

— Madame Cerisier, ma bonne Madame Cerisier, faites
excuse, c'est la guerre. Il ne faut pas m'en vouloir, c'est
la guerre!

En même temps, il buvait avec ses camarades une
bouteille de mauvaise eau-de-vie de prunes que j'étais
allée chercher pour eux à la cave.

Pendant qu'ils buvaient (écoutez bien ça, Monsieur
Mercier, et vous allez voir la justice de Dieu), voilà
qu'un petit juif vient à passer.

Vous n'avez jamais vu plus sale petit juif. Il était sale,
il était noir, il était laid, il avait le nez écrasé, il était
bossu, il était tortu, il était bancal, il était louche, il

avait la peau grise comme un vieux crapaud qui ne s'est
lavé de sa vie, il regardait tout le monde en dessous et
par côté ; c'était le plus vilain singe que l'on pût rencontrer.

Oui, Monsieur Mercier, on en met souvent dans la
grande cage du Jardin des plantes qui sont plus jolis et
plus propres que celui-là.

C'était un juif de Berlin qui suivait l'armée. Les hulans l'avaient amené avec eux. Il faisait des affaires avec
tout le monde. Il achetait les pendules, les montres, les
paletots, tout ce qu'il pouvait trouver, et il vendait tout
ce qu'on peut vendre, tout ce qui se mange et tout ce qui
se boit, et encore autre chose qu'il ne serait pas honnête
de dire, même pour une vieille femme comme moi.

Je ne vous raconterai donc pas ce qu'on disait de ses
trois filles qui le suivaient et qui faisaient le même métier que lui, et encore un autre. Bien jolies ces drôlesses
avec leurs yeux noirs, mais qui menaient une vie de
gourgandines avec les hulans et même avec les Français.

Le juif donc, qu'on appelait Isaac, s'avança vers
Schmidt qui riait et buvait, et lui dit tout d'un coup :

— Tu es bien gai, ce soir.

L'autre lui donna un coup de pied pour le repousser
comme un chien, et lui répondit :

— Qu'est-ce que ça te fait, mauvais gredin de juif ?

Le petit Isaac, en recevant le coup de pied, ne broncha
pas.

Il avait l'air d'un homme dont le derrière est fait
pour essuyer toutes les bottes ; mais vous allez voir,
Monsieur Mercier, que le diable n'y perdait rien.

Il dit tout haut :

— Je croyais que vous aviez fait quelque bonne affaire,
Monsieur Schmidt.

L'autre devint pâle et demanda :

— Quelle affaire ?

Le petit juif répondit :

— Est-ce que je sais, moi? Je disais ça, au hasard, pour parler.

— Ah!

Cet imbécile de Schmidt crut que l'autre n'en savait pas davantage et il se mit à jouer aux cartes avec un de ses camarades en continuant de rire et de boire.

Pendant ce temps le juif le regardait toujours. Il avait l'air de réfléchir. A la fin il se décida et lui dit :

— Monsieur Schmidt!

— Qu'est-ce qu'il y a encore, animal?

— Monsieur Schmidt, je voudrais me faire l'honneur de vous parler. Ça presse.

Schmidt perdait. Ça l'ennuyait de perdre. Je le voyais sur sa figure. Il donna un coup de plat de sabre au juif qui lui dit deux mots tout bas.

Je n'entendis pas les deux mots, mais j'entendis Schmidt quand il jura par le saint nom de Dieu ! Il était dans une colère à faire trembler. En même temps il avait encore plus de peur que de colère.

Je voyais tout ça sans entendre, car j'étais au fond de la cheminée de ma cuisine et je faisais semblant de me chauffer.

Le juif, sans s'étonner, l'amena près de la cheminée et lui dit, mais en mauvais français, sans doute de peur d'être entendu des autres hulans :

— Quarante mille francs !

— J'aimerais mieux te fourrer quarante mille fois mon sabre dans le ventre, dit Schmidt. Gredin ! canaille ! gueux ! voleur ! assassin !

Le juif lui dit :

— Aimez-vous mieux, Monsieur Schmidt, que je vous dénonce au colonel Wolfingen ?

Schmidt se mit à grogner comme un ours qu'on vient de museler et de mettre à la chaîne.

— Ça presse, ajouta le juif. Minuit va sonner. On va tout savoir. Décidez-vous.

— Eh bien, ça va, dit Schmidt. Gueux de juif, sans

rien risquer, en une minute, il vient de me gagner quarante mille francs.

— Ah! dit le juif en se frottant les mains. voilà ce que c'est que d'avoir de l'esprit. Nous ne coupons pas les bras et les jambes à coups de sabre, nous autres fils de Jacob, mais nous avons de l'esprit, et les chrétiens qui tuent et qui volent n'ont jamais tué et volé que pour nous. C'est la guerre! C'est notre guerre à nous, Monsieur Schmidt!

Et il riait et se frottait les mains, le petit vieux sale juif qu'on n'aurait pas touché avec des pincettes.

Enfin il dit en riant toujours :

— Quand me donnerez-vous mon argent, Monsieur Schmidt?

— Ton argent, ton argent! Puisse-t-il t'étouffer, canaille! Je te le donnerai demain matin, quand nous reviendrons de la poursuite qu'on ne manquera pas de faire.

— Eh bien, à demain midi, répondit le juif. Si je n'ai pas mes quarante mille francs le très-illustre colonel baron de Wolfingen saura tout.

Au même instant minuit sonna, et le gros Schmidt devint plus pâle qu'un mort.

LI

C'était le moment fatal. Dans mon âme je disais : Où est Raphaël maintenant? La jument blanche va bien et fait ses cinq lieues à l'heure quand elle est pressée; mais dans le brouillard, sur le pavé humide et gras, si elle venait à s'abattre?... J'avais des battements de cœur, comme vous pouvez croire, Monsieur Mercier.

Et mon pauvre mari! Il avait une heure d'avance, c'est vrai, sur ceux qui voudraient le poursuivre; mais le char-à-bancs était bien chargé. Quatre personnes,— lui, Mme Mercier, Nini et Sébastien, sans compter deux bouteilles de vin et quelques provisions que j'avais cachées par précaution dans la paille.

Dans tout ça, le meilleur était encore le brouillard. Peut-être qu'on ne pousserait pas bien loin la poursuite; mais si l'on prenait mon pauvre Cerisier, si ces coquins allaient le fusiller comme complice de la fuite de Raphaël. Ah! voyez-vous, il y a des moments dans la vie où l'on voudrait être morte!

Pendant que je pensais tout ça, Schmidt, lui, pensait bien autre chose.

Krauss lui dit:

— Eh! Monsieur le maréchal des logis, c'est peut-être le moment de le fusiller? Après ça on pourra aller dormir.

— C'est vrai, dit Schmidt, qui se mit à jurer comme un païen pour cacher son jeu, nous allons fusiller, fusiller... Allons, chargez les armes et faites sortir l'homme.

Les hulans entrèrent dans la salle, et j'entendis quelque chose comme un grand cri et un tas de jurons allemands que je ne comprenais pas (d'ailleurs si je les avais compris, vous pouvez croire que je ne les répéterais pas).

Alors Schmidt fit semblant d'être étonné. Il entra à son tour, chercha partout, sous les bancs, sous les tables, en jurant et sacrant plus que tous les autres ensemble. A la fin, il vint à moi en serrant les poings, et me dit:

— Madame Cerisier, c'est un tour abominable! C'est infâme!

Je répliquai:

— Qu'est-ce que c'est? Monsieur Schmidt? Qu'est-ce qui est infâme? Quel tour est-ce qu'on vous a joué?

Il dit :

— Vous avez fait sauver ce Raphaël !

Je joignis les mains et je dis :

— Oh ! mon Dieu ! Est-ce que vraiment il est sauvé ?

Alors, lui, faisant toujours semblant d'être en colère pour qu'on ne pût pas le soupçonner, cria de toutes ses forces :

— Vous le savez bien, Madame Cerisier. Il n'y a que vous et votre vieux gueux de mari qui puissiez avoir fait un coup pareil. Vous mériteriez d'être fusillée tout de suite devant toute l'armée allemande !

Vraiment, si je n'avais pas été avertie, j'aurais cru que le gredin parlait sérieusement. Mais comme toutes les minutes valaient de l'or et de l'argent pour Raphaël, je ne mis à disputer avec Schmidt. Je lui dis que mon mari était un brave homme, un homme comme il n'y en a pas un de son âge dans toute l'Allemagne, un homme qu'on n'avait jamais appelé « vieux gueux. »

Schmidt, qui avait intérêt comme moi à ne pas aller trop vite en besogne, me cria que tous les Français étaient des coquins, et toutes les Françaises des coquines, à commencer par moi.

Alors je lui ripostai que, si mon Cerisier avait été là, il lui aurait campé sa main sur la figure, et lestement encore.

Pendant ce temps les hulans cherchaient toujours Raphaël de tous les côtés. A la fin Krauss leva la trappe par où l'on descendait dans la cave, et dit :

— Voilà le nid. Nous allons trouver le prisonnier, c'est sûr !

Alors ils prirent de la lumière et descendirent tous dans la cave, — excepté un seul, qui resta en sentinelle devant la trappe. — Le mot de cave les avait grisés d'avance ; ils ne cherchaient plus Raphaël, ils cherchaient les bouteilles. Quand chacun d'eux en eut cinq ou six dans les bras, ils finirent par trouver le second escalier par où l'on montait dans le jardin, puis la porte qui n'avait été que poussée par Raphaël, quand il sortit, parce qu'il avait peur de faire du bruit en tournant la clef dans la serrure.

Fin finale. On vit bien par où il avait passé dans le jardin, et par quelle porte il était sorti dans la venelle, puisque le verrou était encore tiré; mais, quant à en savoir plus long, *nix* ou plutôt *nisco*, ça leur était interdit comme le *Pater* aux ânes.

Alors ils revinrent sur moi, et Schmidt tout le premier, en me criant dans leur patois allemand toutes sortes d'injures.

Moi, je ne disais rien. Au fond du cœur je remerciais Dieu, et je priais le bienheureux saint Pierre, patron de mon mari, et la Sainte Vierge, protectrice de tous les affligés, de donner des ailes au cheval qui traînait le char-à-bancs et à notre bonne petite jument blanche.

Alors Schmidt, toujours plus furieux, cria :

— Ça ne se passera pas comme ça! Non, ça ne peut pas se passer comme ça! Il faut traîner la vieille chez le très-illustre et très-noble colonel baron.

Le malhonnête! Il n'aurait pas pu dire « Mme Cerisier»! mais à ce moment-là, ça m'était bien égal.

Je fis semblant d'avoir peur. Au fond, je n'avais pas peur du tout. J'étais contente de ce que mon homme avait fait. J'en étais fière, et quant à me fusiller, je savais bien que ça ne pouvait pas aller jusque-là. Le colonel était un Allemand, c'est vrai, mais ce n'était pas un sauvage.

On me prit donc par le bras comme si j'avais voulu me sauver à mon tour, et l'on me conduisit chez le très-noble colonel baron.

La sentinelle qui montait la garde à sa porte frappa trois coups de sa carabine sur le plancher, et le colonel se leva en robe de chambre.

Franchement, Monsieur Mercier, il n'était pas beau dans ce costume-là, car la robe de chambre était une de

mes robes d'hiver qu'il avait coupée du haut en bas pour
se couvrir et qui n'allait pas plus bas que le genou. De
plus, il grognait comme un ours qu'on réveille et demanda :

— Qu'est-ce que c'est, tas d'imbéciles?

Schmidt porta la main à son casque et dit :

— Monsieur le très-noble colonel baron, il vient d'arriver un grand malheur.

L'autre se frotta les yeux.

— Un grand malheur! Qu'est-ce que c'est? Sa Majesté
le roi de Prusse est mort? Son Altesse Royale le prince
Fritz a la colique?

Schmidt secoua la tête.

— Non, Monsieur le très-noble colonel baron; Sa Majesté est en bonne santé et le Kronprinz Fritz est bien
portant lui aussi, mais c'est quelque chose de pire. Notre
prisonnier s'est évadé.

— Quel prisonnier?

— Celui que nous devions fusiller, Monsieur le très-
noble colonel baron... Tout à l'heure on est venu le chercher pour ça...

— Et il était parti!

— Oui, très-noble colonel baron, et nous en sommes
bien affligés...

Le colonel cria :

— Animal!

Schmidt répondit :

— Ce n'est pas ma faute, très-honorable colonel baron;
non, je vous le jure, ce n'est pas ma faute.

— Comment a-t-il fait, triple buse?

— Il a descendu par une trappe!

— Où?

— Dans la cave.

— Et après, fils de bourrique?

— Après, il est sorti par la porte de la cave dans le
jardin, et de là dans la venelle, et de là, je ne
sais où.

— Canaille ! dit le colonel, je devrais te faire fusiller à sa place.

Schmidt s'écria :

— Mais pensez donc, Monsieur le très-noble colonel baron, que je n'étais pas seul à le garder.

— Je te mets aux arrêts pour quinze jours, stupide brute, toi et les hommes qui étaient sous tes ordres... Mais auparavant, montez à cheval et courez pour le rattraper... Si vous le manquez, je doublerai la prison... Allez !

Puis se tournant vers moi, il demanda :

— C'est vous qui l'avez fait sauver, n'est-ce pas, Madame Cerisier ?

Il avait l'air de vouloir m'avaler.

Je répondis :

— Ce n'est pas moi, Monsieur le colonel.

— C'est votre mari alors ?

— Mon mari était parti quand Raphaël s'est sauvé.

— C'était quelqu'un, enfin ?

— Je crois que vous avez raison, très-honorable monsieur le colonel baron. Maintenant, cherchez !

Il avait l'air furieux. Pourtant il finit par se calmer et par dire :

— Eh bien, si c'est vous, Madame Cerisier, vous méritez d'être fusillée ; mais, après tout, ça se comprend. Enfin je vous fais grâce. Mais n'y revenez pas !

Et j'en fus quitte pour la peur. Comme je sortais il me rappela :

— Madame Cerisier !

— Monsieur le colonel !

— Vous ne me remerciez pas ?

— De quoi ?

— De vous avoir fait grâce ?

Je le regardai dans les yeux et je lui répondis :

— Ma foi, Monsieur le colonel, j'avais toujours pensé que vous ne m'assassineriez pas.

Il leva les épaules en disant :

— Ces Françaises! avec elles on n'a jamais le dernier mot.

Il referma la porte et alla se coucher, pendant que les hulans sortaient à cheval sous la conduite de Schmidt pour aller à la poursuite de Raphaël et de mon mari.

Une chose m'étonna dans ce départ. Schmidt voulait à tout prix emmener avec lui le vieil Isaac.

J'étais cachée au fond du corridor, et j'entendais leur conversation, car ils parlaient français et à voix basse de peur des hulans.

Schmidt dit à l'autre :

— Allons, Isaac, fais ton paquet et suis-nous.

— Pourquoi faire? demanda l'autre. Je ne suis pas hulan, moi. Je n'ai ni sabre, ni pistolets.

Alors Schmidt lui répliqua :

— Si tu ne viens pas avec nous, je te casse la tête tout de suite, et je dirai que c'est toi qui as fait sauver ce Raphaël... Je ne veux pas que tu restes ici pour me dénoncer au colonel. Je te connais, coquin !

Le vieux juif tremblait et bégayait comme s'il avait eu la fièvre. A la fin il se décida et lui dit :

— Eh bien, je vais avec toi; mais jure-moi que tu ne me prépares pas de trahison.

Schmidt jura de toutes ses forces.

Enfin ils partirent tous ensemble, et j'allai me coucher à mon tour.

LII

Jusqu'à six heures du matin je ne pus pas fermer les yeux tant j'avais peur qu'on eût repris Raphaël ou mon mari.

A la fin j'étais si fatiguée que je finis par dormir une demi-heure et tout à coup je fus réveillée par le bruit des hulans qui rentraient.

Je courus en camisole à la fenêtre.

Grâce à Dieu, il n'y avait pas de prisonniers avec eux; mais une chose m'étonna beaucoup. Le juif n'était pas revenu. On ramenait son cheval, voilà tout.

Moi qui avais entendu sa conversation avec Schmidt, je pensai tout de suite : Voilà un brigand qui vient d'assassiner un filou ! Mais vous devinez bien, Monsieur Mercier, que ça n'était pas fait pour me rendre bien triste. Quand les loups mangent les renards, il faudrait être trop bon enfant pour s'en occuper et pour plaindre les renards.

Je me recouchai donc en remerciant Dieu qui avait exaucé ma prière et je dormis encore un peu. A la fin, il fallut me lever pour prendre soin du café au lait du très-noble colonel baron de Wolfingen, car ce gros Allemand avait pris l'habitude de bien vivre chez nous, et jusque-là, parce qu'il fallait le ménager à cause de mon mari, de vos dames et de Sébastien, j'avais eu soin de lui comme d'un ami; mais ce jour-là, je n'avais plus peur pour les miens, alors je lui fis son café avec une bonne provision de chicorée que j'avais au fond de mon tiroir et je mis tant d'eau dans son lait qu'il était mieux baptisé que notre saint père le pape.

Je le donnai à un hulan pour le porter à son colonel, et je rencontrai Schmidt. Il avait l'air blême et jaune. Je lui demandai en riant :

— Avez-vous fait bonne chasse cette nuit, Monsieur Schmidt ?

Il me répondit en regardant si personne n'écoutait :

— Vous savez bien que non, Madame Cerisier. Je les ai menés de tous les côtés, excepté de celui où se cachait le gibier que nous cherchions. Ah ! j'ai bien gagné mon argent, je vous assure, et je ne suis pas au bout de mes peines !

Je demandai par curiosité :

— Et le juif, qu'en avez-vous fait ?

— Quel juif ?

— Isaac ?

Il me regarda d'un air troublé comme un accusé quand M. le président de la cour d'assises l'interroge. J'eus peur en voyant ses yeux.

Je pensai : Si le gueux se doute que j'ai tout deviné, il va m'étrangler, c'est sûr !

Alors, pour l'encourager, je lui dis d'un air innocent :

— Je croyais que vous l'aviez emmené avec vous pour vous servir de guide.

Schmidt parut soulagé et dit :

— Oui, oui, il a voulu nous suivre, croyant sans doute que nous allions à la maraude et voulant profiter de l'occasion, mais il s'est perdu dans le brouillard pendant que nous battions la plaine, et le cheval est revenu tout seul à l'écurie.

Au même instant, par la fenêtre ouverte, nous vîmes le juif qui passait dans la cour et qui montait l'escalier du colonel. Il était tout courbé. Son paletot était déchiré et couvert de sang. Il marchait avec peine en s'appuyant au mur.

Il se retourna de notre côté, nous vit, et cria en voyant Schmidt :

— Voilà l'assassin ! Fermez toutes les portes !

On obéit sans savoir pourquoi. Schmidt, pâle et tremblant, osait à peine se défendre. Pourtant il courut vers le juif, et lui dit tout bas quelques mots que personne n'entendit.

Mais l'autre cria plus fort :

— Ne me touche pas, assassin ! Ne me touche pas !... Monsieur le colonel ! Monsieur le colonel ! Monsieur le très-noble colonel baron ! Je viens demander justice !

Wolfingen se mit à la fenêtre. Il était en train de sucrer son café au lait, et je l'entendais crier au hulan qui avait apporté la tasse :

— Animal! Imbécile! Ce n'est pas du café, ça, c'est de la chicorée! Ce n'est pas du lait, ça, c'est de l'eau! Va dire à Mme Cerisier de monter tout de suite!

En même temps il demanda :

— Qu'est-ce que c'est, Isaac, qui est-ce qui t'assassine? Est-ce quelqu'un de ceux que tu as volés?

Tous les hulans se mirent à rire, d'abord parce que c'était leur chef qui avait parlé, et ensuite parce que le petit juif n'était aimé de personne.

Il répondit en criant et se lamentant :

— Oui, c'est moi, très-noble Monsieur le colonel baron, c'est moi qu'on assassine, moi, votre serviteur Isaac, et celui qui m'assassine, le voilà.

De la main il montrait Schmidt, qui se tenait à peine sur ses jambes, tant il avait peur. Wolfingen les fit monter tous deux et plaça quatre hulans à la porte d'entrée.

Au même moment, je montai comme pour savoir ce qu'il y avait de mauvais et de manqué dans mon café. En réalité, je voulais savoir ce qu'Isaac avait à dire et ce qu'on allait faire du misérable Schmidt.

En me voyant, le colonel se mit dans une colère à tout casser. Il me cria :

— Comment! Madame Cerisier, après la trahison de votre mari, qui a fait sauver mon prisonnier et qui s'est sauvé lui-même, je vous avais pardonné! Et vous, pour me récompenser, vous m'empoisonnez avec votre abominable chicorée!

Je répondis que ce n'était pas ma faute, que je ferais mieux un autre jour. Alors il se tourna vers le petit juif et lui dit :

— Toi, parle! Qui est-ce qui t'assassine et pourquoi?

Isaac dit :

— Très-noble Monsieur le colonel baron, je suis le plus malheureux des hommes...

— Monsieur le colonel baron, ne croyez pas un mot de ce qu'il va vous dire, le gueux! C'est un tas de mensonges!

Wolfingen lui commanda de se taire, et au juif de parler.

Isaac reprit :

— Vous savez, Monsieur le colonel très-noble baron, avec quel soin j'ai toujours travaillé pour l'armée de la patrie allemande... C'est moi qui fournis vos soldats de pain, de vin, de saucisson, de lard, de foin et d'avoine, quand le malheur veut qu'ils n'en trouvent pas chez ces gueux d'habitants...

Wolfingen l'interrompit :

— Va plus vite ou je te mets à la porte.

— Eh bien! voilà, très-noble Monsieur le colonel baron, ne vous impatientez pas!... L'assassin que vous voyez, ce Schmidt, m'a voulu tuer parce que j'allais dénoncer sa trahison...

Schmidt voulut crier, mais le colonel lui appliqua deux coups de plat de sabre pour le faire taire.

— Oui, très-noble Monsieur le colonel baron de Wolfingen, Schmidt est un traître et j'en ai la preuve...

Et alors il raconta le marché qu'il avait fait avec mon mari pour la fuite de Raphaël.

— Comment le sais-tu? demanda le colonel.

— J'écoutais caché derrière la cage à lapins... Je cherchais une de ces petites bêtes pour notre dîner d'aujourd'hui, à mes filles et à moi...

— Tu maraudais, enfin?

— Comme vous voudrez, très-honorable Monsieur le colonel baron. En pays ennemi il faut bien gagner comme on peut sa pauvre vie.

Il ajouta qu'il avait voulu avertir Monsieur le colonel, mais que Schmidt avait menacé de le tuer et qu'il l'avait emmené de force sous prétexte de chercher Raphaël, mais de peur d'être dénoncé par lui. Et alors, au milieu du brouillard et de la nuit, Schmidt qui se voyait seul avec lui dans la plaine, les hulans étant à cinquante pas l'un de l'autre, lui avait donné trois coups de sabre pour le tuer.

Alors Isaac était tombé de cheval et avait fait le mor
de peur d'être achevé. Les autres n'avaient rien entendu
Schmidt le croyant mort était revenu à la maison ave
les hulans.

Pendant que le juif parlait, Schmidt suait à grosse
gouttes.

— C'est vrai, tout ça? demanda le colonel.

— Non, très-noble Monsieur le colonel baron, non, ça
n'est pas vrai, je suis innocent; ce misérable juif veut me
perdre.

Mais on fouilla dans le bagage de Schmidt et l'on trouva
les 80.000 francs en obligations d'Orléans, au porteur
que mon mari avait données pour la rançon de Raphaël
Elles étaient rangées dans un ordre qui faisait plaisir à
voir. Un papier blanc piqué d'une épingle se détacha e
tomba sur le plancher. Je le ramassai sans qu'on me vît
C'était la liste des numéros de nos pauvres obligations
Je la mis dans ma poche avec soin. Ça ne pouvait plus
servir à rien, mais c'était toujours un souvenir que je
gardais de ces pauvres chéries.

Pendant ce temps, le colonel fronçait les sourcils
comme un lion et faisait des yeux terribles comme un
tigre.

A la fin, il donna ordre au conseil de guerre de se
réunir pour juger le misérable Schmidt. Ah! son affaire
fut bientôt expédiée. En un temps et trois mouvements,
il fut condamné à être passé par les armes, et la sentence fut exécutée un quart d'heure après.

— Il faut, dit le très-noble Monsieur le baron colonel,
que toute l'Europe sache que nous autres honnêtes Allemands nous avons en horreur la trahison, le vol et
l'assassinat!

Voyant qu'il était si bien disposé et si vertueux, je le
priai de me rendre mes obligations, puisqu'elles ne pouvaient plus appartenir à Schmidt ni à ses héritiers. Alors
le très-noble colonel me regarda de toute sa hauteur, et
me dit en propres termes:

— Osez-vous bien, Madame Cerisier, me réclamer les 80,000 francs après qu'ils ont servi à entraîner dans la trahison et l'assassinat un brave soldat, un honnête et vertueux Allemand ?

Je demandai :

— Mais alors...

— .. Qui est-ce qui les gardera, n'est-ce pas? C'est ce que vous voulez dire. Eh bien! ce sera moi, Madame Cerisier. Et ce sera votre punition de savoir que ces 80,000 francs, au lieu de servir le luxe et la débauche d'un Français, serviront à entretenir dans une honnête famille allemande le culte de la justice, de la vérité, de la vertu, du roi et de la patrie. Et maintenant, ma bonne Madame Cerisier, tenez-vous-le pour dit et ne m'en rompez pas les oreilles. C'est bien assez que je ferme les yeux sur vos intrigues. Ne m'obligez pas, par vos plaintes et vos réclamations, à sévir contre vous.

Je lui dis :

— Mais enfin, Monsieur le colonel baron, cet argent ne vous appartient pas...

Il leva les épaules, et répondit :

— C'est la guerre, ma bonne Madame Cerisier, c'est la guerre !

Puis il me ferma la porte au nez.

LIII

Voilà, Monsieur Mercier, tout ce que je peux vous raconter de notre histoire. Voilà tout ce que j'ai vu pendant ces jours-là. Notre fortune est perdue, c'est vrai, mais Raphaël et mon mari sont sauvés, et après tout ce

n'est pas pour notre argent que ma gentille petite Nini
a aimé Raphaël, puisqu'elle ne savait pas qu'il serait
notre héritier, quand elle nous a dit qu'elle l'aimait.

Ce n'est donc pas une raison pour refuser votre consentement au mariage (excusez si je me mêle de vos
affaires); je sais bien que vous en avez un autre en vue,
un homme riche, un homme en place, un fils de notaire,
mais si vous aviez vu une fois seulement notre pauvre
Raphaël, vous penseriez comme nous qu'il n'a pas son
pareil entre la barrière du Trône et Neuilly, et vous voudriez l'appeler votre gendre demain matin ou après-demain au plus tard.

Enfin! il en sera ce que le bon Dieu voudra. Raphaël
est à l'armée de la Loire maintenant; il est sous-officier,
on le fera peut-être général. Il y en a de ce grade qui ne
le valent pas, je vous jure, et qui n'ont pas fait une aussi
bonne figure devant les Prussiens.

Maintenant, Monsieur Mercier, bien le bonsoir à vous
et à votre dame quand vous la reverrez et à ma petite
Nini, et à toute la compagnie.

Ah! j'oubliais de vous dire que j'ai quitté Longjumeau
trois jours après tous ces événements. Vous comprenez,
je m'ennuyais trop de rester au milieu de ces Bavarois
et de ces Prussiens. C'était sale, c'était criard, c'était
braillard, ça vous disait des injures et des grossièretés
vingt fois par jour, ça mangeait tout ce qu'on peut manger, ça buvait tout ce qu'on peut boire. Toutes mes volailles y avaient passé, mes lapins aussi, ma provision
de lard, de haricots, de pommes de terre; je n'avais plus
d'argent pour en acheter, je n'avais plus de crédit depuis
qu'on savait que Schmidt et le colonel nous avaient volé
nos quatre-vingt mille francs. Je ne pouvais plus ni
donner à manger à ces goinfres, ni manger moi-même,
quoiqu'on ne mange guère à mon âge. J'allais être
réduite à mendier mon pain de porte en porte, chez mes
voisins, qui n'étaient pas plus riches que moi.

Voyant ça, un matin, je pris ma plus belle robe, mon

plus beau bonnet et je montai chez le très-noble colonel
baron de Wolfingen.

C'était à l'heure où il attendait son café au lait.

Je lui dis tout bonnement :

— Adieu, Monsieur, je m'en vais.

Lui, étonné, demanda :

— Où allez-vous?

— Rejoindre mon mari.

— Ah !

Il regarda l'heure à la pendule et dit :

— Mais mon café?

— Monsieur le colonel, il n'y a plus de café.

Il se leva tout en colère de son fauteuil et cria :

— Plus de café, Madame Cerisier! Etes-vous folle?

— Monsieur le colonel, je n'ai plus de café, plus de
sucre, plus d'argent, plus rien. Je m'en vais.

— Je vous le défends !

— Comme il vous plaira.

— Allez faire le café !

Et comme je ne bougeais pas, il ajouta :

— Allez-y, Madame Cerisier! ou je vous...

Et il levait la main comme pour me frapper.

Monsieur Mercier, je suis bonne, Dieu le sait, vous
pouvez d'ailleurs demander à mon mari si c'est vrai ;
mais quand je vis que cet Allemand osait lever la main
sur moi, je lui dis :

— Prenez garde, Monsieur le colonel! prenez garde!...
Si Pierre Cerisier venait à savoir que vous avez voulu
frapper sa femme, vous ne le connaissez pas!... Tout
vieux qu'il est, il viendrait vous chercher jusqu'ici, il
vous attendrait derrière un mur, derrière un buisson,
dans un chemin creux, au coin d'une rue, et il ferait de
vous un paquet de viande froide !

Monsieur Mercier, à voir comme je lui parlais, vous
auriez cru que j'avais derrière moi une armée de cent
mille hommes!

Je ne sais pas ce qu'il pensa, lui, ni s'il eut peur de

rencontrer Pierre Cerisier derrière un buisson, ou s'il eut honte de m'avoir menacée, mais il me dit assez doucement :

— Allons, allons, calmez-vous, Madame Cerisier, et faites-le déjeuner.

— Je ne le ferai pas.

— Pourquoi ?

— Il n'y a plus de provisions dans la maison. Les hulans ont tout mangé et tout bu.

— Eh bien, on vous en fournira. Je vais envoyer faire une réquisition chez les voisins.

— C'est inutile. Je ne veux pas faire votre cuisine.

— Vous ne voulez pas?

— Non.

— Je vous ferai donner dix coups de bâton, Madame Cerisier.

— Et moi, Monsieur le très-noble colonel baron, je mettrai de l'arsenic dans toutes les sauces!

Ça lui fit une telle peur qu'il me dit :

— Eh bien, allez-vous-en.

Et il me donna un passe-port pour Orléans où je pensais retrouver mon mari et Raphaël chez une de mes cousines qui demeure dans la rue Jeanne-d'Arc.

Mais je n'y ai trouvé ni l'un ni l'autre. Tous les deux sont à l'armée de la Loire. Mon pauvre vieux Cerisier n'a fait que traverser la ville; il a dit à ma cousine en l'embrassant :

— Je m'ennuie trop ici. Je vais avec Raphaël. J'ai encore la force de tirer un bon coup de fusil.

Je ne sais pas bien où ils sont tous les deux. Ma cousine croit qu'ils ont rejoint les francs-tireurs de Paris qui sont avec Lipowski, du côté de Châteaudun. Votre femme et votre fille sont à Tours, avec votre fils Sébastien, qui va de mieux en mieux. Quand il sera guéri, elles iront vous rejoindre.

Pour vous revenir, Monsieur Mercier, bien le bonsoir,

LIV

A mon tour — au tour de Joseph Mercier — de prendre la parole après tout le monde et de raconter ce qui s'est passé de mon côté.

Comme on a vu, tout le monde s'était mêlé de mes affaires et de marier ma fille sans me consulter; oui, tout le monde, y compris « mame Pindré », ma concierge.

Ma femme d'abord, qui avait voulu m'*engendrer* de Schmidt, disant que cet Allemand était riche dans son pays, que son frère était « herr doctor », son autre frère « herr » je ne sais quoi et son père quelque chose de très-bien posé à Munich, — comme si ça pouvait me faire quelque chose à moi qui ai fait du pain pendant trente-cinq ans, dans la rue du Faubourg-Saint-Antoine, d'apprendre que le frère et le beau-frère de mon futur gendre sont de gros bourgeois dans leur pays ou même de riches seigneurs. Ah! certes, avant la guerre, ça ne me faisait rien; mais maintenant ça me fait horreur.

Enfin, ma femme le voulait. Je pensais, moi : C'est bien, laissons couler l'eau. Ce Schmidt ne me convient pas. C'est un vilain garçon; mais je n'aurai qu'à laisser faire Nini. Elle ne peut pas le souffrir à cause de son air hypocrite et de son regard en dessous. Elle ne voudra pas de lui et je dirai à ma femme : tu vois, ce n'est pas ma faute, c'est Nini qui n'en veut pas, et ça finira par là.

Pas du tout. Voilà qu'un autre se présente. Il est ébéniste. Il sait son métier, il joue bien du cor, il parle bien, il a servi, il a fait le portrait de Nini, il s'appelle Raphaël. Tout ça décide ma femme, qui passe de son côté.

20.

Je comptais sur Nini.

Pas du tout. Nini n'a pas plus de bon sens que sa mère, et à cause que le garçon a de jolies moustaches (parbleu! qui est-ce qui n'a pas de jolies moustaches à vingt-deux ans? J'en avais bien, moi, et je ne m'en fais pas valoir davantage), à cause donc de ça, elle lui dit : Je t'aime, et si papa veut nous marier, je veux bien aussi, moi.

Après ça, viennent le père et la mère Cerisier. C'est de braves gens, oui; j'en conviens, je ne suis pas pour dire ce qui n'est pas ; ce qu'ils ont fait pour Raphaël est très-bien ; mais enfin ils sont ruinés, eux ! Et je ne suis pas ruiné, moi ! Au contraire, je suis riche, très-riche et propriétaire, et je n'ai pas envie de me ruiner pour faire plaisir à des gens que je ne connais pas !

Non, non, Joseph Mercier n'ira pas perdre la moitié de son bien pour donner sa fille à un petit ébéniste sans le sou. Ça ne serait ni sage, ni prudent, ni digne de moi, et le père Tripelourde et tous ses amis riraient de moi au café de Paris en faisant leur partie de bézigue ; ils m'appelleraient nigaud, et ils auraient bien raison.

Tripelourde surtout ! Le vieux gueux me tient. Il a mes cent cinquante mille francs, il ne les lâchera à aucun prix.

Et j'ai signé. Il n'y a pas à dire là : « Mon bel ami. » Non, j'ai signé... Pouvais-je faire autrement ? Fallait-il tout perdre ? Fallait-il laisser tout l'héritage de l'oncle Chalusset (cent mille écus s'il vous plaît!) aux sœurs de la Miséricorde ou, pour en rattraper une moitié, céder l'autre à Tripelourde ? Que voulez-vous ? Ce vieux-là m'a joué un tour de filou, mais il fallait en passer par là ou par la fenêtre. Et après tout, je ne perds ces cinquante mille écus qu'à moitié, puisqu'ils vont servir de dot à ma petite Nini.

Oui, mais voilà le *hic*... Voudra-t-elle épouser Adolphe? C'est un bon garçon, cet Adolphe, et c'est surtout un bel homme, bête comme un pot, c'est vrai ; mais maintenant qu'il est magistrat, ça ne se connaîtra pas. D'ailleurs c'est lui qui va faire marcher les gendarmes et on ne rit jamais au nez de ceux qui peuvent faire mettre les gens en prison... Enfin, il faut que Nini l'épouse ou que je dise adieu pour toujours à mes cinquante mille écus.

Malheureusement, Nini a bien ses petites volontés, elle aussi, et quand ça la prend, ma foi, je ne suis pas le plus fort.

> Ah! c'est un métier difficile
> Que celui de pèr' de famille!...

comme dit la chanson.

Voilà ce que je pensais avant l'arrivée de ma femme et de ma fille. Mais, par saint Joseph, mon patron, je l'ai pensé bien davantage après.

C'est lundi dernier qu'elles arrivèrent ici. Elles étaient restées trois semaines à Tours avec Sébastien, qu'elles ont tout à fait guéri. Moi, pendant ce temps, je m'étais donné une entorse en sautant un fossé à la chasse, juste la veille du jour où je devais partir pour les rejoindre, et j'étais demeuré au lit à peu près le même temps que Sébastien.

Dire comment j'étais soigné par Mme Tripelourde est presque impossible. La bonne dame (car elle est bonne au fond, quoiqu'elle ait le nez pointu, le menton pointu et les yeux aigus comme des vrilles), la bonne dame, donc, me donnait ses meilleurs bouillons, ses coulis les plus délicieux, ses meilleures sauces, ses chapons les plus gras ; et le mari me donnait son meilleur vin.

Ça, c'est du dévouement ou je ne m'y connais pas !

En outre, Adolphe venait me voir de vingt lieues tous les huit jours. J'avais beau lui dire : Mon ami, mon bon ami, ne vous dérangez pas ; ce n'est pas nécessaire... Il me répondait : Monsieur Mercier, si ce n'est pas pour vous-même, conservez-vous pour moi, pour mon père, pour ma mère, pour toute la famille, pour cette charmante Mlle Nini que je brûle de connaître...

— Oui, mais vos devoirs de procureur...

— Eh bien, mon substitut n'est-il pas là ? D'ailleurs je lui ai taillé la besogne. Il n'a plus qu'à coudre.

Au milieu de ces belles paroles et de ces compliments je ne demandais qu'à me laisser vivre et j'attendais tranquillement le retour de ma femme et de ma fille, lorsque je reçus dimanche matin la lettre suivante :

« Tours...

« Pauvre ami, tu t'es donc donné une entorse ? Je te plains bien, va, et Nini aussi te plaint bien ; mais aussi c'est ta faute.

« Est-ce qu'on va sauter les fossés à ton âge ? Toi surtout qui as toujours sauté comme un éléphant ; mais voilà, Monsieur veut faire le jeune homme, Monsieur veut attraper les lièvres à la course, Monsieur prend son élan et va s'abattre dans le fossé.

« Au moins si ça pouvait te servir de leçon !

« Mais je pense qu'on aura pris soin de toi comme il le fallait et que Mme Tripelourde ne t'aura laissé manquer de rien. D'ailleurs ce ne serait pas la peine d'avoir pris comme tu as fait (sans me consulter) une cuisinière, si elle ne savait pas te donner tes tisanes et tes cataplasmes... Après ça, ces cuisinières de province, qu'est-ce que ça peut faire ? Tu as dû mettre la main sur quelque torchon... Ne dis pas non, j'en suis sûre. Je te connais. Tu as toujours aimé les torchons !

« Mais ce n'est pas tout ça. Tu ne me demandes guère des nouvelles de Sébastien. Pauvre enfant ! Il est plus malade que toi, pourtant, ou plutôt il était plus malade il y a trois semaines, car il avait perdu tout son sang ; mais nous l'avons soigné, Nini et moi, nous l'avons pansé, et enfin je l'ai remis sur pied.

« Il va bien maintenant. Je voulais l'emmener avec nous dans la Dordogne, mais rien n'a pu le décider. Il m'a dit :

« — Non, maman, on se bat à trente lieues d'ici, c'est
là qu'est ma place aussitôt que je pourrai tenir un chassepot...

« Et, de fait, il est parti ce matin pour rejoindre le
corps d'armée du général Chanzy, qui manœuvre du
côté d'Orléans avec le reste de l'armée de la Loire. Comme
on manquait d'officiers, sur le vu de ses galons et de ses
blessures on l'a nommé tout de suite lieutenant.

« Il m'a embrassée en partant et m'a dit :

« — Je veux être colonel à la fin de la campagne.

« J'ai répondu :

« — Ne te fais pas tuer, surtout.

« Alors Nini s'est impatientée. Elle l'a embrassé de
toutes ses forces et elle lui a dit :

« — Je veux que tu sois général comme les anciens
sergents de la vieille République!... Ah! si j'étais un
homme, j'irais tout de suite avec toi. Il n'y a que les
lâches et les Tripelourdes qui restent à la maison quand
on se bat !

« Alors Sébastien lui a dit :

« — Je rencontrerai peut-être Raphaël. Qu'est-ce qu'il
faut lui dire de ta part?

« — Dis-lui que je l'aime toujours et qu'il m'écrive
tous les jours.

« Voilà, Joseph, comment mon pauvre Sébastien est
parti. Nous partirons demain matin. Nous serons lundi
soir à Périgueux. Viens nous chercher à la gare si tu
peux ou envoie-nous la voiture.

« Ta femme affectionnée et dévouée.

« Joséphine Mercier.

« A propos, ne t'avise pas de nous conduire à l'auberge. J'ai sept ou huit malles ou caisses et je ne veux
pas les emballer ou les déballer tous les matins. J'espère
que la fameuse cuisinière saura nous faire un souper un
peu propre. D'ailleurs, j'en prendrai soin, et je veillerai

à ce qu'elle marche droit et qu'elle ne fasse pas danser l'anse du panier.

« Ça doit être dans un beau désordre, la maison en mon absence. Le linge sale doit être sur les chaises, la vaisselle doit être à terre et la batterie de cuisine dans le corridor ; mais, sois tranquille, j'y mettrai de l'ordre... Quand la maîtresse de la maison n'y est pas, ces souillons font tout de travers. »

Ma femme tint toutes ses promesses. C'est une femme de parole, ma femme ! J'étais allé la chercher à la gare de Périgueux pour l'amener à la campagne directement, comme elle l'avait ordonné ; mais, avant même de m'embrasser, elle me dit en regardant de tous côtés :

— Eh bien, où est donc cette fille ?

— Quelle fille ?

— Ta cuisinière... Est-ce que tu en as cinquante à ton service ?

Je répondis :

— Je l'ai laissée à la maison pour préparer le souper.

— Ah ! elle ferait mieux d'être ici pour nous aider à transporter nos malles et nos paquets !

Alors ma petite Nini, pour la calmer, me sauta au cou gentiment et me dit :

— Oh ! papa ! voilà quatre mois que tu ne m'as pas embrassée !

C'était, ma foi, vrai, et je m'en dédommageai de toutes mes forces. Je lui pris dans les mains son parapluie, son châle, son chapeau, son manteau, ses bibelots de toute espèce, et je courus les déposer à la voiture sans m'occuper davantage de ma femme qui, voyant que je ne voulais pas répondre à ses querelles, prit le parti de me suivre.

Il faisait beau temps et la voiture était découverte. Ma femme et Nini y montèrent toutes deux. Je laissai les malles et les caisses à la gare de Périgueux avec ordre de me les envoyer le lendemain, et nous partîmes au grand trot par une jolie route étroite mais sèche et bien entretenue.

Une heure après nous arrivions à la maison, où ma pauvre cuisinière nous attendait sur le perron, la cuiller de la lèchefrite à la main comme un officier tient son sabre pour aller à la bataille.

La pauvre femme avait fait de son mieux pour nous recevoir. Sachant qu'elle aurait affaire à un juge difficile, je lui avais recommandé d'être sous les armes, afin que la première impression fût bonne si c'était possible, et elle avait obéi.

La cour était balayée. L'escalier était lavé marche à marche (chose qui ne s'était jamais vue à deux lieues à la ronde), les meubles, la vaisselle, les casseroles, les poêlons, tout était propre et mis à sa place. Un grand feu brillait dans la cuisine, et un autre feu (ou plutôt un brasier), dans la salle.

Le couvert était mis. Les verres, les assiettes, les plats, l'argenterie, tout brillait de propreté et de luxe, car j'avais acheté en même temps que la propriété tous les meubles du propriétaire, et ce pauvre homme, dont le père et le grand-père avaient été riches, m'avait tout vendu tant il avait besoin d'argent, tout, jusqu'à ses souvenirs de famille.

En voyant tout cela, Nini s'écria :

— Oh! que c'est beau, papa, oh! qu'on est bien ici!

Et ma femme elle-même ne trouva d'abord rien à dire.

Le souper lui-même était prêt et très-bon. Un chapon gras en était la principale pièce. Ma femme aimait le chapon (peut-être parce qu'elle n'en avait pas souvent mangé), et elle fut forcée d'avouer que le rôti était excellent.

Elle s'en vengea sur les chambres, et cria que c'était arrangé en dépit du bon sens, mais qu'elle saurait bien « organiser ça... » Organiser était son mot comme celui de Napoléon.

Elle organisait ses armoires comme Napoléon organisait son armée, et ceux qui tenaient à la paix de la maison faisaient bien de ne pas se mettre en travers de ses organisations. Dans ce cas, elle devenait comme une lionne en fureur.

Enfin la pauvre Marguerite qui attendait quelques compliments et qui, franchement, les avait bien mérités, obtint celui que vous allez entendre :

— Ma fille, comment avez-vous pu accrocher ces rideaux de cette façon? Ça va tout de guingois.

Elle répondit modestement :

— Madame, ce n'est pas moi. C'est Monsieur qui s'est occupé des rideaux.

Je me tournai vers le mur en faisant semblant de regarder une araignée, mais je n'en fus pas quitte pour cela. Ma femme reprit :

— Vous savez bien que Monsieur n'y entend rien...

L'innocente Marguerite répliqua :

— Eh! Madame, il n'y a pas assez longtemps que je connais Monsieur pour savoir ça!

Ma femme répliqua :

— Il ne faut pas être une grande sorcière pour le deviner... D'abord les hommes n'entendent rien à rien.

Marguerite ouvrait la bouche peut-être pour approuver cette sentence, peut-être pour la contredire; mais ma femme ne lui en laissa pas le temps. Elle lui dit :

— Taisez-vous! je n'aime pas qu'on me réponde.

Moi, pendant ce temps, après avoir bien regardé si l'araignée montait ou descendait le long du mur, si elle allait droit devant elle ou en zig-zag, je demandai à Nini si elle n'était pas fatiguée du voyage, et j'écoutai sa réponse avec tant d'attention que je n'entendis plus rien de ce que disait ma femme.

Comme dit l'autre, je voudrais être sourd ou que ma femme fût muette.

Mais tout à coup, j'entendis le bruit d'un carrosse dans la cour.

Le mien était déjà rentré sous la remise et le domestique avait conduit le cheval à l'écurie. Ce n'était donc pas ma voiture, mais celle d'un étranger, et à la voix je reconnus mon ami Tripelourde, le notaire, sa femme et son fils.

Au moment où Marguerite descendait la première pour ouvrir la porte, j'entendis qu'elle soupirait dans le corridor :

— Ah! pauvre Monsieur! pauvre Monsieur?

Qui plaignait-elle avec tant de bonté? Je ne voulus pas le lui demander, mais j'ai bien peur que ce ne fût moi.

Ma femme, heureusement, ne l'entendit pas.

LV

On a déjà vu dans la lettre que j'avais écrite à ma femme comment était fait mon ami Tripelourde. Il était petit, gros, laid, avec des yeux en boules de loto, un teint jaune bilieux, et sa voix sonnait comme une crécelle.

Enfin, comme dit l'autre, il n'était pas joli, joli. Oh! non!

Et il ne l'avait jamais été.

Quand je reconnus sa voix, je dis son nom à ma femme et à Nini afin qu'elles ne fussent pas trop surprises de la visite, — car nous avions vu le souper en traversant la cuisine, mais nous n'avions pas encore soupé. J'avais voulu montrer d'abord à ces dames la maison et le mobilier que j'avais achetés.

Au nom de Tripelourde, Nini fit la moue et dit simplement :

21

— Déjà !

Ce qui ne promettait pas poire molle au pauvre Adolphe. Mais ma femme ne le prit pas si doucement et cria tout d'un coup :

— Ah ! ah ! Le voilà, ce brigand, ce voleur, ce notaire qui m'a pris mes cinquante mille écus ! Ah ! Je suis contente de faire sa connaissance. Nous allons nous expliquer un peu. Tu vas voir...

Je pensai :

— Bon ! ma femme va faire des siennes. C'est Tripelourde qui ne rira pas. Mais, diable ! ne nous brouillons pas avec lui, j'en ai besoin !

Et je courus après ma femme qui enfilait déjà le corridor. Je la saisis par le bras, je la tirai en arrière et je lui dis :

— Attends au moins une quinzaine de jours.

— Je ne veux pas attendre. Je veux qu'il nous rende les cinquante mille écus de l'oncle Chalusset !

Enfin, après beaucoup de supplications, elle promit d'être sage et de faire bon accueil à toute la famille des Tripelourde, quand même ils seraient plus d'un cent, comme elle eut la bonté d'ajouter.

Mais ils n'étaient que trois : le père, la mère et l'enfant :

Le père était fait comme je l'ai dit. La mère était longue, aigre et maigre. L'enfant, lui, était un gros garçon de vingt-cinq ans passés que la mère appelait « mon Adolphe. » Avec ça, un bel homme, fait comme un cuirassier, bien planté sur de grosses jambes, bien chaussé de grosses bottes de chasse, bien nourri, habillé d'habits bien cousus et coupés dans du drap solide, enfin un garçon qui était bâti comme le Pont-Neuf, — en pierres de taille.

Le père vint le premier à notre rencontre et me serra la main en criant :

— Vous voilà, compère ! Vous êtes donc enfin remis sur vos pattes ! Ce n'est pas trop tôt, n'est-ce pas ?... Ah !

à propos, c'est le moment de présenter nos dames...

Il prit la main de sa femme, lui fit faire un rond de bras tout à fait charmant et dit :

— Madame Mercier, j'ai l'honneur de vous présenter Mme Fanélie Tripelourde, mon épouse.

J'en fis autant de mon côté et je présentai Joséphine.

Les deux dames se saluèrent en faisant la révérence comme des duchesses. Elles souriaient aussi. Fanélie montrait ses dents qui n'étaient pas belles et faisait une vilaine grimace. Joséphine, qui est assez aimable quand elle veut, mais qui ne veut pas tous les jours, avait l'air très-convenable. On aurait cru à sa manière d'écarter les lèvres qu'elle allait dire :

« Et avec ça, Monsieur, il ne vous faut rien de plus ? » Comme elle avait l'habitude quand on venait acheter du pain dans sa boutique.

Après tout, je fus assez content. Les deux belles-mères se conduisaient très-bien, et même elles se firent une douzaine de compliments. D'ailleurs les belles-mères, comme dit saint Bonaventure... Mais je ne veux pas répéter ce que ce saint homme a dit des belles-mères, d'autant mieux que ce n'est pas à moi qu'il l'a dit, et qu'il y a tant de belles-mères dans le monde qu'il faudrait renoncer à la société des dames et des demoiselles si l'on voulait n'en rencontrer jamais. Et alors, comme dit l'autre, ça serait quitter la gale pour attraper le choléra-morbus.

Enfin, l'essentiel, c'est que les deux dames se convenaient assez pour ne pas se mordre du premier coup. Quant à ma petite Nini, j'étais bien inquiet de savoir ce qu'elle dirait d'Adolphe et comment elle le recevrait.

Mais j'avais tort de m'inquiéter. Elle le reçut très-bien, salua très-poliment, d'un air très-aimable, en baissant les yeux comme une petite sainte nitouche et regardant Adolphe sans en avoir l'air.

Je pensai en moi-même :

— Allons, ça marchera mieux que je ne croyais.

Et nous allions nous mettre à table quand le vieux Tripelourde dit à son fils :

— Adolphe, va donc chercher ce qui est au fond de la calèche.

Adolphe obéit et revint tout de suite, apportant un gros lièvre.

— Ça, dit joyeusement le père Tripelourde, en flattant de la main la joue de Nini, c'est pour vous qu'il est allé le tuer ce matin dans la montagne.

C'est du vrai lièvre, ça. C'est nourri de thym, de serpolet et d'herbes sauvages. Ça sent toutes les bonnes choses de la nature et de la création. Ça fait un civet délicieux et une royale qui embaume. N'est-ce pas, Marguerite?...

Après le lièvre vint un pâté de foies de canard.

— Ça, dit le vieux Tripelourde, c'est ma femme qui l'a fait de ses blanches mains...

(Je regardai les blanches mains de Fanélie; elles étaient de la couleur de la suie.)

... Ne faites pas attention. Elle les a trempées dans l'encre avant de venir, afin qu'on ne les reconnaisse pas. Les foies de canard, voyez-vous, Mercier, c'est sa spécialité... Vous n'avez pas d'idée du soin qu'elle y met! C'est elle qui prend les canards, qui leur fourre la pâtée dans le cou en les tenant sur ses genoux le bec ouvert, c'est elle qui leur fait : « ricou, ricou ! » quand ils sont dans la pêcherie et qu'ils ne veulent pas rentrer dans le poulailler. C'est elle qui les saigne, qui les tue, qui les plume, qui les vide, qui les fait cuire; enfin, c'est elle qui fait de leurs foies un pâté. Goûtez-en? Vous m'en direz des nouvelles.

Je croyais que c'était fini ; pas du tout. Il y avait encore une grande, grosse et grasse truite qui pesait plus de deux livres.

— Celle-là nous vient de la Vézère, dit le vieux Tripelourde. C'est le père Garau qui me l'a apportée ce soir. Il venait de la prendre toute vive.

— Oh! la belle pièce! répliqua ma femme. Combien l'avez-vous payée? A Paris, elle vaudrait douze francs!

— Eh bien! elle ne m'a coûté qu'un grand merci, à moi, dit le vieux Tripelourde. Et encore ce n'est pas moi qui ai dit merci, c'est le père Garau. Il doit cent cinquante francs à l'un de mes clients, et il n'a pas de quoi payer; alors, tous les mois, il vient demander du temps, et m'apporte tantôt une truite, tantôt un lièvre et des perdreaux, tantôt trois ou quatre livres de miel, tantôt du beurre et des fromages, tantôt une pièce de cent sous... Aujourd'hui, c'était le tour des truites, et voilà.

Pendant que le vieux Tripelourde parlait, ma petite Nini le regardait d'un air riant, comme si elle avait eu bien envie de rire aux dépens du père Garau et comme si elle avait été enchantée des récits de Tripelourde. Tout à coup, elle profita de ce que tout le monde se dérangeait pour placer ces provisions dans le buffet ou sur la table, et m'emmenant hors de la salle, elle me dit tout bas :

— Papa, c'est un vieux gueux, ce Tripelourde, qui s'amuse à ruiner les pauvres gens.

Je répondis :

— Ce n'est pas un gueux, mon enfant, c'est un homme de loi! Prendre aux pauvres diables à coups de papier timbré trois cents pour cent, c'est le métier de la moitié des gens de loi.

— Et c'est son fils que tu veux me donner pour mari!

— Eh bien! est-ce qu'il est mal tourné, mal bâti?

— Je ne l'ai pas regardé.

— Regarde-le.

— Je ne veux pas le regarder! Il me suffit d'avoir vu son père et sa mère.

Ce n'était pas le moment de raisonner. Je dis à Nini :

— Ma chère petite, fais ce que tu voudras. Nous causerons de cela plus tard. La soupe refroidit. On nous attend. Bonsoir.

Et nous rentrâmes tous deux dans la salle à manger

où déjà Tripelourde, Fanélie et Adolphe s'étaient assis à table avec ma femme. En mon absence, Marguerite avait mis leur couvert.

Pour s'excuser ou s'expliquer, Tripelourde me dit en riant :

— Vous voyez, compère, nous sommes déjà installés ici comme chez nous. Nous avons voulu vous faire une surprise ainsi qu'à ces dames; c'est pour ça que nous sommes venus sans vous avertir.

Je répondis comme c'était mon devoir :

— Et vous avez bien fait, notaire !

— C'est pour ça, ajouta Tripelourde, que j'ai apporté la truite et le pâté de foies de canards, parce qu'on n'aime pas à être surpris quand on est à la campagne.

Tout en parlant, il découpait le chapon, Marguerite faisait cuire la truite, qui ressemblait à un petit saumon, et moi, j'allais chercher à la cave trois bouteilles de mon meilleur vin.

— Choisissez surtout dans le coin de gauche, me cria le vieux Tripelourde qui m'avait aidé de ses propres mains à meubler et classer ma cave, et à mettre des étiquettes sur les bouteilles.

Enfin le souper fut pareil à celui d'un prince, ou meilleur, et dura jusqu'à minuit, car la famille Tripelourde avait compté recevoir de nous la plus complète hospitalité.

— Voyez-vous, disait le vieux notaire, il n'y a pas loin d'ici à la ville, mais on peut se refroidir en voiture, surtout dans cette saison, et la digestion se fera mieux ici au coin du feu.

Puis se tournant vers ma cuisinière :

— Marguerite, dit-il, avez-vous mis des draps à mon lit?

Marguerite, habituée à ses manières, car il était déjà venu plusieurs fois chez moi, répondit que tout était prêt, même la chambre de M. Adolphe.

Alors on mit les coudes sur la table et l'on commença à parler des affaires publiques et des nôtres.

Ma petite Nini, qui jusque-là faisait semblant de penser à autre chose, devint tout à coup très-attentive. Elle sentait, comme elle me l'a dit le lendemain « que ça devenait intéressant. »

Or, voici ce qui fut dit.

LVI

Le vieux Tripelourde tira de sa poche sa tabatière d'or, l'ouvrit lentement, y fourra ses deux doigts, les bourra de tabac, les secoua à terre pour ne pas laisser sa prise tomber sur sa chemise et sur son gilet, enfonça le tout dans son nez en reniflant de toutes ses forces, et enfin demanda :

— Voyons, Madame Mercier, vous qui revenez de la capitale, qu'est-ce que vous dites des affaires publiques ?

Rien ne pouvait flatter Joséphine plus que cette question. Ma femme, avec toutes ses autres qualités, a toujours aimé à parler politique, et à juger d'un coup tous ceux qui s'occupent de ce métier-là.

Du temps de Louis-Philippe, elle disait : celui-là me plaît. Il n'est pas fier, il va dans les rues avec son parapluie, il a l'air bon enfant, il donne des poignées de main à tout le monde, il monte en omnibus quand il est fatigué. Enfin il me convient, mais il marchande trop. Quand on a vingt millions à dépenser par an, il ne faut pas marchander comme ça, on a l'air d'un vieux grigou.

Enfin elle l'a un peu regretté, — pas beaucoup, mais un peu, — devinez pourquoi ? C'est parce qu'on lui avait dit qu'il mangeait une poule au riz tous les soirs à son dîner et que sa femme avait un vieux bonnet sur la tête, comme ma belle-mère. Vous comprenez, ça l'avait touchée au fond du cœur, cette poule au riz et ce bonnet. Ça et le parapluie.

Pour M. Guizot, elle en disait comme tout le monde : c'est le ministre des étrangers en France. Quelque jour on le pendra avec son Pritchard au cou, et ce sera bien fait.

Quand la République vint, elle cria tout de suite : « Vive la République ! » D'abord elle était née dans le faubourg Saint-Antoine, et qu'est-ce qui serait donc pour la République. si le faubourg n'en était pas ? Ensuite elle cria : « Vive chose ! à bas machin ! » Puis Bonaparte vint et fit assassiner Baudin et les autres républicains à trente pas de notre porte. Vous pensez comme elle arrangea Bonaparte. J'avais beau lui dire : « Tais-toi donc, Joséphine ! Il y a des mouchards corses à chaque coin de rue ! Tu vas me faire envoyer à Cayenne. » Elle n'en criait que plus fort : « Si tu vas à Cayenne, je t'y suivrai ! » Et vraiment, il ne s'en fallut de guère. Heureusement les mouchards bonapartistes n'osaient pas trop se montrer dans le faubourg. Ils n'étaient pas en force, et il aurait fallu les faire escorter par les sergents de ville et la garde municipale pour les empêcher d'être assommés un par un.

N'importe, en ce temps-là, j'ai eu peur bien souvent d'être envoyé au pays où pousse le poivre.

Tout ça, c'est pour dire que la question du vieux Tripelourde chatouillait sensiblement ma femme, et qu'il n'aurait pas fait bon à vouloir lui couper la parole.

Elle appuya ses coudes sur la table et répondit, de l'air de quelqu'un qui en sait plus long qu'il ne veut paraître :

— Mon Dieu, Monsieur Tripelourde, ça va et ça ne va pas, les affaires. Ça dépend de ce que vous voulez savoir.

— Je veux savoir, demanda Tripelourde en prenant une autre prise de tabac, si la guerre va bientôt finir, parce que, — vous comprenez, — ça arrête toutes

les affaires, ça vous empêche de vendre, d'acheter, enfin
ça n'est pas naturel... Croiriez-vous, Madame Mercier,
que moi, qui fais tous les ans neuf cents actes, — oui, je
dis bien, neuf cents! — je n'en aurai pas plus de cinq
cents au 1er janvier prochain, si ça continue. Croiriez-
vous que mes clients cachent leur argent dans des pots et
les pots dans leur jardin? Croiriez-vous que mes deux
clercs, l'un qui a vingt-quatre ans et l'autre qui en a
dix-huit, sont partis tous les deux pour la guerre, le
plus âgé par force, parce qu'il est de la garde mobile, et
le second pour son plaisir et pour aller tuer des Prussiens?... Concevez-vous, Madame Mercier?... Et quand on
pense que tout ça, c'est la faute de M. Gambetta et de
ses facéties, est-ce qu'on ne donnerait pas de bon cœur
la République au diable?

Jusque-là ma femme avait laissé parler le vieux Tripelourde quoique la langue lui démangeât bien fort, mais
quand elle entendit qu'on donnait la République au
diable, elle s'écria :

— Monsieur Tripelourde, ne parlez pas de ça. Vous
n'y entendez rien... Et ne dites pas de mal de la République devant moi parce que, voyez-vous, ça m'agace...

En effet elle avait les yeux brillants de colère.

Elle ajouta :

— Quand je pense qu'il y a ici des gens bien portants,
gros et gras comme des moines... (elle regardait Adolphe), qui se gobergent au coin du feu et qui insultent la
République pendant que mon pauvre Sébastien, qui a
déjà neuf blessures sur le corps, va marcher jour et nuit
dans la boue, dans la neige, coucher derrière un buisson,
et peut-être se faire tuer au coin d'un bois pour la patrie,
ah ! tenez, ne me forcez pas à dire tout ce que j'ai sur le
bout de la langue !

Nini, qui l'encourageait des yeux, lui souffla tout
bas :

— Tu as bien raison, maman ! Dis-le !

Je pensai, moi :

21.

— Pour une première entrevue, Joséphine n'est pas trop aimable.

Et je dis quelques mots pour la calmer de peur que le vieux Tripelourde ne prît la mouche ; mais le vieux malin s'en garda bien. Il rentra ses cornes comme un limaçon qui voit venir l'orage et ne s'amusa pas à se quereller avec ma femme.

Il dit bonnement :

— Mon Dieu, Madame Mercier, je ne voulais pas vous offenser, et si je l'ai fait, c'est bien sans intention.

— A la bonne heure, siffla Joséphine entre ses dents.

— Ce que je voulais savoir, c'est si vous avez des nouvelles du général Trochu. Il paraît qu'il a un plan tout à fait fameux pour jeter les Prussiens dans la mer ou dans le Rhin, et que les Parisiens ne parlent pas d'autre chose.

Alors Tripelourde tira de sa poche une petite carte de France roulée. Il y planta des épingles et des petits drapeaux.

Il montra que si les Prussiens venaient à droite on les pousserait à gauche, que s'ils avançaient on les prendrait par derrière, que s'ils allaient en Normandie, les Bretons les attaqueraient en flanc et les Picards du côté opposé ; enfin il nous expliqua des milliers de choses, — tellement que je finis par lui dire :

— Vraiment, Tripelourde, on croirait que vous n'avez fait que ça toute votre vie !

Il répondit :

— Vous savez, compère, avec un peu de bon sens et d'application, on serait général tout comme un autre.

— Mieux qu'un autre, compère !

— Oh ! dit Tripelourde, vous me flattez... En dehors de mes actes...

Il parla encore très-longtemps, mais je ne l'écoutais plus, je regardais Adolphe qui, de son côté, s'était doucement rapproché de Nini et qui essayait de causer avec elle.

Pas bête du tout, cet Adolphe ! ou du moins pas moitié aussi bête que je croyais d'abord.

Sa première finesse fut de ne rien dire du tout. Comme ça, il avait l'air troublé et, comme dit l'autre, on ne pouvait pas le prendre par ses paroles, car on ne prend pas un pot par l'anse quand elle est cassée.

Sa seconde finesse fut de regarder Nini avec tant d'attention qu'elle fut forcée de baisser les yeux elle-même comme on fait au salut devant le Saint-Sacrement. Il avait l'air de dire : Vous ne voulez pas me regarder, mais je vous regarde, moi, et je vous admire et je vous admirerai quand même. Ça vous agace, mais ça m'est égal.

Sa troisième finesse fut de lui demander si elle avait fait un bon voyage. On ne pouvait pas mal répondre à un monsieur si poli. Aussi la pauvre Nini lui dit en regardant le mur : « Oui, oui, Monsieur, un très-bon voyage ? »

Elle se leva pour ranger une pile d'assiettes. La pile était à droite ; elle la mit à gauche. Puis, comme le pauvre Adolphe attendait toujours qu'elle revînt à sa place, elle prit la carafe et la posa sur le buffet.

Ensuite, elle changea d'idée et posa la bouteille à la place de la carafe et la carafe à la place de la bouteille.

Lui, regardait toutes ces manœuvres d'un air étonné, la bouche ouverte, comme une carpe hors de l'eau.

Pour l'aider un peu, je dis à Nini :

— Mon enfant, tu rangeras tout ça plus tard. Assieds-toi donc un instant ; tu dois être fatiguée.

Elle répondit d'un air moitié figue et moitié raisin :

— Oh ! oui, papa, je suis bien fatiguée, je t'assure.

Cependant elle se rassit, de manière qu'Adolphe ne la voyait plus que de trois quarts et qu'elle lui parlait par-dessus l'épaule ; il ne se découragea pas, au contraire.

Il demanda si elle avait vu des choses bien curieuses pendant son voyage. Mais le pauvre garçon aurait mieux fait d'avaler sa langue, car elle lui répondit :

— Oh ! oui. Monsieur, des choses bien curieuses. J'ai
vu des gardes mobiles qui venaient de tous côtés, un
fusil sur l'épaule, pour secourir Paris ; c'étaient tous des
hommes de vingt à trente ans ; il y en avait de grands,
de petits, de blonds, de bruns, de toutes les couleurs et
de toutes les tailles ; mais ça faisait plaisir à voir ; on
aurait dit de vieux soldats. C'étaient des braves, ceux-
là, et si par malheur ils sont tués, vainqueurs ou vaincus, leurs mères, leurs sœurs et leurs femmes seront
fières d'eux !

Vous ne connaissez pas ma petite Nini. Elle est jolie,
c'est vrai, mais c'est le moindre de ses mérites. Quand
elle parlait des braves mobiles qui allaient se faire tuer
pour la patrie, elle avait l'air de les admirer tant et de
mépriser si fort ceux qui restaient au coin du feu, les
pieds sur les chenets, que mon Adolphe lui-même en
devint honteux et baissa le nez en disant comme s'il voulait s'excuser :

— Ce n'est pas ma faute, Mademoiselle Nini, si je ne
suis pas parti avec les autres ; mais mon devoir de procureur de la République...

Nini lui répliqua comme si elle lui avait appliqué un
coup de fouet :

— Y a-t-il longtemps que vous êtes nommé ?

— Trois semaines, répondit Adolphe. Mais mon par-
quet est très-chargé. Dans de pareilles circonstances...

Alors Nini, sans l'écouter, ajouta :

— Tant pis, Monsieur Adolphe, tant pis ! C'est dommage
que vous n'ayez pas un autre métier qui vous permettrait de vous engager dans l'armée pendant qu'on se bat.

Alors ma femme, toujours furieuse contre les Triple-
lourde, à cause des cinquante mille écus que le vieux
notaire m'avait escamotés par le tour d'adresse qu'on a
déjà vu, prit la parole à son tour et dit au pauvre Adolphe :

— Vous avez raison, allez, moquez-vous de ça, mon
garçon ! Mangez bien, buvez bien, tenez-vous les pieds

chauds, le ventre libre et la tête froide, comme dit l'autre. Avec ça, quand on a de la fortune, — et vous en aurez, mon garçon, et qui ne vous aura pas donné grand'peine à gagner (sans reproche !) — vous pourrez faire la belle jambe partout où vous irez...

Je ne sais pas où serait allée Joséphine, car elle était en veine de franchise comme elle dit, et quand elle se met à être franche, le diable ne lui ferait pas peur. Je lui fis donc signe de se tenir tranquille, parce que le vieux Tripelourde et la femme se regardaient, eux aussi, d'un air inquiétant et se consultaient des yeux. J'avais peur vraiment que Tripelourde ne fût fâché.

Mais pour lui j'avais tort de craindre. Le petit vieux regardait le mariage de son fils comme une bonne affaire, il n'était pas homme à la lâcher pour dire des bêtises. C'est tout au plus s'il l'aurait lâchée pour en faire une meilleure ! Et encore !... car il avait coutume de dire : Un bon tiens vaut mieux que deux tu l'auras. Mieux vaut tenir que de courir. On sait ce qu'on quitte, on ne sait pas ce qu'on prend. Et un tas d'autres sages paroles.

Le vieux Tripelourde donc entendit très-bien le discours de ma femme mais n'en fit pas semblant; et comme Mme Tripelourde qui piaffait sur pied, toute pareille à un cheval de course, voulait parler à sa place, il lui fit signe de se taire.

Alors il y eut un moment de silence, Adolphe qui avait fait ses réflexions, finit par dire à Nini :

— Mais, Mademoiselle, j'ai voulu m'engager dans le 3e dragons, avant d'être nommé procureur, tout de suite après Sedan; c'est papa et maman qui n'ont pas voulu.

— Ah ! c'est papa... demanda Nini.

— Oui, c'est papa, et maman aussi ..

— Et maman aussi ! ajouta Nini en riant... Eh bien ! si papa et maman avaient donné un pareil conseil à mon frère Sébastien, il aurait sauté par la fenêtre du cinquième étage plutôt que d'obéir ! Après ça, vous me direz que les Parisiens ne sont pas aussi sages que vous !...

Adolphe était sur le gril, comme saint Laurent. Nini le tournait d'un côté, et ma femme le retournait de l'autre.

A la fin, son père, le voyant assez rissolé, vint à son secours et cria :

— Enfin, qu'est-ce qu'ils ont donc fait de si fameux, vos Parisiens? Ils sont là-bas cinq cent mille, et ils ne savent même pas sortir de leur ville.

Ma femme répondit :

— M. Tripelourde, ne parlez pas de ça. Vous n'y entendez rien. S'ils ne sont pas encore sortis, c'est la faute à Trochu. Est-ce qu'un garde national peut sortir tout seul, le fusil sur l'épaule et livrer bataille, lui tout seul, à trois cent mille Prussiens?

Elle allait dire beaucoup d'autres choses, quand Marguerite, ma cuisinière, entra tout à coup, et venant à moi, me présenta deux lettres, une grande et une petite.

Elle ajouta :

— Monsieur, j'avais oublié de vous les donner. C'est arrivé pendant que vous étiez à la gare avec Madame et Mademoiselle.

Je reconnus les deux lettres à l'écriture : l'une venait de mon fils Sébastien, l'autre de « mame Pindré », ma portière de Paris.

Je dis par politesse :

— Vous permettez, Monsieur et Madame Tripelourde?

Ils répondirent tous deux en se levant qu'ils ne me permettaient pas, — qu'ils me priaient de lire mes lettres, et que d'ailleurs ils avaient envie de dormir, et pour preuve, ils se mirent à bâiller en étendant les bras.

Je les conduisis dans leur chambre et Adolphe dans un cabinet voisin, car il était déjà minuit, et tout le monde était couché à plus de dix lieues à la ronde.

Un peu après que j'eus fermé leur porte, je passai par hasard dans le corridor, et j'entendis que le mari disait à sa femme :

— La petite est jolie!

La femme répliqua d'un air fâché :

— Oh! vous autres hommes, vous ne faites attention qu'à ça. Après tout, elle ne l'est pas déjà tant! Un petit nez retroussé, un minois chiffonné. Voilà tout.

— Enfin, dit le mari, Adolphe n'est pas de ton avis; il dit qu'il n'y a rien de plus joli sur la terre.

— Qu'est-ce qu'il y connaît? demanda la femme, qui était en train de déposer son chignon sur la cheminée. (Je voyais par la porte vitrée dont le rideau blanc ne cachait presque rien.)

Le mari répliqua :

— Il y connaît autant qu'un autre, et il en est amoureux pour l'avoir vue deux fois.

— Comme elle l'a reçu ce soir! dit la femme en défaisant les nœuds de son jupon.

— Très-mal, répondit le mari en mettant son bonnet de coton blanc, mais qu'est-ce que ça fait, puisqu'il s'en contente? Et enfin, veux-tu tout savoir?

— Si je veux! cria la femme en se rapprochant... (La curiosité la rendait tendre.)

— Eh bien, voilà. Avec les cinquante mille écus de Mercier, j'ai trouvé moyen de doter Adolphe sans bourse délier, et, ma foi, je m'en tiens là, et, pour rien au monde, je ne romprais nos conventions.

— Egoïste, va! Tu ne penses jamais qu'à toi! dit la femme en soufflant la bougie.

Je ne restai pas là pour en entendre davantage, et j'allai retrouver ma femme et ma fille et leur lire tout haut les lettres que je venais de recevoir.

LVII

Je commençai par celle de « mame Pindré. » Je gar
dais celle de Sébastien pour la bonne bouche.

Ma femme qui est gouluc voulait d'abord sauter su
celle-là et l'avaler ; mais je lui dis :

— Qu'est-ce qui te presse ? Tu vois bien que Sébastie
est bien portant puisqu'il nous écrit une longue lettr
Le reste viendra plus tard. Quant à « mame Pindré, »
faut qu'elle ait de terribles nouvelles à nous donner, ca
elle n'est pas écriveuse. Elle parle tant qu'on veut, e
même davantage ; mais pour écrire ce n'est pas so
fort.

Alors ma femme impatientée cria :

— Eh bien, expédie-la tout de suite, et voyons ensuit
la lettre de Sébastien.

Ça, c'était raisonnable.

Voici la lettre de « mame Pindré. »

« Monsieur et Madame Mercier,

« La présente étant à seule fin de vous donner de no
nouvelles, ce qui n'est pas facile, vu les Prussiens qu
sont autour de Paris, et qui n'ont pas l'air de vouloi
s'en aller, quoique (c'est une justice à leur rendre) il
n'aient pas l'air non plus de vouloir entrer, vu qu'il
craignent d'être mal reçus, par le moyen de ce que nou
avons des canons qui portent loin, des fusils en bor
état et bon bras à la manche, comme dit mon Pindré
qui voudrait bien vous écrire aussi, mais qui se content

de vous saluer et de vous souhaiter bonne santé, longue
vie, prospérité, et tout le reste avec. Je me donne celui
de vous dire qu'on s'ennuie beaucoup à Paris, et qu'on
attend tous les matins l'ordre de sortir en masse comme
le voulait le pauvre M. Raphaël, qui avait plus de bon
sens qu'un général, et qui proposait de cogner en masse
sur les Prussiens, et ma foi, c'était plus sûr et substan-
tiel que de rester ici à se ronger les poings, comme nous
faisons dans le faubourg.

« Enfin, qu'est-ce que vous voulez? On ne peut pas demander à Trochu de penser comme un sergent. Il n'a pas
envie d'avancer, lui, il ne veut rien risquer. Il est général en chef de tout et chef du gouvernement; il ne peut
pas monter en grade. Tout ce qui peut lui arriver de plus
heureux, c'est de rester en place, et c'est ce qu'il fait.

« Voilà ce qu'on dit dans le faubourg, et naturellement on n'est pas content. L'autre jour le charbonnier
du coin a dit : « C'est un traître! » mais mon Pindré lui a
répondu : « Pas vrai, ça! Trochu n'est pas un traître! c'est
un incapable et qui nous fourrera tous dedans! »

« Tout le monde a crié que mon Pindré avait raison.

« Avec tout ça, les affaires ne vont pas. On ne travaille
pas, on ne se bat pas, et jamais on n'a eu tant envie de se
battre. Mais la discipline, comme dit Pindré, la discipline!

« Ce matin, M. Fritot est venu nous voir. Il a dit, Monsieur Mercier, de faire bien ses compliments à vous, à
votre dame et à votre demoiselle quand je vous écrirais.
Après il m'a dit d'un air tout chose :

« — Mame Pindré, vous n'auriez pas un morceau de
fromage?

« J'ai dit : Non. Pourquoi faire?

« — Ah! voilà! Ma pauvre femme est enceinte de trois
mois, et elle a des envies, vous comprenez comme c'est
dangereux dans son état. J'en ai demandé à tous les mar-
chands du quartier. Aucun n'en avait. Les gros bourgeois ont tout accaparé. N'est-ce pas terrible? Et si par

malheur ce gredin de fromage que je ne peux pas acheter allait se trouver au bout du nez de mon fils ou de ma
fille, jugez un peu du scandale! Je lui dis :

« — Monsieur Fritot, ne vous désolez pas pour ça.
Voici un petit bout de livarot qui est caché depuis un
mois dans ma commode. C'est sec, c'est dur, c'est mauvais, c'est fait pour casser les dents, mais si Mme Fritot
a des envies de fromage, ça les lui fera passer, je vous
en réponds.

« Comme de vrai..... Votre pauvre Top lui-même n'en
aurait pas voulu. Mais c'était un chien délicat et qui
était porté sur sa gueule.

« A propos de Top, c'est joliment heureux que Mme Mercier l'ait emmené. S'il était resté ici on l'aurait déjà mis
dans la poêle à frire.

« Il n'y a plus de veau ici, plus de bœuf, plus de mouton, plus de volaille, plus de lapins, plus de chiens, plus
de chats. On mange du cheval, du chat, du rat, de l'éléphant. On dit qu'on va manger les tigres du Jardin-des-
Plantes qui coûtent trop cher à nourrir.

« C'est ça qui les étonnera, ces pauvres bêtes! Ils
croyaient manger les autres, et c'est eux qui seron
mangés!

« Pour les pommes de terre et le jambon, croiriez-vous
qu'on n'en a plus depuis trois semaines?..... Il était s
facile d'en faire venir des provisions avant le siége
mais ces Bonapartes, ça ne pensait à rien et ceux d'à
présent ne pensent pas à tout. D'ailleurs ils sont venus
trop tard. Ils n'avaient pas le temps de faire des provisions.

« Je vous dis là ce qui se dit, Monsieur Mercier.

« Il n'y a qu'une seule chose dont nous ayons pou
longtemps, c'est le vin et l'eau-de-vie. Oh! pour ça, nou
en avons autant qu'avant le siége et peut-être davantage
et même ça fait soupçonner, comme dit Pindré, que le
raisin ne sert pas à grand'chose pour le vin et l'eau-de-
vie des Parisiens.

« Mais ça, c'est des cancans.

« C'est comme pour le café, on a beau en prendre deux fois par jour, ça ne diminue pas. M. Fritot dit qu'il y en a des plantations cachées dans les caves de tous les épiciers et que ça donne des fruits en toute saison. Il a même ajouté (vous savez comme il est grave dans sa cravate) : C'est une particularité de l'histoire naturelle à Paris.

« Malgré ça, Monsieur Mercier, ça va toujours bien. Nous commençons à jeûner un peu, quoiqu'on ne soit pas en carême, mais nous sommes encore contents de vivre. Mes petits même qui avaient faim du matin au soir avant la guerre, ne se plaignent plus maintenant; ils comprennent qu'on ne peut pas mieux faire, et ils se tiennent tranquilles. Mon pauvre Pindré qui voit ça, ne dîne pas la moitié du temps pour leur laisser sa part; il remplace le pain et la viande par les petits verres; ce n'est pas une bonne habitude qu'il prend là, et ça ne vaudra rien plus tard; mais, qu'est-ce que vous voulez? Il faut bien se soutenir et se réchauffer, surtout dans les nuits froides qu'il passe au rempart avec les autres.

« Il me disait hier :

« — Mélie! (Vous savez que c'est mon petit nom), ma bonne Mélie, les affaires se gâtent.

« — Comment ça?

« — Tu vas voir. Les Parisiens ne demandaient qu'à se battre. On les en empêche. On ferme les portes. On leur donne, au lieu de bons chassepots, de vieux fusils de munition qui ne partent plus ou des fusils à tabatière qui vous crachent au visage. Trochu ne veut pas se battre, c'est clair.

« — Mais puisqu'il a un plan!

« Pindré me regarda comme s'il avait eu pitié de ma bêtise et me dit :

« — C'est justement ça, son plan! Il ne veut pas se battre, et comme il est le chef il empêche les autres! Tiens, veux-tu savoir, Mélie?... Tout ça finira mal... Quelque

jour, si les armées de province ne viennent pas nous
délivrer, nous n'aurons plus de quoi manger, et Trochu
capitulera comme le traître Bazaine.

« Je criai, tant j'étais en colère :

« — Tu es fou, Pindré! Livrer Paris! Capituler! Allons
donc!

« Alors Pindré me répondit :

« — Si Trochu ne fait pas de sortie, ça arrivera! Aussi
sûr que deux et deux font quatre! Et alors tu entendras
des cris et des grincements de dents, et les Parisiens furieux qui ne demandent qu'à se battre aujourd'hui contre
les Prussiens, se battront alors contre les Prussiens ou
contre n'importe qui, et Trochu ira mettre un cierge
devant la bonne Sainte Vierge d'Auray et la remercier,
et les évêques crieront avec les jésuites : Vive le pape!
vive Henri V! vive Bonaparte! et tu verras dans Paris
des batailles comme celle de juin 1848 et même dix fois
plus fortes où l'on tuera, où l'on se fera tuer sans savoir
pourquoi!... Au fond, ce sera de rage de ne s'être pas
battu avec les Prussiens!

« Voilà ce que Pindré me disait hier, et il a du bon
sens, mon homme, quoiqu'il ne soit pas bien savant.
Mais il a du cœur, Dieu merci! Et pour aller au feu,
voyez-vous, ça le connaît. C'est même son affaire principale et particulière.

« Voilà, Monsieur et Madame Mercier, ce que nous
faisons ici. Si vous ne venez pas trois ou quatre cent
mille avec des fusils et des canons, on ne pourra jamais
forcer Trochu à sortir et nous étoufferons dans Paris.
Venez donc, et venez tous.

« Adieu, Monsieur Mercier; votre servante,

« Mélie Pindré.

. « P. S. Je vous envoie cette lettre par le moyen d'un
ballon. C'est M. Roseleur, le chimiste de la rue des Enfants-Rouges, qui en expédie un tous les matins pour

onner de ses nouvelles à sa femme. En voilà un mari qui aime sa femme ! Alors mon Pindré eut l'effronterie de me répondre :

« — C'est parce qu'elle est loin..... Va-t'en seulement pour trois mois et tu verras comme je te regretterai, surtout à l'heure de la soupe, et quand il faudra moucher les petits ou raccommoder leurs culottes !

« Voyez-vous, cet avantageux !

« Tout ça, Monsieur et Madame Mercier, est pour vous recommander de revenir au plus vite avec Nini, pour vous faire la révérence comme je dois, et vous embrasser de tout mon cœur.

« Ah ! j'oubliais de vous dire le plus important. Suzanne Crépin se marie. Ce n'est pas sans peine, comme dit Pindré. Il y a eu du tirage, mais enfin ça y est. Elle va décoiffer sainte Catherine dans trois jours.

« C'est bien le cas de dire : Il n'y a pas de marmite qui ne trouve son couvercle.

« Le monsieur a quarante ans. Il est très-bien ; il est dans les douanes.

« Grande nouvelle ! Au moment où je finis ma lettre, Pindré vient d'entrer et m'a dit :

« — Mélie, nous allons fricoter ce soir.

« Et il se frottait les mains comme un qui n'a pas dîné depuis longtemps et qui va dîner tout son saoûl.

« Je lui dis, moi : Fricoter ! Avec quoi?... As-tu trouvé dans la rue quelque vieille côtelette de cheval de fiacre ?

« Il me répond d'un air fier :

« — J'ai mieux que ça, Mélie. Voilà le rôti !

« Et il me montre en le tenant par la queue un beau gros rat écorché, moitié aussi gros qu'un chat angora, et frais, rose, joli comme un petit cochon de lait.

« Je demande :

« — Où as-tu pris ça?

« — Chez le charbonnier, avec la mère et les petits. C'est moi qui ai trouvé le nid et qui ai mis la main dessus. Le gros rat m'a mordu, comme tu vois.

« (En effet, Pindré a la main toute enflée, avec la mai
que des dents.).

« ... Je l'ai étranglé. J'ai étranglé la rate. J'ai étrang
les petits ratons, et j'emportais tout le gibier quand
charbonnier l'a réclamé comme un seigneur du viet
temps. Il m'a dit : « C'est mon gibier. Je le reconnai
C'est né sur mes terres. C'est à moi, » En même temps
a voulu le saisir, sa femme criait au voleur, et ça tou
nait mal, quand tout à coup je lui ai répondu : « Tien
charbonnier, je suis plus sage que toi : partageons.
Quand il a vu ça, comme après tout c'est un bon enfan
il m'a rétorqué : « Toi, tu es un bon zigue, et tu as ra
son, mais je veux faire mieux que toi. Viens dîner ch
nous avec ta femme et tes petits. Les rats feront le rô
Je fournirai le pain. Tu fourniras la graisse, le sel et
poivre, et chacun de nous donnera quatre litres de vi
En tout, avec les femmes et les enfants, nous serons d
Et nous rigolerons..... Ça va-t-il? » J'ai dit : « Ça va!
C'est la charbonnière qui va faire le ragoût... Et mai
tenant, qu'est-ce que tu penses de ça, ma femme?

« J'ai répondu qu'il avait bien fait, et ma foi nous a
lons nous régaler tous ce soir comme nous n'avons fa
depuis longtemps, foi de Mélie Pindré.

« Voilà, Monsieur et Madame Mercier, les nouvell
de notre quartier. Je ne sais rien, après ça, qui mérite
vous dire. »

LVIII

Quand la lettre de « mame Pindré » fut finie, ma femm
mit la main dans ma poche pour saisir celle de Sébastie
Heureusement je m'y attendais et j'étais sur mes garde
Je lui dis :

— Joséphine, pas d'imprudence. Je suis chef de famille. C'est à moi de décacheter et de faire la lecture si je le trouve convenable.

J'avais dit ça pour me faire respecter, mais ça ne réussit pas. Au contraire ! ma femme et ma fille se mirent en colère, — ma femme surtout, car Nini est beaucoup plus douce et plus respectueuse, — et Joséphine cria que je voulais tout accaparer, que j'avais fait ça toute ma vie dans le ménage, qu'elle avait été et qu'elle serait éternellement malheureuse, que son fils, son Sébastien était à elle autant qu'à moi...

Pendant qu'elle criait je décachetai l'enveloppe et je pris la lettre. En la dépliant, un billet tomba ; alors, pour ne pas être dévoré, je la donnai à Joséphine qui l'ouvrit d'un air de triomphe et lut :

« Coulmiers, 9 novembre 1870.

« Cher papa et chère maman,

« Nous venons de battre les Allemands comme plâtre. Ce n'est pas sans peine, et j'ai beaucoup de tués et de blessés parmi mes meilleurs camarades ; mais enfin, c'est fait. Nous avons fait deux mille prisonniers. Les autres se sauvent, on ne sait pas encore de quel côté. Nous saurons cela bientôt.

« Nous comptons les poursuivre demain et débloquer Paris. L'armée est pleine d'ardeur. Les conscrits et les mobiles qui n'avaient jamais vu le feu ont marché comme des vétérans. Les mobiles de la Dordogne et de la Sarthe, surtout. On aurait cru que c'était des salamandres !... Ah ! si mes pauvres camarades de Metz, ceux de Gravelotte et de Saint-Privat, avaient eu d'autres chefs que Bazaine, qui les a vendus et livrés, le Judas Iscariote ! Comme ça aurait tourné autrement ! Nous ne serions pas à trois lieues d'Orléans, nous serions de l'autre côté du Rhin !

« Enfin, voilà! J'espère entrer dans Paris un de ces
matins par la barrière de Fontainebleau. Avez-vous des
commissions pour « mame Pindré? » Envoyez-les moi
par le prochain courrier.

« Adieu, mes chers parents. Adieu, ma jolie et bonne
petite Nini. Je vous aime tous et vous embrasse de tout
mon cœur.

« J'oubliais de vous dire qu'en me voyant arriver au
régiment, assez mal guéri de mes blessures, mais plein
d'envie de bien faire, le général C*** m'a fait lieutenant
au 22ᵉ des mobiles de la Dordogne, à la place d'un bon
bourgeois qu'on avait mis là sans savoir pourquoi, en
temps de paix, il y a un an, et qui n'entendait rien à la
manœuvre. Lui-même l'a compris, car c'est un bon garçon, et il a demandé à rentrer dans le rang de peur de
faire sans le vouloir quelque boulette dangereuse pour la
compagnie. Alors comme j'arrivais sans emploi, avec
mon grade de sergent dans la ligne et mes états de service, on n'a fait ni une ni deux; on m'a donné l'épaulette
tout de suite.

« Attendez! ce n'est pas tout.

« Il y a cinq jours que j'étais lieutenant. Ce soir après
la bataille, le même général m'a dit :

« — Lieutenant Mercier, ça ne peut pas se passer
comme ça... Je vous ai vu manœuvrer dans la journée,
vous ne pouvez pas rester lieutenant, sacrebleu! Quand on
manœuvre comme ça, on ne peut pas rester lieutenant.

« J'étais consterné. Je croyais avoir fait mon devoir.
Alors, il m'a regardé en riant et m'a dit :

« Mercier, je vais vous proposer tout de suite pour le
grade de capitaine et la croix... En attendant, prenez le
commandement de la compagnie puisque votre capitaine
a été tué. C'était un brave celui-là, mais je crois qu'avec
vous la compagnie ne perdra rien.

« Ça vous va-t-il ?

« Si ça m'allait! J'avais envie de l'embrasser, tant
j'étais heureux! J'ai dit : « Merci, mon général ! Le père

« Mercier va être content! » Je ne parlais pas de maman et de Nini, mais ça va de soi.

« Maintenant, si vous voulez savoir pourquoi le général C... m'a remarqué et m'a fait capitaine, voici... Toi, Nini, écoute bien, ça va t'intéresser plus que tout le monde.

« Eh bien, c'est l'effet d'un pari de ce matin que j'avais fait avec quelqu'un que Nini connaît. Pour ne pas le nommer, excepté par la première lettre de son nom, c'est Raphaël, oui, son Raphaël, à elle, son ébéniste, que j'ai rencontré hier parmi les francs-tireurs de Lipowski.

« Et, pour dire la vérité, j'ai gagné les épaulettes de capitaine et la croix ; mais j'ai perdu mon pari. On ne peut pas tout avoir.

« Aujourd'hui donc, vers deux heures de l'après-midi, nous étions ensemble dans la plaine, à douze cents pas de Coulmiers, en face du parc de M. de Vilbonne, où les Bavarois avaient mis quinze ou vingt canons chargés à mitraille.

« Raphaël, — vous savez que je l'avais connu au régiment, — me dit :

« —Tiens, Sébastien, je parie d'entrer dans le parc avant toi.

« — Je parie que non !

« — Je parie que si !

« — Six bouteilles de Vouvray à boire avec les camarades !

« — Va pour six bouteilles !

« Nous étions tous les deux à l'avant-garde, lui avec un détachement des francs-tireurs de Lipowski, moi avec des tirailleurs du 33ᵉ de marche et des mobiles de la Dordogne.

« Le canon tonnait des deux côtés. On se battait à une demi-lieue de là dans le parc de la Renaudière, et nous attendions qu'on donnât le signal de marcher sur Coulmiers.

« Tout ce pays est plat comme le fond d'une assiette.

22

Pas un fossé, pas un arbre, pas une maison, pas un mur, pas même une meule de blé entre les Allemands et nous. Eux avaient du moins un avantage, ils s'étaient retranchés dans le parc, qui est bordé par un fossé de deux pieds de profondeur et une haie à la hauteur de ceinture. En se cachant derrière les arbres, en s'aplatissant derrière la haie, ils tiraient sur nous à coup sûr. Nous, au contraire, nous étions tout à fait à découvert.

« En plaine, quand il faut faire une demi-lieue sous le feu d'un ennemi qui peut tirer cinq coups de fusil par minute, pendant quinze minutes, franchement, c'est désagréable.

« A la fin, on nous donne le signal. Je regarde l'ami Raphaël. Il me regarde. Je lui dis : « Ça y est toujours? » Il me répond : « Ça y est ! » Nous prenons notre élan, moi avec les tirailleurs de la Dordogne, lui avec les francs-tireurs de Paris, et nous marchons au trot sur le parc où les Allemands nous attendaient d'un air bête, mais sans reculer.

« Ça, c'est une particularité de leur existence, qui tient à la force et au développement extraordinaire de leurs mâchoires, à ce que m'a expliqué un monsieur très-savant dont je ne connais pas le nom, mais qui devrait être de l'Institut.

« Suffit pour le moment de savoir que nous courions en avant sur eux aussi vite qu'on peut courir dans les terres humides et labourées comme celles de ce pays-là.

« Nos canons, restés en arrière et embourbés à moitié, ne tiraient plus, de peur de tirer sur nous. Ceux des Allemands, au contraire, faisaient rage avec leurs fusils. Trois fois par minute, huit ou dix des nôtres tombaient morts ou blessés ; mais on ne s'arrêtait pas pour les relever et les transporter. Après la bataille, on aurait bien le temps.

« Voilà ce que nous pensions tous.

« Enfin nous arrivons au trot et devant le fossé, les mobiles de la Dordogne, — moi en tête, — et les francs-

tireurs parisiens avec Raphaël en tête, lui aussi. Parole
d'honneur! c'était comme au champ de course et nous
allions arriver tête à tête.

« Je saute le fossé et Raphaël saute en même temps.
Mais voyez le guignon, Raphaël, lui, était en bon état.
Il n'avait jamais été ni blessé ni malade. Moi, au contraire, comme vous savez, j'ai été terriblement saigné
dans les batailles précédentes, et je suis encore bien fatigué. Au lieu de sauter par-dessus le fossé, je tombe
dedans. Pendant que je me relevais, Raphaël avait sauté,
mais debout, sur ses pieds, il était déjà dans le parc et
commençait à piquer les Bavarois avec sa baïonnette.

« Voilà comment j'ai perdu mon pari. Raphaël m'a dis-
tancé d'une longueur... Je suis content tout de même
parce que c'est un ami et surtout parce qu'il n'y a pas de
ma faute; mais c'est égal, c'est dur.

« Cher père, pendant que j'écrivais, les autres faisaient
la soupe. Il est neuf heures du soir. Je vais manger
comme un loup et boire comme un trou. J'ai bien gagné
mon souper. Qu'en dis-tu, père? Es-tu content de moi?
Et toi, mère, aimes-tu toujours ton « pauvre enfant? »
Et toi, petite sœur Nini, veux-tu frotter tes joues roses
contre mes moustaches?

« A jamais,

« Votre SÉBASTIEN.

« La lettre cachetée qui porte l'adresse de mon père
tout seul ne doit être lue que de lui. »

LIX

La défense que venait de faire Sébastien aurait dû avertir ma femme et ma fille de ne pas me tourmenter pour leur lire la lettre qui n'était que pour moi. Malheureusement, comme vous savez, défendre une chose aux femmes, c'est la leur commander. Témoin la mère Eve, qui, pouvant manger de tout en abondance et jusqu'à l'indigestion, n'eut envie que des pommes du Paradis terrestre et par ce moyen, nous fourra tous, elle, son mari, ses enfants, ses petits-enfants, ceux qui sont nés et ceux qui sont à naître dans le pétrin où nous sommes. Pardonnez-moi, lecteur, je suis boulanger et mes moyens ne me permettent pas de parler comme M. Chose, qui est duc et de l'Académie française.

On fait ce qu'on peut en ce monde, pas vrai? Si je crachais du latin, moi qui n'en ai jamais avalé, j'aurais l'air d'un évêque qui fait un mandement pour le carême sans avoir jamais jeûné, et ça vous étonnerait. Oui, ça vous étonnerait; ne dites pas non.

Ma femme et ma fille restèrent donc là toutes deux, l'œil en arrêt, comme deux bons braques qui voient une compagnie de perdreaux dans le sillon. La compagnie de perdreaux, c'était les douze pages de la lettre de Sébastien.

Mais moi, pour faire enrager Joséphine qui a deux défauts principaux (elle est curieuse et bavarde, — étant curieuse, elle veut tout savoir; étant bavarde, elle veut tout raconter), — j'ouvris la seconde lettre de Sébastien d'un air grave et je dis :

— Mes enfants, allez vous coucher.

Et je n'avais pas tort, car voici les premières lignes de cette lettre :

« Père, maintenant tu sais notre victoire. Mais nous avons fait des pertes terribles. Le pauvre Raphaël est mortellement blessé. Il n'a peut-être pas deux jours à vivre. N'en dis rien à Nini.

« Voici ce qui s'est passé. Je te raconterai tout en commençant par le commencement.

« Tu sais comment nous sommes sortis de Longjumeau, le père Cerisier conduisant le char-à-bancs et fouettant son cheval à toute vitesse pour qu'on ne pût pas nous rattraper. Dans ce cas, après la fuite de Raphaël, son affaire à lui, Cerisier, aurait été claire. On l'aurait fusillé dans le premier fossé venu, comme un chien.

« Mais le vieux, qui comprenait ça, ne perdit pas de temps. Vers quatre heures du matin, nous arrivâmes à Étampes, où les Prussiens n'étaient pas encore. On s'attendait à les voir entrer d'une heure à l'autre, et chacun cachait son or, son argent, ses gros sous, sa montre, son linge et ses pendules.

« Raphaël, parti un quart d'heure après nous, et forcé de faire des détours dans la plaine, au milieu du brouillard, comme un lièvre suivi par les chasseurs, arriva une heure plus tard, mais en bon état, heureusement.

« Quand il nous eut tous embrassés, — le père Cerisier d'abord qui venait de donner quatre-vingt mille francs pour lui sauver la vie, ensuite maman et moi, et enfin Nini, qui, ma foi, il faut tout avouer, lui sauta au cou tant elle était contente (faut pardonner quelque chose à la jeunesse, n'est-ce pas?) il nous annonça qu'il allait rejoindre la troupe des francs-tireurs parisiens de Lipowski, et repartit vers six heures du matin avec le père Cerisier.

« Je voulus garder le vieux avec nous; mais il ne voulut pas rester, lui; il se mit en colère et dit qu'on l'insul-

22.

tait, qu'il n'était pas encore hors d'âge ni paralytique, qu'il pouvait faire le coup de fusil et descendre son Prussien tout comme un autre, et qu'enfin il le voulait.

« Voyant ça, pour ne pas contrarier un homme d'âge à qui nous devions tant, nous le laissâmes partir. Ils s'en allèrent tous deux en char-à-bancs du côté de Châteaudun, et nous, le même soir, nous partîmes pour Tours, où je me suis guéri en quelques semaines, comme maman et Nini ont dû te le raconter. Ce n'est pas sans peine, et je ne suis pas encore aussi leste que je voudrais ; mais enfin je peux suivre la troupe, et dans les bons moments, comme aujourd'hui, par exemple, marcher devant.

« Ce qui est arrivé depuis notre départ d'Etampes, les journaux en ont assez parlé. Gambetta est descendu en ballon. D'Aurelle, un vieux désagreable, mais qui n'est pas mauvais pour dresser des conscrits, a été mis à la tête de l'armée. Nos canons étant presque tous restés à Sedan, à Metz et à Strasbourg, on a fait venir ceux de la marine avec des artilleurs de Brest, de Toulon et de Cherbourg, qui vous ont pour le pointage un coup d'œil unique. Ils ne vous manqueraient pas une pièce de cinq francs à douze cents pas. C'est des gaillards, ceux-là, mais leurs canons sont trop lourds et s'embourbent. Ah ! si nous avions des canons de campagne, de ces bonnes petites pièces de 6 ou de 7 qu'on manœuvre comme des chassepots !... Enfin ! ça viendra peut-être. On dit que les Parisiens en fabriquent qui sont légers comme des demoiselles et jolis comme des petits amours. Je le crois. Avec l'air du temps, le brouillard, un peu de mie de pain et deux rayons de soleil, les Parisiens fabriqueraient en un clin d'œil n'importe quoi qui serait haut comme une montagne, solide comme du bronze, long comme un fleuve et large comme la mer. C'est leur spécialité, ça et les barricades.

« Mais qu'est-ce que Trochu peut faire là-bas, je te le

demande? Et s'il ne fait rien pourquoi empêche-t-il les autres ?

« Tout ça, c'est de la politique, — comme dit le père Cerisier quand il parle des choses embrouillées et téné- breuses ; — on saura plus tard ce que ça signifie; plus tard, c'est-à-dire trop tard et quand il ne sera plus temps d'y porter remède.

« Donc, pour ne plus parler politique et pour revenir à mon histoire ou plutôt à celle du pauvre Raphaël, voilà qu'à peine guéri ou à peu près je demande de l'emploi aux gens de Tours qui, sur ma mise et mes états de ser- vice, me font, comme tu l'as vu déjà, lieutenant des mo- biles de la Dordogne. Le surlendemain, on m'envoie re- joindre mon régiment, où j'arrive lundi dernier.

« Je regarde mes hommes. Tous me regardent à leur tour. Ils ont l'air assez contents de moi. Et moi je suis tout à fait content d'eux. Ils ne sont pas bien grands, mais ils ont l'air réjoui et tout à fait hardi et gaillard. Je pense en moi-même : Ça ne connaît pas encore le métier, mais ça ne manque pas de dispositions, et pour m'en assurer je commande :

« Garde contre l'infanterie!... Assurez garde ! Un temps et deux mouvements !...

« Garde contre la cavalerie. Un temps et deux mouve- ments! Face à droite! Face à gauche! Demi-tour à droite! Demi-tour à gauche! Un pas en avant! Un pas en arrière! Un pas à droite! Un pas à gauche!.. Double- pas en avant! Double-pas en arrière! Volte-face à droite! Volte-face à gauche!... En quarte, parez!... En tierce, pa- rez!... en prime, parez!... En quarte, pointez !... En tierce, pointez!... En prime, pointez !... Double-passe en avant, en prime, parez et pointez.

« Mes mobiles n'étaient pas bien ferrés sur la théorie, mais ils avaient tous une envie de bien faire qui valait autant que la science.

« Enfin, ça va bien... Tout en marchant, le soir, je leur faisais faire l'exercice. Les trois quarts n'avaient jamais

touché un fusil de munition, à plus forte raison un
chassepot, excepté depuis six semaines. D'ailleurs, on
les avait armés comme on pouvait; nos chassepots étant
à Metz et à Strasbourg, comme si ce Bonaparte avait
voulu nous livrer aux Allemands la corde au cou, on
nous a donné des fusils de toutes les fabriques de l'univers, des Sniders, des Remington, des Babington, des
Fortinbras, des Colt-upon-colt. On ne s'y reconnaissait
plus; on mêlait les cartouches des uns avec les cartouches des autres. Finalement il n'y avait de bon, de vraiment bon dans tout ça que la baïonnette, et malheureusement on ne peut presque plus s'en servir, surtout en
plaine.

« Maintenant, avec les fusils on se tue à mille pas,
et avec les canons, à dix kilomètres.

« Malgré ça, nous étions tous de bonne humeur avant-
hier soir au bivouac; on avait fait quatre ou cinq lieues
dans la journée et l'on se chauffait les mollets autour du
feu, officiers et soldats mêlés, lorsque tout à coup on
voit déboucher sans bruit, comme des ombres, cinquante
ou soixante bons garçons, tous du même sexe, mais non
pas du même âge ni habillés de la même manière, qui
entrent sans façon parmi nous, qui tirent de leurs sa-
coches de quoi boire et de quoi manger, et qui, lorsqu'on
leur demande : « Qui êtes-vous? » Répondent : Francs-
tireurs de Paris.

« — D'où venez-vous ?
« — De Dourdan.
« — Où allez-vous ?
« — Où il y a des Allemands à tuer.
« — Où est votre chef?
« — Le voilà !

« On me montre un jeune homme bien fait, mince, dé-
couplé comme un lévrier, avec une plume au chapeau,
et qui donnait des ordres sans me voir.

« Il se retourne. C'était l'ami Raphaël. Il me dit :
« — Ça tombe à pic de te rencontrer ce soir. Demain

matin nous n'aurions pas eu le temps de causer. Attends-
moi là. Je vais revenir.

« — Où vas-tu ?

« —Chez le général C***.J'ai une mission de Lipowski...
En quittant le général je viendrai te rejoindre, nous pas-
serons la soirée ensemble et nous causerons un peu de
qui tu sais bien... En même temps nous souperons.

« Je répondis fièrement :

« —J'ai soupé.

« — Ça ne fait rien. Nous avons pris dans les bagages
d'un général prussien, qui avait dû voler ça en Champagne (ou réquisitionner comme ils disent), trois cents
bouteilles d'un vin dont les empereurs voudraient boire
toujours. Nous avons partagé, mes hommes et moi. J'ai
eu pour ma part six bouteilles dont tu me diras des nouvelles... Mais attends-moi là, je vais chez le général C***.

« Je demandai :

« — Comment va M. Cerisier ?

« — Il va te répondre lui-même, dit Raphaël.

« Et, en effet, en me retournant, je vis le vieux brave
homme qui s'avançait vers moi, un fusil de chasse en
bandoulière, l'air riant, la main tendue.

« Il me demanda :

« — Vous ne me reconnaissez pas, peut-être ?

« Tu peux juger, père, si je lui fis bon accueil. Il me
raconta ce qu'ils avaient fait, Raphaël et lui, depuis un
mois.

« — D'abord, dit M. Cerisier, nous sommes allés au feu
tout de suite. Je n'avais plus rien à risquer puisque les
Allemands m'ont volé à peu près tout ce que j'avais, et
qu'il ne leur reste plus qu'à brûler ma maison pour me
mettre tout à fait à sec.

« Raphaël, pourtant, ne voulait pas m'emmener sous
prétexte qu'il fallait faire des marches de quinze ou vingt
lieues par jour et qu'à mon âge on n'était plus de force...
Je lui ai riposté : « Blanc-bec, Pierre Cerisier n'est pas
« encore paralysé, Dieu merci ! D'ailleurs si ça ne va

« pas, vous me laisserez sur le chemin. » Alors il a compris qu'il était fautif, et nous sommes allés ensemble rejoindre Lipowski.

« J'ai demandé :

« — Monsieur Cerisier, étiez-vous à la bataille de Châteaudun ?

« Il m'a répondu en se redressant :

« — Sébastien, j'y étais... Mieux que ça, j'étais à la bataille ! J'étais à l'incendie ! J'ai vu tout ça comme je vous vois, et je puis dire que Raphaël, qui est mon élève, a fait son devoir comme il faut, ce jour-là... Cornes du diable ! il leur a fait avaler des couleuvres à ces Allemands derrière sa barricade.

« Imaginez-vous, Sébastien, que nous étions arrivés la veille à Châteaudun, nous les francs-tireurs de Paris, avec ceux de Nantes et de Cannes... On disait comme on dit toujours en pareil cas : Faut-il se battre ? Faut-il se rendre ? Trois ou quatre riches bourgeois criaient : « Rendons-nous ! Pas d'imprudence ! On pillerait. On « tuerait. On brûlerait... » Brûler surtout leur faisait peur, parce qu'ils tiennent à leurs maisons, à leurs meubles, à leur argent mille fois plus qu'à tout le reste, et qu'ils ne voient pas, les imbéciles, qu'il n'y a qu'un moyen de défendre son bien, c'est de tirer des coups de fusil sur les voleurs.

« Mais toute la garde nationale était sous les armes. C'est de beaux hommes, les Châteaudunois, et des cœurs vaillants. Si tous les bourgeois de France, — je dis bourgeois, je devrais dire aussi ouvriers et paysans, — faisaient ce que ceux-là ont fait, l'armée prussienne dans un mois serait aussi près de Berlin que de Paris... Au reste, nous verrons, ça viendra peut-être.

« Un matin donc, vers midi, à la garde montante, on vient donner l'alarme. Des francs-tireurs rentrent en ville criant : Voilà les Prussiens !

« — Combien sont-ils ?

« — Trois mille, dit l'un.

« — Six mille ! dit un troisième.

« — Dix mille, douze mille, quinze mille, vingt mille ! on ne sait pas.

« Nous avons su depuis qu'ils étaient au moins dix mille, avec des canons, des obusiers, de la cavalerie, de l'infanterie, le diable et son train. Et avec ça un prince prussien, nommé Albert, qui venait de faire brûler quatre ou cinq villages et fusiller des paysans qui avaient osé se défendre. C'est la manière des Allemands et comme ils disent « la méthode » pour assassiner les braves gens et épouvanter les autres.

« Châteaudun n'est pas bien grand. Huit ou dix mille âmes tout au plus. La ville est au bord de la plaine. On dirait qu'elle va tomber à pic dans le Loir, une jolie petite rivière qui est au bas. Pas de remparts. Pas de montagne. Pas de vallée. Tout ça est plat et uni comme la main, excepté un petit faubourg qui est au bas, tout au bas, où l'on descend par un escalier. C'est par là que trois jours auparavant une demi-douzaine de hulans qui avaient voulu voir la ville de trop près pendant la nuit, et qu'on avait salués de coups de fusil, descendirent au galop pour se sauver (ça faisait plus d'honneur aux chevaux qu'aux cavaliers) et tombèrent dans les mains des francs-tireurs qui les attendaient le doigt sur la détente.

« Mais ce côté-là, vu la situation, est facile à défendre. Aussi les Allemands venaient du côté opposé, — le côté d'Orléans.

« Au premier coup de fusil (ça fut si peu attendu que le train du chemin de fer, qui était alors dans la gare, stationnait tranquillement et que le chauffeur et le mécanicien n'eurent que le temps de sauter sur la locomotive et de filer à toute vapeur sur Vendôme), au premier coup de fusil donc, tout le monde court à son poste, moi, bien entendu, avec Raphaël et les autres francs-tireurs de Paris et de Nantes.

« Et alors la musique commence. Mon petit Sébastien

j'avais comme ça, dans ma jeunesse, j'avais vu Leipzig, Montmirail, Montereau et d'autres concerts; mais, parole d'honneur, celui-là valait les autres, pas pour la canonnade, oh! non. D'abord nous n'avions pas de canon du tout, et les Allemands n'en avaient pas plus de deux douzaines... mais, pour la fusillade, c'était magnifique. Vous auriez cru qu'on cassait à la fois toutes les vitres du pays.

« Les bons Allemands, voyant que les murs des jardins étaient crénelés et qu'on tirait sur eux par ces créneaux, n'osaient pas avancer, croyant peut-être avoir affaire à un corps d'armée. Ils essayèrent d'abattre les murs à coups de canon, et, en effet, ils abattaient des pans de muraille. Alors mon Raphaël qui voit ça, dit :

« — Attention! dix volontaires pour venir avec moi.

« Il s'en offre cinquante, moitié gardes nationaux de Châteaudun ou paysans, moitié francs-tireurs.

« Il prend cinq des uns, cinq des autres, et dit :

« — Voilà deux canons qui nous gênent. Ils ne sont qu'à deux cents pas, allons les prendre, ça nous délivrera.

« C'était sage et bien pensé comme vous voyez, Sébastien. Mon Raphaël divise sa troupe en deux, qui s'avancent, l'une par la droite, l'autre par la gauche, sur les canons. Jusqu'à cinquante pas, on ne les voyait pas; mais là, le mur finissait; ils étaient sous les yeux des Allemands ; on fait une décharge sur eux, à mitraille. deux sont tués; un est blessé; les autres courent sur les canons, tuent les artilleurs et veulent emmener les pièces de notre côté.

« Mais voyez le guignon : en tirant sur les artilleurs, des maladroits de notre côté avaient tué les chevaux. Impossible d'emmener les pièces. Les Allemands revenaient en troupe. Impossible de rester là. Raphaël et les autres revinrent derrière la barricade. Vous dire ce qu'on a tué ou blessé d'Allemands à cet endroit est impossible. On ne l'a su que le lendemain.

« En tout, Châteaudunois et francs-tireurs, nous étions à peu près douze cents à livrer bataille, et nous avons tué et estropié deux mille ennemis. Et quand on pense que nous n'avions rien pour nous défendre, pas un fossé, [ni un rempart (excepté les murs des jardins et trois pauvres petites barricades de rien du tout, qui barraient trois rues à deux pieds et demi de hauteur), ah ! Sébastien, si nous avions eu deux ou trois mille hommes et des canons, nous aurions mis ces pauvres Allemands en marmelade.

« Au milieu de tout ça, la nuit arrive. Au 18 octobre, c'est bientôt fait. Les Allemands reçoivent des renforts. Ils font le tour par la gauche. Tout à coup on crie derrière nous : les Prussiens sont dans la ville. Alors on quitte la barricade qu'ils n'avaient pas pu prendre. On court sur la place. Les gardes nationaux de Châteaudun qui s'étaient battus comme des lions toute la journée, voyant qu'il n'y a plus rien à faire, rentrent dans leurs maisons, jettent au hasard leurs fusils et leurs cartouches, se lavent les mains, prennent leurs habits ordinaires et font semblant de se mettre au travail comme de bons bourgeois qu'on aurait dérangés par hasard en faisant du bruit et qui en seraient bien étonnés. Les francs-tireurs, eux, du moins ceux qui étaient avec nous, se réunissent autour de Raphaël.

« Lui, en arrivant à l'entrée de la place, me dit :

« — Papa Cerisier, quittez votre fusil. Entrez dans une maison avec les autres et ne faites semblant de rien. A votre âge, les Allemands ne vous soupçonneront pas.

« Je ne voulus pas.

« Il me dit encore :

« — Vous voyez bien que nous sommes entourés, car les Allemands arrivent de tous les côtés à la fois. Il faudra percer à la baïonnette.

« Je répondis :

« — S'il faut percer, je percerai !

« Il était huit heures du soir. Il faisait tout à fait nuit. Nous étions à peu près soixante ou quatre-vingts. Les Allemands étaient quatre ou cinq cents sur la place. Ils

23

croyaient la journée finie, et pour dire le vrai, elle allait finir.

« Tout à coup Raphaël cria :

« — En joue! Feu!... Et en avant!

« Le gros des Allemands était en cercle autour de la fontaine. On fait feu dans le tas. On en abat une cinquantaine. On met la baïonnette au bout du fusil. On court sur les autres. Eux, ne sachant pas d'où vient la mort, ni combien nous sommes, se sauvent de tous les côtés. Nous courons d'un bout à l'autre de la place (oui, Sébastien, tel que vous me voyez à mon âge, je courais comme à vingt-cinq ans, mais il faut tout dire, ça pressait!), nous enfilons une rue noire près du château si joli du duc de Luynes (mais personne ne s'arrêta pour le regarder), nous descendons par l'escalier des hulans, nous passons la rivière et nous allons dans les bois.

« C'est de là que nous vîmes brûler Châteaudun. Le prince Albert, le général Von Vittich et un tas d'autres seigneurs s'en donnaient le plaisir après avoir bien soupé. Ils y firent mettre du pétrole et l'allumèrent eux-mêmes ou le firent allumer par leurs soldats... On m'a dit qu'ils étaient saoûls comme des grives en automne. C'est vrai, mais ça ne fait rien. Des gens de cette espèce, ça brûle toujours ce que ça ne peut pas emporter.

« Outre ça, ils ont fait fusiller quatre francs-tireurs prisonniers et dix-huit paysans. Mon Raphaël, voyant ça, et pas bête du tout, a fait pendre quatorze prisonniers prussiens qu'il avait, et il a fait donner trente coups de fouet au quinzième avant de le lâcher, avec ordre de dire à ses chefs que tous les officiers qu'il pourrait prendre seraient pendus et tous les sous-officiers et soldats fusillés, du moins jusqu'à ce qu'on eût cessé d'assassiner les francs-tireurs et les paysans.

« Pas bête, ça, n'est-ce pas? Qu'en dites-vous, Sébastien!... Et pour preuve que c'est bon et que ça n'est pas bête, au contraire, il faut que vous sachiez que les Prussiens, ni hulans, ni fantassins, ni autres, ne viennent plus de notre côté, sachant qu'on ne leur fera pas grâce. Raphaël, qu'ils ont voulu assassiner à Longjumeau, a juré qu'ils s'en repentiraient. Il tire sur eux comme sur des chiens enragés, et il a, ma foi, bien raison !

« Comme le père Cerisier finissait son histoire, Raphaël arriva, me serra la main et dit :

« — Mon cher Sébastien, la bataille est pour demain.

« — Comment le sais-tu ?

« — Je viens de voir le général et de lui donner des nouvelles des Allemands.

« — Tu les as vus aujourd'hui ?

« — De si près que j'en ai tué neuf et pendu deux qui s'étaient laissé prendre.

« Et comme je disais : « Oh! des prisonniers! » il m'a répondu :

« — Eh bien, est-ce qu'ils se gênent pour pendre les nôtres? Est-ce que la peau d'un paysan français ou d'un franc-tireur ne vaut pas celle de quarante mille gentilshommes allemands?... Pour moi elle vaut un million de fois davantage?

« Et le père Cerisier l'approuvait et disait de temps en temps : C'est moi qui l'ai élevé, cet enfant-là. Comment le trouvez-vous?

« Fin finale et réitérée, comme dit le père Cerisier, nous avons dîné ou soupé hier soir très-joyeusement ensemble.

« Ce matin, l'ordre de marche est arrivé. C'est alors que nous avons fait, Raphaël et moi, le pari dont je t'ai parlé déjà, et ma foi, c'est lui qui l'a gagné. Mais à quel prix?

« Comme je vous ai dit, nous venions de la plaine en courant et nous sautions ensemble le fossé pour entrer dans le parc où se tenaient les Bavarois lorsque, trop fatigué par les longues marches et par le sang que j'avais perdu il y a un mois, je prends mal mon élan et je tombe dans le fossé.

« Je me relève tout de suite, et mes mobiles de la Dor-

dogne qui me suivaient, me donnent la main pour passer par-dessus la haie... Ça n'avait pas duré dix secondes, mais les francs-tireurs de Paris avaient passé
avant nous. Mes braves mobiles, furieux de cet accident,
se jettent sur les Bavarois comme des léopards et les « pi-
quent à la fourchette », suivant la belle expression du
sergent Carambard.

« Ce soir, quand tout a été fini, je ne voyais plus Raphaël. Je me disais : Pauvre ami! il aura voulu trop
bien faire. Il se sera fait tuer en poursuivant l'ennemi.
Quel malheur!

« Et je pensais à ma pauvre petite sœur qui l'aime
tant! Je cherchais partout dans le parc de M. de Vilbonne
qui était rempli de morts et de blessés, mais je ne trouvais rien.

« Tout à coup, pendant que j'étais penché avec une
lanterne, regardant le visage des morts, je sens qu'on
me tire par la manche. Je me retourne... Devine qui
c'était!

« Top! notre pauvre bon Top! notre chien fidèle que
le colonel Wolfingen nous avait volé, qu'il avait emmené avec lui, qui sans doute avait assisté à la bataille
et qui venait de lâcher son nouveau maître pour rejoindre ses anciens amis.

« Je pensai : Top a trop d'esprit pour ne pas voir ce
que je cherche ou pour ne pas le deviner. S'il me tire
par la manche, c'est qu'il a vu l'endroit où Raphaël a été
tué.

« Et, franchement, j'avais une peur terrible de ne trouver que le cadavre de Raphaël. Enfin, je me laisse conduire, j'appelle deux hommes et je suis Top.

« Lui, le bon chien, sort du parc en me regardant par-
dessus l'épaule comme pour m'inviter à marcher derrière
lui. Nous faisons cinq ou six cents pas dans la plaine et
tout à coup Top s'arrête.

« Je me penche. Je regarde. C'était bien Raphaël.

« Pauvre ami! Il avait reçu deux balles en poursuivant

l'ennemi au-delà du parc avec ses francs-tireurs, et il avait perdu tant de sang qu'il était presque évanoui. Sans Top nous ne l'aurions pas retrouvé.

Voyant ça, je le fais prendre et emporter par mes deux hommes dans le parc. C'est là qu'il va passer la nuit. Le père Cerisier est au désespoir.

« Le chirurgien est venu. Il secoue la tête. Il croit que Raphaël n'a pas trois jours à vivre.

« Père, je ne sais comment apprendre cette horrible nouvelle à ma pauvre petite sœur. Vois toi-même ce qu'il faut dire.

« Après le passage du chirurgien, Raphaël m'a demandé :

« — Qu'est-ce qu'il pense?

« Je ne savais que répondre. J'ai répondu à tout hasard :

« — C'est assez grave. Il faudrait du repos, du bouillon...

» Je sentais que je disais des bêtises. Il m'a coupé la parole :

« — Oui, oui, des biftecks, des distractions et du vin généreux, n'est-ce pas? Ami Sébastien, je donnerais tout ce qui me reste à vivre (et malheureusement ce n'est pas grand'chose à présent), pour voir une dernière fois ma petite Nini bien-aimée.

« Ensuite il s'est endormi de fatigue. Demain on le transportera à Orléans avec les autres blessés si..... Je n'ose pas dire ce que je crains.

« Adieu, père. Je te raconte ce qui s'est passé. Je suis bien fâché du malheur de Raphaël. J'en suis fâché pour lui, qui est un brave, et pour ma pauvre Nini qui ne s'en consolera jamais..... Et si elle s'en consolait pour épouser ce benêt de Tripelourde, qui ne pense qu'à sauver sa peau et ses écus quand la France est en danger, par le saint nom de l'Éternel, père, je ne lui pardonnerais jamais, et j'aurais peur que ses enfants, si elle en a, fussent aussi lâches que leur père. »

LX

C'est ici que finissait la lettre de Sébastien, celle qu'il avait mise exprès sous une enveloppe particulière, et qui ne devait être lue de personne, excepté de moi.

Malheureusement ma femme et ma fille l'avaient vue, de loin c'est vrai, mais assez pour avoir le désir de la voir de plus près et même de la lire d'un bout à l'autre.

Le matin, vers six heures, comme je dormais profondément, je fus réveillé tout à coup par des cris et des larmes. Je regarde autour de moi. Personne.

J'appelle :

— Joséphine ! Joséphine !

Ma femme arrive en camisole et crie :

— Viens vite ! Nini se meurt !... Ma pauvre fille !... Ah ! mon Dieu ! ah ! mon Dieu !

Je passe un pantalon en toute hâte. Je cours dans la chambre de Nini :

— Mon enfant, qu'as-tu ?

— Ah ! répond Nini en pleurant, ce pauvre Raphaël est peut-être mort à l'heure qu'il est ! Oh ! oh ! oh ! oh !

Je demande :

— Comment le sais-tu ?

— Puisque Sébastien te l'a écrit.

Et elle se remet à pleurer.

Voilà ce que c'est que de ne pas cacher tous ses papiers dans son secrétaire et de ne pas s'endormir avec la clé dans les dents. Que ceci vous serve de leçon, ô pères de famille !

J'avais tout bonnement remis la lettre de Sébastien

dans la poche de mon paletot, comptant que personne n'oserait y toucher pendant mon sommeil... Pas du tout. Dès mon premier ronflement (c'est comme ça que ma femme appelle ma manière de respirer en dormant), Joséphine sauta sur la lettre et la lut tout entière avec Nini.

De là les cris, les pleurs, les sanglots et le reste. J'avais beau leur dire :

— Taisez-vous donc! Calmez-vous! Ne criez pas si fort! Les Tripelourde vont vous entendre!

Joséphine, qui a toujours sur le cœur mes cinquante mille écus escamotés, criait plus fort que jamais :

— Je m'en fiche pas mal de tes Tripelourde! Ne dirait-on pas qu'ils sont nos amis et nos bienfaiteurs pour nous avoir volé cinquante mille écus!

Et Nini appuyait sur la chanterelle, et de plus jurait à Dieu que le dernier vœu de son Raphaël serait rempli et qu'elle le verrait avant qu'il mourût.

Puis comme je lui demandais :

— Es-tu folle, ma petite Nini? Veux-tu partir seule?

Ma femme, qui aime à proclamer son indépendance, cria :

— Non! Elle ne sera pas seule! Je n'abandonnerai pas ma chère fille. Je la suivrai partout où elle ira. Tu peux l'abandonner, toi! Mais moi, sa mère, je donnerai mon sang pour elle s'il le faut!

Et elle se jeta dans les bras de Nini, et elles s'embrassèrent toutes deux comme pains chauds, et elles jurèrent de ne jamais se séparer l'une de l'autre.

Là, je vis bien que l'homme n'est jamais le plus fort, et je baissai pavillon devant l'ennemi. Je promis de conduire ma femme et ma fille à Orléans et de leur faire voir ce Raphaël tant chéri.

Alors elles me sautèrent au cou l'une après l'autre, en proclamant qu'elles savaient bien que je résistais souvent, mais que je finissais toujours par me rendre aux sages raisons dont leurs bouches étaient remplies.

Enfin, à voir leurs compliments, je me dis : « Mercier, Mercier, tu viens de faire une bêtise! »

Mais il n'était plus temps de s'en dédire, car on faisait déjà les préparatifs du départ. On emballait le linge, les robes, la parfumerie et le reste.

Pendant ces préparatifs, le vieux Tripelourde, de son côté, ne restait pas inactif. Il avait tout entendu de sa chambre, dont la fenêtre était ouverte. Ma femme, d'ailleurs, jouit d'un timbre qu'on distingue à une lieue parmi quarante mille autres. Il vint à moi d'un air riant et me dit :

— Eh bien, compère, à quand la noce?

— Quand vous voudrez, Tripelourde, quand vous voudrez !

Je faisais le brave et l'homme sûr de lui, mais au fond je le donnais au diable.

— Et sans indiscrétion, compère, où allez-vous?

Il le savait bien mieux que moi, mais il faisait semblant de n'avoir rien entendu.

Je répondis :

— Nous allons voir Sébastien. Il est avec l'armée entre Orléans et Paris.

— Eh bien, bon voyage, compère !

Alors je pensai à ma petite Nini qui n'aimait pas les Tripelourdes, je pensai aussi à sauver mes cinquante mille écus, et je dis au notaire :

— Ecoutez-moi, Tripelourde. J'ai quelque chose de sérieux à vous apprendre.

Il prit un air bon enfant :

— Parlez, mon bon ami, parlez. Je suis tout à vos ordres.

— Eh bien, voici. Nous nous sommes trompés, Tripelourde.

Il releva ses lunettes sur son front et dit :

— Quand donc?

— Il y a trois mois.

— A propos de quoi?

— A propos de mariage.

— Ah! dit-il, c'est particulier! Et en quoi nous sommes-nous trompés, compère?

— Voici. Nous avons cru que nos enfants s'aimeraient
un jour.

— Je le crois encore, répliqua Tripelourde.

— Eh bien, vous vous trompez, mon ami! Ils ne s'aiment pas!

— Oh! oh!

— Mais pas du tout!

— Ah! ah!

— Et ils ne s'aimeront jamais!

Tripelourde répondit :

— Vous vous trompez, compère. Adolphe aime Nini
de tout son cœur.

— Tant pis! Car elle n'en fait pas autant..... Elle ne
l'aime pas du tout, elle!

— Ça viendra!

— Ça ne viendra pas!

— Comment le savez-vous?

— Elle me l'a dit. Elle en aime un autre.

Je croyais que ça déciderait Tripelourde. Pas du tout.
Il dit simplement :

— Une honnête femme comme Nini aime un garçon
et en épouse un autre. Ça se voit tous les jours dans la
meilleure société.

A la fin j'allais me mettre en colère. Je dis à Tripelourde :

— Nini a dit qu'elle n'épouserait jamais Adolphe. Et
je ne la forcerai jamais.

— Eh bien, ne la forcez pas, mon ami, ne la forcez
pas! Après tout, qu'est-ce que ça me fait, à moi? Nini est
jolie, c'est vrai! Elle plaît à Adolphe. Elle me plaît aussi
à moi. Elle ne plaît pas beaucoup à sa belle-mère, mais
ça c'est un détail, parce que les belles-mères détestent
toujours leurs brus. Enfin, si elle veut d'Adolphe, lui
aussi veut d'elle, et moi aussi; mais si elle n'en veut pas.

serviteur! Il y a d'autres jolies filles dans le pays, et avec ses cinquante mille écus, il ne sera jamais embarrassé.

C'est là que l'affaire se gâtait. Je dis à Tripelourde :

— Quels cinquante mille écus!... Les miens?

Il se mit à rire et répondit :

— Ceux que je donne en dot à mon fils.

— Les mêmes que vous avez pris dans la succession de mon oncle Chalusset?

— Comme il vous plaira.

Nous nous disputâmes quelques moments sur ce point. A la fin j'essayai de le prendre par les sentiments et je lui dis :

— Voyons, Tripelourde, puisque ce mariage est impossible, faisons une cote mal taillée, gardez vingt-cinq mille écus et rendez-m'en vingt-cinq mille.

Il éclata de rire et me dit :

— Bonjour, compère. Je m'en vais. J'ai un client très-important qui m'attend à midi dans mon étude.

Et il partit avec sa femme et son fils.

Alors voici ce que je pensai :

— Ce gueux compte garder mon argent. Je le lui ferai rendre. Après tout, puisque Raphaël va mourir, je peux bien satisfaire la fantaisie de Nini, qui est de le voir à son lit de mort. Quand il sera enterré, elle pleurera beaucoup, elle sera désespérée et dans un an elle épousera Adolphe. Et le vieux Tripelourde n'aura pas fait tout le bénéfice qu'il croyait.

Alors, finement, car je suis très-fin quand je m'en mêle, je dis à ma pauvre Nini pour la consoler que nous allions partir, que nous verrions Raphaël à Orléans et enfin que j'étais si touché de ce qu'il avait fait pour elle et pour ma femme que je pouvais bien consentir à...

— A mon mariage! s'écria Nini en me sautant au cou.

— Oui, à ton mariage. Mais partons vite!

Je comptais bien n'arriver que pour l'enterrement de ce bon garçon, mais voyez la chance! Le chirurgien trop pressé de passer à un autre blessé l'avait cru mourant, et il s'était trompé. Mon Raphaël commençait à se remettre; il riait, il causait, et quand ma femme et Nini entrèrent dans la chambre d'un épicier d'Orléans où on l'avait recueilli, il poussa un tel cri de joie que Nini à son tour se trouva presque mal de bonheur.

Je n'ai pas besoin de dire comment il fut pansé, choyé, aimé, dorloté, pendant deux mois qu'il dut passer au lit, d'abord à Orléans, ensuite à Poitiers. Enfin, le 24 janvier il fut tout à fait sur ses pattes comme il le disait lui-même, et il allait rejoindre l'armée de Chanzy lorsque l'armistice arriva, et avec l'armistice, la fin de la guerre.

Cette fois, — c'était le 8 mars, — nous étions réunis en famille, ma femme, Nini, mon fils Sébastien, en congé pour trois jours, et moi; et Sébastien disait :

— Père, donne-la à Raphaël, puisqu'elle en veut, puisqu'il en veut, puisque maman le veut.

Je répondis sévèrement :

— Le bon sens ne le veut pas. Il n'a rien. Elle non plus. Par ce mariage, elle perdrait sa dot qui devait être de cinquante mille écus...

— Et s'il me plaît de la perdre, dit Nini mutinée et presque séditieuse.

— C'est à moi d'avoir de la sagesse pour toi!

Au même instant je reçus une lettre de monsieur Pierre Cerisier, ainsi conçue :

« Bruxelles en Brabant, 6 mars 1871.

« Monsieur Mercier, Madame Mercier et Mademoiselle Nini,

« J'ai celui de vous apprendre par la présente que je viens de rattraper mes quatre-vingt mille francs, — vous savez, ceux que Schmidt m'avait volés et qu'ensuite le baron Wolfingen avait volés à Schmidt en le faisant fusiller.

« Par bonheur, ma femme, qui est la plus précieuse

créature du globe terrestre, du moins en ce qui me con-
cerne, avait eu l'idée de garder les numéros de mes obligations d'Orléans. Quand Schmidt fut mort, comme je
n'avais fait de convention qu'avec lui pour la vie de Raphaël, j'avais le droit de rentrer dans mon bien, et tout
de suite après l'armistice, je suis allé à Bruxelles et à
Londres pour faire publier la liste des numéros de mes
obligations volées.

« Lundi dernier, un agent de change de Bruxelles m'a
écrit qu'elles étaient retrouvées. Je suis allé les chercher
moi-même et je les ai maintenant. Comme je sortais de
chez l'agent de change, le pauvre baron de Wolfingen
y entrait pour en toucher l'argent. En me voyant, il est
devenu tout pâle.

« Moi, pas fier, j'ai dit en lui tendant la main :

« — Monsieur le baron, je vous remercie d'avoir si
bien gardé mes obligations d'Orléans, les voilà. »

« Et je les lui ai montrées. Si nous avions été au coin
d'un bois, je crois qu'il aurait essayé de m'assassiner;
mais là, dans la rue, il n'a pas osé. Il est parti sans rien
dire.

« Ma jolie petite Nini, cet argent est à vous et à Raphaël. Ma femme le veut et moi aussi, mais à une
condition, c'est que votre mariage aura lieu dans trois
semaines.

« Monsieur Mercier, où trouveriez-vous mieux que
Raphaël? Demandez à votre fille, à votre fils, à votre
femme, à tous ceux qui le connaissent. C'est un joli garçon et un cœur d'or, et un fameux ébéniste, et un franc-
tireur premier numéro. Demandez plutôt à Sébastien.

« Allons, est-ce convenu?

« — Oui, n'est-ce pas?... Eh bien! ça sera pour le 15
avril prochain, si vous voulez, et je m'invite à la noce
avec Césarine.

« Avec mes compliments et mes respects à toute la
société.

                                    « CERISIER, ébéniste. »

LXI

Après une pareille lettre, qu'est-ce que je pouvais faire ? s'allait-il me brouiller avec ma petite Nini pour rattraper mes 50.000 écus ?

Tripelourde les a, qu'il les garde ! Et puissent-ils l'étouffer et le faire rouler dans les abîmes profonds de l'enfer ?

C'est pourquoi Raphaël a épousé Nini, et ils sont très-heureux à Paris, du moins c'est ce qu'ils disent. Ils ont déjà trois petits enfants, jolis comme leur mère. Sébastien est venu avec moi dans la Dordogne et nous plantons des vignes ensemble ; mais le phylloxera nous a fait beaucoup de mal l'an dernier.

Tripelourde a marié son Adolphe avec une grande fille brune, maigre et sèche, qui a une dot de cent mille écus.

Mame Pindré » se porte bien. Son mari a manqué d'être fusillé après la Commune. Il se sauva en courant sur les toits.

Et moi, enfin, je vis à la campagne, je me promène, je chasse, je jardine, je pêche et je suis tout à fait heureux quand ma femme ne me querelle pas.

FIN

ROMANS ET NOUVELLES

Collection grand in-18 jésus, impression de luxe

à 3 francs le volume

LIBRAIRIE DE E. DENTU, PALAIS-ROYAL

ROMANS et NOUVELLES, A 3 FR. LE VOLUME

J. d'Avenel.	La jolie fille de Saint-Jean.	1 vol.
Audeval.	Le Tueur de femmes.	1 —
Mme Olympe Audouard.	L'Amie intime.	1 —
—	Comment aiment les hommes. . .	1 —
—	Guerre aux hommes.	1 —
—	L'Homme de 40 ans.	1 —
Henri Augu	Les Oubliettes du Louvre.	1 —
—	L'Abbesse de Montmartre.	2 —
—	Le Mousquetaire du Cardinal. . .	2 —
—	Une Vengeance de comédienne. .	1 —
Paul Avenel.	Le Duc des Moines.	1 —
—	Les Lipans.	1 —
—	Les Calicots.	1 —
A. Bapaume.	Cœur de Lionne.	1 —
Bachaumont.	Les Femmes du Monde.	1 —
C. Badère.	Marie Favrai.	1 —
—	La Vengeance d'une jeune fille. .	1 —
—	Une Mariée de seize ans.	1 —
Aug. Barbier	Trois passions.	1 —
A. Belot.	L'Article 47.	1 —
—	Mademoiselle Giraud.	1 —
—	Le Parricide.	1 —
—	Daeolard et Lubin.	1 —
—	Deux Femmes	1 —
—	La Femme de feu	1 —
—	Hélène et Mathilde.	1 —
—	Les Mystères mondains.	4 —
—	La Vénus de Gordes.	1 —
—	Le Secret terrible.	1 —
—	Folies de Jeunesse.	1 —
—	La Sultane parisienne.	1 —
—	La Fièvre de l'Inconnu.	1 —
—	La Vénus noire	1 —
Elie Berthet.	Le Gouffre.	1 —
—	L'année du grand hiver.	1 —
—	La Famille Savigny.	1 —
—	Maître Bernard.	1 —
—	L'œil du Diamant	1 —
—	Les oreilles du banquier	1 —
—	Le Sauvage.	1 —
—	Histoires des Uns et des Autres.	1 —
Marie de Besneray. . .	Ivan Stertoff.	1 —
Ernest Billaudel . . .	Clémentine Loiambort.	1 —

LIBRAIRIE DE E. DENTU, PALAIS ROYAL

ROMANS et NOUVELLES, A 3 FR. LE VOLUME

F. du Boisgobey . . .	Nouv. Mystères de Paris.	3 vol
—	La Jambe Noire.	2 —
—	L'As de cœur	2 —
—	Le chevalier Casse-Cou	2 —
—	Les Collets noirs.	2 —
—	Le Coup de pouce	1 —
—	Les Gredins.	2 —
—	La tresse blonde	1 —
—	Le Demi-Monde sous la Terreur. .	2 —
—	Les deux Merles de M. de St-Mars.	2 —
—	La Vieillesse de M. Lecoq.	2 —
Félix Bonnal.	Les Souffrances d'un amoureux .	1 —
A. Bouvier.	Auguste Manette.	1 —
—	Le Domino rose.	1 —
F. du Boys.	La Comtesse de Monte-Cristo . . .	2 —
Gontran Borys.	Les Paresseux de Paris.	2 —
—	Le beau Roland.	2 —
—	Finette.	1 —
—	Le Cousin du Diable.	2 —
Paul Bonnaud.	Le Roman d'une Princesse. . . .	1 —
Simon Boubée.	Le Violon fantôme.	1 —
René de Camors. . . .	Le Complice.	1 —
Alix Bressant.	Gabriel Pinson	1 —
—	Une Paria.	1 —
Édouard Cadol.	Le Monde galant.	1 —
—	Rose.	1 —
—	Le Cheveu du diable.	1 —
Du Casse	Quatorze de dames	1 —
Eugène Chavette. . .	Défunt Brichet.	2 —
—	Le Remouleur.	2 —
—	L'Héritage d'un pique-assiette. . .	3 —
—	La Chambre du crime.	1 —
—	La Chiffarde.	2 —
—	La Chasse à l'oncle.	2 —
—	Aimé de son Concierge.	1 —
Amédée de Cesena . .	Les Belles Pécheresses.	1 —
—	Une Courtisane vierge.	1 —
—	Le Chapelet d'amour.	1 —
Champfleury	L'Avocat trouble-ménage.	1 —
—	Le Secret de M. Ladureau	1 —
—	La petite Rose.	1 —
Jules Claretie	Noël Rambert.	1 —
—	Les Belles folies.	1 —

LIBRAIRIE DE E. DENTU, PALAIS-ROYAL

ROMANS et NOUVELLES, A 3 FR. LE VOLUME

L. Colet	Les Derniers marquis	1 vol.
—	Les Derniers abbés	1 —
—	La Jeunesse de Mirabeau	1 —
H Crisafulli	Le Roi Marthe	1 —
Comtesse Dash	Une Femme libre	1 —
—	Quand l'esprit vient aux filles	1 —
Alphonse Daudet	Les Aventures de Tartarin	1 —
—	Robert Helmont	1 —
—	Jack, mœurs contemporaines	2 —
Ernest Daudet	Le Prince Pogoutzine	1 —
—	Jean le Gueux	1 —
—	Aventures de Raymond-Rocheray	2 —
—	Henriette	1 —
—	La Baronne Amalti	1 —
—	Le Crime de Jean Malory	1 —
—	Le Roman de Delphine	1 —
—	La Petite sœur	1 —
Camille Debans	Le Capitaine Marche-ou-Crève	1 —
A. Decourcelle	Un Homme d'argent	1 —
Alfred Delveau	Les Lions du jour	1 —
Charles Deslys	Le Roi d Yvetot	1 —
—	Le Serment de Madeleine	1 —
—	La Dot d'Irène	1 —
—	Sœur Louise	1 —
Albert Delpit	La Vengeresse	2 —
—	Jean nu-pieds	2 —
—	Le Mystère du Bas-Meudon	1 —
—	La Famille Cavalié	2 —
Charles Deulin	Chardonnette	1 —
—	Contes d'un Buveur de bière	1 —
—	Contes du roi Gambrinus	1 —
—	Histoires de petite ville	1 —
Léonce Dupont	Madame Des Grieux	1 —
Duranty	Les Combats de Françoise	1 —
—	Le Chevalier Navoni	1 —
G. Duval	Chasteté	1 —
Georges Eliot	La famille Tulliver	2 —
Etienne Enault	Comment on aime	1 —
—	Le Dernier amour	1 —
—	Histoire d'une Conscience	1 —
—	L'Enfant trouvé	2 —
—	L'Amour à Vingt ans	1 —
—	Mlle de Champrosay	1 —

LIBRAIRIE DE E. DENTU, PALAIS-ROYAL

ROMANS et NOUVELLES, A 3 FR. LE VOLUME

Étienne Enault. . . .	Gabrielle de Célestange.	1 vol.
Mme Marie de l'Epinay.	Contes de nuit	1 —
H. Escoffier.	Le Mannequin	1 —
—	La Vierge de Mabille..	1 —
—	Chloris la Goule.	1 —
Ch. Expilly.	Aventures du capitaine Cayol. . .	1 —
Xavier Eyma	Les gamineries de Mme Rivière. .	1 —
—	Les amoureux de la Demoiselle. .	1 —
René de Fayelles . . .	Un amour naïf.	1 —
Octave Féré.	Les Chevaliers d'aventures.	1 —
—	Un Mariage royal.	1 —
—	Les Amours du comte de Bonneval.	1 —
—	Le Juge médecin.	1 —
—	Les Amoureux des 4 filles d'honneur	1 —
—	Le Médecin confesseur	1 —
—	Les Millionnaires de Paris.	1 —
Fervacques	Rolande.	1 —
—	Mémoires d'un Décavé.	2 —
—	Madame Lebailly.	1 —
—	Sacha.	1 —
—	Durand et Ce.	2 —
Paul Féval.	Aimée.	1 —
—	Le Capitaine Fantôme.	1 —
—	Les Filles de Cabanil.	1 —
—	La Cosaque	1 —
—	L'Hôtel Carnavalet.	1 —
—	La Cavalière.	2 —
—	La Duchesse de Nemours.	1 —
—	Madame Gilblas	2 —
—	Les Belles de nuit.	2 —
—	Bouche de fer.	1 —
—	Les Deux Femmes du Roi	1 —
—	Les Drames de la jeunesse.	1 —
—	Les Errants de nuit.	1 —
—	La Fabrique de mariages.	1 —
—	Jean Diable.	2 —
—	L'Arme invisible.	1 —
—	L'Avaleur de sabres.	1 —
—	Le cavalier Fortune.	2 —
—	Le Château de velours.	1 —
—	Contes bretons.	1 —
—	Le Jeu de la mort.	1 —
—	Maman Léo.	1 —

LIBRAIRIE DE E. DENTU, PALAIS-ROYAL

ROMANS et NOUVELLES, A 3 FR. LE VOLUME

Paul Féval	Mademoiselle Saphir.	1 vol.
—	Les Mystères de Londres.	2 —
—	Les Parvenus.	1 —
—	La Pécheresse.	1 —
—	La Province de Paris.	1 —
—	Le Quai de la Ferraille.	2 —
—	Les Revenants.	1 —
—	La rue de Jérusalem.	2 —
—	La Tontine infernale.	1 —
—	La Tache rouge	2 —
—	Le Volontaire	1 —
—	Le Bossu.	2 —
—	La bande Cadet.	2 —
—	Le Chevalier de Keramour.	1 —
—	Le Chevalier Ténèbre.	1 —
—	Les Couteaux d'or.	1 —
—	Les Compagnons du Trésor.	2 —
—	Le Dernier Vivant.	2 —
—	La Fontaine aux Perles.	1 —
—	Le Loup Blanc.	1 —
—	L'Homme du gaz.	1 —
—	Le Paradis des femmes.	2 —
—	Roger Bontemps.	1 —
—	La Ville Vampire.	1 —
—	Gavotte.	1 —
—	Les Cinq.	2 —
—	La quittance de Minuit.	2 —
—	Les Fanfarons du roi.	1 —
—	Aventure de Corentin Quimper.	1 —
—	Douze Femmes.	4 —
—	La Reine des Épées.	1 —
E. Feydeau	Sylvie.	1 —
Fortunio	Les Amours de Geneviève.	1 —
—	La Lionne amoureuse.	1 —
—	Le Roi du jour.	1 —
—	Le roman d'un prince Russe.	1 —
—	Les Marionnettes de Paris.	1 —
Hippolyte Fournier	Les Lendemains de l'Amour.	1 —
Alp. Giron	La Panthère.	1 —
Georges Grand	M. Don Quichotte et Me Diogène.	1 —
Granier de Cassagnac.	Le Chevalier de Médrane.	1 —
Garibaldi	La Domination du Moine.	1 —
B. Gastineau	Nouveaux romans de Paris.	1 —

LIBRAIRIE DE E. DENTU, PALAIS-ROYAL

ROMANS et NOUVELLES, A 3 FR. LE VOLUME

J. de Gastyne.	Les Tripoteurs	1 vol.
—	L'Écuyère masquée..	1 —
Gavarni.	Manières de voir, façons de penser.*	1 —
Gondrecourt	Le Pays de la Peur.	1 —
—	La Guerre des Amoureux.	1 —
—	Le Pays de la Soif..	1 —
Gonzalès	Une Princesse russe.	1 —
—	La Belle novice.	1 —
—	Le Chasseur d'hommes.	1 —
—	Les Amours du Vert-Galant.	1 —
—	Les Gardiennes du Trésor.	1 —
—	La Servante du Diable.	1 —
Georges Germeau. . .	Les Bonnes Fortunes	1 —
Gourdon de Genouillac.	Le Crime de 1804.	1 —
—	Les Voleurs de femmes.	1 —
—	L'avocat Bayadère.	1 —
—	Une Luronne..	1 —
—	La Vie d'Enfer	1 —
Constant Guéroult. . .	Le Drame de la rue du Temple. .	2 —
—	La Tabatière de M. Lubin	2 —
Léon Golzan..	La Vivandière.	1 —
Charles Gueulette. . .	Récits espagnols.	1 —
Hautcastel (D'). . . .	Nouvelles Histoires.	1 —
Robert Halt	Le roman de Béatrix..	1 —
—	Le Cœur de M. Valentin.	1 —
L. Haumont	Mademoiselle Séphora.	1 —
Jean Hopfen	La Chanteuse ambulante.	1 —
Arsène Houssaye . . .	Le Roman de la Duchesse.	1 —
L. B. Jacob (Bibliophile)	Mystificateurs et Mystifiés..	1 —
Ch. Joliet	Mademoiselle Chérubin..	1 —
—	Les Fils d'amour..	2 —
—	La Foire aux Chagrins.	1 —
—	Trois uhlans..	1 —
—	Les filles d'Enfer	1 —
—	La vicomtesse de Jussey.	1 —
—	Jeune Ménage.	1 —
—	Diane.	1 —
Maurice Joly.	Les Affamés..	1 —
Marguerite Joubriot. .	La Comtesse de Fontenoy.	1 —
L. Jourdan.	Les Martyrs de l'amour.	1 —
Un Journaliste.. . . .	La marquise de Brienne.	1 —
Mme Judith.	Lucie de Courceulles.	1 —
V. Kœning.	Tout Paris..	1 —

LIBRAIRIE DE E. DENTU, PALAIS-ROYAL

ROMANS et NOUVELLES, A 3 FR. LE VOLUME

V. Kœning	Voyage autour du demi-monde. . .	1 vol.
Ernest Lacan.	Les petites gens.	1 —
Henri Lacretelle. . . .	L'Amant malgré lui.	1 —
—	Les Filles de Bohême.	1 —
Henri de Kock.	Le Futur de ma Cousine.	1 —
Alphonse de Launay.	Mademoiselle Mignon.	1 —
—	Suzanne Dumonceau	1 —
—	Le Banquier des Voleurs.	1 —
Laforêt.	Monsieur Boulot.	1 —
G. de la Landelle. . .	Deux Croisières.	1 —
Armand Lapointe. . .	La Chasse aux Fantômes.	1 —
Gaston Lavalley. . .	Les Carabots.	1 —
Alexandre de Lavergne	Les demoiselles de Saint-Denis. . . .	1 —
H.-T. Leidens. . . .	Le Manuscrit de ma cousine	1 —
Lemonnier.	Les Femmes qui s'amusent.	1 —
Jules Lermina.	La succession Tricoche et Cacolet.	2 —
—	Les Loups de Paris.	2 —
M. de Lescure.	Les Chevaliers de la Mouche à miel.	2 —
—	Les Cadets de Gascogne.	2 —
Léo Lespès.	Mémoires de mes maîtresses. . . .	1 —
Prince Lubomirski. . .	Avent. d'un homme et de 3 femmes	1 —
—	Chaste et Infâme	1 —
—	Par Ordre de l'Empereur.	2 —
Hippolyte Lucas. . . .	Madame de Miramion.	1 —
Hector Malot.	L'Auberge du Monde.	4 —
—	I. — Le Colonel Chambertain. .	1 —
—	II. — La Marquise de Lucillière. .	1 —
—	III. — Ida et Carmélita	1 —
—	IV. — Thérèse	1 —
—	Les Victimes d'amour. Les Amants.	1 —
—	— Les Époux .	1 —
—	— Les Enfants.	1 —
—	Un Mariage sous le second Empire.	1 —
—	La belle Madame Donis.	1 —
—	La fille de la Comédienne.	1 —
—	L'Héritage d'Arthur.	1 —
—	Clotilde Martory.	1 —
—	Madame Obernin.	1 —
—	Le Mariage de Juliette.	1 —
—	Un Beau-Frère	1 —
—	Les Batailles du Mariage.	3 —
—	Une Belle-Mère.	1 —
—	Le Mari de Charlotte.	1 —

LIBRAIRIE DE E. DENTU, PALAIS-ROYAL

ROMANS et NOUVELLES, A 3 FR. LE VOLUME

Hector Malot.	Une Bonne affaire..	1 vol.
—	Les Amours de Jacques..	1 —
—	Un Curé de province..	1 —
—	Un Miracle..	1 —
—	Souvenirs d'un blessé, Suzanne..	1 —
—	— Miss Clifton..	1 —
Marc Bayeux.	Benjamine..	1 —
—	Dianah.	1 —
Mané	Paris amoureux.	1 —
—	Paris viveur.	1 —
—	Paris mystérieux	1 —
A. Marx	Histoire d'une minute	1 —
Mary-Lafon.	Coutumes de la vieille France. . . .	1 —
Michel Masson. . . .	La Gerbée, Contes de famille. . . .	1 —
—	Daniel le Lapidaire.	1 —
Catulle Mendès. . . .	Les Folies Amoureuses.	1 —
Charles Merouval. . .	Mademoiselle de la Condamine. . .	1 —
—	Les Caprices de Laure.	1 —
H. Meltais.	Les Amours d'un Tribun.	1 —
—	Le Secret des Catacombes.	1 —
—	La Pupille du Vieux Garçon. . . .	1 —
A. Mazon.	Le Vieux musicien..	1 —
Mazoyer.	Les Capucs aux deux couleurs. .	1 —
Antony Méray. . . .	Tribulations d'un joyeux monarque.	1 —
Mie d'Aghonne. . . .	La Perle de Candelair.	1 —
Xavier de Montépin. .	La maîtresse du mari..	1 —
—	Le secret de la Comtesse.	2 —
—	Le Ventriloque..	3 —
—	La Sorcière Rouge..	3 —
—	Une Passion..	1 —
—	Le Bigame..	2 —
—	La Débutante	1 —
—	Le Mari de Marguerite	3 —
—	Les Tragédies de Paris	4 —
—	Sa Majesté l'Argent.	5 —
—	La Vicomtesse Germaine.	3 —
—	La Bâtarde.	2 —
—	Les Maris de Valentine.	2 —
—	Deux amies de St-Denis..	1 —
Eugène Moret.	Les femmes au cœur d'or.	1 —
—	Histoires amoureuses d'un forçat..	1 —
—	Les Millionnaires de Paris.. . . .	1 —
—	La Juive du Marché-Neuf.	1 —

ROMANS et NOUVELLES, A 3 FR. LE VOLUME

Charles Monselet. . .	Les Frères Chantemesse	2 vol
—	La Belle Olympe.	1 —
De Montferrier. . . .	Les Ambitieux de province.	1 —
—	Mme et Mlle Verdure.	1 —
C. de Mouy.	Raymond.	1 —
Paul de Musset. . . .	La Chèvre jaune.	1 —
Isabine de Myra . . .	Voilà l'homme.	1 —
Émile de Najac. . . .	L'Amant de Catherine	1 —
—	Madame est servie.	1 —
Allara Nigra.	La Grande Vestale.	1 —
Toussaint Nigoul. . . .	Isabelle Ducos.	1 —
Louis Noir.	Aventures de Tête-de-Pioche	1 —
—	Jean-le-Dogue.	1 —
—	Le Roi des chemins.	1 —
Paul d'Orcières. . . .	Catherine Dunoyer.	1 —
Parseval-Deschènes. .	Mémoire d'un Billet de banque. . .	1 —
Victor Perçeval. . . .	L'Ennemi de Madame.	1 —
—	Dix mille francs de récompense. .	1 —
—	La Fille naturelle.	1 —
—	Monsieur le Maire.	1 —
—	Le Roman d'une Paysanne.	1 —
—	La Marquise de Douhaut.	1 —
—	Le Secret du Docteur.	1 —
—	La Dot de Geneviève.	1 —
Camille Périer.	Une Fille du Soleil.	1 —
—	La Belle Dupérin	1 —
—	Les Chercheuses d'amour.	1 —
—	Une Gommeuse.	1 —
—	La Pomme d'Ève.	1 —
Paul Perret.	Les bonnes filles d'Eve.	1 —
—	La fin d'un Viveur.	1 —
—	La belle Renée.	1 —
—	L'Automne d'une Courtisane. . . .	1 —
—	La Bataille de l'Amour.	1 —
G. de Peyrebrune. . .	Contes en l'air.	1 —
Fonson du Terrail. . .	Le Chambrion	1 —
—	Les Drames de Paris.	3 —
—	Les Exploits de Rocambole	3 —
—	La Résurrection de Rocambole. . .	5 —
—	Le dernier mot de Rocambole. . . .	5 —
—	Un Crime de jeunesse.	1 —
—	Les Gandins.	2 —
—	La Jeunesse du roi Henri.	8 —

LIBRAIRIE DE E. DENTU, PALAIS-ROYAL

ROMANS et NOUVELLES A 3 FR. LE VOLUME

Ponson du Terrail...	Les Nuits de la Maison dorée....	1 vol.
—	Les Nuits du quartier Bréda....	1 —
—	Pas de chance............	2 —
—	L'Auberge de la rue des Enfants Rouges..............	2 —
—	Le Capitaine des Pénitents noirs..	2 —
—	Les Fils de Judas.........	2 —
—	Le Forgeron de la Cour-Dieu.....	2 —
—	Les Amours d'Aurore........	2 —
—	La Justice des Bohémiens.....	2 —
—	Les Héros de la vie privée....	3 —
—	Maître Rossignol..........	1 —
—	Mémoires d'un gendarme.......	1 —
—	La Messe noire...........	3 —
—	Les Misères de Londres.......	4 —
—	Le Paris mystérieux........	4 —
—	Rocambole en prison........	2 —
—	La Corde de Pendu.........	2 —
—	Les Mystères des Bois.......	3 —
—	Le Secret du docteur Rousselle...	2 —
—	Mon Village............	3 —
—	Les Voleurs du grand monde....	7 —
—	Le Filleul du Roi.........	2 —
René de Pont-Jest..	Le n° 13 de la rue Marlot......	1 —
Antony Réal....	Le Roman d'une Religieuse.....	1 —
Tony Révillon.....	La Séparée.............	1 —
—	Les Convoitises...........	1 —
—	La Bourgeoise Pervertie......	1 —
E Richebourg....	L'Homme aux lunettes noires....	1 —
—	La Dame Voilée..........	1 —
—	L'Enfant du Faubourg.......	2 —
—	La fille Maudite..........	2 —
—	Les Deux Berceaux.........	2 —
—	Andréa la Charmeuse.......	2 —
Léon Richer......	Un Mariage Honteux.........	1 —
—	La Femme libre..........	1 —
Marius Roux.....	Evariste Planchu..........	1 —
—	L'Homme adultère.........	1 —
—	Eugénie L'Amour..........	1 —
—	La Proie et l Ombre........	1 —
Jacques Rozier...	La Princesse Cléo..........	1 —
—	L'Impasse Oberkampf.......	1 —
J. Ruffini.......	Lavinia..............	2 —

LIBRAIRIE DE E. DENTU, PALAIS-ROYAL.

ROMANS et NOUVELLES, A 3 FR. LE VOLUME

J. Ruffini.	Le docteur Antonio	1 vol.
J. de Saint Félix.	Les Chevalières du tour de France.	1 —
H. de Saint-Georges.	Les Yeux verts.	1 —
Paul Saunière.	Le Lieutenant aux Gardes.	1 —
—	L'Agence Aubert.	1 —
—	L'Héritage d'Olga.	1 —
—	Flamberge.	2 —
—	Le prince Cachemire.	1 —
Aurelien Scholl	Les amours de Cinq Minutes.	1 —
—	Les Scandales du Jour.	1 —
Albéric Second.	Misères d'un prix de Rome.	1 —
—	Les Demoiselles de Ronçay.	1 —
—	La Vicomtesse Alice.	1 —
—	La Semaine de quatre jeudis	1 —
Mme Anaïs Ségalas.	Les Magiciennes d'aujourd'hui.	1 —
—	La Vie de feu.	1 —
—	Les Mariages Dangereux.	1 —
L. Serignan.	Les Crimes de province.	1 —
Ernest Serret	Les Rancunes de femmes	1 —
—	Le Roman de la Suisse.	1 —
Léopold Stapleaux.	Les Compagnons du glaive.	2 —
—	La Diva tirelire.	1 —
—	Un Scandale parisien.	1 —
Ivan Tourgueneff.	Une Nichée de gentilshommes.	1 —
Paul Timon.	Un Mari tout neuf.	1 —
Une Femme du monde.	Le Roman d'un Sportman	1 —
Charles Valois.	Le Baiser fatal.	1 —
Louise Vallory	Un Amour vrai.	1 —
De Viel-Castel.	Le Testament de la Danseuse.	1 —
Marquis de Villemer.	Les Femmes qui s'en vont.	1 —
Pierre Zaccone.	Les Drames de l'Internationale.	2 —
—	La Cellule n° 7	1 —
—	Les Nuits du Boulevart.	2 —
—	L'Homme des Foules	1 —
—	La Vie à outrance.	1 —
A******.	Les Amis de Madame.	1 —
A******.	Les Amazones de Paris.	1 —
A******.	Miss Dundlé.	1 —

Collection gr. in-18 jésus, à 3 fr. 50 le vol.

Olympe Audouard	Le secret de la Belle-Mère	1 vol
Du Casse	Les Suites d'une partie d'écarté	1 —
Jules Claretie	Les Muscadins	2 —
—	Le beau Solignac	2 —
—	Le Renégat	1 —
—	La Maison vide	1 —
—	Le Train 47	1 —
—	La Fugitive	1 —
Charles Diguet	Les Amours parisiens	1 —
Ferdinand Fabre	Le Marquis de Pierreruc	2 —
—	Barnabé	1 —
—	Les Courbezon	1 —
—	L'abbé Tigrane	1 —
—	Mademoiselle de Malavielle	1 —
—	La petite Mère	4 —
J. Erckmann	Claudine	1 —
—	Les Veillées alsaciennes	1 —
Alphonse Esquiros	Le Château enchanté	1 —
R. N. Desperrières	Madame Madeleine	1 —
Emile Gaboriau	L'affaire Lerouge	1 —
—	Les Cotillons célèbres	2 —
—	Le Crime d'Orcival	1 —
—	Les Esclaves de Paris	2 —
—	Le Dossier n° 113	1 —
—	Les Gens de bureau	1 —
—	Monsieur Lecoq	2 —
—	La Vie infernale	2 —
—	Le 13e Hussards	1 —
—	La Clique dorée	1 —
—	Les Comédiennes adorées	1 —
—	L'Argent des autres	1 —
—	La Corde au cou	1 —
—	Les Mariages d'aventure	1 —
—	La Dégringolade	2 —
—	Le Petit Vieux des Batignolles	1 —
L.-M. Gagneur	La Croisade Noire	1 —
—	Chair à canon	1 —
—	Les crimes de l'Amour	1 —
—	Les Droits du Mari	1 —
—	Les forçats du Mariage	1 —
—	Le Calvaire des Femmes	2 —
Emmanuel Gonzalès	Les Danseuses du Caucase	1 —

LIBRAIRIE DE E. DENTU, PALAIS-ROYAL

ROMANS et NOUVELLES, A 3 FR. 50 C. LE VOL.

Amédée Gouet	La Dette de famille.	1 vol
—	Une Caravane dans le désert.	1 —
Arsène Houssaye.	Lucie.	1 —
—	Tragique aventure de bal masqué.	1 —
—	Le Roman des femmes.	1 —
—	Les Trois Duchesses.	4 —
—	Cent et un Sonnets.	1 —
A. de Lamartine.	Fior d'Aliza.	1 —
Princesse Kotchoubey.	Le Manuscrit de Mlle Camille.	1 —
M. de Lescure.	la Dragonne.	1 —
Multatuli	Max Havelaar.	2 —
Marc Pessonneaux	La Prétentaine.	1 —
J. de Saint-Félix	Les Nuits de Rome.	1 —
Saint-Patrice.	Un Amour dans le Monde.	1 —
—	Près du Gouffre.	1 —
Paul Saunière.	Les deux rivales.	1 —
—	Les Chevaliers du saphir.	1 —
Soc. des Gens de lettres	Les Plumes d'or.	1 —
Ivan Tourgueneff	Nouvelles Scènes de la vie russe.	1 —
B^{on}. de Winspeare.	Tourmente.	1 —
Ch. Yriarte.	Les Célébrités de la Rue.	1 —
A***.	Mémoires d'un proscrit.	1 —

LIBRAIRIE DE E. DENTU, PALAIS-ROYAL

ROMANS et NOUVELLES, A 2 FR. LE VOLUME.

Collection gr. in-18 jésus, à 2 fr. le volume

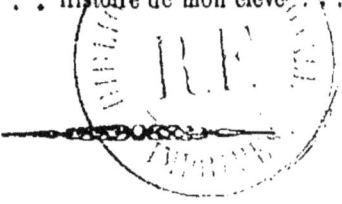

PARIS. — IMPRIMERIE P. MOUILLOT, 13, QUAI VOLTAIRE. — V. 1358